DROEMER

EVA VÖLLER

# HELLE TAGE, DUNKLE SCHULD

KRIMINALROMAN

DROEMER

**Besuchen Sie uns im Internet:**
**www.droemer-knaur.de**

Aus Verantwortung für die Umwelt hat sich die Verlagsgruppe Droemer Knaur zu einer nachhaltigen Buchproduktion verpflichtet. Der bewusste Umgang mit unseren Ressourcen, der Schutz unseres Klimas und der Natur gehören zu unseren obersten Unternehmenszielen. Gemeinsam mit unseren Partnern und Lieferanten setzen wir uns für eine klimaneutrale Buchproduktion ein, die den Erwerb von Klimazertifikaten zur Kompensation des $CO_2$-Ausstoßes einschließt.
Weitere Informationen finden Sie unter:
www.klimaneutralerverlag.de

MIX
Papier aus verantwortungsvollen Quellen
FSC® C014496

Originalausgabe Oktober 2023

Ein Imprint der Verlagsgruppe Droemer Knaur GmbH & Co. KG, München

Redaktion: Anna Hahn
Covergestaltung: Buxdesign, Lisa Hoefner
Satz und Layout: Adobe InDesign im Verlag
Druck und Bindung: GGP Media GmbH, Pößneck
ISBN 978-3-426-30944-5

2 4 5 3 1

*Für Konrad*

»Wer sich nicht an die Vergangenheit erinnert,
ist dazu verdammt, sie zu wiederholen.«

*George Santayana*

# Prolog

*April 1945*

Der fünfzehnjährige Junge, der an einem verregneten Nachmittag Ende April 1945 in Essen-Rüttenscheid mit dem Rad von der Arbeit heimfuhr, beugte sich tief über den Lenker. Es war eine Art Reflex, er war machtlos dagegen. Ihn überkam zwischendurch immer wieder die Angst vor den Stukas, obwohl schon seit Wochen keine mehr flogen. Der Krieg war endlich vorbei, jedenfalls hier im Westen, trotzdem ließ die Angst sich nicht abschütteln.

Davon abgesehen war der Junge heilfroh, den ganzen Mist überlebt zu haben. Zuletzt waren immer mehr aus seinem Jahrgang als Flakhelfer eingezogen worden, er hatte einige gekannt. Reihenweise waren sie von den tödlichen Artilleriegeschossen der Alliierten in Stücke gerissen worden. Wie die hätte er auch enden können, als letztes Kanonenfutter für Adolf Hitler, doch der hatte zum Glück nichts mehr zu melden. Jetzt konnte man wieder nach vorne schauen, zumindest sagten das alle.

Dankbar war der Junge auch für den alten Drahtesel, mit dem er zur Arbeit fahren konnte. Er hatte seit Kurzem eine Lehrstelle, und zu Fuß hätte er hin und zurück Stunden gebraucht. Auch mit dem Rad war es wegen der Steigungen oft beschwerlich, aber er kriegte es jedes Mal hin. Da, wo es nötig war, trat er ordentlich in die Pedale, und auch bei den steilsten Stellen strampelte er sich lieber im Stehen ab, als vom Rad zu steigen und zu schieben. Das war für ihn Ehrensache. Außerdem ging es überall dort, wo er sich bei der Hinfahrt plagen musste, zum Ausgleich auf dem Heimweg in einem Affenzahn bergab, dann machte das Fahren richtig Spaß.

An diesem Nachmittag nieselte es in einer Tour. Der Junge fuhr mit eingezogenem Kopf, als könnte er so verhindern, allzu sehr durchnässt zu werden. Während er in Richtung Margarethenhöhe radelte, wurde der Regen stärker und peitschte ihm ins Gesicht, weshalb er fast in eine Gruppe von Männern hineingerast wäre. Er konnte gerade noch rechtzeitig abbremsen.

Die Männer brüllten durcheinander, sie schrien ihn an, obwohl doch überhaupt nichts passiert war. Einer baute sich drohend vor ihm auf, einen Knüppel in der Hand. Ein anderer richtete ein Gewehr auf ihn. Einige von ihnen waren Polen, das erkannte der Junge an ihrer Sprache. Die Stadt war voll von befreiten Zwangsarbeitern aus dem Osten, allesamt abgerissen, zerlumpt und verhärmt, manche halb verhungert. Neulich erst war ein Pole bei ihnen zu Hause aufgetaucht, er hatte um Essen gebettelt und dabei geweint. Die Mutter hatte ihm einen Teller Suppe gegeben, und der Mann hatte ihr auf Knien gedankt. Eine unerklärliche, brennende Scham hatte den Jungen bei dem Anblick erfüllt, fast so, als hätte er irgendwas Schlimmes angestellt. Etwas, für das er persönlich geradestehen musste, obwohl es nicht seine Schuld war.

An dieses Gefühl musste er denken, als er auf Geheiß eines der Polen sein Rad am Straßenrand ablegte. Halb und halb erwartete er, dass sie ihn nun davonjagten, aber dazu kam es nicht. Anscheinend hatten sie es gar nicht auf sein Fahrrad abgesehen. Sie führten irgendwas anderes im Schilde. Der Junge bekam es mit der Angst zu tun.

Die Männer scheuchten ihn unter barschen Befehlen und einigen rüden Schubsern vorwärts, weg von der Straße und hinab in eine bewaldete Senke. Dort hatten sich, zusammengetrieben von weiteren bewaffneten Polen, auch schon andere

Zivilisten eingefunden, ein Häuflein verängstigt wirkender Männer unterschiedlichen Alters.

Panik stieg in ihm auf, als er sah, was sie dort taten: Sie hoben Gräber aus. Manche mit Schaufeln, die meisten jedoch mit bloßen Händen.

Einer der Polen stieß ihn vorwärts und befahl ihm mit einer unmissverständlichen Geste, ebenfalls zu graben. Der Junge verharrte, starr vor Schreck und außerstande, auch nur einen Finger zu rühren, woraufhin der Pole ihm schweigend den Gewehrlauf gegen die Stirn drückte. Augenblicklich ging der Junge in die Hocke und begann, mit beiden Händen Lehmbrocken aufzuklauben und zur Seite zu werfen, davon überzeugt, dass er und die anderen Deutschen sich hier buchstäblich ihr eigenes Grab schaufeln mussten. In einer Aufwallung von selbstmörderischem Trotz überlegte er, einfach wegzurennen, dann würden die Polen ihn gleich abknallen, so konnte er sich wenigstens das Graben sparen und hätte sofort alles hinter sich.

Von den anderen Deutschen schien allerdings noch keiner auf diese Idee gekommen zu sein. Sie gruben und schaufelten ohne Unterlass. Einige von ihnen weinten und schluchzten dabei zum Gotterbarmen. Reden durften sie nicht. Sobald einer aufbegehren wollte, setzte es Knüppelhiebe.

Der Junge fühlte sich wie in einem Albtraum gefangen, er konnte nichts anderes tun, als zu graben, immer nur zu graben. Seine Finger bluteten, wiederholt riss er sich die Haut an scharfkantigen Steinen auf.

Er hatte keine Ahnung, wie lange er bereits dort gehockt hatte, den Blick fest auf seine wühlenden, blutenden, verdreckten Hände geheftet, bevor er endlich aufschaute und dabei bemerkte, dass nicht alle Deutschen um ihn herum mit dem Ausheben von Gräbern beschäftigt waren. Schaufeln und buddeln mussten alle, vielleicht war es ihm deshalb nicht gleich aufgefallen. Ein Teil der Männer, die ein Stück abseits von ihm beschäftigt waren, gruben … etwas aus. Nicht nur an einer Stelle, sondern an mehreren. Verteilt über die ganze Senke, die nach Form und Ausdehnung nur ein zugeschütteter Bombentrichter sein konnte.

Als er erkannte, was die Männer da aus der Erde holten, kam es ihm hoch. Plötzlich konnte er auch den grauenhaften Gestank zuordnen, der trotz des Regens immer stärker geworden war. Und dann fing auch er an zu weinen.

Er hatte schon viele Tote gesehen. Nach schlimmen Bombennächten hatten sie überall inmitten der Trümmer gelegen, zerfetzt, verbrannt, von manchen nur Körperteile übrig.

Doch die Menschen, die man hier ausgrub, waren nicht bei einem Bombenangriff ums Leben gekommen. Man hatte sie erschossen, mit auf dem Rücken gefesselten Händen.

»Die verdammten Polacken, jetzt wollen sie uns diesen Mist anhängen!«, hörte er einen der Deutschen laut sagen.

Dafür setzte es einen weiteren Knüppelhieb, gefolgt von einer erneuten Salve aus einer MP, die dicht über die Köpfe der Deutschen hinwegfegte. Danach sagte lange niemand mehr ein Wort.

Die Männer gruben Stunde um Stunde. Um achtzehn Uhr hätten eigentlich alle daheim sein müssen, ab da galt für die Zivilisten Sperrstunde, doch die Arbeiten gingen weiter. Ein Leichnam nach dem anderem wurde aus dem Morast geborgen und am Rand der Grube abgelegt. Es waren Dutzende. Der Gestank, der von den verwesten, schlammbedeckten Körpern aufstieg, war unbeschreiblich. Der Junge, der mittlerweile seinen gesamten Mageninhalt von sich gegeben hatte, konnte nicht aufhören zu würgen, obwohl er sich, dem Beispiel einiger anderer Männer folgend, sein Taschentuch vor Mund und Nase gebunden hatte.

Eine der Leichen war eine Frau, er entnahm es dem Raunen,

das durch die Reihen der Deutschen ging, und wieder musste er weinen. Inzwischen war ihm klar, dass die Gräber, die er hier zusammen mit den anderen Männern aushob, für diese Toten bestimmt waren. Wenn man nach dem Zorn der Polen ging, konnte es sich bei den erschossenen Menschen nur um Zwangsarbeiter handeln. Ihre Landsleute und Leidensgenossen, die man hier umgebracht und wie Tiere verscharrt hatte.

Der Junge hätte wütend sein können, weil er unter vorgehaltener Waffe so eine Drecksarbeit verrichten musste, obwohl er doch mit diesem Schlamassel überhaupt nichts zu tun hatte, genauso wenig wie die anderen hier. Doch er fühlte nur Erschöpfung und Trauer. Und eine ähnliche Scham wie neulich, als seine Mutter dem hungernden Polen die Suppe gegeben und der Mann zum Dank auf die Knie gefallen war.

In diesem Moment begriff der Junge, was es mit dieser Scham auf sich hatte. Was für ein Gefühl es in Wahrheit war. Schuld.

Er dachte darüber nach, wieso er sich schuldig fühlte, obwohl er selbst doch gar nichts getan hatte, und die ganze Zeit musste er weinen. Manchen der Männer schien es ebenso zu ergehen wie ihm, in ihren Zügen nahm er dieselbe entsetzte Betroffenheit über den Tod dieser Menschen wahr, die auch er verspürte.

Doch in den Gesichtern von mindestens ebenso vielen spiegelte sich nur die verbissene Wut über das Unrecht wider, das sie hier erlitten.

Erst bei Einbruch der Dunkelheit durften die Deutschen nach Hause gehen, verbunden mit dem Befehl, am nächsten Tag wiederzukommen und weiterzumachen. Die persönlichen Gegenstände, die man ihnen vor der Arbeit weggenommen hatte, wurden einbehalten. So wollten die Polen sicherstellen, dass die Deutschen dem Befehl Folge leisteten.

Der Junge hatte keine Brieftasche und keinen Ausweis

dabeigehabt, nur das Rad. Als er endlich spätabends müde und verstört heimkam, brach seine Mutter vor Erleichterung in Tränen aus. Nachdem er alles berichtet hatte, verbot sie ihm kategorisch, zu dem Massengrab zurückzukehren. In gewisser Weise war er froh, weil ihm so die Entscheidung darüber abgenommen wurde, auch wenn das fortan elendig lange Fußwege bedeutete.

Tatsächlich sah er sein Rad nie wieder. Vielleicht, so überlegte er später, war auch das eine Form von Buße. So wie das Graben. Jedenfalls half es ihm, sich weniger schuldig zu fühlen. Zugleich keimte auf unbestimmte Art die Gewissheit in ihm auf, dass die nach dem Krieg zurückgebliebene Schuld in ihrer Gesamtheit so gewaltig war, dass nichts und niemand sie jemals wiedergutmachen konnte.

# Kapitel 1

*Drei Jahre später, April 1948*

Carl ging mehrmals um die Tote herum und betrachtete sie aus jedem nur möglichen Blickwinkel. Zwischendurch begab er sich auch in die Hocke, um manche Stellen näher in Augenschein nehmen zu können. Der Polizeifotograf machte auf seine Anweisung hin einige Fotos.

Die Frau hieß Adelheid Hoffmann. *Weibliche Leiche,* hatte Carl in den ihm eigenen unleserlichen Kürzeln in sein abgewetztes Notizbuch gekritzelt. *Alter zwischen 60 und 70. Fenstersturz.*

Sie war in der Nacht von Mietern ihres Hauses gefunden worden, offenbar kurz nachdem sie gestorben war. Die Leichenstarre war mittlerweile weit fortgeschritten, das Blut auf den Steinen fast vollständig getrocknet. Der Polizeiarzt war bereits vor Ort gewesen und hatte Carls vorläufige Einschätzung bestätigt. Carl wartete nur noch auf den Bestatter, der die Tote abholen sollte.

Das Grundstück der Verstorbenen lag in Essen-Rüttenscheid. Das Haus, hinter dem man ihre Leiche entdeckt hatte, ragte in seltsamer Unversehrtheit als einziges der näheren Umgebung aus einer Trümmerlandschaft hervor, mit drei intakten Stockwerken und einem unbeschädigten Dach. Die benachbarte Umgebung war verwüstet, nur dieses Haus hatte den Sturm der Vernichtung überstanden. Lediglich der hinterm Haus befindliche Garten war zerstört; er lag immer noch unter einem Berg von Schutt begraben – den Hinterlassenschaften eines Gebäudes in der dahinter verlaufenden Parallelstraße.

Die Fenster des Hauses waren wohl bei einer der vielen Bombardierungen zersprungen; die Scheiben sahen noch ziemlich neu aus. Der Rest des Hauses wirkte dagegen verwittert und teilweise verwahrlost, mit abgeplatztem Putz und dunklen Einfärbungen vom allgegenwärtigen Essener Kohlenstaub. Auch der Schriftzug auf dem großen Schild über der Eingangstür war stark in die Jahre gekommen.

*Zur grünen Linde* stand dort; früher war hier eine Kneipe betrieben worden, doch die war inzwischen geschlossen. Das Haus war bis in den letzten Winkel belegt, teilweise mit regulären Mietern, teilweise mit ehemaligen Zwangsarbeitern, Vertriebenen aus dem Osten und anderen *Displaced Persons,* darunter auch Kinder.

Ein gutes Dutzend der Bewohner hatte sich in der Nähe der Toten versammelt, und Carl hatte den deutlichen Eindruck, dass keiner der Anwesenden der alten Frau auch nur eine Träne nachweinte. Im Gegenteil, der eine oder andere schien es ganz in Ordnung zu finden, wie sie da lag, mit geborstenem Schädel und in einer Lache aus gestocktem Blut.

Carl blickte zu dem offenen Fenster im ersten Obergeschoss hoch. Wäre sie auf einer Wiese gelandet, hätte sie den Sturz mit einigem Glück überleben können, aber sie war mit dem Hinterkopf direkt auf einem großen, kantigen Mauerbrocken aufgeschlagen.

Carls Kollege Werner gesellte sich zu ihm. Wie Carl war er achtunddreißig, wirkte aber um einiges älter und erschöpfter. Das Leben hatte ihm übel mitgespielt, er hatte in den letzten Wochen des Krieges seine ganze Familie bei einem Bombenangriff verloren. Frau und zwei Kinder, alle in derselben Nacht gestorben. Damals war sein Haar in nur wenigen Tagen so grau geworden wie Asche. Heute, über drei Jahre später, litt er immer noch wie ein Hund. Die Arbeit war das Einzige in seinem Leben, das ihn aufrecht hielt. Seine Gesundheit war ihm gleichgültig. Er betrank sich regelmäßig und rauchte zu viel; in ihrer Abteilung argwöhnte man hinter vorgehaltener Hand, dass Werner sich zur Befriedigung seiner Sucht ab und zu bei den beschlagnahmten Asservaten aus den Schwarzmarktrazzien bediente. Auf legalem Weg kam heutzutage niemand mehr an Alkohol und Zigaretten, jedenfalls nicht in solchen Mengen, wie Werner sie verbrauchte.

An diesem Tag wirkte er besonders mitgenommen. Die Jacke schlotterte um seine mageren Schultern, die Augen lagen tief in den Höhlen. Seine rechte Wange war dick geschwollen, ein entzündeter Weisheitszahn, der ihm schon seit Wochen zu schaffen machte.

»Wolltest du heute nicht endlich zum Zahnarzt?«, fragte Carl ihn.

»Vorhin erledigt. Das Biest ist draußen.«

»Du siehst fertig aus.« Carl betrachtete ihn besorgt. »Wieso hast du dich nicht krankschreiben lassen?«

»Hab ich ja.«

»Und weshalb kommst du dann her?«

»Weil ich die Frau kenne.«

Carl sah ihn erstaunt an. »Du kennst sie?«

»Ja. Das heißt, nicht persönlich. Aber dafür ihren Sohn. Sie ist – *war* – die Mutter von Arnold Hoffmann.«

Arnold Hoffmann. Carl durchforstete sein Gedächtnis, bis er das passende Bild vor sich hatte. Ein großer, gut aussehender Bursche, vielleicht sechs oder sieben Jahre jünger als er. Sie waren sich im Präsidium in der Büscherstraße nur sporadisch über den Weg gelaufen, weil sie in unterschiedlichen Abteilungen gearbeitet hatten.

»Ich entsinne mich dunkel«, sagte er. »Der hat vierunddreißig angefangen, oder? Muss ein paar Monate vor meinem Rausschmiss gewesen sein.«

Wie immer, wenn er darüber sprach, musste er gegen den

alten Groll ankämpfen. Elf Jahre seines Lebens. So viel hatte ihn dieser beschissene Ariernachweis gekostet, den er nicht hatte liefern können. Elf verfluchte Jahre unter Tage auf dem Pütt. Bis die Alliierten ihn wieder eingestellt und gleichzeitig viele andere rausgeworfen hatten, die zu braun für einen Persilschein gewesen waren.

Carl vermutete, dass auch Arnold Hoffmann dieses Schicksal widerfahren war. »Was ist aus dem Kerl geworden?«, erkundigte er sich bei Werner.

»Der hat Karriere bei der SS gemacht und ist kurz vor Kriegsende untergetaucht. Wurde später von einem britischen Militärgericht in Abwesenheit zum Tode verurteilt.«

»Was hat er angestellt?«

»Drei Dutzend Zwangsarbeiter umgebracht, bei einer Gestapo-Sonderaktion. Das war im März fünfundvierzig, kurz vor dem Einmarsch der Alliierten. Das Massengrab wurde ein paar Wochen später entdeckt, von Polen und anderen Ostarbeitern. Die haben dann wahllos ein paar Deutsche auf der Straße aufgegriffen und sie gezwungen, die Leichen auszubuddeln. Stand damals in allen Zeitungen, hast du nicht davon gehört? Kam sogar im Radio.«

»Natürlich hab ich davon gehört. Aber Arnold Hoffmanns Name wurde dabei nicht erwähnt.«

»Dass er bei der Ausführung der eigentliche Haupttäter war, kam ja auch erst später raus, durch die Zeugenaussagen im Prozess. Der Kerl wird von den Tommys immer noch mit Hochdruck gesucht. Und von uns auch. Auf den Revieren hängt sogar ein Steckbrief von ihm.« Werner grinste ein bisschen schief. »Es ist eine Belohnung für seine Ergreifung ausgesetzt. Fünftausend Mark.«

Das kommentierte Carl nicht weiter. Die Wände aller Essener Reviere waren deckenhoch mit Steckbriefen tapeziert, doch die Belohnungen lockten keinen mehr hinterm Ofen hervor. Es existierte praktisch nur noch eine einzige solide und überall akzeptierte Währung: Zigaretten, vorzugsweise amerikanische.

»Und das ist also Arnold Hoffmanns Mutter?« Carl blickte auf die Tote, die hingestreckt in den Trümmern lag. Eine unscheinbare, schmale Person mit faltigem Gesicht und spitzem Kinn, doch sogar die vom Alter verkniffenen Züge ließen noch erahnen, dass sie in jungen Jahren wohl eine Schönheit gewesen war. Das nun fahle Haar einst glänzend blond, die im Tod gebrochenen Augen von einem klaren Blau, die Gestalt angenehm proportioniert. Ihre Kleidung wirkte solide, jedenfalls weit hochwertiger als die ihrer zahlreichen Mitbewohner. Sie war auch nicht so abgemagert wie alle Übrigen hier. Es schien, als hätte sie trotz der elenden Umstände in den letzten paar Jahren ihr Auskommen gehabt.

Werner musterte die Leiche. »Ich frage mich, ob Arnold es schon weiß.«

»Das würde voraussetzen, dass er wiederaufgetaucht ist.«

»Das trifft anscheinend zu.«

Carl nahm es überrascht zur Kenntnis. »Woher weißt du das?«

»Er wurde hier in der Gegend gesichtet. Irgendwer war gestern wohl auf der Wache und hat's erzählt. Hab davon erfahren, als ich vorhin meine Krankmeldung abgegeben habe. Deshalb bin ich ja auch gleich hergekommen, statt nach Hause zu gehen.« Werner warf einen Blick auf den Polizeifotografen, dann deutete er auf die Leiche. »Wieso sieht es eigentlich für dich nach Mord aus? Könnte es nicht auch ein Unfall gewesen sein? Beim Fensterputzen? Kommt häufig vor. Gerade bei älteren Frauen.«

»Ich war oben in ihrer Wohnung. Kein Putzeimer am Fenster, kein Stuhl zum Draufsteigen, nichts von dem, was man zum Fensterputzen so braucht. Und sieh dir an, was sie in der Hand hat. Es ist kein Wischlappen, falls du das angenommen hast.«

Werner beugte sich über die Leiche. »Ein Kartoffelsack«, stellte er fest. »Ist aber nur noch eine Kartoffel drin. Wo der Rest wohl ist?« Er blickte zu Carl hoch. »Ein Raubmord? Manche Leute bringen sich ja für weniger als ein paar Kartoffeln gegenseitig um.« Er hielt inne und dachte kurz nach. »Vielleicht wurde die eine Kartoffel auch nur übersehen«, mutmaßte er. »Von denen, die die Frau als Erste entdeckt und die restlichen Kartoffeln eingesammelt haben.«

»Verdenken könnte man's sicher niemandem.« Carl sah zu den Schaulustigen hinüber, von denen keiner den Eindruck machte, als hätte er genug zu essen.

Einige tuschelten miteinander. Zwei Kinder kletterten voller Neugier auf eine benachbarte Schutthalde, um die Tote besser betrachten zu können. Eine Frau unter den Zuschauern rief sie mit scharfen Worten in schlesischer Mundart zurück. Die Leute, die dort herumstanden, stammten aus den unterschiedlichsten Gegenden, wie Carl vorhin bei der Aufnahme der Personalien festgestellt hatte. So, wie sie redeten, kam die Hälfte vielleicht von hier, der Rest war zugezogen. Oder genauer: geflohen, entwurzelt, gestrandet. Wenn sie so wie jetzt beisammenstanden und sich grüppchenweise unterhielten, tönte es an sein Ohr wie babylonisches Sprachengewirr. Osteuropäische Landstriche waren ebenso vertreten wie diverse deutsche Mundarten, und zwischendurch immer wieder das vertraute Platt aus dem Ruhrgebiet. Ein Teil der Menschen wohnte im Haus, andere in den Ruinen der Nachbarschaft, wieder andere waren einfach nur Passanten.

Werner war seinem Blick gefolgt. »Denkst du, dass einer von denen …?«

Carl hob die Schultern. »Bisher gibt's dafür noch keine Anhaltspunkte. Direkt bezeugen kann keiner was, ich habe schon mit allen kurz gesprochen.«

»Sonst irgendwas Verwertbares an Spuren?«

»In der Wohnung lag ein Fahrschein für die Straßenbahn auf dem Fußboden, den habe ich vorsorglich sichergestellt. Vielleicht sind brauchbare Abdrücke drauf.«

»Würde mich nicht wundern, wenn es die von Arnold wären. Ist schon seltsam, dass er plötzlich wiederauftaucht, und am nächsten Morgen ist seine Mutter tot.«

Carl pflichtete ihm bei. »Zumal es in ihrer Wohnung passiert ist. Was darauf hindeutet, dass sie den Täter kannte, sonst hätte sie ihn wohl kaum reingelassen.«

»Das sehe ich auch so«, stimmte Werner zu. »Sicher ist Arnold unser Mann. Vielleicht hat ihn ja jemand aus dem Haus oder in der Nachbarschaft gestern hier gesehen, man sollte den Leuten noch mal richtig auf den Zahn fühlen. Soll ich einen Teil der Befragungen übernehmen?«

»Gerne, aber nicht heute. Geh nach Hause und leg dich hin. Hier kippst du mir bloß aus den Latschen.«

»Du hast recht, ich war schon besser in Form«, stimmte Werner zu. Seine Backe war mittlerweile noch stärker angeschwollen, er konnte nur noch nuschelnd sprechen und hatte ersichtlich Schmerzen. Trotzdem hielt ihn das nicht davon ab, eine zerdrückte Zigarette aus der Jackentasche zu nesteln und sie anzuzünden. In tiefen Zügen inhalierend, ging er davon. Dabei fasste er noch einmal die herumstehenden Menschen ins Auge, als könnte er auf diese Weise den Täter dingfest machen. Was nicht einmal fernlag. Es war eine bekannte Tatsache, dass es Mörder oft zurück an den Tatort zog, sogar – oder erst recht – wenn gerade die Polizei da war. Ein Grund, warum Carl die Leute nicht weggeschickt, sondern an Ort und Stelle ihre Namen notiert hatte. Seither hatte auch er immer wieder unauffällig seine Blicke über die Schar der Beobachter schweifen lassen. Hatte Gesichter fixiert und auf Regungen geachtet. Dabei waren ihm drei Männer aufgefallen. Sie standen dicht beieinander und unterhielten sich leise, zwei jüngere, die einander glichen wie ein Ei dem anderen, und ein älterer mit schlohweißem Haar – er war einer von den Mietern, die den Leichnam entdeckt hatten. Sie wohnten alle drei im Haus der Verstorbenen. Ab und zu schaute einer von ihnen zu Carl herüber, nur um sofort wieder wegzusehen, wenn er den Blick erwiderte.

Diese drei würde er sich auf jeden Fall gleich als Erstes vornehmen.

Der Bestatter traf ein, um die Leiche abzuholen. Carl vervollständigte seine Notizen und schickte den Fotografen weg. Dann ging er hinüber zu den Schaulustigen.

*

Er wollte gerade mit den Befragungen anfangen, als er Werner vorm Haus stehen und mit einem Mann reden sah, den Carl erst auf den zweiten Blick als seinen früheren Vorgesetzten wiedererkannte – nicht etwa, weil ihre letzte Begegnung so lange zurücklag, sondern weil der Mann sich stark verändert hatte. Einst kräftig, beinahe rundlich, war er jetzt fast genauso hager wie Werner. Das Haar, schon früher recht schütter, zog sich nur noch als spärlicher Halbkranz um seine spiegelnde Glatze. Die asketischen Gesichtszüge und die scharfen Falten um Mund und Nase zeugten von jahrelanger Entbehrung. Doch seine Körperhaltung war straff und aufrecht wie ehedem.

Der unerwartete Anblick dieses Mannes traf Carl wie ein Schlag in den Magen. Eben hatte er noch daran gedacht, wie viele Polizeibeamte mit NS-Vergangenheit vor drei Jahren von den Alliierten aus dem Dienst entfernt worden waren, und auf einmal stand dort einer von denen.

Schneider war ein glühender Anhänger von Adolf Hitler gewesen und hatte keinen Hehl daraus gemacht. Nie war er ohne sein Parteiabzeichen am Revers zur Arbeit erschienen. Das überdimensionierte Bild des von ihm verehrten Führers an der Wand hinter seinem Schreibtisch hatte einen förmlich erschlagen, wenn man den Raum betrat. Er hatte jeden angeraunzt, der nicht vorschriftsmäßig den Arm zum Hitlergruß hochriss.

Trotzdem hatte Carl damals nicht damit gerechnet, dass ihm so viel kalte Verachtung entgegenschlagen würde, als er Schneider von seinem jüdischen Großvater erzählt hatte. Schließlich hatten sie zu diesem Zeitpunkt schon fast acht Jahre lang zusammengearbeitet. Schneider war sein Ausbilder gewesen. Sie hatten einander geduzt, so wie die meisten auf der Dienststelle es taten. Privat hatten sie nichts miteinander zu tun gehabt, aber dienstlich war Carl immer einigermaßen mit Schneider zurechtgekommen. Bis zu jenem Tag, an dem alles vorbei gewesen war. Von Schneider gab es kein Mitleid, kein Bedauern, kein freundliches Wort zum Abschied. Für diesen Mann waren die Rassegesetze nicht nur irgendwelche bürokratischen Vorschriften, sondern heilige Gebote.

Die Alliierten hatten ihn direkt nach Kriegsende eingebuchtet; es hieß, dass er bei einem Teil der Judentransporte, die vom Essener Hauptbahnhof abgingen, die Aufsicht geführt hatte. Wegen guter Führung war er vorzeitig freigekommen, hatte aber seither keine neue Anstellung gefunden und lebte von der Hand in den Mund. Jetzt war er Anfang fünfzig und beruflich erledigt. Ohne Bezüge oder anderweitiges Einkommen hauste er bei seiner verwitweten Schwester in einem teilweise zerbombten und völlig heruntergekommenen Haus. Eine verkrachte Existenz.

Bei dem Gedanken verspürte Carl eine Aufwallung rachsüchtiger Genugtuung, und es lag ihm fern, sich für dieses Gefühl zu schämen. All die Jahre hatte er Kohlenstaub geschluckt, hatte seine Ehe scheitern und auch sonst alles den Bach runtergehen sehen, und dann hatte er auf einmal seinen Posten wiedergehabt, inklusive Beförderung außer der Reihe. Und das alles nur ein paar Monate, nachdem Schneider seinen Schreibtisch im Polizeipräsidium mit einer Zelle im Knast getauscht hatte.

»Es gibt wohl doch noch so was wie ausgleichende Gerechtigkeit«, hatte Werner bei Carls Rückkehr gemeint, und darauf hatten sie zusammen einen getrunken.

Werner stand mit dem Rücken zu Carl, doch er schien zu spüren, dass Carl ihn und Schneider beobachtete, denn im nächsten Moment blickte er über die Schulter zurück. Es war nicht zu übersehen, wie unbehaglich er sich in Schneiders Gegenwart fühlte. Carl nahm den stummen Hilferuf wahr und setzte sich in Bewegung.

»Warten Sie bitte hier«, sagte er im Vorbeigehen zu den drei Männern. »Es dauert nicht lange. Ich möchte gleich noch mit Ihnen reden.«

Er stellte sich neben Werner, den Blick unverwandt auf seinen einstigen Vorgesetzten gerichtet.

»Tag, Bruns«, sagte Schneider erstaunlich zuvorkommend. »Gratulation auch noch zum Obermeister!«

»Inspektor«, korrigierte Carl ihn, ohne den Gruß zu erwidern. Vor zwei Monaten war er erneut befördert worden, diesmal ganz regulär nach bestandenem Lehrgang, auch wenn er sich dafür nicht viel kaufen konnte. Aber was Schneider betraf, so ging es ums Prinzip. *Sieh her, ich bin drin, und du bist raus.*

Werner räusperte sich und errötete dabei ein wenig. »Schneider war übrigens derjenige, der gestern auf der Wache war, weil er Hoffmann gesehen hat. Hat er mir gerade erzählt.«

»Hast du Arnold Hoffmann nur gesehen oder auch mit ihm gesprochen?«, fragte Carl seinen früheren Chef geradeheraus. Er hatte einen Fall zu lösen, und Schneider war vielleicht ein Zeuge.

»Nur gesehen«, sagte Schneider verbindlich. »Am Rüttenscheider Stern. Er hat sofort Fersengeld gegeben, als er mich erkannt hat.«

»Wirklich?«, fragte Carl mit unverhohlenem Sarkasmus. »Wart ihr nicht mal ganz enge Parteifreunde?«

»Das ist lange her«, versetzte Schneider. Carls Bemerkung schien an ihm abzuperlen. »Der Mann ist ein Mörder.«

»Das wissen wir noch gar nicht.«

»Ich rede nicht von seiner toten Mutter, sondern von dem Massenmord im März fünfundvierzig. Wenn ich dazu beitragen kann, dass er geschnappt wird, ist das Ehrensache. Ich kann mir gut vorstellen, dass die Tommys für jeden noch so kleinen Hinweis auf Hoffmanns Verbleib dankbar sind.«

Darauf ging Carl nicht ein. Er wollte einfach nur, dass Schneider Leine zog. Doch der war noch nicht fertig.

Er sah Carl direkt an. »Ich hätte das, was damals mit dir geschehen ist, nicht verhindern können, das weißt du. Es gab Dienstvorschriften, die mussten befolgt werden. Du warst ja auch nicht der Einzige, der seinerzeit gehen musste. Und jetzt bist du wieder am Ruder, stimmt's? So ist das Leben. Mal haben die einen Oberwasser, mal die anderen. Ich hoffe, du trägst mir nichts nach.«

»Warum sagst du das nicht den Familien der Menschen, die unter deiner Mitwirkung umgebracht wurden?«

Damit brachte Carl ihn endlich zum Schweigen. Schneider nickte Werner kurz zu, dann wandte er sich ab und schlenderte davon.

»Ich wollte überhaupt nicht mit ihm reden«, erklärte Werner ein wenig kleinlaut. »Er hat mich aufgehalten und vollgequatscht.«

»Wollte er was Bestimmtes?«

»Schneider interessiert sich für den Fall.« Werner verzog das Gesicht. »Er will sich dahinterklemmen, sagt er.«

»Was zum Teufel meint er damit?«

»Er will sich rehabilitieren. Weil er wieder zurückwill.«

»Du meinst, in den Polizeidienst?«

Werner nickte. »Er hat sich ernsthaft in den Kopf gesetzt, Hoffmann auf eigene Faust zu schnappen. Damit die Briten ihm die Marke zurückgeben. Er sagt, das wäre sowieso nur eine Frage der Zeit. Wenn er denen Hoffmann präsentiert, geht's seiner Meinung nach bloß ein bisschen schneller.«

Carl runzelte die Stirn. »Er war im *Knast!*«

Werner zuckte mit den Schultern. »Nur ein paar Monate. Und sie haben ihn auf Bewährung wieder rausgelassen. Es wird gemunkelt, dass es demnächst offiziell Wiedereinstellungen geben soll, egal, ob einer in der Partei war. Kommt wohl immer ganz drauf an.« Er schüttelte den Kopf und stöhnte dann leise auf. Vorsichtig betastete er seine geschwollene Wange und gab erneut einen schmerzerfüllten Laut von sich. »Mist, jetzt tut es richtig weh.« Mit unerwarteter Entschiedenheit fügte er hinzu: »Schneider kann sich noch so sehr anstrengen. Der kommt nicht zurück. Für ihn ist der Zug abgefahren, darauf gehe ich jede Wette ein.«

Carl hätte es nur zu gerne geglaubt.

*

Er ging zurück zu den drei Männern, die wartend dastanden. Ihr Gesichtsausdruck war schwer zu deuten, aber Carl war in der Auslegung unterdrückter Regungen nicht unerfahren. Er fing diffuse Gefühle von Sorge auf, vielleicht sogar Furcht. Doch das musste nichts heißen. Es herrschten raue Zeiten, jeder hielt sich irgendwie über Wasser und tat dabei Dinge, die gesetzlich verboten waren, Schwarzhandel und Kohlenklau inbegriffen. Die meisten Leute hatten in ihrem Privatleben irgendwelche Leichen im Keller und wurden nervös, wenn die Polizei aufkreuzte, auch wenn es in einer anderen Angelegenheit war.

Die beiden jüngeren Männer waren Zwillingsbrüder, was aufgrund ihrer frappierenden Ähnlichkeit nicht zu übersehen war. Auf den ersten Blick waren sie nicht zu unterscheiden. Beide hatten das gleiche rote Haar, wasserhelle Augen und leicht abstehende Ohren. Sie waren vierundzwanzig Jahre alt und hießen Aleksandr und Borjan Drewin.

Carl erfuhr bei der weiteren Befragung, dass sie als Siebzehnjährige von den Nazis aus dem Baltikum nach Deutschland verschleppt worden waren. Während des Kriegs hatten sie im Zwangsarbeiterlager gelebt, später eine Zeit lang auf der Straße. Seit zweieinhalb Jahren wohnten sie in Adelheid Hoffmanns Haus, das Logis war ihnen durch die Besatzungsbehörde zugewiesen worden. Beide arbeiteten als Hauer auf Zollverein, so wie früher Carl. Ihr Deutsch war nahezu perfekt; nur vereinzelt klang noch ein schwacher slawischer Akzent durch.

Der ältere Mann hieß Gustav Keitel und war fünfundsechzig Jahre alt. Von Beruf war er Cellist und spielte bei den Essener Philharmonikern. Keitel wohnte schon seit fast zehn Jahren im Haus und war regulärer Mieter.

Nein, sie hatten letzte Nacht nichts mitbekommen, alle drei hatten sie tief und fest geschlafen. Die beiden jungen Balten im Hinterzimmer der ehemaligen Gastwirtschaft, wo sie ihr Schlaflager hatten, und Keitel in seinem Mansardenkämmerchen unterm Dach. Und nein, den Sohn der Eigentümerin hatten sie auch nicht in der Gegend gesehen. Aleksandr und Borjan kannten ihn ihrer Aussage nach überhaupt nicht, sie waren erst nach seinem Verschwinden hier eingezogen.

Keitel hingegen war ihm früher gelegentlich über den Weg gelaufen, kannte ihn aber nicht näher. »Persönlich hatte ich nichts mit ihm zu tun. Er war bei der SS und ständig auf Achse.«

»Hatte er Ihrer Meinung nach einen Hang zur Gewalt?«

Keitel hob unschlüssig die Schultern, nickte dann aber.

»Worin hat sich das geäußert?«, fragte Carl.

Keitel zögerte erneut, ehe er antwortete. »Jeder hier im Haus weiß doch über das furchtbare Massaker Bescheid, und unter uns Mietern hat sich auch rumgesprochen, dass der Sohn von Frau Hoffmann der Haupttäter dieses Gemetzels war.«

»Also denken Sie, er könnte auch seine Mutter umgebracht haben?«

»Vermutlich schon.«

»Käme aus Ihrer Sicht sonst noch jemand infrage? Gibt es jemanden im Haus oder aus Frau Hoffmanns Bekanntenkreis, mit dem sie sich öfters gestritten hat?«

»Na ja. Sie kam mit niemandem gut klar.«

Fragend wandte sich Carl an die beiden Balten. »Was meinen Sie dazu?«

Aleksandr und Borjan Drewin zuckten nur in einer seltsam simultan anmutenden Geste die Achseln, bevor sich einer der beiden – Carl war sich nicht sicher, ob es Aleksandr oder Borjan war – zu einer richtigen Antwort bequemte. »Eigentlich konnte keiner sie gut leiden.«

»Wissen Sie, ob die Frau sonst noch Familie hatte? Irgendwelche Verwandten?«

»Nicht, dass ich wüsste«, sagte Keitel.

Die Zwillingsbrüder antworteten abermals mit einem gleichzeitigen Achselzucken.

Carl kritzelte die Informationen mit seinem immer stumpfer werdenden Bleistiftstummel in sein Notizbuch. Er spürte, dass die Männer ihm nur einen Teil der Wahrheit offenbarten. Die Aufklärung dieses Falles würde sich nicht so einfach gestalten, wie es auf den ersten Blick ausgesehen hatte.

# Kapitel 2

*Köln, um dieselbe Zeit*

Anne blieb wie angewurzelt stehen und blinzelte, weil sie im ersten Moment glaubte, eine Art Fata Morgana vor sich zu haben. Sie hatte seit mindestens zwanzig Stunden nicht geschlafen, vielleicht kam die Sinnestäuschung daher. Die wunderschöne junge Frau, die dort drüben inmitten einer trostlosen Ruine stand, lächelte mit einer Strahlkraft, als hätte sie den Hauptgewinn in einer Lotterie gezogen. Und was angesichts des kühlen Wetters noch bemerkenswerter war: Bis auf ein seidenes Nichts von Unterwäsche war sie völlig nackt. Abgesehen von den feinen, mit neckischen Bommeln versehenen Pantöffelchen, die Anne erst bei genauerem Hinsehen auffielen.

Anne blinzelte ein zweites Mal, aber die junge Frau war real. Strahlend stand sie in ihren feinen, rüschenbesetzten Dessous da, um sie herum nur Zerstörung. Kein persönlicher Gegenstand, kein Kleidungsstück, weder Tisch noch Stuhl. Nichts.

Ein klarer Fall. Anne erlebte oft solche widersinnigen Verhaltensformen, um nicht zu sagen Verrücktheiten. Ihr Beruf als Krankenschwester brachte das unweigerlich mit sich. Sie kannte eine Frau, die sich zwanghaft die Haare ausriss und sie aß. Nicht etwa aus Hunger, sondern weil sie an einer geistigen Störung litt. So wie viele in diesen Zeiten, was sicher vorwiegend mit dem Krieg zusammenhing. Und mit dem Hunger und der Kälte. Oder es kam alles zusammen, wer konnte das schon mit Gewissheit sagen. Manche Menschen hatten komplett ihren Realitätssinn verloren, andere nur ein bisschen.

Annes fünfzehnjährige Schwester Lotti war das beste Beispiel. Lotti hatte Visionen von Jesus Christus, der sogar persönlich mit ihr sprach. Nicht ständig, aber oft genug, um Anne und ihre andere Schwester Frieda zur Verzweiflung zu treiben.

Wenigstens kam Lotti während ihrer Visionen nicht auf die Idee, sich bis auf die Unterwäsche zu entkleiden. Sie lief auch nicht mit entrücktem Lächeln in den Ruinen herum, sondern behielt ihren direkten Draht zu Jesus für sich. Lotti wusste sehr wohl, dass man sie sonst für geisteskrank halten würde. So gesehen war sie längst nicht so verwirrt wie die junge Frau dort in der Ruine. Im Gegenteil, Lotti war sogar überdurchschnittlich intelligent. Auf dem Lyzeum erzielte sie durchweg exzellente Noten, und bislang hatten Anne und Frieda ihr zum Glück erfolgreich ausreden können, in ein Kloster einzutreten.

Die junge Frau in dem Seidennegligé hörte abrupt auf zu lächeln. Ihr perfekt geschminktes Gesicht nahm einen konzentrierten Ausdruck an, während sie auf ihren Pantöffelchen vorsichtig über die herumliegenden Trümmerstücke hinwegstakste und sich in eine andere Ecke des Zimmers begab – oder genauer: in die Ecke dessen, was von dem einstigen Zimmer noch übrig geblieben war, zwei geborstene Wände eines von Schutt übersäten Erdgeschosses ohne Decke. Von den drei Obergeschossen war nur noch die rückwärtige Außenwand vorhanden. Hier und da ragte ein Eisenträger heraus, an einer Stelle hing noch ein Ofenrohr. Es spross aus dem Mauerwerk wie der Rüssel eines urzeitlichen Mammuts, starr ins Leere gereckt und dem nagenden Rost preisgegeben.

An ihrem neuen Standort schien es der jungen Frau besser zu gefallen, sie strahlte wieder.

»Das ist gut«, hörte Anne eine Männerstimme sagen. »Da ist das Licht schöner.«

Als Nächstes war das Klicken einer Kamera zu vernehmen,

und gleich darauf tauchte auch der Fotograf in Annes Blickfeld auf. Er suchte sich eine andere Position und knipste drauflos.

»Mir ist kalt«, maulte die junge Frau.

»Nur eine Minute noch. Mach mal ein bisschen was mit deinen Armen.«

Die junge Frau breitete in einer unbestimmten Geste die Arme aus, dann stemmte sie die Hände in die Hüfte und schob in sinnlicher Pose das Becken nach vorn. »So ungefähr?«

»Ja, sehr gut!«

Anne ging weiter. Hier brauchte niemand ihre Hilfe, im Gegenteil. Die junge Frau erfreute sich bester Gesundheit. Außerdem musste sie gute Beziehungen haben, sehr gute sogar, denn sie hatte üppige Rundungen vorzuweisen. Bei Leuten ohne Beziehungen konnte man die Rippen zählen, da stachen die Knochen förmlich heraus. Anne sah fast jeden Tag hungernde, ausgemergelte Menschen, sowohl im Krankenhaus als auch bei ihren Hausbesuchen, mit denen sie sich ein bisschen was dazuverdiente. Manchmal schämte sie sich fast, weil sie selbst nicht so klapperdürr war wie viele ihrer Patienten. Was sie jedoch zweifellos gewesen wäre, wenn sie nicht Frieda gehabt hätte, die pausenlos auf Hamsterfahrt ging.

Während Anne die Ruine passierte, die ehemals ein stattliches Geschäftshaus gewesen war, hörte sie immer noch die Anweisungen des Fotografen. Menschen mit Kameras waren in diesen Tagen kein seltener Anblick. Das Trümmermeer rund um den Kölner Dom schien sie magisch anzuziehen, mittlerweile anscheinend auch als Kulisse für Modeaufnahmen. War das die neue Normalität? Trümmer und Seidenhemdchen, zu einem Bild verschmolzen, mit einer überheblichen, fast schon rotzigen Aussage: Wer immer auch unter diesen Schuttbergen gestorben ist – wir stehen jetzt hier in neuem Schick.

Nein, dachte Anne. Normal war das nicht. Höchstens Kunst.

Sie besann sich: Es war *doch* normal, denn Kunst durfte viel. Kunst war – endlich wieder – frei. So wie sie alle.

Anne konnte nicht umhin zu lächeln. Für sie schloss sich bei diesen Gedanken ein Kreis, denn soeben war ihr in den Sinn gekommen, was man der Kunst nachsagte. Dass sie oft brotlos sei.

Ebenfalls wie sie alle.

*

Die Ausbeute von Friedas Hamsterfahrt lag ausgebreitet auf dem Tisch, als Anne heimkam: ein großes Kastenbrot, ein ordentliches Stück Dauerwurst, zwei Dosen Kondensmilch, drei Büchsen Corned Beef, ein gutes Dutzend Äpfel und fünf Briketts. Das Kastenbrot bestand überwiegend aus Kastanienmehl, aber mit der Wurst in der Pfanne geröstet würde es königlich schmecken. Die Äpfel waren verschrumpelt und vereinzelt wurmstichig, aber für Obst in jeder erdenklichen Form konnte man nur dankbar sein. Und die Dosenmilch war ein seltener Fang, steif geschlagen war sie eine wahre Köstlichkeit. Ganz zu schweigen von dem Corned Beef, das hatten sie lange nicht mehr gehabt. Anne lief bereits das Wasser im Mund zusammen. Für den Rest der Woche hatten sie satt zu essen.

Es hätte sogar noch mehr sein können, ein Dutzend Eier und eine große Speckschwarte, aber die hatte Frieda verloren, weil sie sich mit einem anderen Hamsterfahrer um einen Platz im Waggon des Zuges hatte prügeln müssen. Die Eier waren im Gedränge mitsamt Karton auf dem Boden des Waggons zertrampelt und die Speckschwarte unterdessen von irgendwem heimlich geklaut worden.

Zurückbehalten hatte Frieda ein blaues Auge und eine geschwollene, blutverkrustete Nase.

Anne besah sich mit geschultem Blick das schillernde Veilchen und tastete vorsichtig den Nasenknochen ab.

Frieda ertrug es ohne einen Mucks, jedoch mit zusammengebissenen Zähnen.

»Tut es sehr weh?«, fragte Anne teilnahmsvoll.

»Es geht. Ist die Nase gebrochen?«

»Soweit ich es beurteilen kann, nicht.«

Es war nicht die erste Hamsterfahrt, von der Frieda verletzt zurückkehrte. Einmal hatte sie zwei Fingernägel verloren. Ein Mann hatte ihr den Sack mit den Kohlen entrissen, die sie kurz vorher erbeutet hatte. Frieda hatte den Sack eisern festgehalten, doch der Mann war stärker gewesen. Ein anderes Mal hatte sie sich eine Platzwunde am Hinterkopf zugezogen, weil sie vom Trittbrett eines fahrenden Zuges gestürzt war. Viele mussten auf den Trittbrettern der Hamsterzüge mitfahren, etliche sogar auf den Puffern und Dächern, weil die Leute in den Waggons schon so eng zusammengepfercht standen, dass kaum noch einer richtig atmen konnte.

Anne lebte in der beständigen Sorge, dass Frieda bei diesen halsbrecherischen Unternehmungen ernsthaft zu Schaden kam. Wer auf Hamsterfahrt ging, musste mit allem rechnen. Es wurde gerangelt, geboxt, geschubst und nicht selten auch geraubt. Rücksicht konnte niemand erwarten. Für die Allermeisten ging es buchstäblich ums Überleben, jeder kämpfte verzweifelt für sich allein. Zu Hause warteten die Familien auf jeden noch so kleinen Bissen Nahrung. Kinder mit aufgetriebenen Bäuchen, werdende Mütter mit tief eingesunkenen Augen in spitzen Gesichtern, alte Menschen mit Hungerödemen. Anne begegnete ihnen bei ihrer Arbeit beinahe täglich.

Sie tupfte ihrer Schwester das getrocknete Blut unter der Nase mit Kölnisch Wasser ab. Davon hatte sie immer ein Fläschchen vorrätig; eine ihrer Patientinnen hatte Beziehungen zu 4711. Mit dem Rest der Flüssigkeit tränkte sie ein Taschentuch und reichte es Frieda als Kompresse für das lädierte Auge.

Frieda drückte sich das nasse Taschentuch nachlässig auf ihr Veilchen, dann stand sie auf und reckte sich. Sie war schmutzig vom Kohlenstaub und hatte überall blaue Flecken, aber ihr Unternehmungsgeist war ungebrochen.

»Soll ich gleich die Briketts eintauschen gehen?«

»Nein, darum kümmere ich mich«, erklärte Anne. »Du wäschst dich jetzt erst mal, und dann ruhst du dich ein bisschen aus.«

»Du siehst aber aus, als wärst du mindestens genauso kaputt wie ich. Wie lange bist du auf den Beinen? Warst du überhaupt seit gestern zwischendurch zu Hause oder hattest du wieder eine Doppelschicht? Du darfst dich nicht immer so ausbeuten lassen!«

Anne zuckte mit den Schultern. »Es geht schon. Ein bisschen was auf dem Schwarzmarkt zu besorgen, kriege ich noch hin.«

»Na gut. Aber lass dich nicht bescheißen.«

»Ich gebe mein Bestes«, versprach Anne, wie immer nicht ganz überzeugt, ob sie dieser Anforderung gerecht werden konnte. Ihren beruflichen Fähigkeiten vertraute sie blind, doch in der Welt des Schwarzhandels fühlte sie sich alles andere als heimisch. Im Gegensatz zu Frieda, der lag es gleichsam im Blut. Schon als junges Mädchen war sie in die Schattenwelt des Schwarzmarkts eingetaucht, hatte sich darin so traumwandlerisch sicher bewegt wie ein Fisch im Wasser. Nur ein einziges Mal war sie verhaftet worden, damals, als sie alle noch in Essen gelebt hatten. Von Arnold …

Sofort befahl Anne sich, nicht weiter an Arnold zu denken. Ginge es nach ihr, würde sie *nie wieder* an ihn denken. Was aber wohl bis ans Ende ihrer Tage ein frommer Wunsch bleiben würde. Hätte sie wie ihre jüngste Schwester mit Jesus sprechen können, hätte der ihr wahrscheinlich mitgeteilt, das durch Arnold verursachte Leid sei das Kreuz, welches sie nun mal tragen müsse.

*

Auf ihrem Weg zum Schwarzmarkt sah sie ihren Neffen Emil in einer benachbarten Ruine auf einer mindestens drei Meter hohen Mauer entlangbalancieren. Unten standen seine kleinen Freunde und feuerten ihn an. Mit angehaltenem Atem beobachtete Anne, wie Emil sich, beide Arme ausgebreitet, Schritt für Schritt bis zum Ende der Mauer vorwärtsbewegte und triumphierend auflachte, als er endlich sicheren Boden erreichte – soweit man dieses von Schrapnellen durchlöcherte erste Stockwerk überhaupt als sicher bezeichnen konnte. Die Treppe bestand nur noch aus Fragmenten von Stufen, die vereinzelt und in unregelmäßigen Abständen aus der Wand ragten wie Tasten eines zerschlagenen Klaviers.

Emil hüpfte diese Stufenreste leichtfüßig hinab, er war erst sechs, aber unerschrocken und wendig wie ein Zirkusartist. Erst als er unter dem lautstarken Beifall der übrigen Kinder unten angekommen war, wagte Anne, ihn zu sich zu rufen.

»Du sollst doch nicht so weit oben herumklettern, da kann sonst was passieren«, schalt sie ihn, obwohl sie wusste, dass er sich kaum darum scherte.

»Komm mal her.« Anne drückte ihren Neffen fest an sich, während ihr das Herz vor Zuneigung überströmte. »Deine Mutter ist wieder zurück«, teilte sie dem Kleinen mit.

»Ich weiß, hab sie vorhin schon gesehen.«

»Hast du dir heute Mittag Schwedenspeise geholt?«

Emil hob die Schultern, was bedeutete, dass es wieder Eintopf gegeben hatte, eine undefinierbare Pampe aus allerlei Resten und gerade genug Erbsen, um es grünlich aussehen zu lassen. Emil verabscheute Erbseneintopf, sowohl die Farbe als auch den

Geruch. Irgendwer hatte ihm mal weisgemacht, es handle sich um aufgewärmte Kotze, und weder Argumente noch Hunger hatten ihn seither dazu bewegen können, davon zu essen.

Im Wechsel zum Gemüseeintopf wurde an den Suppenküchen auch süßer Brei ausgeteilt, den verschlang Emil wie alle Kinder mit Begeisterung, aber die Erbsenpampe verschmähte er hartnäckig. Das wiederum erforderte zusätzliche Beschaffungen von Essbarem, um die entfallenden Mahlzeiten zu ersetzen. Außerdem mussten sowohl Anne als auch Frieda bei Tisch sorgsam darauf achten, dass Lotti in ihrer frommen Selbstlosigkeit nicht Teile ihrer eigenen Rationen abzwackte und aufhob, um Emil zwischendurch was zustecken zu können. Oder um im Wetteifer mit dem heiligen Franziskus streunende Tiere durchzufüttern. Das Mädchen war eine wandelnde Lichtgestalt, aber auch bald nur noch ein Strich in der Landschaft.

Es traf sich gut, dass sie noch genug Kohlen hatten, so konnte Anne für die von Frieda organisierten Briketts Milch besorgen, sofern es welche gab. Vielleicht ließen sich damit sogar ein paar von den Eiern ersetzen, die Frieda im Zug verloren hatte. Regulär hatten sie schon lange keine Eier mehr bekommen, da halfen einem weder Geld noch Lebensmittelmarken. Brot und Margarine in armseligen Portionen, das war in den Läden seit Wochen das Höchste der Gefühle, aber auch nur dann, wenn man schon im Morgengrauen loszog, um sich früh genug anstellen zu können.

»Wo gehst du hin, Tante Anne?«, erkundigte sich Emil.

»Einkaufen.«

»Bringst du mir was mit?«

»Na klar.« Anne strich ihrem Neffen über die widerspenstigen Locken, dann klemmte sie sich die in Zeitungspapier eingewickelten Briketts fester unter den Arm und setzte ihren Weg zum Schwarzmarkt fort.

# Kapitel 3

*Mai 1948*

Zwei Wochen nach dem Tod von Adelheid Hoffmann fuhr Carl mit dem Zug nach Köln. Es gab ein notariell hinterlegtes Testament, und der Inhalt war für alle in der Abteilung eine ziemliche Überraschung gewesen. Grund genug, sich auf die Socken zu machen und der Sache nachzugehen. Eine Ermittlungsregel bei Mordfällen lautete: Folge der Spur des Geldes.

Er hatte eine Sitzplatzreservierung in der zweiten Klasse, was eindeutig von Vorteil war, denn der Zug war restlos überfüllt von Hamsterfahrern. Die meisten von ihnen drängten sich in der Holzklasse und in den Stehwaggons zusammen, aber weil es so viele waren, rückten sie notgedrungen auch in die übrigen Abteile vor, bis sie auch dort standen wie die Ölsardinen in der Büchse. Der Schaffner versuchte vergeblich, sich durch die Reihen zu kämpfen, und Carl konnte seinen Sitzplatz auch nur deshalb einnehmen, weil er zusätzlich zur Reservierung seine Polizeimarke vorzeigte. Der streitlustige junge Bursche, der sich dort mitsamt seinem Rucksack niedergelassen hatte, hätte sich sonst bestimmt nicht wegbequemt. Er beäugte die Marke voller Misstrauen und räumte nur unter Flüchen das Feld. Auf der Suche nach einem akzeptablen anderen Standort rempelte er sich rücksichtslos den Weg durch den Gang frei.

Carl ließ sich nieder und blickte müßig aus dem Fenster, das halb heruntergeschoben war und den Fahrtwind hereinließ. Es war ein sommerlich warmer Tag, die Sonne schien von einem wolkenlos blauen Himmel und tauchte die Landschaft in goldenes Licht. Wenn man nicht genau hinsah, gewann man den Eindruck einer reinen Idylle. Schafe, die auf Blumenwiesen weideten, Bäume in frischem Frühlingsgrün, Bauernhäuser inmitten gelb leuchtender Rapsfelder, hier und da wie hingetupft weiß und lila blühender Flieder. Alles völlig friedlich und unberührt.

Bei näherer Betrachtung waren jedoch auch die Hinterlassenschaften des Krieges zu erkennen. Die von Unkraut zugewucherten Bombenkrater. Abgeknickte Strommasten. Ausgebrannte Scheunen. Und überall dort, wo sich Ortschaften befanden, reihenweise Ruinen und Trümmerberge.

Man hätte denken können, dass drei Jahre mehr als genug Zeit waren, um all die Trümmer wegzuräumen, erst recht, wenn ein ganzes Volk mit nahezu nichts anderem beschäftigt war. Doch die schiere Menge des gesamten Schutts war von ihren Dimensionen her so gewaltig, dass selbst übermenschliche Anstrengungen nicht ausreichten, um alles auf einmal aus den Städten zu schaffen. In Essen, so hatte Carl unlängst in der Zeitung gelesen, hatte bisher nur etwa ein Zehntel der Trümmer beseitigt werden können. Kreuz und quer durch die Stadt verliefen behelfsmäßig verlegte Schienen, über die ohne Unterlass schwankende Loren ratterten, allesamt bis zum Rand mit Schutt beladen.

Carl hatte selbst nach seiner Wiedereinstellung über Monate hinweg mit anpacken müssen, so wie alle Kollegen, vom Anwärter bis zum Oberrat. Das Präsidiumsgebäude war durch die Luftangriffe stark beschädigt worden, der Seitenflügel in der Virchowstraße vollständig niedergebrannt. Ungezählte Stunden hatte er nach Feierabend zusammen mit Werner und vielen anderen Kollegen die Trümmer weggeräumt, oft bis zum Einbruch der Dunkelheit, und doch war es ihnen eine Ewigkeit lang so vorgekommen, als würden die Schuttberge niemals kleiner.

Zugleich hatte diese gemeinsame Arbeit das Zusammengehörigkeitsgefühl gestärkt, nicht zuletzt bei Carl, der sich nach seinem Neueinstieg zuerst fremd und unsicher gefühlt hatte. Wie ein Berserker hatte er malocht, hatte es allen gezeigt. Er, der Kohlehauer, der Kumpel, dem Staub und Dreck nichts ausmachten. Der genau wusste, wie man eine Schaufel hielt und Gesteinsbrocken fortschaffte.

Bis zum Umfallen hatte er geschippt und geräumt und dabei viel von seiner Wut wegarbeiten können. Irgendwann hatte er gewusst, dass er wieder dazugehörte. Jetzt, drei Jahre später, war es fast so, als sei er nur kurz weg gewesen. Aber eben nur fast, wie ihm bei Schneiders plötzlichem Auftauchen am Tatort bewusst geworden war. Manche Dinge brauchten eben länger.

So wie in Essen war auch die Innenstadt von Köln immer noch ein einziges Trümmermeer. Eine Ruine reihte sich an die nächste, obwohl auch hier die Aufräumarbeiten seit Jahren in vollem Gange waren. Ein Teil der Straßenbahnen fuhr bereits wieder, es gab Strom und Wasser, zumindest in Teilen der Stadt, und auch die Müllabfuhr sorgte regelmäßig dafür, dass die Kölner Bürger nicht an ihrem Unrat erstickten. Über eine halbe Million Menschen lebten wieder in der Stadt, zehnmal mehr als gegen Kriegsende, und es kamen immer noch weitere dazu.

Erst vor wenigen Tagen war die beschädigte Hohenzollernbrücke wieder dem Verkehr übergeben worden. Während der Zug langsam über die Brücke rollte, hatte Carl einen freien Blick über den Rhein und das angrenzende Ufer. Zwischen den Ruinen und Trümmerbergen erhob sich majestätisch eine große alte Kirche – nicht der Kölner Dom, der befand sich geradeaus in Richtung Bahnhof und war deshalb nicht zu sehen, sondern irgendein anderes der unzähligen Kölner Gotteshäuser. Die Stadt war durch und durch katholisch, und ihr berühmt gewordener Kirchenoberer hielt es mit den Armen: Nach der vorletzten Silvesterpredigt des Kölner Erzbischofs Frings hatte sich im ganzen Land ein neues Wort für Kohlenklau eingebürgert: *fringsen*. Das Stehlen aus schierer Not war seither gleichsam mit kirchlichem Segen erlaubt. Kriminalstatistiken zufolge war die Anzahl der Kohlendiebstähle seither rasant gestiegen.

Am Kölner Hauptbahnhof herrschte ein ähnlicher Andrang wie bei Carls Abfahrt in Essen – auf den Bahnsteigen eine unaufhaltsam in Bewegung befindliche Menschenmenge, jeder Einzelne auf dem Sprung, den einlaufenden Zug zu entern und sich einen der raren Sitzplätze zu erkämpfen.

Carl wich den herandrängenden Massen so gut es ging aus und bahnte sich mit einigem Ellbogeneinsatz seinen Weg bis zum Ausgang, wo er sich zunächst zurechtfinden musste. Er war lange nicht in Köln gewesen, das letzte Mal irgendwann vor dem Krieg, und entsprechend ungewohnt wirkte die Umgebung auf ihn. Der Kölner Dom war einer der wenigen markanten Orientierungspunkte inmitten der weitflächigen Zerstörung.

Zu seiner Erleichterung entdeckte Carl nach kurzer Suche ein Straßenschild, das ihm den Weg wies. Etliche der Ruinen waren sogar mit Hausnummern versehen, meist aufgemalt oder eingeritzt, aber teilweise hatte man sogar wieder emaillierte Schilder angebracht. Überall hatten die Bewohner sich behelfsmäßig eingerichtet, unterhielten ihren Hausstand hinter bröckelnden Giebeln und löchrigen Mauern, deren scheibenlose Fensteröffnungen mit Tüchern zugehängt waren, um einen Rest Privatsphäre zu bewahren. Zwischen rostigen Eisenrohren waren Wäscheleinen aufgespannt, und kaputte Badewannen hatte man mit Erde angefüllt, um darin Gemüse oder Tabak zu ziehen.

Auf einer geborstenen Betonplatte, die früher mal eine Terrasse gewesen war, befand sich ein alter Kohleherd mit einem frei in die Luft ragenden, qualmenden Ofenrohr, und davor stand eine Frau und briet etwas Undefinierbares in einer Pfanne. Es roch fürchterlich, aber sicherlich würde irgendwer es runterschlingen, sobald es fertig war.

Überall in den Ruinen wuselten Kinder herum, lachend, lärmend, unbekümmert. Für sie war die Trümmerlandschaft ein einziger großer Spielplatz.

Carl gelangte zu dem Haus, das er suchte. Das einst vierstöckige Gebäude war ebenfalls nur noch in kläglichen Resten erhalten. In eine halbwegs intakte Mauerecke vom Parterre hatte sich jemand eine Hütte gezimmert, ein Konglomerat aus Teerpappe, Wellblech und angesengten Holzbrettern. Auch im Keller schien jemand zu wohnen. Steile Stufen führten von der Straße hinab in ein fensterloses Untergeschoss. Ein blonder Junge kam gerade die Treppe hoch. Ein schmales kleines Kerlchen, gekleidet in ein kariertes Hemd und eine abgewetzte kurze Lederhose. Die nackten Füße steckten in Sandalen aus Gummi, das jemand aus alten Autoreifen passend zurechtgeschnitten hatte. Die Rillen des Profils waren noch gut zu erkennen.

Obwohl der Junge kaum was auf den Rippen hatte, wirkte er sehnig und robust. Das helle Haar war zu kurzen Locken gestutzt, die Nase von Sommersprossen gesprenkelt. Die Ähnlichkeit mit Arnold Hoffmann war unverkennbar.

Carl sprach ihn an. »Wohnst du hier? Du heißt Emil, nicht wahr?«

Der Junge gab keine Antwort. Carl streckte ihm die Hand entgegen. »Guten Tag. Mein Name ist Carl. Ich komme aus Essen.«

Der Junge starrte seine Hand an, als könnte sie beißen. Im nächsten Moment drehte er sich auf dem Absatz herum und rannte die Treppe runter, zurück in den Keller.

»Tante Anne, Tante Anne, ein fremder Mann aus Essen!«, hörte Carl ihn kreischen.

Von unten drangen weitere aufgeregte Stimmen nach oben,

sie stammten von zwei Frauen. Gleich darauf tauchte eine von beiden auf der Treppe auf. Ob es an dem anmutigen Gleichmaß ihrer Schritte lag oder dem offenen, in Wellen herabfallenden Haar – Carl hatte zwei Atemzüge lang den Eindruck, als stiege vor seinen Augen ein Engel aus der Unterwelt empor.

Gleich darauf hatte sie ihr Haar mit raschen Bewegungen im Nacken zusammengesteckt und sich von einem Engel in eine übermüdet wirkende Blondine Mitte dreißig verwandelt, die ihn argwöhnisch musterte. Sie trug ein schlichtes, klein gemustertes Kittelkleid, war mittelgroß und zierlich und auch sonst von recht irdischem Äußeren. Sie war nicht auf engelhafte Weise lieblich, sondern eher auf eine etwas herbe Weise gut aussehend. Manch einer hätte ihr Kinn vielleicht zu kantig und die Nase eine Spur zu lang gefunden, zumindest auf den ersten Blick. Der zweite schien etwas viel Wichtigeres zu offenbaren. Sie war es wirklich. Es war tatsächlich Anne.

*

Anne dachte später viel über diese Begegnung nach. In den Sekunden davor war da nichts gewesen außer purer Angst. Das Hochschießen ihres Pulses, als Emil die Worte *Ein fremder Mann aus Essen* gesagt hatte. »Ihr rührt euch nicht vom Fleck, ich gehe allein raus«, hatte sie Lotti und Emil befohlen. Zum Glück war Frieda nicht da, das hätte Mord und Totschlag geben können!

Dann die Erlösung, wie bei einem unter Druck stehenden Ballon, aus dem schlagartig alle Luft entweicht: Der Mann aus Essen war nicht Arnold!

Danach gleich die nächste aufwühlende Regung: Misstrauen. Wer war der Kerl, was wollte er? Aber der eigentlich entscheidende und wichtigste Augenblick kam erst, als Anne ihm zum ersten Mal ins Gesicht sah. Und stutzte. Das war doch …

»Carl?«, fragte sie sicherheitshalber. »Carl Bruns?«

Wie lange war es her? Zwanzig Jahre? Sie rechnete kurz. Ja, fast. Es war in dem Sommer gewesen, als sie sechzehn wurde. Eigentlich war es ein Wunder, dass sie ihn überhaupt wiedererkannte, obwohl er auf unbestimmte Weise beinahe so aussah wie damals in den kurzen drei Monaten, die sie miteinander gegangen waren. Er hatte ein schmales Gesicht und sandfarbenes Haar und trug einen verknitterten alten Anzug, viel mehr hätte Anne zu seinem Äußeren momentan kaum sagen können. Es war offensichtlich, dass er sie ebenfalls wiedererkannte.

»Anne«, sagte er. Und schluckte, nachdem er ihren Namen ausgesprochen hatte. »Du hast dich kaum verändert«, entfuhr es ihm.

Sie musste lachen, denn sie wusste, wie sie aussah, vor allem nach der hinter ihr liegenden schlaflosen, aufreibenden Nacht: ungewaschen, ungekämmt und bis auf die Knochen erschöpft.

Davon abgesehen hatte sie sich ohnehin nie als besonders reizvoll empfunden. Ihre beiden Schwestern waren die Schönheiten; es war fast so, als hätten die Eltern erst üben müssen und sich bei jeder Tochter gesteigert: Anne, die Älteste, war deutlich kleiner und unscheinbarer geraten als Frieda, die zehn Jahre nach ihr auf die Welt gekommen war und von Geburt an als die Hübschere galt. Bis weitere zehn Jahre später das Nesthäkchen Lotti auf den Plan getreten war. Mit ihrem hohen Wuchs und dem elfenhaften Antlitz stellte Lotti die perfekte spätgeborene Vollendung der elterlichen Fortpflanzungsbemühungen dar, gleichsam die Krönung der familiären Evolution. Schon als Baby war sie der unumstrittene Sonnenschein aller gewesen, ein Püppchen wie aus dem Bilderbuch.

Ein Püppchen war Lotti jetzt nicht mehr, im Gegenteil, inzwischen war sie aufgeschossen und dünn wie ein Blumenstängel, sie wirkte insgesamt noch ein wenig unfertig, aber die künftige Grazie schimmerte schon durch. Bald würden ihr die Jungs hinterherhecheln, da konnte sie noch so fromm sein.

»Was tust du in Köln?«, wollte Anne wissen, voller Neugier, was ihn hergeführt hatte. »Oder bist du rein zufällig hier?«

»Nicht direkt.« Um seine Mundwinkel huschte ein Lächeln, und Anne spürte ihre innere Unruhe wachsen, erst recht, als sie die dargebotene Hand ergriff.

»Ich komme von der Kripo Essen, Abteilung Kapitalverbrechen«, erklärte Carl. »Ich ermittle in einem Todesfall.« Er zog eine Dienstmarke aus der Innentasche seiner Anzugjacke und zeigte sie Anne. »Ich würde gern mit deiner Schwester sprechen. Ist sie da?«

Anne schüttelte stumm und erschrocken den Kopf.

»Sie wohnt aber hier mit dir zusammen, oder?«

»Ja, sie ist nur gerade nicht da«, antwortete Anne reserviert. »Worum geht es denn?«

Er stellte eine Gegenfrage. »Wann kommt sie zurück?«

»Jetzt im Moment«, sagte Anne und zeigte in die entsprechende Richtung.

Frieda kam die Schildergasse herunterspaziert, als gehörte die Straße ihr. So kam sie immer daher – mit ausgreifenden Schritten, erhobenem Kopf und durchgedrückten Schultern. Der Platz, den sie dabei einnahm, schien immer etwas heller zu sein als die Umgebung, das war die Wirkung, die sie auf Menschen ausübte.

»Frieda, das ist Carl Bruns von der Kripo Essen«, stellte Anne ihn ihrer Schwester vor, bevor Carl selbst etwas sagen konnte. »Er ermittelt in einem Todesfall.«

»Carl?« Frieda entwich ein Laut des Erstaunens. »Ist das etwa *der* Carl? Dein allererster Freund? Und der ist jetzt bei der Kripo? Mein lieber Herr Gesangsverein!« Sie grinste Anne an. »Hast du jemanden umgebracht?«

»Er will eigentlich mit dir sprechen.«

»Reine Routine«, warf Carl ein. Seine Stimme klang freundlich, aber Anne war sich bewusst, dass seinem aufmerksamen Blick nichts entging. Er reichte auch Frieda die Hand zur Begrüßung, ehe er fortfuhr: »Vor zwei Wochen wurde in Essen-Rüttenscheid eine Frau namens Adelheid Hoffmann tot aufgefunden, allem Anschein nach ermordet. Deine Schwiegermutter, Frieda.«

Anne fühlte sich bei seinen letzten Worten von einer jähen, rachelüsternen Befriedigung durchflutet, und nicht ohne Sorge fragte sie sich, ob Carl es ihr wohl ansah. In dem Bemühen, ihren Gesichtsausdruck zu kontrollieren, riskierte sie einen Seitenblick zu Frieda. Auch ihre Schwester hatte eine unbewegte Miene aufgesetzt, doch Anne spürte mit allen Sinnen, dass Frieda ebenso aufgewühlt war wie sie.

»Es gibt eine letztwillige Verfügung. Frieda, dein Sohn Emil ist demnach der Enkel von Adelheid Hoffmann. Deswegen bin ich hier. Sie hat den Jungen testamentarisch als Alleinerben eingesetzt.«

»Sie hat *was?*«, platzte Frieda heraus. Die Verblüffung stand ihr ins Gesicht geschrieben.

»Adelheid Hoffmann hat laut amtlich eröffnetem Testament ihr gesamtes Vermögen deinem Sohn vererbt. Einschließlich des Hauses, in dem sie gewohnt hat.«

»Und was ist mit Arnold – wäre nicht eigentlich er der gesetzliche Erbe?«, erkundigte sich Anne. Die Frage kam ihr nur mühsam über die Lippen. Den Namen ihres Schwagers auszusprechen fühlte sich fast so widerwärtig an wie damals seine Berührungen.

»Theoretisch wäre er pflichtteilsberechtigt, aber es ist kaum zu erwarten, dass er Ansprüche geltend macht. Er wird wegen Massenmords gesucht.«

»Was?«, entfuhr es Frieda und Anne gleichzeitig.

Entgeistert sahen sie zuerst einander und dann Carl an.

Und dann hörten beide in schockiertem Schweigen zu, was er ihnen zu berichten hatte, über die Ermordung mehrerer Dutzend Zwangsarbeiter, die Entdeckung des Massengrabs, die laufende Fahndung. Und das Todesurteil, das gegen Arnold ergangen war.

»Ihr wisst nicht zufällig, wo er sich aufhält, oder?«, fragte Carl, nachdem er mit seiner Schilderung fertig war.

»Wir haben ihn seit Jahren nicht gesehen«, erklärte Anne. »Und seine Mutter auch nicht.«

»Bist du extra deswegen nach Köln gekommen?«, fragte Frieda. »Um uns zu fragen, wo er ist?« Sie hielt inne und schüttelte den Kopf. »Sicher nicht. Also was genau willst du hier?«

»Wie ich schon sagte: Ich ermittle in dieser Angelegenheit, da ein Verbrechen vorliegen könnte.«

Mit *Verbrechen* meinte er logischerweise Mord. Anne hatte genug Kriminalromane gelesen, um das Unausgesprochene herauszuhören. Bei einem Mord erhob sich stets die Frage nach dem Motiv. Zum Beispiel Rache oder Hass. Und natürlich Geld. Das Testament hatte sofort in eine bestimmte Richtung gewiesen – hierher nach Köln, zu ihnen in die Schildergasse. Sie waren diejenigen, die von Adelheids Tod profitierten. Genau deshalb war er hergekommen: um ihnen ins Gesicht sehen und ihre Reaktionen beobachten zu können, während er ihnen diese Botschaft überbrachte. Er hatte sie unvorbereitet antreffen wollen, sodass sich vorher niemand seine Aussage zurechtlegen konnte.

Frieda kleidete Annes Gedanken in Worte. »Stehen wir unter Verdacht?«, fragte sie Carl geradeheraus.

»Dafür sehe ich bisher keine Anhaltspunkte«, antwortete er.

»Wie bist du überhaupt an unsere Adresse gekommen?«, wollte Anne wissen. In Essen wusste niemand, wo sie damals vor sechs Jahren hingezogen waren. Sie hatten es vor allen geheim gehalten und ihre Spuren verwischt.

»Reine Routine«, entgegnete Carl wie schon einmal. Seine Miene war unergründlich. »Würdest du deinem Mann zutrauen, dass er seine Mutter umgebracht hat?«, wollte er dann unvermittelt von Frieda wissen.

»Auf jeden Fall«, antwortete Frieda, ohne zu zögern. »Er ist zu allem fähig, wenn er richtig wütend ist. Passen würde es hundertprozentig zu ihm. Erst recht, nachdem er ja vorher schon ein paar Dutzend andere umgelegt hat. Ist doch so, oder?«

»Gewiss«, gab Carl zerstreut zurück, doch sein Blick richtete sich dabei auf Anne. »Würdest du deinen Schwager ebenfalls so einschätzen? Als einen Mann, der auch innerhalb der Familie zur Gewalttätigkeit neigt?«

»Und ob«, entfuhr es Anne.

»Das klingt, als würdest du aus eigener Erfahrung sprechen.«

Anne verfluchte sich stumm. Von der Vergewaltigung wussten nur drei Menschen: Sie selbst, Arnold, seine Mutter.

Adelheid war tot, das gehässige alte Biest. Und Arnold würde nach Lage der Dinge nie wieder auftauchen, nicht angesichts der Untaten, die er außerdem noch auf dem Kerbholz hatte.

Mit all dem, was sie seinetwegen durchgemacht hatte, musste sie allein fertigwerden. Das hatte sie sich damals um ihrer Schwester willen geschworen. Es war ihr rabenschwarzes Geheimnis und würde es bleiben. Niemandem war geholfen, wenn Frieda sich bis ans Ende ihrer Tage mit zusätzlichen Selbstvorwürfen zerfleischte. Sie war genau die Art Mensch, die dazu neigte und darüber ihre ganze Lebensfreude verlieren konnte. Schon oft genug hatte sie hervorgehoben, dass alles bloß ihre Schuld sei – *sie* habe Arnold in die Familie gebracht, nur seinetwegen hätten sie weglaufen müssen und dadurch alles verloren – Heimat, Freunde, ihr ganzes vertrautes Leben.

»Anne weiß sehr gut, wozu er fähig ist«, mischte Frieda sich ein. »Sie hat gesehen, was er *mir* angetan hat.«

Zu Annes Erstaunen nickte Carl. »Ich hörte davon«, erklärte er.

»Woher?«, fragte Frieda stirnrunzelnd. »Ich hatte die Anzeige gegen ihn doch sofort zurückgezogen! Warst du damals auch auf dem Revier beschäftigt?«

»Zu der Zeit nicht, ich war eine Weile außer Dienst. Doch ein Kollege hat mir von dem Vorfall erzählt, neulich erst. Der wusste auch noch über ein paar Einzelheiten Bescheid. Dass dein Mann dich krankenhausreif geprügelt hat und dass du kurz nach der Geburt deines Sohnes verschwunden bist, zusammen mit deinen Schwestern und dem Kind. Dein Mann konnte dich, wie es später hieß, trotz seiner Nachforschungen nicht ausfindig machen.«

»Vielleicht hätte er sich bei dir ein paar Routinemethoden abgucken sollen«, versetzte Frieda leichthin.

»Warum hast du damals die Anzeige gegen deinen Mann zurückgezogen?«

»Weil er mir damit gedroht hat, uns alle umzubringen. Eigenhändig. Er wollte es so machen, dass ihm keiner auf die Schliche kommt.«

»Und das hast du ihm geglaubt.« Es klang eher nach einer Feststellung als nach einer Frage. Trotzdem antwortete Frieda in scharfem Ton.

»Ja, ich habe ihm geglaubt. Ich war eine aktenkundige Herumtreiberin und er ein hochdekorierter SS-Offizier. Und bitte nenn ihn nicht immer *meinen Mann*.«

»Ihr seid aber noch verheiratet, oder?«

»Ich wäre schon längst geschieden, wenn die Zeiten nicht so verflucht schwer gewesen wären. Meinst du etwa, wir hätten Geld für Anwälte oder Gerichtsverfahren rauswerfen können?« Frieda klopfte mit dem Fuß auf den Boden, das tat sie oft, wenn sie ungeduldig war und ein Gespräch beenden wollte. Groß und aufrecht stand sie da, ein Bild von einer Frau, das schöne, klare Gesicht mit den hellen Augen und dem tragischen Zug um die Lippen ein schmerzlich vertrauter Anblick für Anne.

»Das ist deine kleine Schwester, sie heißt Elfriede«, hatten die Eltern zu Anne gesagt, als sie damals mit dem Baby aus der Klinik nach Hause gekommen waren. »Du musst immer gut auf sie aufpassen.«

Anne hatte das mit hellem Flaum bedeckte Köpfchen gestreichelt und es versprochen. Genauso wie nach Lottis Geburt. Sie war immer eine gute große Schwester gewesen. Und später eine gute Tante.

»Ist alles in Ordnung?« Das kam von Lotti. Sie hatte sich gegen Annes Anweisung ins Freie gewagt, mit Emil im Schlepptau. Scheu betrachtete sie den Mann aus Essen, ehe sie sich an Anne wandte. »Ist irgendwas Schlimmes passiert?«

»Nein, gar nicht«, antwortete Anne. Es klang betont fröhlich. Sie warf Carl einen bittenden Blick zu. *Nicht vor den Kindern!*

Sein kurzes Nicken signalisierte ihr, dass er verstanden hatte.

»Wir haben eine gute Nachricht erhalten«, sagte Frieda zu Lotti. »Emil hat ein Haus in Essen geerbt, was sagst du dazu?«

»Was für ein Haus?«

»Das in Rüttenscheid, wo wir früher mal kurz gewohnt haben.«

»Bei Tante Adelheid?«

»Genau.«

»Ist sie gestorben?«

»Ganz recht, sonst gäbe es ja nichts zu erben.«

»Wer ist Tante Adelheid?«, wollte Emil von seiner Mutter wissen.

»Niemand, den du kennst.«

»Warum kriege ich dann ihr Haus?«

»Sie fand dich als Baby so nett.«

Emil sah Carl an. »Stimmt das?«

Carl brummte etwas Zustimmendes, was ihn aber nicht daran hinderte, aufmerksam in die Runde zu blicken. Der Reihe nach musterte er die beiden Frauen, das Mädchen und den Jungen.

Anne besann sich auf ihre Manieren und überspielte damit zugleich ihr Unbehagen. »Carl, das ist Lotti, unsere jüngste Schwester. Lotti, das ist Herr Bruns aus Essen. Er hat uns über das Testament benachrichtigt.«

»Ziehen wir jetzt nach Essen in das Haus?«, wollte Emil wissen. »Wenn es mir gehört, können wir doch da einziehen.«

»Darauf kannst du wetten«, erwiderte Frieda, während im selben Moment Anne sagte: »Wohl kaum.«

Nach einem Moment konsternierten Schweigens fügte Anne erklärend hinzu: »In dem Haus ist sicher sowieso alles vom Keller bis unters Dach voll mit Zwangseinquartierungen, wahrscheinlich wimmelt es da nur so von Leuten.«

Carl blickte von einer zur anderen. »Das trifft zu, davon konnte ich mir schon ein Bild machen. Allerdings steht die Wohnung der Verstorbenen gerade leer. Die Leute, denen sie zuletzt ein Zimmer zur Verfügung stellen musste, sind schon vor ihrem Tod weitergezogen, eine Neubelegung war noch nicht erfolgt.« Er räusperte sich. »Die Wohnung wäre also verfügbar, sofern von Erbenseite dringender Bedarf besteht. Das kann sich aber schnell ändern, das Wohnungsamt ertrinkt in Anträgen von Menschen ohne Obdach.«

»Da siehst du's, Anne«, sagte Frieda. An Carl gewandt, fuhr sie fort: »Wir haben Bedarf und nehmen die Wohnung. Was müssen wir dafür machen?«

»Das fällt in die Zuständigkeit des Nachlassgerichts. Und

natürlich in die der Stadtverwaltung, wegen der benötigten Zuzugsgenehmigung.«

»Danke«, sagte Frieda. Ein Strahlen verklärte ihr Gesicht. »Danke für alles!«

Anne schluckte, doch sie sagte nichts mehr. Sie konnte Frieda nur zu gut verstehen. Da unten im Keller, das war kein Leben, schon gar nicht für ein Kind. Noch so einen Winter wie den vorletzten würden sie vielleicht nicht überleben. Reihenweise waren die Leute im Viertel erfroren, wenn sie nicht schon vorher verhungert waren.

Trotzdem würde sie mit Frieda in Ruhe darüber reden müssen. Nicht über alles, nicht über ihr Geheimnis. Aber sie konnte ihre Einwände auch nicht einfach unter den Tisch fallen lassen. In dieser Sache waren sie noch nicht am krausen Bäumchen.

# Kapitel 4

Auch Carl dachte später während seiner Rückfahrt in einem abermals heillos überfüllten Zug darüber nach, dass er, was den Fall betraf, noch lange nicht am krausen Bäumchen war. In Essen und Umgebung stand dieses Sprichwort dafür, dass man sich an einem Punkt befand, der noch ein ganzes Stück vom Ziel entfernt war. Für eine Wegstrecke, die es noch zu überwinden galt.

Zurückzuführen war diese gern und häufig gebrauchte Redewendung auf eine Legende über einen besonderen Baum, eine uralte Linde, die einst auf dem Grab eines Essener Bischofs wuchs. Jene Linde, genannt *das krause Bäumchen,* diente zugleich als Grenzmarkierung – dort endete die Gerichtsbarkeit des Stiftsbezirks. Wer dieser entfliehen wollte, musste zuerst das krause Bäumchen erreichen, dann war er frei und hatte es geschafft.

Carl hatte das untrügliche Gefühl, noch sehr weit von der Lösung des Falls entfernt zu sein. Arnold Hoffmann war sein Hauptverdächtiger, aber Anne und ihre Schwestern hatten etwas zu verbergen. Alle drei. Vor ihm, aber möglicherweise auch voreinander. Von dem Testament hatten sie allerdings nichts gewusst, das konnte er mit Sicherheit ausschließen. Kein Mensch konnte so viel unverfälschte, reine Überraschung heucheln.

Das Wiedersehen mit Anne hatte er immer noch nicht richtig verdaut. Was für ein unglaublicher Zufall, ihr nach all der Zeit anlässlich einer Verbrechensermittlung zu begegnen, und dann auch noch ausgerechnet in Köln! Davor hatten sie viele Jahre lang beide in Essen gewohnt, nur ein paar Kilometer voneinander entfernt, ohne sich auch nur ein einziges Mal über den Weg zu laufen.

Carl rief sich die gemeinsame Zeit ins Gedächtnis. Himmel, was für Kinder sie beide damals gewesen waren, er gerade achtzehn, sie erst knapp sechzehn! Sie waren ein paarmal im Kino gewesen und zum Baden am Baldeneysee. Carl erinnerte sich nur zu gut an seine brennende Scham wegen seiner jugendlichen Akne und seiner armseligen Brustbehaarung.

Er wusste immer noch nicht genau, warum es damals nach nur einem Sommer zwischen ihnen vorbei gewesen war, Anne hatte es ihm nicht gesagt. Nur, dass sie nicht mehr mit ihm gehen wollte.

Eine Weile hatte er unter Liebeskummer gelitten, aber im Winter darauf hatte er schon die nächste Freundin gehabt. Mit der hatte es auch nicht länger gehalten, aber so war es nun mal, wenn man jung war. Da ging's ums Ausprobieren und Erwachsenwerden. Die Zeit für was Festes kam noch früh genug.

Er konnte nicht aufhören, an sie zu denken. An damals, an diesen kurzen, herzklopfend schönen Sommer mit Anne. Der Name passte zu ihr, auch wenn er keine Ahnung hatte, warum. Davon abgesehen hatte er sich noch nie Gedanken darüber gemacht, ob ein bestimmter Name zu einer bestimmten Frau passte, nicht mal bei seiner eigenen, die Magdalena hieß. Magda für die Menschen, die sie gernhatten. Für ihn war sie immer noch Magda, sie waren Freunde geblieben, auch nach der Scheidung. Gestritten hatten sie nie, er war kein Mensch, der mit anderen aneinandergeriet. Sie war einfach irgendwann gegangen, weil sie nicht mehr ankam gegen die Wand aus Schwermut und Bitterkeit, hinter der er sich damals nach dem Ende seiner Laufbahn bei der Polizei verschanzt hatte.

Seine Gedanken mäanderten zwischen Magda und Anne hin und her, und er versuchte sich zu erinnern, wie es bei ihm und Magda gewesen war, ganz am Anfang, bei der ersten Begegnung. Carl entsann sich, dass ihre Schönheit ihn umgehauen hatte, ihr offenes Lachen, der Schmelz ihrer Jugend. Er hatte sich buchstäblich in sie verguckt.

Das, was er heute bei Anne empfunden hatte, war auf eine so tiefgehende Weise anders, dass er vermutlich für den Rest seines Lebens über die Beschaffenheit dieses Unterschieds nachgrübeln könnte, ohne dahinterzukommen. Vielleicht hatte es damit zu tun, dass sie seine erste Liebe gewesen war. Oder damit, dass er so lange keine Frau mehr richtig angesehen hatte. Als Mann. Da war der Krieg gewesen, dann die Arbeit, immer wieder die Arbeit … Anscheinend hatte er die ganze Zeit in einer Art Höhle verbracht. An einem leeren und einsamen Ort, wo es solche Gefühle nicht gab.

Seine Gedanken fokussierten sich immer wieder darauf, dass er sie wiedersehen würde. Weil er ein Recht darauf hatte, schon wegen des Falls. Und weil sie nach Essen ziehen würde, auch wenn sie es aus irgendwelchen Gründen nicht wollte. In das geerbte Haus, das von seiner Wohnung nur einen Steinwurf entfernt war. Sie würde mit Frieda darüber diskutieren, aber am Ende nachgeben, weil sie nicht zulassen konnte, dass der Kleine noch einen Winter in diesem Keller verbrachte. Carl kannte die Räumlichkeiten nicht, doch er wusste von Berufs wegen, wie es in solchen Kellern aussah. In Essen gab es viele davon – kalte, feuchte, verräucherte Rattenlöcher, in denen die Menschen mit dem Tod zusammenhausten.

Eine ungewohnte Beschwingtheit erfüllte ihn, als er sich vorstellte, wie ihre nächste Begegnung verlaufen könnte. Er würde die Befragung auf eine launige, entgegenkommende Weise gestalten. Unter keinen Umständen sollte es auf sie wirken, als wollte er sie strafbarer Handlungen bezichtigen, sondern eher so, dass sein menschliches Interesse an ihr in den Vordergrund rückte. Als wäre er kein Ermittler der Mordkommission, sondern nur ein ganz gewöhnlicher Mann, der zufällig in der Nähe wohnte und von dem Verbrechen gehört hatte, über das man sich beiläufig unterhalten konnte. Er könnte ihr auch offenbaren, wie er sie und ihre Schwestern in Köln gefunden hatte – es war tatsächlich reine Routine gewesen.

Werner hatte ihn darauf gebracht. Arnold Hoffmann hatte auf einem Polizeifest, das er Ende 1941 zusammen mit seiner Frau wenige Tage nach ihrer Hochzeit besucht hatte, in Werners Beisein ganz beiläufig erwähnt, dass seine Schwägerin mit einem Posaunisten verheiratet war, der bei den Essener Philharmonikern spielte. Danach war es für Carl nicht weiter schwer gewesen, den Namen des Mannes und seiner Ehefrau zu ermitteln. Heinz und Annemarie Wiesner.

Nicht im Traum wäre Carl in den Sinn gekommen, dass es sich dabei um Anne handelte. Ihr Mädchenname war bei diesen Nachforschungen an keiner Stelle aufgetaucht, ebenso wenig wie der ihrer Schwester, weshalb Carl zu dieser Zeit nicht mal ansatzweise geahnt hatte, dass die gesuchte Elfriede Hoffmann niemand anderer war als Annes Schwester Frieda.

Das hatte er erst auf einem Umweg über das Versorgungsamt herausgefunden. Annemarie Wiesners Mann war im Krieg verschollen. Im vergangenen Jahr hatte sie ihn für tot erklären lassen und bezog seitdem eine Witwenrente, folglich lag dem Amt ihre Anschrift vor. In der von Carl eingeholten Auskunft war auch ihr Geburtsname erwähnt worden – Müller. Theoretisch hätte es eine zufällige Namensgleichheit sein können, es gab bestimmt eine Menge gebürtige Annemarie Müllers. Allerdings nicht mit einer zehn Jahre jüngeren Schwester namens Elfriede. Carl hatte spontan beschlossen, für seine weiteren Ermittlungen persönlich nach Köln zu fahren. Wenn jemand wusste, wo sich Elfriede Hoffmann und ihr Sohn aufhielten, dann sicherlich ihre Schwester Anne. Dass er dort gleich alle beide vorgefunden hatte, war reiner Zufall; Frieda hätte auch ganz woanders leben können.

Die Aussicht, Anne bald wiederzusehen, erfüllte Carl mit

einer schon fast absurden Vorfreude. Gleichwohl empfand er auch ein leises Unbehagen, denn er hatte ihr und ihren Schwestern nicht erzählt, dass Arnold Hoffmann kurz vor dem Mord an seiner Mutter in Essen gesehen worden war.

Carl konnte sich dieses Versäumnis nur so erklären, dass er Anne keinen Grund hatte liefern wollen, vor einem Umzug nach Essen zurückzuscheuen. Was wiederum dem unausgegorenen Wunsch geschuldet war, sie möge auf irgendeine Weise wieder ein Teil seines Lebens werden.

*

Anne ging nicht davon aus, dass Arnold etwas mit dem Tod seiner Mutter zu tun hatte. Seit Carl ihnen von dem Massaker erzählt hatte, stand für sie völlig außer Frage, dass er sich vor dem Einmarsch der Alliierten auf Nimmerwiedersehen ins Ausland abgesetzt hatte, wie so viele andere Naziverbrecher. *Rattenlinie* nannte man ihre verborgene Route, die auf Schleichpfaden meist zuerst nach Spanien und von dort aus nach Südamerika führte.

Dass sie gleichwohl auf Carls Frage hin derart nachdrücklich Arnolds mögliche Täterschaft beim Mord an seiner Mutter bejaht hatte, war nur eine natürliche Reaktion gewesen. Eine Art Reflex, um jeglichen Verdacht, der sich gegen sie selbst richten könnte, von vornherein zu zerstreuen. Nicht jeder würde ihnen glauben, wie sehr diese Erbschaft sie überrascht hatte. Auch nicht jemand, mit dem sie in ihrer Jugend mal einen Sommer lang zusammen gewesen war.

Davon abgesehen war es jedoch gar keine Lüge gewesen. Arnold war zu jeder Art von Gewalt fähig. In Anne krampfte sich immer noch alles zusammen, wenn sie sich ins Gedächtnis rief, was er ihnen angetan hatte. Ihr und Frieda.

Er hatte Frieda damals im Krankenhaus ein Foto gezeigt,

um ihr zu verdeutlichen, wie er sie umbringen würde, falls sie ihm Schwierigkeiten machte. Auf dem Bild waren mehrere tote Menschen zu sehen gewesen, darunter Frauen und Kinder, die auf der Ladefläche eines Lastwagens lagen.

»Weißt du, wie die verreckt sind?«, hatte Arnold Frieda gefragt, nur um sogleich selbst die Antwort darauf zu geben. »Mit Auspuffgasen. Geht ganz einfach. So würde ich es mit dir und deinen Schwestern machen, wenn du die Anzeige nicht zurückziehst. Und dasselbe, wenn du auf die Idee kommst, mich zu verlassen. Also versuch es gar nicht erst.«

Frieda hatte ihm einen bereits fertig ausgefüllten Wisch unterschreiben müssen. Mit links, weil der rechte Arm gebrochen war und bis zu den Fingerspitzen in Gips steckte. Der Armbruch und die vielen Blutergüsse stammten laut dieser Erklärung von einem Treppensturz. Keine Anzeige, keine Strafverfolgung. Dann hatten ihre Wehen eingesetzt.

Nach der Geburt war er noch einmal in die Klinik gekommen, zusammen mit seiner Mutter. Sie hatten Blumen und Pralinen mitgebracht und mit Tränen der Rührung das Kind bewundert. Was für ein schöner Junge, ganz der Vater! Arnold hatte Frieda auf die Stirn geküsst und erklärt, es werde alles wieder gut.

Zu der Zeit war die Entscheidung schon gefallen. Anne war in alles eingeweiht und hatte die Fluchtpläne ausgetüftelt. Gemeinsam mit Lotti hatte sie Frieda und das Baby nur Tage später im Krankenhaus abgeholt, mit spärlichem Gepäck und sorgsam ausgewählten Fahrkarten, die ihr wahres Ziel verschleierten, damit Arnold sich nicht auf ihre Fährte setzen konnte.

Von alldem hatten sie Carl nichts erzählt, aber das änderte nichts an den Tatsachen: Arnold war ein Mensch, vor dem man sich fürchten musste.

Im Laufe der Jahre hatte Annes Angst vor ihm nachgelassen,

doch verschwunden war sie nie. Erst als Carl ihnen offenbart hatte, dass Arnold wegen Massenmords gesucht wurde, war auch der letzte Teil dieser Angst verflogen, wie ein hartnäckig haftender Gestank, der endlich von einer starken Brise davongeweht wird.

Trotzdem fürchtete Anne sich vor einer Rückkehr nach Essen. Genauer: vor dem Haus. Vor den Erinnerungen daran, was dort geschehen war und ihr Geheimnis bleiben musste. Bereits die bloße Vorstellung, täglich dort ein und aus gehen zu sollen, erfüllte sie mit Beklemmung und Abscheu. Und darüber musste sie mit Frieda sprechen – allerdings ohne den wahren Grund zu erwähnen. Es war wie die Quadratur des Kreises, ein Ding der Unmöglichkeit.

»Wir müssen über den Umzug reden«, sagte sie am Morgen nach Carls Besuch zu Frieda. Sie hatte gewartet, bis Emil zum Spielen rausgegangen und Lotti zur Schule aufgebrochen war. Ihre Schicht im Marienhospital fing erst am späten Mittag an, und Frieda hatte außer Schwarzmarktschiebereien nichts vor.

»Was gibt es da groß zu reden?«, fragte Frieda. »Ich finde, wir sollten gleich heute da hin und uns einquartieren. Ehe die noch jemand anders reinsetzen.«

»Und meine Arbeit hier am Krankenhaus? Wir brauchen das Geld!«

»Mit dem ganzen Papier kann man sich bald nur noch den Hintern abwischen. Wenn wir uns über Wasser halten wollen, müssen wir hamstern und uns auf dem Schwarzmarkt eindecken. Das ist meine Domäne, und das kann ich in Essen genauso gut wie hier. Oder etwa nicht?«

Anne hob stumm die Schultern, die Wahrheit ließ sich schlecht abstreiten.

»Als OP-Schwester kriegst du bestimmt schnell eine neue Stelle, die werden überall gesucht«, fuhr Frieda fort. »Wir müssen ja nicht ewig dort wohnen bleiben«, meinte sie dann unerwartet nachgiebig. »Nur so lange, bis wir woanders eine ordentliche Unterkunft gefunden haben. Vielleicht können wir das Haus verkaufen und uns ein anderes zulegen. Eins, das kleiner ist und irgendwo im Grünen steht.« Dann wurde ihr Gesicht hart, und mit einer ausholenden Geste erfasste sie die Umgebung. »Wir können nicht länger in diesem Loch hier hausen, Anne. Sieh dich doch mal um!«

Das war nicht nötig, Anne kannte jeden Winkel. Die kahlen, fensterlosen Wände, an denen immer wieder Wasser herunterlief. Die Schimmelflecken in den Ecken und an der Decke. Die rostigen, ständig tropfenden Rohre, die nutzlos aus der Wand ragten, weil sie nirgends mehr hinführten. Der nackte Fußboden, in dessen Vertiefungen sich bei jedem Regenguss Pfützen bildeten. Der ganze Raum war feucht, sogar im Sommer. Alles, was sie an Wäsche und Kleidung besaßen – es war ohnehin nicht viel –, war klamm und muffig. Wenn im Winter die Temperatur unter den Gefrierpunkt fiel, überzogen sich Wände und Fußboden mit einer Eisschicht. Emil hatte im vorletzten Januar eine Lungenentzündung bekommen und wäre wahrscheinlich gestorben, wenn Frieda nicht über irgendwelche geheimen Kanäle amerikanisches Penizillin beschafft hätte.

Ganz zu schweigen von der Dunkelheit, die hier unten herrschte. Sie mussten dauernd Lampen brennen lassen, um überhaupt was zu sehen. Der penetrante Gestank des Karbids war oft kaum auszuhalten, obwohl sie bei Wind und Wetter die Außentür offen stehen ließen, vor allem, wenn die Brennhexe zum Kochen in Betrieb war – zu viele Menschen waren schon an den giftigen Gasen erstickt, die sich in ihren Kellerwohnungen sammelten.

Strom gab es nicht, und von einem eigenen Wasseranschluss oder einer Heizung konnten sie nur träumen.

Im Vergleich dazu war die Wohnung von Adelheid ein Palast. Es gab darin sogar eine Wanne mit angeschlossenem Badeofen, und gekocht wurde mit Gas. Ein Kachelofen im Wohnzimmer, der mit Holz befeuert wurde, sorgte für Wärme. Anne war selbst zwei- oder dreimal dort gewesen, zu Kaffee und Kuchen bei Adelheid, und auch der Rest des Hauses war ihr vertraut: Frieda und Arnold hatten ihre Wohnung auf derselben Etage gehabt, direkt gegenüber von Adelheid. Und Anne war mit Lotti zur Miete in eins der Mansardenzimmer gezogen, nachdem sie ausgebombt worden waren. Zwei Monate hatten sie da gewohnt, hatten irgendwie versucht, mit dem Verlust der Mutter fertigzuwerden, die bei dem Bombenangriff gestorben war. Anne hatte einfach weitergemacht, hatte ihr Bestes gegeben, um Frieda und Lotti eine Stütze zu sein und ihr in Scherben gefallenes Leben zu kitten. Bis es an einem einzigen Tag erneut zerbrochen war.

Danach waren sie bei einer früheren Kollegin von Anne in Junkersdorf untergekrochen, bevor sie ein paar Wochen später eine eigene Wohnung angemietet hatten. Wo sie im letzten Kriegsjahr ebenfalls ausgebombt worden waren, um anschließend in diesem Loch hier zu landen. Es gab einfach nichts anderes, sie saßen fest. Von allen Seiten drängten Menschen nach Köln, jeder suchte händeringend irgendeinen Unterschlupf.

Anne zog die Schultern hoch, ihr war kalt, obwohl draußen bereits sommerliche Temperaturen herrschten. Hier drin wurde es niemals warm, und daran würde sich auch nichts ändern. Verbessern ließ sich ihre Lage nur, indem sie weggingen.

»Du hast recht«, sagte sie resigniert. »Vielleicht können wir das Haus verkaufen und mit dem Geld woanders neu anfangen.«

Frieda war schon aufgestanden und hatte angefangen zu packen.

# Kapitel 5

*Juni 1948*

Der Sommer kam mit endlos langen, heißen Tagen und haufenweise Arbeit für Carl. Schwerverbrecher fuhren nicht in die Ferien. Davon abgesehen kannte Carl persönlich ohnehin niemanden, der das tat. Außer vielleicht Magda und ihr Ehemann Engelbert. Aber die beiden waren ein Sonderfall. Der gewöhnliche Essener Bürger verbrachte seinen Urlaub am Baldeneysee. Oder beim Hamstern, dafür konnte man nie genug Zeit haben.

Das Amtszimmer, in dem Carl seinen Innendienst versah, platzte aus allen Nähten. Zwischen verschrammten und angekohlten Aktenschränken drängte sich ein halbes Dutzend dicht beieinanderstehender Schreibtische, auf denen die Papierberge niemals kleiner wurden. Über allem hing permanent eine stinkende Wolke aus Zigarettenqualm und Männerschweiß.

Sie teilten sich zu sechst ein Büro, in dem früher zwei Leute gesessen hatten. Obwohl im ganzen Gebäude unter permanentem Krach gehämmert, gebohrt, gezimmert und gesägt wurde, war kaum mehr als ein Zehntel der über zweihundertfünfzig Räume wieder voll nutzbar. Auf allen Etagen gab es immer noch reihenweise kaputte Fenster und durchlöcherte Mauern, und auch das Dach war überall undicht, sodass es bei jedem Regenguss hereintropfte.

Carl schob die Akte weg, über der er gerade brütete – wieder mal der Fall Adelheid Hoffmann, bei dem er bisher kaum weitergekommen war. Die These, dass Arnold Hoffmann seine Mutter umgebracht hatte, mochte bequem sein, aber es gab aus

Carls Sicht zu viele Ungereimtheiten. Er würde die Leute im Haus noch einmal befragen müssen, vor allem den Cellisten und die baltischen Zwillingsbrüder. Und natürlich Anne und ihre Schwestern.

Mit Frieda und Lotti hatte er nach deren Umzug bereits geredet. Zwar nur ein paar Takte zwischen Tür und Angel, aber lange genug, um sich ein genaueres Bild von ihnen machen zu können. Sein Eindruck, dass sie ein Geheimnis mit sich herumtrugen, hatte sich verfestigt. Aber auch hier galt die übliche Binsenweisheit, die Carl sich immer wieder vor Augen führte, um sich nicht zu verrennen – es musste nichts mit dem Fall zu tun haben. Der ganz normale und vor dem Krieg durchweg unbescholtene Bürger beging aktuell im Durchschnitt eine Straftat täglich. Mindestens. Fast immer hing es mit Nahrungsmitteln zusammen. Jedweder Handel außer der Reihe war unter Androhung von Strafe untersagt. Nahezu alles war verboten, und so gut wie niemand konnte überleben, wenn er sich an diese Verbote hielt.

Mit Anne hatte Carl seit jenem einen Mal in Köln noch nicht wieder gesprochen, er wollte es schon die ganze Zeit nachholen. Wofür er sie jedoch erst mal antreffen musste. Gleich nach dem Umzug hatte sie in einer Klinik in Huttrop angefangen und arbeitete dort in Nachtschichten, weshalb sie natürlich den Vormittag über schlief.

Carl hatte sie bereits zweimal verfehlt, aber heute sollte es endlich hinhauen, jedenfalls wollte er nachher noch mal sein Glück versuchen.

Werner, der am Schreibtisch direkt gegenüber saß, spähte auf die vor Carl liegende Akte. »Schon wieder der Hoffmann-Mord? Kannst du dich nicht endlich damit anfreunden, dass es Arnold war?«

Carl zuckte die Achseln. »Ich bin in der Sache noch nicht am krausen Bäumchen.«

Werner grinste. »Hängt das vielleicht mit Arnold Hoffmanns hübscher Schwägerin zusammen?«

Carl merkte, dass er rot anlief. Er hatte den Fehler begangen, Werner von seiner Jugendfreundschaft mit Anne zu erzählen. »Es hat nichts mit ihr zu tun.«

»Aber es macht die Ermittlungen in der Klarastraße auch nicht gerade lästiger, was?« Werners Grinsen vertiefte sich.

Das wollte Carl nicht so stehen lassen. »Irgendwas an der ganzen Sache stößt mir auf. Wusstest du beispielsweise, dass Adelheid Hoffmann früher woanders gelebt hat? Sie ist mit ihrem Sohn erst Anfang vierunddreißig nach Essen gezogen.«

»Ja, das ist mir bekannt«, erwiderte Werner. »Adelheid Hoffmann hat damals das Haus in der Klarastraße gekauft. Im selben Jahr ist Arnold Hoffmann in den Polizeidienst eingetreten. Ist doch alles aktenkundig. Worauf willst du hinaus?«

»Darauf, dass in ihrem Geburtsort niemand die beiden kennt. Dem Familienstammbuch zufolge stammen sie aus einem Kaff bei Bremerhaven. Es gibt aber keinerlei Nachweis, dass sie jemals da gelebt haben. Fehlanzeige im Geburtenregister. Ebenso beim Einwohnermeldeamt, obwohl sie angeblich bis vierunddreißig dort gewohnt haben. Das gilt auch für den Mann, der im Stammbuch als Arnold Hoffmanns Vater eingetragen ist. Lauter Phantome.«

Werner runzelte die Stirn. »Vielleicht sind die Einträge im Krieg vernichtet worden, da sind ja viele Archive in Flammen aufgegangen.«

»Nein, die Register sind dort vollständig erhalten.«

»Denkst du, dass sie ihre Papiere gefälscht hat?«

»Das ist die einzige logische Erklärung«, stimmte Carl zu.

»Dann wird sie wohl irgendwelche Leichen im Keller gehabt haben.«

»Das liegt zumindest nahe. Die Fälschungen sind – wenn es welche sind – sehr gut gemacht, es muss sie eine Menge gekostet haben. Die Frau hat eine Vergangenheit. Vielleicht finde ich da noch eine Spur.«

»Was hat dich überhaupt dazu gebracht, in dieser Richtung zu ermitteln?«

»Reiner Zufall«, sagte Carl. »Eine Nachbarin bezeichnete Adelheid Hoffmann als eine, ich zitiere: Bazi-Scharteke. Da habe ich mich noch mal bei den Bewohnern des Hauses umgehört und so erfahren, dass Adelheid Hoffmann bayerischen Dialekt sprach. Nicht sehr ausgeprägt, sie hat sich wohl meist um eine hochdeutsche Aussprache bemüht, aber ihr Dialekt klang durch. Jedenfalls sprach sie keine Spur hanseatisch.«

Werner runzelte nachdenklich die Stirn. »Arnold Hoffmann hat Hochdeutsch gesprochen, daran erinnere ich mich genau.« Er schüttelte den Kopf. »Egal, wen interessiert das noch, seine Mutter ist tot, und er selbst hat ein Todesurteil am Hals, da fragt doch keiner mehr nach irgendwelchen Urkundenfälschungen. Und wir haben hier noch genug andere böse Jungs.« Er deutete auf die Aktenstapel zwischen ihnen, die ihnen täglich vor Augen führten, dass sie mit ihrer Arbeit nie fertig wurden. Früher waren die Stapel niedriger gewesen, aber da hatten sie für die Ablage auch noch mehr Platz gehabt. Etliche Aktenräume waren bei der Bombardierung der Vernichtung anheimgefallen, weshalb ihnen seit Jahren nichts anderes übrig blieb, als die Fallunterlagen im Büro zu horten.

Carl lehnte sich auf seinem wackligen Stuhl zurück und strich das durchgeschwitzte Hemd am Körper glatt. Er sehnte sich nach einer großen Schüssel mit kaltem Wasser zum Waschen. Und nach einer Stulle. Egal in welcher Reihenfolge. In jedem Fall brauchte er beides, ehe er zu Anne ging. Mit einem frischen Hemd und ohne Magenknurren. Er hasste es, wenn ihm im Beisein anderer der Magen knurrte, und das galt erst recht in Bezug auf Anne.

Carls und Werners Vorgesetzter betrat den Raum und bahnte sich seinen Weg durch das eng stehende Mobiliar bis zu ihren Schreibtischen. Kriminaloberinspektor Döring war Ende vierzig, ein zwei Meter langer, dürrer Mensch, der unter den Kollegen allseits beliebt war. Er kehrte so gut wie nie den Dienststellenleiter hervor und hatte trotzdem jeden Fall genau im Blick.

Neben Carls Schreibtisch blieb er stehen und hielt ein Formular mit einer Meldung hoch. »Gerade von einer Streife reingekommen.« Er sprach mit erhobener Stimme, um die Geräuschkulisse aus Schreibmaschinengeklapper, Telefonklingeln und Kollegengesprächen zu übertönen. »Ein Leichenfund in Heisingen. Da muss sofort einer hin.«

»Klar.« Carl klappte die Akte zu und erhob sich.

Werner räusperte sich. »Wenn du willst, übernehme ich das, dann kannst du unterdessen noch mal wegen der Hoffmann-Sache in die Klarastraße.« Von Döring unbemerkt zwinkerte er Carl zu.

»Das hat Zeit bis später, ich kann vorher nach Heisingen fahren«, erwiderte Carl. Es war erst halb elf. Annes Nachtschicht ging immer bis sechs Uhr früh, es dauerte also noch mindestens drei Stunden, bis sie ausgeschlafen hatte und er bei ihr klingeln konnte. Eher vier, wenn man Anziehen und eine Mahlzeit hinzurechnete.

Döring nahm ihnen die Entscheidung ab. »Sie fahren besser beide nach Heisingen«, sagte er. »Die Sache geht vor. Jede Beobachtung ist wichtig. Das Opfer wurde offenbar übel zugerichtet. Regelrecht massakriert. Der Kollege meinte, man sollte sich auf was gefasst machen.«

Carl und Werner wechselten Blicke. Das klang nicht nach einem der üblichen Fälle. Sie brachen sofort auf.

*

Der Fuhrpark für die motorisierten Einsätze bestand aus einem Sammelsurium vorsintflutlicher und größtenteils maroder Fahrzeuge. In letzter Zeit hatte es geheißen, dass neue Autos angeschafft werden sollten, doch davon war hier weit und breit nichts zu erkennen. Stattdessen standen immer noch dieselben uralten grünen Minnas mit Holzvergaser auf dem Hof, lauter zerbeulte Vorkriegskarossen mit löcherigen, bis auf die Straße hängenden Auspuffrohren. Einige dieser Klapperkisten bestanden fast nur noch aus zusammengeschusterten, ebenfalls jahrzehntealten Ersatzteilen. Nicht selten kam es vor, dass man während eines Einsatzes liegen blieb und erst mal unter der Motorhaube nach der Ursache forschen musste.

An diesem Tag war zu Carls und Werners Erleichterung noch ein Krad verfügbar, das sie sich sofort unter den Nagel rissen, bevor es ihnen ein Kollege wegschnappen konnte.

Die alte Zündapp gab allerdings während der Fahrt bedenklich knatternde und spuckende Geräusche von sich, die es zweifelhaft erscheinen ließen, dass sie damit ihr Ziel erreichten. Es klang, als würde der Motor an der nächsten Ecke schlappmachen. Werner, der sich hinter Carl auf den Sozius gequetscht hatte, rief ihm ins Ohr:

»Hört sich ganz so an, als müssten wir gleich den Rest zu Fuß gehen!«

Doch zu ihrer Erleichterung schafften sie die gesamte Strecke. Sie stellten das Krad an der Straße ab und kletterten einen bewachsenen Abhang hinunter, wo der Streifenpolizist, der den Fall ans Präsidium gemeldet hatte, bereits auf sie wartete. Der Fundort der Leiche befand sich in einer von Dickicht umwucherten Senke am Nordufer des Baldeneysees, ganz in der Nähe einer großen Kohlenzeche, deren Förderturm im Hintergrund in die Höhe ragte. Aus der angeschlossenen Brikettfabrik stieg schweflig-gelber Qualm empor, der sich in alle Richtungen ausbreitete und die gesamte Umgebung verpestete.

Doch das war nichts gegen den Gestank, der in der drückenden, schwülen Sommerhitze von der Leiche ausging.

Spielende Kinder hätten den Toten am See gefunden, erzählte der Polizist, während er Carl und Werner zum Fundort führte. Er wirkte sichtlich mitgenommen und hielt sich ein Taschentuch vor Mund und Nase, als sie die Stelle erreichten.

Carl wollte es ihm gleichtun, stellte aber fest, dass er kein Taschentuch dabeihatte, also beschränkte er sich darauf, Mund und Nase mit dem Unterarm abzuschirmen, während er sich über den Leichnam beugte. Der Tote lag auf dem Rücken. Hunderte von Schmeißfliegen umschwärmten seinen Kopf und bedeckten das Gesicht wie ein schwarzblau schillernder Teppich. Sie stoben in summenden Wolken auf, als Carl sie mit einer Handbewegung verscheuchte.

»Mein Gott!«, sagte Werner, der im Gegensatz zu Carl ein Taschentuch dabeihatte und es sich vor die Nase drückte. »Sieht aus, als hätte man ihn skalpiert! Und ihm dabei auch gleich das Gesicht abgerissen.« Nach genauerem Hinsehen ergänzte er: »Und die Zähne zertrümmert.«

»Das ist noch nicht alles«, sagte der Streifenbeamte. »Sehen Sie sich die Hände an!«

»Welche Hände?«, meinte Werner lakonisch.

»Eben!«, erwiderte der Streifenpolizist. In seinem knabenhaften Gesicht spiegelte sich Entsetzen. Er war noch grün hinter den Ohren, höchstens zwanzig, und wie es schien, war das hier sein erster richtig schlimmer Leichenfund.

Carl begutachtete die Verletzungen des Toten genauer. Die Hände waren oberhalb des Handgelenks abgetrennt worden. Nicht besonders fachmännisch, es sah nicht nach chirurgischer Finesse aus, sondern eher nach der rohen Gewalt, mit der auch Teile des Haarschopfs und der Gesichtshaut vom Kopf des Toten entfernt worden waren. Er ging in die Hocke, um den Boden rund um die Leiche näher in Augenschein zu nehmen.

»Hier ist er nicht gestorben«, stellte er fest.

»Woher wollen Sie das wissen?«, erkundigte sich der Streifenpolizist.

»Nicht genug Blut auf der Erde«, erklärte ihm Werner.

»Und auch nicht an der Leiche«, fuhr Carl fort. »Die Verletzungen sind *post mortem* entstanden.«

»Was bedeutet das?«, fragte der junge Beamte.

»Dass er nicht daran gestorben ist, sondern an was anderem«, belehrte Werner ihn. »Der Mann war bereits tot, als man ihm die Hände abgehackt und das Gesicht runtergerissen hat.«

»Oh. Ach so.« Der junge Beamte wirkte erleichtert.

»Haben Sie schon Leute gefunden, die was gesehen oder gehört haben könnten?«, fragte Carl ihn. »Die Kinder vielleicht?«

»Die wissen nichts. Mein Einsatzkollege ist rüber zur Zeche und fragt nach, vielleicht hat da einer was mitgekriegt.«

»Da sehe ich eher schwarz«, warf Werner ein. »Wenn das Opfer woanders umgebracht und dann nur hier abgeladen wurde, hat der Mörder bestimmt drauf geachtet, dass es keiner mitbekommt.« Er beschattete die Augen und ließ seinen Blick hangaufwärts schweifen. »Sieht für mich so aus, als hätte ihn irgendwer da oben von der Straße aus hier runtergezogen.«

Carl nickte, er hatte die Schleifspuren zwischen den Büschen auch schon bemerkt.

Der junge Streifenpolizist schauderte. »Wer tut einem anderen Menschen so etwas Grauenhaftes an? Wie krank muss so einer sein?!«

»Nicht krank, sondern darauf aus, dass das Opfer nicht zu identifizieren ist.« Carl richtete sich auf und trat ein paar Schritte zurück, damit er endlich wieder richtig Luft holen konnte, aber der Verwesungsgeruch hing noch in seiner Nase und quetschte ihm die Eingeweide zusammen. Er würgte und drehte sich um, für den Fall, dass er sich übergeben musste.

Doch er schrammte noch mal haarscharf dran vorbei, wenigstens diese Peinlichkeit blieb ihm erspart. Früher hatte er bessere Magennerven gehabt. Der ständige Hunger ruinierte eindeutig die Gesundheit.

*

An diesem Tag schaffte Carl es nicht mehr in die Klarastraße. Die Ermittlungen in der neuen Mordsache forderten seine ungeteilte Aufmerksamkeit. Er überwachte persönlich den Leichentransport in die Rechtsmedizin, deren Räume sich in einem miefenden Keller ohne Tageslicht befanden – so wie die anderen Abteilungen der Städtischen Krankenanstalten, soweit sie nicht verlegt oder ganz geschlossen worden waren. Über der Erde war nach dem Krieg von dem einstmals weitläufigen Gebäude nicht viel übrig geblieben; die Aufbauarbeiten würden noch Jahre dauern.

Der zuständige Pathologe hieß Wielspütz und war in Carls Alter. Diverse Mordfälle hatten es mit sich gebracht, dass sie einander schon seit Jahren kannten. Er war ein kleiner Mann mit vogelartigen Gesichtszügen und einer dicken Brille, hinter der seine Augen riesenhaft vergrößert wirkten. Die morbiden Seiten seines Berufs kompensierte er gern durch lockere Sprüche, über die er sich selbst am meisten amüsierte.

»Klar, für Sie mache ich es so schnell wie möglich«, sagte er launig zu Carl. »Nicht, dass der Gute uns noch wegläuft.«

Carl rang sich pflichtschuldigst ein Lächeln ab.

»Kommen Sie doch auch dazu«, schlug Wielspütz dann vor. »Vier Augen sehen mehr als zwei.« Er grinste. »Vor allem, wenn das erste Augenpaar fünfmal so viele Dioptrien hat wie das zweite.«

Carl lachte, das war ausnahmsweise wirklich witzig.

»Klar, ich komme. Wann?« Er hatte schon häufiger an amtlichen Obduktionen teilgenommen. Es machte ihm nicht viel aus, solange er dabei eine vernünftige Maske tragen konnte.

»Morgen früh um neun«, sagte Wielspütz. »Seien Sie pünktlich.«

»Ich versuch's.«

Anschließend kehrte Carl ins Präsidium zurück und verfasste einen ersten Fallbericht, vorschriftsmäßig mit Durchschlag, auf der steinalten Adler-Schreibmaschine, die er sich mit Werner teilte und bei der das *e* immer aussah wie ein *o*. Die Komma-Taste klemmte außerdem beharrlich und funktionierte bloß sporadisch. Carl hatte sich angewöhnt, nur noch sehr kurze Sätze zu schreiben.

Während er arbeitete, kamen weitere Meldungen auf seinen Schreibtisch geflattert. Ein Leichenfund in Kupferdreh, mehrere skelettierte Tote in einem aufgelassenen Stollen. Wahrscheinlich noch aus dem Krieg, aber genau wusste man es nie, es musste immer jemand von der Kripo hin und den Fall aufnehmen. Doch das hatte Zeit bis morgen oder übermorgen.

Danach wurde er von mehreren Anrufen auf Trab gehalten. In Duisburg trieb anscheinend ein Serienmörder sein Unwesen, und es gab Hinweise darauf, dass er früher schon ähnliche Taten in Essen begangen hatte. Carl versprach dem Kollegen von der Duisburger Dienststelle, sich umzuhören und die Aktenbestände zu sichten.

Wenig später stellte die Vermittlung einen ungewöhnlichen Anruf zu ihm durch, er kam von einem *Public Safety Officer* der britischen Militärregierung. Sein Name war Thomson, Lieutenant Thomson.

»Es geht um den Fall Hoffmann«, erklärte er in flüssigem und nahezu akzentfreiem Deutsch, was bei der britischen Militärverwaltung eine Ausnahme darstellte. Meist wurden für Dienstgespräche Dolmetscher herangezogen. »Es heißt, dass Sie der zuständige Ermittler sind.«

»Das ist richtig. Wie kann ich Ihnen weiterhelfen, Lieutenant?«

»Wir hörten, dass Arnold Hoffmann wieder in der Gegend ist.« Unverhohlener Ärger klang aus der Stimme des britischen Offiziers. »Da läuft ein Massenmörder von der SS immer noch frei in der Gegend herum, aber bei der Polizei regt sich nichts! Warum läuft die Fahndung nicht längst auf Hochtouren?!«

Carl fiel auf die Schnelle keine Antwort ein. Er fragte sich, wieso Thomson überhaupt ihn anrief statt Döring. Und vor allem, woher Thomson von Arnolds Auftauchen wusste. Hatte etwa Schneider …?

Gleich darauf wurde seine Vermutung bestätigt.

»Wie kann es sein, dass ein alter Nazi uns diese wichtige Information liefert, statt dass wir es direkt von Ihnen erfahren?«, tönte Thomsons wütende Stimme aus dem Hörer. »Bruns, wir haben Sie vor drei Jahren zur Polizei zurückgeholt! Weil es kaum noch Unbelastete gab und Sie einer davon waren! Wir dachten, dass wir auf Sie zählen können, wenn es darum geht, diese Nazischweine zu jagen! Und dann müssen wir uns von einem braunen Drecksack wie Schneider erzählen lassen, dass die Essener Kripo sich einen Scheiß für Arnold Hoffmann interessiert!«

Carl biss die Zähne zusammen, ehe sein Zorn ihn dazu verleiten konnte, aus der Haut zu fahren. Er rang sich zu routinierter Höflichkeit durch. »Ich werde mich darum bemühen, dass die Fahndung nach Hoffmann verstärkt wird, Lieutenant Thomson.«

Damit schien er Thomson den Wind aus den Segeln zu nehmen. Als der britische Offizier sich verabschiedete, klang sein Tonfall beinahe versöhnlich.

Nach dem Telefonat saß Carl eine Weile reglos da und versuchte, seinen Ärger in den Griff zu bekommen. Schneider hatte absichtlich an seinem Stuhl gesägt!

Carl beschloss, darüber mit Döring zu sprechen. Das musste er sowieso tun, denn erweiterte Fahndungsmaßnahmen mussten von der Behördenleitung abgesegnet werden, das konnte er nicht ohne Rückendeckung veranlassen.

Doch an diesem Tag ließ sich ohnehin nicht mehr viel ausrichten; Döring war bereits gegangen. Auch die anderen hatten schon Feierabend gemacht. Zwei Kollegen vom Bereitschaftsdienst waren in der Stadt unterwegs, Carl war der Letzte im Büro. Arbeit gab es immer noch mehr als genug, aber für heute reichte es ihm. Er warf alle unerledigten Akten auf den immer höher werdenden Stapel und ging nach Hause.

*

Er lebte immer noch in demselben Mehrparteienhaus in der Rosastraße, wo Magda und er früher zur Miete gewohnt hatten. Sie war nach der Scheidung zu ihrer Mutter nach Werden und später zu ihrem neuen Ehemann gezogen und Carl zwei Etagen höher in eine leer stehende Mansarde. Seine Einrichtung war von der Sorte, die sich in vielen Nachkriegshaushalten fand – ein Provisorium aus ausrangierten alten Sachen, selbst zusammengezimmerten Behelfsmöbeln und geschnorrtem Inventar von Leuten, die durch die Bombardements weniger verloren hatten als andere.

Das Haus war bei einem der vielen Luftangriffe beschädigt worden, im Dach hatten meterbreite Löcher geklafft, aber Frau Schulte, die Eigentümerin, hatte ihre Beziehungen spielen lassen: Ihr verstorbener Ehemann hatte eine kleine Dachdeckerfirma betrieben, und seine Leute hatten auf irgendwelchen Schleichpfaden das benötigte Material herangeschafft. In einer Nacht-und-Nebel-Aktion hatten sie Holzsparren, Teerpappe und Dachziegel durchs Haus nach oben geschleppt, und die Bewohner hatten tatkräftig mit angepackt, alle hatten sie gern wieder ein intaktes Dach über dem Kopf haben wollen. Vor allem Carl, dessen Bett genau unter so einem Loch gestanden hatte. Bei seiner Rückkehr aus dem Luftschutzkeller hatte er davon nur noch ein Häufchen Asche vorgefunden, und auch von seiner restlichen Habe war nur wenig heil geblieben.

Inzwischen besaß er wieder das Nötigste, obwohl es kein Vergleich zu früher war. Magda hatte damals noch eine klassische Aussteuer in die Ehe mitgebracht, allerhand edles Zeug wie Tischtücher aus Damast, Silberbesteck, feines Porzellangeschirr und Kristallgläser, alles hatte perfekt zueinandergepasst. Natürlich hatte sie die Sachen bei ihrem Auszug mitgenommen. Seither setzte sich Carls Kücheninventar aus lauter verschrammten, abgestoßenen Einzelteilen zusammen, und das meiste davon brauchte er nicht mal. Morgens und mittags aß er Stullen, nach Feierabend richtete er sich für gewöhnlich nochmals eine Kleinigkeit zum Essen her, soweit seine Vorräte dafür reichten, aber die Kochplatte schaltete er dafür nur selten an. Meist gab es irgendwas direkt aus der Büchse oder ein Stück Brot, wenn noch welches vom Morgen übrig war.

Er setzte gerade einen Fuß auf die unterste Treppenstufe, als sich die Tür der Erdgeschosswohnung öffnete und in einer Wolke aus Kohldünsten die Hauseigentümerin auf der Bildfläche erschien. Sie hatte einen vollen Wäschekorb unterm Arm und ein mageres kleines Mädchen an der Hand.

»n' Abend, Herr Bruns.«

»n' Abend, Frau Schulte.«

Berta Schulte war eine energische, umtriebige Person, die über alles, was im Haus passierte, immer bestens informiert war. Sie war mindestens fünfundsiebzig, aber ihrem scharfen Auge entging nichts.

»Dat Blag war den ganzen Nachmittag bei mir«, teilte sie Carl nach der Begrüßung übergangslos mit. »Ich muss mich getz endlich in Ruhe um die Wäsche kümmern.« In diesem

Fall meinte sie nicht ihre eigene Wäsche, sondern die von Carl, die sie für einen wöchentlichen Zuschlag zur Miete für ihn mitmachte, inklusive Bügeln und Ausbessern. Zu dem Kind sagte sie mit freundlichem Nachdruck: »Getz gehsse mal noch en Stündchen mit hoch zu Onkel Bruns, der zaubert dich wat vor!«

Carl fügte sich mit einem stummen Seufzer in das Unvermeidliche. Aus dem einen Stündchen würden wahrscheinlich wieder zwei werden, Bärbels Vater war die Unzuverlässigkeit in Person.

Im Haus wohnten mehrere Familien, bei denen sich Bärbel ebenfalls ab und zu aufhielt, doch wenn es den Leuten zu viel wurde, schickten sie das Mädchen einfach wieder raus. Bei den beengten Wohnverhältnissen, die wegen der Zwangseinquartierungen derzeit fast überall herrschten, war das meist schnell der Fall.

Von den Hausbewohnern fühlte sich nur Berta Schulte berufen, regelmäßig ein Auge auf Bärbel zu haben. Doch sie scheute auch nicht davor zurück, den Staffelstab umgehend an Carl weiterzureichen, sobald er von der Arbeit nach Hause kam – sie wusste genau, dass er das Mädchen nicht einfach wegschicken würde. Bärbel war erst fünf, da konnte sonst was passieren, wenn man sie allein losziehen ließ. Bei der Polizei konnte man die Fälle, wo Kinder – vor allem die kleineren – beim Spielen ums Leben kamen, bald nicht mehr zählen. Sie wurden von herabstürzenden Trümmern erschlagen, fielen von Mauerruinen, wurden von Blindgängern zerrissen oder ertranken in den offenen Abwasserkanälen. Manche verschwanden auch einfach unter ungeklärten Umständen und wurden später irgendwo tot aufgefunden, häufig sogar ohne vorangegangene Vermisstenmeldung. In den Westzonen gab es zigtausende verwaister Kinder. Nur ein Teil von ihnen war in Heimen untergebracht; viele streunten wie wilde Tiere durch die zerbombten Städte und schlugen sich auf eigene Faust durch.

Bärbel hatte wenigstens noch ihren Vater, die beiden hausten in einem der Kellerräume. Die Mutter des Kindes war vor zwei Jahren an Cholera gestorben. Kurt Böhm war allerdings nicht unbedingt die Art von Vater, die man einem kleinen Mädchen wünschte. Er war nur selten daheim. Tagsüber arbeitete er als Pförtner auf Langenbrahm, und nach Feierabend trieb er sich gern noch stundenlang in der Gegend herum. Mit seinen siebenundzwanzig Jahren hatte er vermutlich das Gefühl, im Leben zu kurz gekommen zu sein – was fraglos zutraf. Vier Jahre lang hatte er als Wehrmachtssoldat für Führer, Volk und Vaterland den Kopf hingehalten. Im letzten Kriegsjahr war seine linke Hand von einer Granate zerfetzt worden. Zu allem Überfluss hatte er anschließend noch ein Jahr in einem Internierungslager absitzen müssen. Seit dem Verlust seiner Frau kümmerte er sich allein um sein Kind, es gab weder Großeltern noch sonstige Verwandte, jedenfalls keine, von denen Carl gewusst hätte.

Seine Tochter behandelte Kurt Böhm nicht allzu schlecht, er krümmte der Kleinen kein Haar und brüllte sie auch nicht an. Doch er tat auch sonst nicht viel – das Kind war ihm mehr oder weniger gleichgültig, er ignorierte es die meiste Zeit.

Carl nahm Bärbel mit zu sich nach oben. Er ließ sie am Spülstein Gesicht und Hände waschen, dann teilte er seine letzte Dose Corned Beef mit ihr.

»Zauberst du mich getz wat vor?«, fragte die Kleine, nachdem sie ihre Portion heruntergeschlungen hatte. Ein erwartungsvolles Leuchten stand in dem schmalen Gesicht, das kaum über die Tischkante reichte.

»Zauberst du *mir* jetzt was vor«, korrigierte Carl. Er fand, dass man nicht früh genug damit beginnen konnte, Kindern richtiges Hochdeutsch beizubringen, umso leichter hatten sie es später. Er selbst hatte es erst mit Ach und Krach in der Volksschule gelernt, anfangs war es ihm fast wie eine fremde Sprache vorgekommen. Bei ihm zu Hause war nur Platt gesprochen worden.

»Zauberst du mir jetzt was vor«, wiederholte Bärbel ungeduldig und mit fehlerfreier Aussprache, und Carl war wieder einmal erstaunt über die Lernfähigkeit der Kleinen. Für ihr Alter schien sie eine Menge Grips zu haben. Er hatte keine Ahnung, ob es normal war, dass Fünfjährige bis hundert zählen und zweistellige Zahlen im Kopf addieren und subtrahieren konnten, doch die Regel war es ganz sicher nicht.

»Na schön. Was braucht ein guter Zauberer als Erstes?«

»Ein schwarzen Umhang.«

»Ein*en* schwarzen Umhang.«

»Ein*en* schwarzen Umhang«, wiederholte Bärbel ungeduldig.

Carl warf sich mit Schwung den schwarzen Umhang über die Schultern und knotete ihn vor der Brust zu. Eigentlich war es nur eine verschlissene dunkelblaue Übergardine, die er im Sommer als Bettdecke benutzte, aber das tat der magischen Wirkung keinen Abbruch. Er zauberte der Kleinen eine Münze hinterm Ohr hervor, ließ das präparierte Geldstück mit einem Fadentrick vor ihrer Nase hin und her tanzen und anschließend in seiner Hand verschwinden, bevor es – *Abrakadabra* – in der anderen Hand wiederauftauchte.

Bärbel quietschte vor Begeisterung, und Carl merkte, dass er selbst von einem bis zum anderen Ohr grinste.

»Getz ein Kartenzauber«, verlangte sie. »Ein*en* Kartenzauber«, verbesserte sie sich, ehe Carl es tun konnte.

Er holte das abgegriffene Skatspiel hervor und ließ sie aus dem verdeckt aufgefächerten Stoß eine Karte wählen. Die steckte sie, ohne dass Carl sie zu sehen bekam, wieder zurück in den Stapel, von dem sie dann sorgfältig mehrmals abhob und aus den einzelnen Stößen einen neuen Stapel bildete. Natürlich konnte Carl dank seiner Zauberkraft anschließend unter allen zweiunddreißig Karten diejenige herausziehen, die sie sich ausgesucht hatte.

Bei einem anderen Trick, den er ihr bisher noch nicht vorgeführt hatte, holte er farblich zueinanderpassende Paare unter einem Tuch hervor, obwohl er die Karten vorher vor ihren Augen gemischt hatte und gar nicht sehen konnte, was er zog.

Bärbel saß ungläubig staunend daneben und versuchte dahinterzukommen, wie er es machte. Sie beobachtete mit Argusaugen seine Finger beim Mischen und Sortieren, untersuchte sorgfältig die Rückseiten der Spielkarten, wollte zur Sicherheit immer noch ein letztes Mal abheben und konnte nicht fassen, dass er hinterher doch wieder zielsicher die passenden Karten herauszog.

»Wie geht das?«, wollte sie wissen, so wie jedes Mal, wenn er einen neuen Trick vorführte.

»Zauberer können so was eben. Es ist Magie.«

»Ich will auch Zauberer werden!« Bettelnd sah sie ihn an. »Kannst du mich dat lernen?«

»Lehren.«

Bärbel verdrehte die Augen, wiederholte aber gehorsam das richtige Wort.

»Die Sache ist die«, erklärte er. »Wenn man es lernt, ist die Magie weg. Dann können nur noch die Leute drüber staunen, denen man es vorführt. Selber kann man dann nicht mehr staunen, weil man ja weiß, wie es geht. Dabei ist das Staunen aber eigentlich das Beste am Zaubern, findest du nicht?«

Bärbel dachte nach und nickte schließlich zögernd. »Das Staunen ist schön.«

»Vielleicht kannst du's später irgendwann lernen, wenn du älter bist«, schlug Carl vor. »Und bis dahin noch ein bisschen staunen.«

Damit war sie einverstanden. Und auch damit, dass sie in der verbleibenden Zeit, bis ihr Vater sie abholen kam, noch zusammen Radio hörten.

# Kapitel 6

Frieda sog in tiefen Zügen die Luft ein, ein schweres Gemisch aus zahlreichen Gerüchen, das in der abendlichen Schwüle waberte wie ein atmendes Lebewesen. Es wallte über den Limbecker Platz, schlich um Häuserecken und Laternenpfähle und kroch in jeden Mauerwinkel. Geradezu betäubend drang es unter den Jacken und Mänteln hervor, die ungeachtet der drückenden Wärme hier von so vielen getragen wurden, um die mitgebrachte Ware zu verbergen. Es war eine abenteuerliche Mixtur aus Schweiß, Tabak, Parfüm, allerlei Essbarem und – Frieda blähte die Nasenlöcher – frisch gerösteten Kaffeebohnen, eine einzigartige, selten wahrgenommene Duftnote, die aus allen anderen hervorstach und so betörend war, dass sich um den Mann, der die Bohnen feilbot, schon eine Traube von Menschen gebildet hatte. Legal war an Kaffee nicht mehr ranzukommen, und auch auf dem Schwarzmarkt war er äußerst rar.

Frieda erinnerte sich genau an den letzten vorschriftsmäßig erworbenen Kaffee, den hatten sie noch im Krieg getrunken. Damals hatten sie eine Sonderzuteilung bekommen, weil sie ausgebombt worden waren. Quasi als Trostpflaster. *Zittermokka* hieß das im Volksmund, als ob die Menschen bei einer guten Tasse Kaffee besser wegstecken konnten, dass sie bis auf ihr nacktes Leben alles verloren hatten.

Immerhin hatten sie damals nach der Beerdigung der Mutter den Gästen auf der Trauerfeier frisch aufgebrühten Bohnenkaffee servieren können. Hätten sie dabei allerdings geahnt, dass es all die Jahre danach nur noch Ersatzkaffee geben würde, hätten sie die Bohnen bestimmt aufgehoben, luftdicht verpackt und gut versteckt, um sie irgendwann später in der

Pfanne vorsichtig über kleinem Feuer nachzurösten und dann zu richtig viel Geld zu machen. Oder vielmehr: zu Lucky Strikes und Chesterfields.

So war auch der Schwarzmarkthändler mit den Kaffeebohnen kurz darauf um etliche Packungen Amis reicher, und der Pulk der übrigen Interessenten zerstreute sich rasch, bis es auf dem Platz wieder nach einem zufälligen Gewimmel von Passanten aussah. Gedränge war verdächtig, das rief Eingreiftruppen der Polizei auf den Plan, und wer dann gerade mittendrin steckte, konnte vielleicht nicht schnell genug verschwinden. Immer wenn Frieda so einen feilschenden Pulk sah, dachte sie: einmal und nie wieder.

Jenes eine Mal verfluchte sie heute noch, denn dabei hatte sie Arnold kennengelernt. Wenn sie nur ein bisschen besser aufgepasst hätte, wäre sie ihm nie begegnet. Er hätte sie nicht verhaften und auf die Polizeiwache befördern können, und sie wäre nicht auf ihn hereingefallen.

Frieda sah sich aufmerksam nach allen Seiten um. So richtig in Schwung kam der Schwarzmarkthandel an diesem Tag nicht, aber damit hatte sie gerechnet. Die Preise waren einfach zu hoch. In den letzten Wochen waren sie geradezu explodiert. Es war eine Art von Überhitzung, die schon an Wahnsinn grenzte. Inzwischen warteten alle auf die Währungsumstellung, auf das neue Geld, das es bald geben sollte. Dass es über kurz oder lang passieren würde, stand außer Frage, es wusste bloß keiner, wann. Aber für den Tag, an dem es so weit war, wollten alle gerüstet sein. Wer mit dem neuen Geld Profit machen wollte, musste Ware im Angebot haben, das hatten inzwischen auch die Dümmsten begriffen. Die besseren Sachen wurden gehortet und gebunkert.

Der Wert der Zigaretten als Ersatzwährung sprengte mittlerweile alle Dimensionen. Trotzdem gebärdeten sich manche der berufsmäßigen Schieber immer noch wie Graf Koks von der Gasanstalt und qualmten die Stängel weg wie nichts, ließen wahre Reichtümer paffend in Rauch aufgehen und traten die Stummel achtlos mit den Füßen platt.

Um sie herum wuselten die Kippensammler und bückten sich nach den Überbleibseln. Es wurde geschimpft und geschubst, jeder wollte der Schnellste sein. Sieben Kippen ergaben eine Zigarette, und wenn man etwas Sägemehl hineinmischte, sogar eine mehr.

Frieda ließ sich müßig durch die Menge treiben, Augen und Ohren weit offen. Sie hatte einen Parfümflakon in der Handtasche, echtes Chanel No. 5 aus Paris. Zwar mit 4711 gestreckt, aber höchstens zu einem Viertel. Sie hoffte auf einen guten Tausch, vielleicht gegen ein Paar Schuhe, die noch nicht vielfach geflickt und von Vorbesitzerinnen durchgelaufen waren.

Von dem Parfüm hatte sie einige spärlich bemessene Tröpfchen auf den Innenseiten ihrer Handgelenke sowie in den Armbeugen verrieben. Ein Hauch des Dufts umschwebte jeden ihrer Schritte, keiner musste bei ihr die Katze im Sack kaufen.

»Chanel Numero fünf«, murmelte sie ein ums andere Mal vor sich hin, während sie kreuz und quer über den Platz stromerte und es dabei strikt vermied, stehen zu bleiben. Die anderen agierten genauso. Man blieb in Bewegung. Zum Geschäft kam es nur, wenn sich zwei zueinanderpassende Interessenten fanden. Dann wurde die Ware gezeigt, befummelt, berochen und tuschelnd über den Preis verhandelt.

Ein Beinamputierter erschien in Friedas Blickfeld. »Rechter Schuh gegen linken«, raunte er im Vorbeihumpeln, jeweils versetzt zum Takt seiner aufs Pflaster stoßenden Krücken. »Rechter Schuh gegen linken.«

Solche armen Schlucker traf man immer wieder auf dem Schwarzmarkt, wenn sie nicht gerade an irgendeiner Ecke hockten und bettelten. Es gab so viele kriegsversehrte Wehrmachtssoldaten, manche noch blutjung.

»Amerikanische Nylons«, flüsterte jemand Frieda ins Ohr.

Ein Zauberwort! Sie wandte sich betont langsam zu dem Anbieter um.

»Wie viel?«, wollte sie wissen.

»Das ist Verhandlungssache.« Ein verwegenes Grinsen begleitete die Antwort. Der Mann war in ihrem Alter und von einnehmendem Äußeren, die brünetten Locken mit etwas Brillantine glatt gebürstet und ein Lächeln im Gesicht, das mit seinen tiefblauen Augen um die Wette strahlte. Er war von schlanker Statur, wies aber ausgeprägte Oberarmmuskeln und ansprechend breite Schultern auf. Keine Spur von Hunger oder sonstiger Entbehrung. Im Gegensatz zu den meisten anderen Schiebern trug er weder Jacke noch Mantel, sondern ein gut sitzendes, frisch gebügeltes Hemd mit lässig aufgekrempelten Ärmeln. Hinter seinem rechten Ohr hatte er eine Zigarette stecken, eine andere baumelte angezündet im Mundwinkel. Ein Angeber, wie er im Buche stand. Aber ganz eindeutig auch ein Gewinner. Einer von den wenigen, die der Not nicht nur ein Schnippchen schlugen, sondern sogar Vorteile daraus zogen.

Frieda betrachtete ihn abschätzend. »Ich sehe keine Nylonstrümpfe. Wo sind die denn?«

Ein weiteres Grinsen. »Gut versteckt. Sicher ist sicher.« Er streckte ihr die Hand hin. »Gestatten, Magnus. Wenn du mitkommst, kann ich dir die Strümpfe zeigen.«

Frieda ignorierte die dargebotene Hand. Nahm er ernsthaft an, sie ließe sich von ihm in eine unbeobachtete Ecke lotsen, damit er ihr die Tasche entreißen und damit abhauen konnte? Solche Mistkerle kannte Frieda zur Genüge. Auf dem Schwarzmarkt gab es immer welche, die sich einfach nahmen, was sie wollten.

»Also, Herr Magnus …«, hob sie mit gedehnter Stimme an, in der festen Absicht, ihn abblitzen zu lassen.

»Nein, nein, nicht *Herr* Magnus«, fiel er ihr lächelnd ins

Wort. »Einfach nur Magnus, das ist mein Vorname. Und ich hab *wirklich* Nylonstrümpfe, die sind wie für dich gemacht. Wie war noch gleich dein Name?«

»Frieda«, antwortete sie, eher amüsiert als überrumpelt. Und dann gab sie ihm doch die Hand, Nylonstrümpfe hin oder her. Gegen das Duzen hatte sie nicht viel, das taten junge Leute nun mal. Dieser Gruppe fühlte Frieda sich sehr wohl noch zugehörig. Und sie fand auch nicht, dass sie sich damit was vormachte. Sie hatte nur einfach ihre halbe Jugend verpasst. Jahre, die ihr schlichtweg abhandengekommen waren, durch Ehehölle, Krieg und Mutterschaft. Sie hatte ein Recht darauf, immer noch jung zu sein, und das schloss ein, sich von jemand Gleichaltrigem duzen zu lassen. Außerdem konnte sie nicht abstreiten, dass dieser Magnus ihr gefiel.

»Klären wir doch erst mal, was du für die Strümpfe haben willst«, sagte Frieda. »Also wie viel?«

»Was würdest du mir denn dafür geben?«, fragte er zurück.

In dem Moment wusste sie, worauf es hinauslief. Und auch dagegen hatte sie nicht viel einzuwenden. Sie konnte kaum noch zählen, wie oft sie in den vergangenen Jahren für irgendwelche Kerle die Beine breit gemacht hatte. Als Dreingabe, wenn das, was sie im Rucksack hatte, nicht für ein unverzichtbares Geschäft reichte. Oder wenn es um Leben und Tod ging, so wie im vorletzten Winter, als Emil so schwer krank gewesen war, dass er ohne das amerikanische Penizillin gestorben wäre. Und keiner von denen hatte auch nur halb so gut ausgesehen wie dieser Magnus. Eigentlich war es überhaupt keine Frage. Nylons! Die gab es seit Monaten nicht mehr!

»So eine bin ich nicht«, erklärte Frieda spröde, getreu dem Motto: Willst du was gelten, mache dich selten.

»Das hab ich auch nicht angenommen«, erwiderte Magnus. »Ich hab sofort gesehen, dass du was ganz Besonderes bist!«

Es kam eine Spur zu galant heraus, um aufrichtig zu klingen.

Doch daran störte Frieda sich nicht. Sie wollte die Nylons. Und sie wollte diese Blicke von ihm, die ihr bewiesen, wie schön und begehrenswert sie war. Er war nicht wie die anderen, die nur von notgeiler Gier getrieben wurden. Wenn er sie ansah, fühlte es sich an, als würde die warme Abendsonne allein auf sie scheinen.

Im nächsten Moment erhob sich um sie herum aufgeregtes Geschrei, und die Sache mit den Nylons hatte sich fürs Erste erledigt – Polizisten waren wie aus dem Nichts aufgetaucht und umringten den Platz, trieben die Leute mit Schlagstöcken vor sich her. Jeder der so Bedrängten ließ auf der Stelle alles fallen, was er an Schwarzmarktware bei sich trug. Zigaretten, ganze Packungen davon. Eine Weinflasche, die auf dem Pflaster in Stücke sprang und eine rote Fontäne in alle Richtungen spritzen ließ. Eine Dauerwurst, die zwischen den Füßen der Flüchtenden davonrollte.

Frieda hielt ihre Handtasche fest umklammert. Aus den Augenwinkeln sah sie, dass Magnus neben ihr herlief. Die Männer und Frauen, die eben noch den Platz bevölkert hatten, schrien durcheinander, während die Polizisten auf sie eindroschen. Frieda zog den Kopf ein und rannte schneller, nur weg von hier! Einer von den Bullen war direkt hinter ihr, gleich würde er ihr eins überziehen!

»Nicht da lang!«, rief Magnus ihr zu. »Das ist eine Falle!« Er nahm ihre Hand und zerrte sie mit sich in eine andere Richtung, während die Mehrzahl der übrigen Leute in die nächste Nebenstraße floh.

Dort raste jedoch schon mit unvermittelt einsetzendem Sirenengeheul eine grüne Minna heran und kam mit kreischenden Bremsen quer zur Fahrbahn zum Stehen. Gleich dahinter tauchte eine zweite auf, sodass es kein Durchkommen mehr gab. Über ein halbes Dutzend weiterer Polizisten sprang heraus, einige mit vorgehaltenem Gewehr. Unter brutalem Einsatz der Schlagstöcke wurden die Leute von allen Seiten eingekesselt und in die offenen Mannschaftswagen gestoßen.

Frieda schaute ein paarmal schockiert über die Schulter zurück, während Magnus sie an der Hand mit sich zog, bis sie die Gefahrenzone hinter sich gelassen hatten.

Schwer atmend blieben sie schließlich in ausreichender Entfernung stehen.

»Ich sag ja, sicher ist sicher!«, meinte Magnus mit einem leichten Grinsen.

Frieda zog daraus den naheliegenden Schluss. »Du wusstest von der Razzia, oder?«

Er hob die Schultern. »Man hat so seine Verbindungen.«

»Du hättest die Leute warnen können!«

»Glaubst du, dann würde mir in Zukunft noch irgendwer bei der Polizei was verraten?«, versetzte Magnus trocken.

Das musste sie erst mal sacken lassen. »Hast du für die Information was springen lassen?«, fragte sie dann neugierig.

Magnus hob belustigt die Brauen. »Was dachtest du denn, Prinzessin?« Er schob die Daumen in die Gürtelschlaufen seiner Hose, ganz Herr der Lage. »Man kann mit vielem handeln. Nicht nur mit Schwarzmarktware.« Sein Blick wurde intensiver. »Was ist – freust du dich, dass ich dich gerettet habe?«

»Hast du das?«, gab sie leichthin zurück. »Vielleicht wär ich ja auch allein da rausgekommen.«

»Das kann gut sein. Ich trau's dir voll und ganz zu, Prinzessin.«

Frieda sah ihm in die Augen. Sie mochte es, wie er sie genannt hatte. Prinzessin. Das hatte noch keiner zu ihr gesagt. Und die Nylons wollte sie immer noch.

»Wie sieht's aus?« Ohne den Blick von ihr zu lassen, streckte er ihr seinen Arm hin, damit sie sich einhaken konnte. »Gehen wir was trinken?«

Sie zögerte nur einen Sekundenbruchteil, dann hängte sie

sich bei ihm ein. »Warum nicht.« Damit es nicht allzu willfährig wirkte, fügte sie hinzu: »Lange habe ich aber nicht Zeit!«

»Was immer du sagst, Prinzessin.«

Mit einem Mal spürte sie ihren Herzschlag, und da wusste sie, dass mehr daraus werden würde.

*

Anne hatte in dieser Nacht alle Hände voll zu tun. In der Notaufnahme ging es zu wie im Taubenschlag. Zuerst ein Motorradunfall mit einem Schwerstverletzten, multiple offene Frakturen. Der Mann starb auf dem Weg in den OP. Gleich darauf wurden zwei Männer nach einer Messerstecherei eingeliefert. Der eine kam mit ein paar Nähten und Verbänden davon, der andere hatte einen mehrfach perforierten Darm und schwebte in Lebensgefahr. Er überstand die Notoperation, aber ob er letztlich durchkam, würde sich erst in den kommenden Tagen erweisen.

Auch danach blieb Anne keine Zeit zum Ausruhen. Sie desinfizierte den OP-Tisch und deckte ihn steril ab. Die benutzten Instrumente legte sie in Lysol- und die blutigen Gummischürzen in warmes Sodawasser. Danach nahm sie die verwendeten Spritzen und Kanülen auseinander und reinigte sie zuerst unter fließendem Wasser, bevor sie in den Metallkocher kamen. Die Nadeln legte sie zum Kochen in die dafür vorgesehenen gelochten Kästchen und anschließend in Petrischalen mit Seifenspiritus.

Für die gebrauchten Handschuhe setzte sie eine Sublimatlösung an. Ein Handschuh war gerissen, Anne flickte ihn sofort, indem sie aus einem extra für solche Zwecke aufbewahrten endgültig unbrauchbaren Handschuh zwei Stückchen herausschnitt und mit Paragummi auf den Riss klebte, eins von innen, eins von außen. Mit den Gummihandschuhen musste sorgsam umgegangen werden, sie hatten nicht mehr viele, und an Nachschub war nur schwer heranzukommen. Die OP-Handschuhe aus Billroth-Batist, die im Laufe des Krieges als Ersatz aufgekommen waren, schützten weniger zuverlässig vor Keimen und galten nur als Notlösung.

Permanent gab es von allem zu wenig – Tupfer, Verbands- und Nahtmaterial, Kanülen, Katheter. Von Medikamenten ganz zu schweigen.

Anne bereitete gerade den Instrumententisch für die nächste Operation vor, als der diensthabende Chirurg hereinkam. Zu ihrem Verdruss stiefelte er durch den Bereich, den sie schon desinfiziert hatte. Sie würde alles noch mal putzen müssen.

»Noch immer so fleißig?«, fragte er jovial.

Anne hob nur stumm die Schultern, in der Hoffnung, dass er sich wieder verzog. Doch er blieb stehen und sah ihr weiter bei der Arbeit zu. Doktor Lohfeld war ein stämmiger Mann in den Vierzigern. Als Chirurg machte er seine Sache gut, aber menschlich war er Anne auf eine Weise zuwider, dass sie seine Gegenwart kaum aushielt. Eine Woche mit ihm auf der Station hatte ihr gereicht, ihn inbrünstig auf den Mond zu wünschen.

Er konnte seine Hände nicht bei sich behalten. Ein sanftes Schulterklopfen am ersten Tag, verbunden mit einem Lob für ihre großartige Mitarbeit, seine Hand nur ein paar Sekundenbruchteile zu lange auf ihrem Körper. Beim zweiten Mal ein Streichen über den Rücken, ein weiteres Lob, seine Hüfte wie zufällig an ihrer. Bevor sie aufbegehren konnte, war er zur Seite getreten, als sei nichts passiert.

Anne hatte noch niemandem davon erzählt. Sie hatte gehofft, dass er sich weitere Zudringlichkeiten verkniff. Doch so, wie er dastand und sie ansah, gab es keinen Zweifel, worauf er aus war. Sie kannte diesen Blick. Nicht wenige Ärzte hielten sich für Halbgötter und glaubten, dass kleine Fummeleien am Arbeitsplatz inbegriffen seien, ganz zu schweigen von all den anzüglichen Bemerkungen, die sie sich herausnahmen. Die selbstherrlichen Gedanken standen ihnen förmlich auf die Stirn geschrieben: Schließlich ersehnten die meisten ledigen Krankenschwestern nichts dringlicher, als sich einen tüchtigen Arzt zu schnappen und ihn vor den Traualtar zu schleppen, also sollten sie sich bitte nicht so anstellen, wenn umgekehrt einer der Ärzte mal was von ihnen wollte, und sei es auch bloß zum Spaß.

Wie in den vorangegangenen Nächten war sie mit ihm allein. Ein Arzt und eine OP-Schwester, mehr Personal war für die Notbesetzung im Nachtdienst der Chirurgie nicht vorgesehen. Die gesamte Assistenz lag in ihren Händen, von der Vorbereitung des Patienten und der Narkose über die Instrumentierung bis hin zum Halten der Wundhaken während der Operation.

»Gehen Sie bitte aus dem sterilen Bereich raus«, sagte sie bemüht höflich.

»Oh. Na, so was! Tut mir leid. Da sehen Sie mal, wie sehr Sie mich ablenken!« Mit gespielter Zerknirschung trat er einen Schritt zur Seite. Und kam dann auf sie zu. »So besser?«

»Herr Doktor Lohfeld, hören Sie …« Sie wich vor ihm zurück, bis ihr Rücken die gekachelte Wand berührte.

»Lassen wir doch die Förmlichkeiten!« Und schon stand er so dicht vor ihr, dass sie ihm nicht mehr ausweichen konnte. Er stemmte rechts und links von ihren Schultern seine Hände gegen die Wand. »Hat dir eigentlich schon mal jemand gesagt, wie reizend du aussiehst? Was für ein Jammer, dass eine wie du keinen Mann hat! Wann hat es dir eigentlich jemand das letzte Mal richtig besorgt?«

Anne versuchte, ihn wegzustoßen, aber er hielt sie fest und presste sie gegen die Wand. Im nächsten Moment griff er ihr umstandslos zwischen die Beine. Anne wehrte sich und schrie, so laut sie konnte, doch sie ahnte, dass niemand es hörte. Auf der Station schob noch eine Nachtschwester Dienst, aber die saß im Aufenthaltsraum am anderen Ende des Ganges.

Es half alles nichts, Anne hatte keine andere Wahl. Das, was Arnold ihr angetan hatte, würde ihr nicht noch einmal passieren. *Niemals.*

Sie griff in die Tasche ihres Kittels und zog die einsatzbereite Spritze heraus, die sie eben bei seinem Auftauchen instinktiv vom Instrumententisch genommen und eingesteckt hatte. Für den Bruchteil einer Sekunde hatte sie überlegt, ein Skalpell zu nehmen, aber damit hätte sie ihn schwer verletzen können; sie schätzte ihn so ein, dass eine Spritze ausreichte, um ihn zur Räson zu bringen. Allerdings war sie sich in diesem Moment nicht mehr sicher, denn er bedrängte sie wie ein Rasender und versuchte, ihr den Kittel vom Leib zu reißen. Sie hieb ihm die Spritze in die Wange, sodass er es unmittelbar mitbekam. Hätte sie ihn irgendwo weiter unten gestochen, hätte er es in seinem aufgepeitschten Zustand womöglich gar nicht bemerkt. Es war eine kleine Rekordspritze, vom vielfachen Gebrauch schon ziemlich ausgeleiert, doch das war für diesen Zweck egal.

Die Spritze ging glatt durch seine Wange und drang in die Zunge, weder Kieferknochen noch Zähne waren im Weg. Anne ließ sie einfach stecken und riss ihre Hand zurück. Der Glaszylinder ragte seitlich aus der Wange wie ein zitterndes, waagerechtes Ausrufezeichen.

Er ließ sofort von ihr ab und langte sich ins Gesicht. »Hngh…?«, drang es zusammen mit einigen Blutspritzern aus seinem Mund. In seinem Blick offenbarte sich Verständnislosigkeit, er schien die Situation noch nicht vollständig erfasst zu haben.

Anne ergriff umgehend die Flucht. Die Nachtschwester kam gerade aus einem der Krankenzimmer. »Was ist los?« Sie musterte Anne besorgt. »Doktor Lohfeld? Wollte er …?« Den Rest ihrer Frage ließ sie peinlich berührt in der Luft hängen.

Anne nickte nur aufgelöst und eilte weiter. Anscheinend war sie nicht Lohfelds erstes Opfer. In fliegender Hast zog sie sich im Schwesternzimmer um und verließ im Laufschritt die Station.

Für den Heimweg brauchte sie normalerweise zwanzig Minuten. Fünfzehn, wenn sie einen Zahn zulegte, was sie in dieser Nacht tat. Es war drei Uhr früh und sehr dunkel, die wenigen Laternen, die noch funktionierten, verbreiteten nur alle paar Hundert Meter ein spärliches Licht. Die Straßen waren menschenleer, die Ruinen der Trümmergrundstücke eine schaurige Kulisse für ein nicht minder schauriges Gefühl – Anne hatte zunehmend den Eindruck, verfolgt zu werden. Sie schaute immer wieder über die Schulter zurück, doch da war keiner. Bis sie auf einmal die Schritte hinter sich hörte. Zuerst entfernt, dann immer näher. Jemand ging hinter ihr her. Die schemenhafte Gestalt eines Mannes, mehr war in der Dunkelheit nicht zu erkennen. Anne lief schneller. Die Schritte hinter ihr beschleunigten sich ebenfalls.

Ohne noch einmal zurückzuschauen, rannte sie los. Ihr Puls raste, ihr Brustkorb weitete sich in ruckartigen Atemzügen, das Herz hämmerte gegen ihre Rippen. Erst als sie endlich die Einmündung zur Klarastraße erreicht hatte, wagte sie wieder einen Blick hinter sich. Der Verfolger war verschwunden. Anscheinend hatte er aufgegeben. Trotzdem legte sie das letzte Wegstück im Dauerlauf zurück und fühlte sich erst sicher, als sie die Haustür hinter sich ins Schloss gezogen hatte. Keuchend lehnte sie sich mit dem Rücken gegen die Wand, es dauerte eine Zeit lang, bis sie wieder zu Atem kam. Ihre Knie hörten nicht auf zu zittern, beim Hochgehen musste sie sich am Geländer festklammern. Auf halber Treppe hörte sie, wie unten eine Tür geöffnet wurde. Zu Tode erschrocken fuhr sie herum, doch es war nur einer der beiden Zwillingsbrüder. Er streckte den Kopf durch die Eingangstür vom Schankraum und peilte die Lage, offenbar hatte er sie hereinkommen hören.

Als er sah, dass es Anne war, nickte er ihr freundlich zu und verschwand wieder.

Immer noch zitternd schloss sie im ersten Stock die Wohnungstür auf. Drinnen war alles ruhig. Gewohnheitsmäßig schaute sie nach den Kindern. Lotti und Emil schliefen tief und fest. Sie teilten sich ein Bett, Lotti am Kopf- und Emil am Fußende. Manchmal lagen sie auch wie die Löffelchen nebeneinander. Anne versuchte, nicht darüber nachzudenken, dass es Arnolds einstiges Jugendbett war. In diesen Zeiten konnte man nicht wählerisch sein, ein wanzenfreies Bett mit halbwegs sauberer Matratze war ein unvorstellbarer Luxus.

Frieda war noch nicht zu Hause, was jedoch nicht weiter ungewöhnlich war. Sie blieb oft bis in die Puppen weg. Anne hörte nie auf, sich deswegen Sorgen zu machen, aber in dieser Nacht war sie dankbar, allein zu sein. Erschöpft rollte sie sich auf ihrer Bettseite zusammen und blendete alle Geschehnisse aus. Sie hoffte, schnell vom Schlaf erlöst zu werden, und nach einer Weile schlummerte sie tatsächlich ein. Doch die Albträume waren schlimmer denn je.

# Kapitel 7

Am nächsten Morgen kam Carl mit einer Stunde Verspätung in der Rechtsmedizin an. Wielspütz war mit der Obduktion der Leiche aus Heisingen schon fast fertig. Schädel und Brustkorb waren bereits aufgesägt, die Organe entnommen.

»Tut mir leid«, sagte Carl. »Auf dem Präsidium hatten wir Fallbesprechungen, die haben sich hingezogen.«

»Tja, den besten Teil der Vorführung haben Sie verpasst.«

»Kein Problem«, sagte Carl, dem es in Anbetracht des Gestanks nach Verwesung und Formaldehyd herzlich egal war, dass er nicht alles mit angesehen hatte. Hastig band er sich eine Maske vors Gesicht und blieb in sicherer Entfernung zum Obduktionstisch stehen.

»Können Sie schon was über den Todeszeitpunkt sagen?«, fragte er.

»Nach meiner Schätzung starb der Mann vor vier Tagen. Vielleicht fünf.«

»Todesursache?«

»Er wurde erschossen. Das Projektil drang durch das rechte Auge ein. Austrittswunde am Hinterkopf. Sieht nach einem Neun-Millimeter-Kaliber aus.«

»Irgendwelche Hinweise auf die Identität des Opfers?«

Wielspütz deutete auf einen langen Tisch an der Wand, wo säuberlich ausgebreitet die verdreckte, mit eingetrocknetem Blut befleckte Bekleidung des Toten lag. »An seinen Sachen habe ich nichts Aufschlussreiches gefunden. Aber fühlen Sie sich frei, noch mal drüberzuschauen.«

Wielspütz ging immer sehr methodisch vor, Carl war sicher, dass er ebenfalls nichts finden würde, doch er sah trotzdem nach. Dabei kam ihm in den Sinn, dass er diese Art von Kontrollzwang wohl seiner Ausbildung unter Schneider zu verdanken hatte. Der hatte ihm und Werner damals ständig eingebläut, dass man bei Mordermittlungen gar nicht oft genug hinschauen konnte. Lieber einmal zu viel als einmal zu wenig, so lautete seine Devise.

Carl wurde gewahr, dass er mit den Zähnen knirschte, und befahl sich, wieder zur Tagesordnung überzugehen. Wie erwartet war an den Kleidungsstücken des Toten kein Hinweis auf dessen Identität zu entdecken, weder Wäschezeichen noch Firmenaufdrucke. Es gab keinen Schmuck, keine Armbanduhr, keine persönlichen Gegenstände, bis auf eine zerknitterte alte Kinokarte für einen Film, der im vorletzten Jahr in einem Kino in der Innenstadt gelaufen war. *Die Mörder sind unter uns.*

»Sehr sinnig, oder?«, meinte Wielspütz. »Die Karte steckte im Futter der Gesäßtasche, da war ein Riss. Hat der Täter wohl übersehen. Oder vielleicht auch extra drin gelassen, als Visitenkarte nach getaner Arbeit.«

Carl schob die Karte vorsichtig in eine Zellophantüte.

»Ich hab da noch was für Sie«, sagte Wielspütz. Er hob den linken Arm des Toten an. »Sehen Sie das?«

Carl trat näher. Er sah nur dunkel verfärbtes, von Insekten und Kleintieren angefressenes Gewebe.

»Was soll da sein?«

»An der Innenseite des Oberarms befindet sich eine schlecht verheilte Narbe von der Größe einer Fingerkuppe«, erläuterte Wielspütz.

»Blutgruppentätowierung?«

»Richtig. Dieser Mann war bei der Waffen-SS. Kommt mir immer wieder unter. Manche brennen es sich weg, andere benutzen ein Messer. Der hier hat es mit dem Messer gemacht, nicht besonders filigran. Weg mit Schaden, würde ich sagen.«

Übelkeit stieg in Carl auf. Männer wie der da auf dem Tisch waren schuld daran, dass sein Vater sich das Leben genommen hatte. Dass sein Großvater aus dem Land geflohen war. Dass er selbst elf Jahre seines Lebens verloren hatte.

Ja, weg mit Schaden!, schrie es in ihm. Das Schwein hatte den Tod verdient!

Doch er kommentierte Wielspütz' Bemerkung mit keinem Wort. Stumm wohnte er der restlichen Obduktion bei, folgte aufmerksam allen Erklärungen zu Alter, Größe und Vorerkrankungen des Mordopfers und bedankte sich höflich bei dem Pathologen, als es endlich vorbei war. Anschließend brachte er die Kinokarte eigenhändig ins kriminalpolizeiliche Labor und schrubbte sich dort im Waschraum minutenlang die Hände. Dann eilte er auf direktem Weg in die Klarastraße.

*

Im Gehen führte er sich sein Frühstücksbrot zu Gemüte, er hatte es extra bis jetzt aufbewahrt, obwohl ihm der Magen schon fast auf die Schuhe hing. Nur zwei zusammengeklappte Scheiben Brot mit Rübenkraut, aber das reichte hoffentlich über den Mittag.

Nach seiner Ankunft ging er als Erstes hinters Haus. Sein Interesse galt den Fenstern im ersten Stock. Die Vorhänge im Schlafzimmer von Annes Wohnung waren zugezogen, demnach war sie noch nicht aufgestanden. Für den Anfang würde er sich mit den anderen Bewohnern befassen. Die Haustür stand offen, ein paar Kinder liefen lärmend rein und raus. Carl ließ die Schankstube im Erdgeschoss links liegen; die Zwillingsbrüder waren auf dem Pütt und würden erst nachmittags heimkommen.

Im ersten Obergeschoss läutete er bei Annes Nachbarn, einer Familie namens König. Zuerst tat sich nichts, doch dann hörte er das mühselige Schlurfen von Schritten. Die Tür ging auf, und eine alte Frau spähte misstrauisch heraus. Das graue Haar stand ihr struppig vom Kopf ab. »Wir geben nix.« Sie wollte die Tür wieder zuschlagen, aber Carl blockierte die Schwelle mit dem Fuß.

»Ich komme von der Kriminalpolizei.«

»Dat kann jeder sagen.«

Er zeigte ihr seine Dienstmarke, die sie voller Argwohn musterte. »Ich war schon mal hier«, erklärte er. »Da hatte ich mit einer Frau Brunhilde König gesprochen.«

»Dat Hilde is einkaufen. Und der Jupp is auffe Arbeit.«

»Wohnen Sie auch hier? Wie ist Ihr Name?«

»Wer will dat wissen?«, fragte die Alte herausfordernd.

»Das sagte ich doch gerade.« Carl räusperte sich. »Ich heiße Bruns und ermittle im Todesfall Adelheid Hoffmann.«

»Dat Adelheid ist tot?«, fragte die Alte sichtlich erschüttert, und spätestens in dem Moment begriff Carl, dass sie in einer anderen Welt lebte.

»Erwin!«, rief sie über die Schulter. »Komm doch mal eben! Dat Adelheid is tot!«

Aus einem der Zimmer kam ein alter Mann in den Flur der Wohnung. Um seinen ausgemergelten Oberkörper hing eine zerschlissene Strickjacke. Darunter trug er ein stark vergrautes Unterhemd, über dessen Ausschnitt die Schlüsselbeine hervortraten wie bei einem Skelett. Schwer auf einen Stock gestützt, bewegte er sich vorwärts, bis er neben der alten Frau stand. »Dat Adelheid is schon im April gestorben, Martha«, klärte er die Alte auf. »Wer sind Sie?«, wollte er dann von Carl wissen.

Der zeigte erneut seine Marke und erklärte den Grund seines Kommens. Der alte Mann war geistig besser beieinander als die Frau. Erwin und Martha König waren die Eltern des Hauptmieters Josef König, wie Carl als Nächstes erfuhr. Wegen ihres schlechten Gesundheitszustands verließen sie das Haus kaum noch, sie schafften es nicht mal mehr bis zur Kirche.

»Wohnen Sie schon länger hier?«, erkundigte sich Carl.

»Sind zweiundvierzig hier eingezogen, zusammen mit den Kindern. Vorher haben wir in der Isenbergstraße gewohnt. Aber da is alles kaputtgegangen.« Der alte Mann zeigte auf sein rechtes Bein. »Dat Knie auch. Schrappnell.«

»Kannten Sie Adelheid Hoffmann näher? Oder ihren Sohn? Er hat vor Ihnen hier in dieser Wohnung gelebt, richtig?«

Erwin König nickte. »Als dem seine Frau abgehauen war, is der wieder rüber zu Adelheid gezogen. Zurück zu Mutti.« Er lachte und entblößte dabei einige schwärzliche Zahnstummel.

»Haben Sie Arnold Hoffmanns Ehefrau damals noch kennengelernt?«

»Nä, die war ja weg.«

»Kam sie jemals wieder? Oder ihre Schwestern?«

»Ja klar, die wohnen doch getz alle drei wieder hier.«

»Ich meinte, vor Adelheid Hoffmanns Tod.«

»Nich dat ich wüsste.«

Martha König verzog das Gesicht. »Der Arnold, dat war ein richtigen Sausack!«

»Woraus schließen Sie das?«

Die alte Frau furchte ratlos die Stirn.

Ihr Mann mischte sich ein. »Der hat doch die ganzen Zwangsarbeiter umgebracht.«

»Wann haben Sie ihn das letzte Mal gesehen?«

»Dat war noch im Krieg. Der war schon weg, als die Amis kamen.«

»Danach nicht mehr?«

»Nä.«

»Wie war denn Ihr persönliches Verhältnis zu der Toten?«

»Welche Tote?«, wollte Martha König wissen.

»Dat Adelheid war ein Rabenaas«, erklärte ihr Mann. »Immer nur am Zanken. Die vermisst keiner, dat schwör ich Ihnen nackend inne Hand!«

»Gab es mal Streit zwischen Adelheid Hoffmann und einzelnen Bewohnern des Hauses?«

»Andauernd«, sagte Erwin König.

»Beim wem war es Ihrer Meinung nach am schlimmsten?«

»Woher soll ich dat wissen?«, entgegnete Erwin König. Es klang ruppig. Carl hatte es schon halb und halb erwartet. Der alte Mann war keiner von denen, die andere in die Pfanne hauten.

»Hat Frau Hoffmann mal erwähnt, wo sie früher gewohnt hat? Bevor sie nach Essen kam?«

»Nich dat ich wüsste.«

Brunhilde König kam die Treppe hoch, sie hielt ein Einkaufsnetz mit einer dürftigen Ausbeute an Lebensmitteln umklammert. Ihr Kittelkleid wies unter den Achseln ausgedehnte Schweißflecke auf, das Haar hing ihr in zerrauften Strähnen ums Gesicht.

»Wat is dat denn hier für 'ne Versammlung?«, fragte sie, offensichtlich miserabel gelaunt. Aus ihrer Miene sprachen Ärger und Erschöpfung, vermutlich hatte sie stundenlang angestanden und am Ende mit ein paar lausigen Resten abziehen müssen. Trotz jahrelanger leidvoller Erfahrung fiel es den Leuten immer noch schwer, die entsetzliche Grundregel hinter der Rationierung zu begreifen: Auf den Lebensmittelmarken standen keine Mindest-, sondern Höchstmengen. Weniger ging immer.

Brunhilde König drängte sich an Carl und ihren Schwiegereltern vorbei in die Wohnung und marschierte ohne innezuhalten weiter in ihre Küche.

»Ich muss getz Mittagessen machen!«, sagte sie kurz angebunden über die Schulter. »Wenn Se mit mir auch noch reden wollen, müssen Se später wiederkommen. Aber ich weiß nix, dat hab ich Ihnen ja schon gesacht.«

Carl ließ es für diesmal dabei bewenden und verabschiedete sich freundlich.

Er widerstand dem Impuls, als Nächstes bei Anne zu läuten, es war immer noch zu früh.

»Dat war einen vonne Gestapo, Vatter«, hörte er die Alte zu ihrem Mann sagen, während er die Treppe nach oben nahm.

»Nee, vonne Kripo, Martha.«

»Is doch datselbe in Grün. Steck die innen Sack und hau mittem Knüppel drauf, da triffsse nie den Falschen.«

Wo sie recht hat, dachte Carl in grimmigem Sarkasmus. Am Ende des Tausendjährigen Reichs hatten bei der deutschen Polizei alle im selben braunen Sumpf gesessen. Gestapo und Kripo hatten fusioniert, SS und Polizei waren miteinander verschmolzen, gleichgeschaltet hatten sie alle demselben Mann gehorcht – dem Reichsführer SS und Chef der deutschen Polizei Heinrich Himmler.

Im zweiten Obergeschoss des Hauses befanden sich ebenfalls zwei Wohnungen, beide bis in die letzte Ecke vollgestopft mit Zwangseinquartierungen. In der einen lebte eine achtköpfige Familie aus Oberschlesien, in der anderen eine bunt gemischte Schar von zehn Menschen, überwiegend Ausgebombte, teils Paare mit Kindern, teils Einzelpersonen. Der Radau, der durch die offenen Türen ins Treppenhaus schallte, zeugte ebenso wie ein Blick im Vorbeigehen von der drangvollen Enge, und dabei war bestimmt nicht einmal die Hälfte der Bewohner daheim. Eine Frau zeterte mit überkippender Stimme vor sich hin, bis sie von wütendem Männergebrüll übertönt wurde. Kleinkinder kreischten und greinten, penetrant untermalt von lauter Radiomusik. Es roch nach angebranntem Essen und vollen Windeln. Nur der durchdringende Fäkalgestank, der einem vom Lokus auf halber Treppe entgegenwehte, war noch schlimmer.

Von den Leuten, die dort hausten, hatte Carl bisher nicht viel erfahren. Trotzdem wollte er den einen oder anderen noch mal befragen; vielleicht konnte er es nachher gleich dazwischenschieben, je nachdem, wie lange es dauerte, bis Anne zu sprechen war.

Ganz oben auf seiner Liste stand jedoch momentan Gustav Keitel, der Cellist. Er bewohnte eins der beiden Mansardenzimmer. In dem anderen stapelte sich haufenweise Gerümpel, das die Leute aus dem Haus dort deponiert hatten, weil es in den Wohnungen zu eng war. Vergammelte Koffer, ein vom Holzwurm zerfressener Räucherschrank, ein durchgerostetes Bügelbrett und anderer maroder Kram; eigentlich hätte alles auf den Sperrmüll gehört, doch in diesen Zeiten, da viele Menschen kaum noch etwas besaßen, wurde so gut wie nichts mehr ausrangiert oder weggeworfen. Irgendwas davon konnte man immer brauchen, und sei es auch bloß zum Auseinanderbauen, um die Einzelteile anderweitig zu verwenden.

Der größte Teil des Dachgeschosses wurde als Trockenboden genutzt. Zwischen den Sparren waren kreuz und quer Leinen gespannt, und jeder verfügbare Zentimeter war mit Wäschestücken behängt. Sonderlich frisch roch es trotzdem nicht. Die Luft hier oben war dumpf und abgestanden. Die einzige Dachluke war geschlossen und außen von einer Rußschicht überzogen, entsprechend dürftig waren die Lichtverhältnisse. Es gab keinen Flur, die beiden Mansardenkammern gingen direkt vom Dachboden ab.

Aus dem vorderen Zimmer tönte Cellomusik. Carl hielt vor der Tür inne und lauschte dem virtuosen Klang. Er kannte das Stück, es war Bachs Suite Nr. 1 in G-Dur. Schon als kleiner Junge war er mit klassischer Musik in Berührung gekommen, sein Großvater war ein begeisterter Opernfreund gewesen. Auf seinem uralten Grammofon hatte ständig eine der zahlreichen Aufnahmen gedudelt, die sich in seinem Besitz befanden. Carl hatte sie als Kind alle gehört, er konnte jedes Stück der jeweiligen Aufschrift auf den Schallplatten zuordnen.

Die Platten hatte sein Opa mitgenommen, als er nach Amerika übergesiedelt war, damals im November 38, gleich nach dem Selbstmord seines einzigen Sohnes.

Carls Vater hätte auch mit nach Amerika gehen können, da lebten Verwandte, doch er hatte keine Zukunft mehr für sich gesehen. Im Grunde hatte das Leben für ihn schon früher aufgehört, bereits im Jahr davor, als Carls Mutter gestorben war. Tuberkulose, zu lange verschleppt, man hatte nichts mehr für sie tun können.

Ohne jegliche Vorankündigung war er in den Wald gegangen und hatte sich erhängt. In der Nacht davor, jener Nacht, die seither überall *Reichskristallnacht* genannt wurde, hatte eine SS-Schwadron den Laden und die Uhrmacherwerkstatt mit sämtlichem Inventar abgefackelt. Alles zerstört, was die Familie sich über zwei Generationen aufgebaut hatte. Den Großvater hatten sie aus seiner Wohnung geholt und ihn gezwungen, zusammen mit anderen Juden vor der brennenden Essener Synagoge zu singen, während die Feuerwehr danebenstand und nichts unternahm, um den Brand zu löschen.

Den Abschiedsbrief des Vaters hatte Carl aufgehoben. Er hatte ihn nur ein einziges Mal gelesen und danach nie wieder in die Hand genommen. Viel stand sowieso nicht drin, nur eine Bitte um Verzeihung, aber allein den Brief zu besitzen, hielt die Erinnerung an seinen Vater wach.

Wenigstens hatte Carls Großvater in den USA noch ein gutes restliches Leben gehabt, in Frieden und Beschaulichkeit, ohne Verfolgung, ohne Hunger. Vor zwei Jahren war er gestorben, im gesegneten Alter von siebenundachtzig. Von seinem jüngeren Bruder, Carls Großonkel, kamen immer noch regelmäßig Weihnachtskarten aus dieser schönen, heilen Welt jenseits des Großen Teichs.

Carl klopfte an Gustav Keitels Tür, und das Cello verstummte. Gleichzeitig fing ein Hund an zu kläffen. Der schien über den Besuch ebenso wenig erbaut zu sein wie sein Herrchen. Keitels Miene wirkte abweisend, als er Carl die Tür öffnete. Der Hund – ein putzig aussehendes weißes Fellknäuel – verstärkte sein angriffslustiges Gebell.

»Aus!«, rief Keitel. »Sitz!«

Das Kläffen hörte abrupt auf. Das Hündchen sank mit leisem Winseln auf die Hinterbeine.

»Guten Tag, Herr Keitel, ich hätte im Zuge meiner Ermittlungen noch ein paar Fragen. Darf ich reinkommen?«

Mit sichtlichem Widerstreben ließ Keitel ihn ein. Das Zimmer war dermaßen mit Möbeln vollgestopft, dass man sich kaum darin umdrehen konnte, und dabei hätte man nicht mal sagen können, dass Teile der Einrichtung überflüssig waren – außer einem schmalen Bett nebst Nachtkästchen gab es einen Schrank, einen Tisch und einen Stuhl. Ein Eckregal diente zur Aufbewahrung einiger weniger Küchenutensilien, eine auf einem Hocker stehende elektrische Kochplatte zur Zubereitung warmer Mahlzeiten. Ein Wandregal über dem Bett enthielt eine kleine Sammlung von Büchern und stapelweise Notenhefte.

Das Cello stand in einer Halterung neben dem Stuhl, davor ein aufgeklappter Notenständer.

Carl verspürte einen leisen Anflug von Scham, wie so oft, wenn er in den privaten Bereich von Menschen eindrang. In ein geschütztes Zuhause, wo Fremde nichts verloren hatten. Und doch musste es sein, wenn es um Mord ging.

Carl bückte sich spontan nach dem Hündchen, um es zu streicheln, aber der Winzling schnappte nach ihm, die Lefzen drohend hochgezogen und ein wütendes Knurren in der Kehle. Gerade noch rechtzeitig riss Carl seine Hand zurück.

»Fritzi hält sich für eine Riesendogge«, sagte Keitel trocken. »Sie legt sich sogar mit Schäferhunden an. Das heißt, sie täte es, wenn ich sie ließe. Sie hat vor nichts und niemandem Angst.«

Carl nickte. »Als Junge hatte ich auch einen Hund«, sagte er. »Ein Mischlingsrüde. Den vermiss ich immer noch.«

Diesmal war es Keitel, der nickte. »Man vergisst sie nie.«

Carl räusperte sich. »Herr Keitel, ich bedaure es sehr, Sie in dieser Sache noch mal behelligen zu müssen, aber es ist leider unvermeidlich. Ich hoffe sehr, Sie können mir weiterhelfen.«

»Das glaube ich zwar nicht, aber fragen Sie in Gottes Namen. Ach, und verzeihen Sie meine Unhöflichkeit.« Keitel zeigte auf den einzigen Stuhl. »Bitte setzen Sie sich doch.«

»Oh nein, danke, ich stehe lieber.«

»Kann ich Ihnen einen Schluck Wasser anbieten? Was anderes habe ich leider nicht. Und ich fürchte, es ist ziemlich schal.«

»Danke, ich bin nicht durstig.« Carl holte Notizbuch und Bleistift hervor, eine Geste, die ihm schon so sehr in Fleisch und Blut übergegangen war, dass er kaum noch darüber nachdachte. Genau genommen benötigte er seine Notizen weniger als Gedächtnisstütze – seine Protokolle konnte er mühelos aus der Erinnerung ins Reine schreiben –, sondern eher, um seine Gedanken zu ordnen. »Herr Keitel, bei unserer ersten Unterredung bejahten Sie meine Frage, ob Arnold Hoffmann gewalttätig sei. Daraufhin fragte ich Sie, worin sich das geäußert hat. Sie haben mit der Antwort kurz gezögert und dann den Massenmord angeführt. Allerdings erwähnten Sie mit keinem Wort, dass Hoffmann außerdem seine hochschwangere junge Frau geschlagen hat, einmal sogar so schlimm, dass sie ins Krankenhaus musste.« Carl blickte dem Mann unverwandt ins Gesicht. »Sie wussten davon, stimmt's?«

Keitel hob die Schultern. »Nun ja, jetzt, wo Sie's sagen … Ich hab's wohl vergessen. Oder verdrängt. In meinem Alter lässt einen das Gedächtnis schon mal im Stich. Tut mir sehr leid.«

»Ich hatte Sie auch gefragt, ob Adelheid Hoffmann noch Verwandte hätte. Das haben Sie verneint.«

»Das ist so nicht korrekt. Ich sagte: ›Nicht, dass ich wüsste‹.«

Carl nickte. »Richtig, Sie erinnern sich besser als ich. So schlecht steht's also gar nicht um Ihr Gedächtnis. Wie kommt es dann, dass Sie auf meine Frage nach Adelheid Hoffmanns Verwandtschaft mit keinem Wort Elfriede Hoffmann und ihre Schwestern erwähnten?«

Keitel zuckte die Achseln. »Die habe ich nicht wirklich als Verwandte betrachtet. Wenn, dann waren sie wohl eher mit Adelheid verschwägert, oder? Ist das nicht ein Unterschied? Ich dachte, Sie hätten Familie im engeren Sinne gemeint.«

Schlau aus der Affäre gezogen, dachte Carl. Er beobachtete Keitel genau. »Haben Sie eine der Schwestern nach ihrem Verschwinden jemals wiedergesehen? Ich meine, in der Zeit vor Adelheid Hoffmanns Tod.«

»Nein, nie. Für mich war es eine Riesenüberraschung, als sie auf einmal wieder da waren, ich hätte nicht gedacht, dass sie überhaupt noch leben. Im Krieg sind so viele Menschen auf Nimmerwiedersehen verschwunden.«

»Haben Sie sich gut mit den Schwestern verstanden?«

»Sehr gut. Anne und die jüngste Schwester haben ja zwei Monate lang in der Mansarde neben mir gewohnt. Wir sind uns manchmal im Treppenhaus über den Weg gelaufen. Da blieb man ab und zu mal stehen und hat ein paar Takte geredet. Auch über Heinz. Das war Annes Mann, wissen Sie. Der war auch bei den Philharmonikern, ein großartiger Posaunist. Und so ein feiner Mensch! Ist an der Ostfront gefallen.«

Carl widerstand dem Drang, mehr über diesen Heinz in Erfahrung bringen zu wollen. Er musste aufpassen, seine privaten Interessen nicht zu sehr mit denen des Falles zu vermischen.

»Mit Frieda hatte ich weniger Kontakt«, berichtete Keitel weiter. »Aber wenn man sich mal begegnete, war sie immer freundlich. Eine nette junge Frau. Sie und Arnold hatten unten die Wohnung neben Adelheid. Doch das wissen Sie sicher schon, oder?«

Carl nickte. »Wann genau sind Annemarie Wiesner und die jüngste Schwester in das Zimmer hier oben neben Ihnen gezogen?«

»Das war kurz nach der Hochzeit von Arnold und Frieda. Anne und Lotti sind in Bergerhausen ausgebombt worden und brauchten eine Bleibe. Furchtbare Geschichte, bei dem Bombenangriff ist auch die Mutter ums Leben gekommen. Der Vater war schon vor dem Krieg gestorben, an Blutkrebs.«

Auch das hatte Carl bereits gehört, und es hatte ihn mit Bestürzung erfüllt, obwohl er Annes Eltern nicht persönlich gekannt hatte. Damals hatte er Anne nie zu Hause abgeholt, sie hatten sich jedes Mal irgendwo getroffen. Abends hatte er sie zwar ein paarmal heimgebracht, aber immer nur bis zur Haustür.

»Falls Sie jetzt glauben, dass Adelheid tief in ihrem Herzen selbstlos und großzügig war, liegen Sie völlig falsch«, fuhr Keitel fort. »Anne musste für das Mansardenzimmer ganz regulär Miete zahlen, sogar mehr als ich, obwohl es eigentlich nur eine Abstellkammer war, so wie jetzt auch wieder. Das ganze Gerümpel wanderte vorübergehend in eine Ecke vom Dachboden, dann wurden in dem Zimmer zwei Klappbetten aufgestellt, fertig. *Umsonst ist der Tod,* das war einer von Adelheids Lieblingssprüchen.«

Carl registrierte es aufmerksam und machte sich Notizen.

»Wie vertrug sich Adelheid Hoffmann mit ihrem Sohn?«

»Das war so eine Affenliebe, anders kann man das nicht nennen. Der Junge war nach Strich und Faden verwöhnt, er konnte sich alles erlauben, Kritik kam nie von ihr. Sie hat ihn auf einen Sockel gestellt, so viel kann ich sicher sagen.«

»Wenn sie ihrem Sohn so zugetan war – wie erklären Sie es sich, dass sie nicht ihn, sondern ihren Enkel als Erben eingesetzt hat?«

»Das ist doch sonnenklar. Wenn sie das nicht gemacht hätte,

wäre von Rechts wegen Arnold ihr Erbe gewesen. Dann hätten die Tommys sofort alles beschlagnahmt, als Ausgleich für die Verbrechen, die er begangen hat. Glauben Sie vielleicht, das hätte Adelheid zugelassen?«

»War Ihnen der Inhalt des Testaments bekannt?«

»Sie meinen, vor Adelheids Tod? Nein, davon hab ich erst hinterher erfahren, Anne hat's mir erzählt, nachdem sie und ihre Schwestern wieder da waren.«

»Was können Sie mir über Friedas Verhältnis zu Adelheid Hoffmann erzählen?«

Keitel hob ironisch die Brauen. »Wie soll das schon gewesen sein, so zwischen Schwiegermutter und Schwiegertochter?«

»Heißt das, es gab öfters Querelen?«

»Ganz bestimmt gab es die. Allerdings nicht in meinem Beisein. Ab und zu hörte ich Adelheid mal im Vorbeigehen keifen, dann dachte ich mir meinen Teil. Aber mich eingemischt oder nachgefragt habe ich nie.« Keitel zog eine altmodische Taschenuhr aus seiner Hosentasche und warf einen Blick darauf. »Hören Sie, ich muss jetzt weiterüben. Wir haben am Samstag einen Auftritt.«

»Eine Sache wäre da noch«, sagte Carl. »Haben Sie mal irgendwas über Adelheid Hoffmanns Herkunft gehört?«

»Herkunft?«, echote Keitel etwas zu schnell, und Carl wusste sofort, dass er auf der richtigen Spur war.

Er präzisierte seine Frage. »Ich meine den Geburtsort. Die Zeit, bevor sie nach Essen kam. Die Gegend, wo sie früher gelebt hat.«

»Dass sie nicht aus dem Ruhrgebiet stammt, war ja nicht zu überhören.«

»Wieso? Wie hat sie denn geredet?«

»Na, so wie Leute aus Bayern eben reden«, gab Keitel ungeduldig zurück. »Von da stammt sie doch, oder?«

»Das frage ich *Sie*.«

An Keitels Schläfe schwoll eine Ader. »Woher soll ich wissen, was diese Frau früher gemacht hat oder wo sie geboren ist?«

»Es hätte ja sein können, dass sie mal mit Ihnen über ihre Vergangenheit gesprochen hat.«

Die Wut des Musikers verflog so schnell, wie sie gekommen war. Müde ließ er die Schultern sinken. »Hören Sie, Herr Inspektor, bei mir sind Sie wirklich an der falschen Adresse. Ich weiß nichts über ihr früheres Leben.«

»Wer könnte denn mehr darüber wissen?«

»Da bin ich überfragt.« Keitel hielt inne, dann bedachte er Carl mit grüblerischen Blicken. »Inzwischen müssen Sie herausgefunden haben, dass niemand die Frau ausstehen konnte. Keiner vermisst sie, im Gegenteil. Alle im Haus sind froh, dass sie weg ist. Sie hat den Leuten das Leben zur Hölle gemacht. Von der Miete, die sie hier eingenommen hat, konnte sie sich wegen der Warenknappheit überhaupt nichts mehr kaufen. Trotzdem stand sie pünktlich jeden Ersten bei allen Bewohnern auf der Matte und hat mit Klage gedroht, wenn nicht auf Heller und Pfennig gezahlt wurde. Einfach nur aus Prinzip. Die Welt ist nicht ärmer ohne diese Frau, Herr Inspektor, glauben Sie mir das. Warum sind Sie so versessen darauf, ihren Tod aufzuklären?«

Carl geriet in eine nachdenkliche Stimmung. Eine Frage wie diese hatte ihm noch niemand gestellt. Dabei war sie absolut berechtigt. Doch so einfach sie auch klingen mochte – die Antwort war kompliziert. Er kannte eine Menge Fälle, bei denen die Mordopfer keinen Deut besser waren als die Täter. Manchmal hatten sie sogar derartig viel Dreck am Stecken, dass man sich wunderte, wieso ihnen nicht schon längst jemand den Hals umgedreht hatte. Aber auch diese Menschen hatten nur ein Leben, und wenn es ihnen genommen wurde, mussten die Umstände aufgeklärt werden, unter denen es geschehen war.

Er versuchte, es Keitel so gut wie möglich zu erklären.

»Nur ein Richter darf bestimmen, ob jemand den Tod verdient hat. Und wenn irgendwer sich dieses Recht einfach anmaßt und einen anderen tötet, muss er dafür geradestehen. Oder sehen Sie das anders?«

Der Musiker sah ihn lange an. »Sie haben völlig recht, Herr Inspektor«, sagte er schließlich leise. »Die Sache ist nur die – von all denen, die eigentlich für ihre Taten geradestehen müssten, tun es nur sehr wenige. Und manchmal die, denen wir es am wenigsten wünschen.« Abwägend legte er den Kopf zur Seite. »Oder sehen Sie das anders?«, wiederholte er dann Carls Frage.

»Das steht nicht zur Debatte«, gab Carl zurück. Es klang schroffer als beabsichtigt. »Ich will Sie nicht länger stören. Für heute sind wir fertig.« Er steckte sein Notizbuch ein, verabschiedete sich höflich und ging wieder nach unten. Bevor er Keitel weiter verhören konnte, musste er sich selbst ein paar grundlegende Fragen beantworten.

Der Musiker wusste irgendwas über Adelheid Hoffmanns Vergangenheit, so viel stand fest. Er hatte ihm direkt ins Gesicht gelogen. Aber es war nicht diese Lüge, die Carl in Unruhe versetzte. Sondern die andere. Die Lüge auf die Frage, ob Keitel eine der Frauen nach ihrem damaligen Verschwinden wiedergesehen hatte.

Mit seiner letzten Bemerkung hatte der Mann einen Nerv getroffen. Carl musste sich darüber klar werden, ob er die Wahrheit hinter dieser Lüge überhaupt erfahren wollte. Denn es lag im Bereich des Möglichen, dass am Ende jemand dafür geradestehen musste, dem er es nicht wünschte.

# Kapitel 8

Der Musiker lauschte hinaus auf den Dachboden, bis die Schritte des Inspektors auf der Treppe verklungen waren. Erst dann setzte er sich wieder auf den Stuhl, nahm das Cello zwischen die Knie und lehnte den oberen Rand des Corpus leicht gegen seinen Brustkorb. Beim Cellospiel fing alles mit der richtigen Haltung an, es gab kein gemütliches Herumlümmeln, man saß stets wie auf dem Sprung, Rücken und Schultern gerade, die Füße fest auf dem Boden, das Ohr auf Höhe des oberen Sattels. Nur wenn man richtig saß, konnte sich durch das Greifen der Töne und die Führung des Bogens jener Zauber entfalten, der aus der Verschmelzung von Intonation und Klangfarbe entstand.

Er machte an der Stelle weiter, wo der Inspektor ihn vorhin unterbrochen hatte. Zum Warmspielen war ihm dieses Bach-Präludium immer schon mit Abstand das liebste gewesen. Doch in Gedanken war er nicht bei der Sache, die Saiten unter seinen Fingern waren wie harte Fremdkörper, der Bogen in seiner Hand ein sperriges, widerspenstiges Ding. Für einen unbeteiligten Zuhörer mochte sein Spiel wie immer klingen, aber es kam nicht aus dem Herzen. Ein Gefühl von Hilflosigkeit hatte sich seiner bemächtigt, gepaart mit dem Drang, die Flucht zu ergreifen. Einfach vor allem wegzulaufen. Sich aus dem Staub zu machen. Aufzubrechen ins Gelobte Land, nach Israel, dem jungen, erst vor wenigen Wochen gegründeten Staat, Zufluchtsort für Juden aus aller Welt. Er besaß noch seine alten Papiere. Gut versteckt, der einzige Beweis seiner Identität, aufbewahrt in der Hoffnung, eines Tages wieder er selbst sein zu dürfen. Warum zögerte er immer noch damit?

Während unter seinen Händen eine Kaskade vollkommener

Töne emporstieg, wanderte er im Geiste durch die dunkelsten Korridore seiner Erinnerung, zurück zu jener unseligen Nacht vor sechs Jahren. Wie erschöpft und verstört er nach Hause gekommen war, nachdem er Frieda ins Krankenhaus gebracht hatte, zusammen mit Anne. Wie weiß und starr Annes Gesicht gewesen war, völlig frei von jeglicher Regung, auch dann noch, als Adelheid ihnen im Treppenhaus in den Weg getreten war. Es hatte sie nicht die Bohne interessiert, wie es ihrer Schwiegertochter ging, sie wollte bloß wissen, ob Frieda Anzeige erstattet hatte und wo Arnold steckte, und als sie hörte, dass Anne und er es auch nicht wussten, hatte sie sich wortlos wieder in ihre Wohnung verzogen.

Arnold hatte sich oben auf dem Dachboden in der Gerümpel-Ecke verkrochen und dort auf Anne gewartet. Betrunken, ein armseliges Häuflein Elend, verzweifelt schluchzend und von Reue gepeinigt. »Ich wollte es nicht! Ich schwöre, ich wollte es nicht!« Mit tränenüberströmtem Gesicht war er vor ihr auf die Knie gesunken. »Verzeih mir, Anne! Das mit Frieda und das andere. Du *musst* mir verzeihen! Ich weiß, du kannst es! Ich mach alles wieder gut! Ich liebe dich doch!«

Anne hatte sich von ihm abgewandt, doch da war ihr Gesicht nicht mehr ausdruckslos gewesen, sondern verzerrt von Abscheu und Hass. Mit raschen Schritten war sie in ihre Mansardenkammer geeilt und hatte die Tür hinter sich abgesperrt, das Geräusch des Riegels in der Stille des Dachbodens wie ein Hammerschlag.

Keitel setzte den Bogen ab, er konnte nicht mehr spielen. Ihm war fast so übel wie in jener Nacht, Arnolds Liebesgeständnis hatte ihm den Magen umgedreht, er hatte keine Ahnung gehabt, in was der Junge sich da verrannt hatte. Bis heute wusste er nicht, was Arnold mit *das andere* gemeint hatte, aber er ahnte, dass es etwas Furchtbares war.

Keitel schloss die Augen und versuchte, die Bilder in seinem

Kopf auszuradieren, doch es gelang ihm nicht. Fritzi winselte leise zu seinen Füßen, als könnte sie seine Stimmung nachempfinden.

Arnolds verzweifeltes Schluchzen. »Was soll ich nur tun? Was soll ich tun?«

»Das weiß ich auch nicht, Junge.«

Arnolds Stimme hatte sich angehört wie die eines hilflosen Kleinkindes. »Mutter wird's mir sagen. Die weiß immer Rat.«

Keitel hatte keine Ahnung, was Adelheid dem Jungen geraten hatte, aber es hatte die Schwestern letztlich nicht davon abgehalten, spurlos zu verschwinden, was ganz ohne Frage die beste Entscheidung ihres Lebens war. Letztlich waren sie dadurch einem Schicksal entronnen, das womöglich schlimmer war als der Tod. Einem Schicksal, das er selbst bis zum Ende seines Lebens tragen musste.

*

Unterdessen hatte Lotti auf dem Heimweg von der Schule wieder eine Vision von Jesus Christus. Insgeheim hatte sie befürchtet, er könne sie verlassen haben, weil sie neuerdings in einer Wohnung mit Ofenheizung und fließendem Wasser lebte. Bisher war sein Erscheinen häufig damit zusammengefallen, dass sie in besonders schlimmem Maße fror oder so schwach vor Hunger war, dass ihr schwarz vor Augen wurde. Kurzum, sie wurde seiner häufiger ansichtig, wenn die Not am größten war.

Dass der Heiland ihr auch in Rüttenscheid erschien, erfüllte sie mit überschäumender Freude. Zugleich stellte es sie vor ein Dilemma – ihre Schwestern würden davon erfahren. Nicht, dass Lotti ihnen von sich aus davon erzählen würde. Aber sie würden danach fragen. Das taten sie immer. Zwar nicht täglich, aber doch ziemlich regelmäßig.

Lotti hatte bereits erwogen, die Visionen vor ihren Schwestern zu verheimlichen, doch diese Idee hatte sie rasch verworfen. Denn dafür hätte sie lügen müssen, und das hätte in diesem Fall bedeutet, Jesus Christus zu verleugnen. Lotti wäre sich vorgekommen wie der Erzverräter Judas Ischariot.

Sie ging allein von der Schule nach Hause, weil sie noch kein Mädchen aus ihrer Klasse näher kennengelernt hatte – was sich an diesem Tag als segensreich erwies, denn sonst hätte sie keine Vision haben können. Jesus trat von der Seite an sie heran wie aus dem Nichts, das tat er jedes Mal, wenn er ihr erschien. Er sprach sie nicht an. Das erste Wort überließ er immer ihr.

»Du bist wieder da!«, sagte sie, tief durchatmend und von heftigen Glücksgefühlen durchströmt.

»Natürlich«, erwiderte er mir seiner sanften und irgendwie körperlosen Stimme. »Ich verlasse dich doch nicht!«

Seine Lippen bewegten sich nicht, während er zu ihr sprach, und auch sein Gesicht sah immer gleich aus, auf diese milde, verklärte Weise, die dem Bild ähnelte, das sie als Lesezeichen in ihrem Gebetbuch verwendete. Ein Strahlen umgab sein von der Dornenkrone versehrtes Haupt, es erinnerte an flimmerndes Sonnenlicht, doch die Ähnlichkeit mit einem Heiligenschein war für Lotti unbestreitbar. Auch das weiße, bodenlange Gewand wirkte überirdisch hell, und die in Sandalen steckenden Füße schienen immer ein Stück weit über dem Boden zu schweben.

»Du hast dich lange nicht mehr blicken lassen«, sagte Lotti, und aus Sorge, es könnte vorwurfsvoll klingen, fügte sie sofort hinzu: »Es freut mich, dass du da bist!«

»Wie ist es dir in der letzten Zeit ergangen, mein Kind?«, erkundigte sich Jesus mit seinem gütigen, von tiefem Verständnis getragenen Lächeln.

»Na ja, ich gehe jetzt in Bredeney zur Schule. Weil wir inzwischen in Rüttenscheid wohnen, das ist ganz in der Nähe. Wir sind in das Haus von Tante Adelheid gezogen. Die ist tot und hat alles Emil vermacht, weil der ihr Enkel ist. Und ähm, sie wurde umgebracht.«

Die letzte Mitteilung offenbarte Lotti nur zögernd, obwohl es im Grunde dämlich war, denn als Sohn Gottes war Jesus bekanntlich allwissend. Aber er pflegte nun mal diese eher unverbindliche Art der Konversation, und wer war sie, das beanstanden zu wollen?

Dass Tante Adelheid gewaltsam zu Tode gekommen war, hatte Lotti schon am Tag des Einzugs erfahren. Im Haus wohnten außer ihnen fast zwei Dutzend Leute, und alle hatten es mitgekriegt. Nicht den Mord, aber wie die Leiche hinterm Haus gelegen und die Polizei überall herumgeschnüffelt hatte. Und dieser Herr Bruns war nicht etwa irgendjemand vom Nachlassgericht, sondern von der Polizei. Er war der Inspektor, der in der Mordsache ermittelte. Das und noch einiges mehr war Lotti zu Ohren gekommen, ohne dass sie sich dafür sonderlich hätte anstrengen und herumfragen müssen. Die Leute im Haus und in der Nachbarschaft redeten so laut und ungeniert miteinander, dass man es einfach mitbekommen *musste*. Außerdem stellten sie sich einem in den Weg und fragten einen ganz unverblümt aus, und bei dieser Gelegenheit erzählten sie dann auch gleich, was sie selbst wussten. So blieb nichts verborgen oder geheim. Außer, wer der Mörder von Tante Adelheid war.

Lotti überlegte kurz, Jesus danach zu fragen, er musste es ja eigentlich wissen, doch sie ahnte, dass sie es auf diesem Wege nicht erfahren würde. Von daher konnte sie es auch gleich sein lassen.

Zu ihrer Überraschung kam er von allein darauf zu sprechen. Und das auf eine Art, die ihren Puls vor Furcht in die Höhe schießen ließ.

»Das Böse ist nicht weit weg«, sagte er. »Du musst dich vorsehen.«

Lotti hielt entsetzt die Luft an und lauschte dem wilden Hämmern ihres Herzens. »Du meinst, der Mörder wohnt bei uns im Haus?«

Darauf gab er keine direkte Antwort, sie hätte es sich denken können. Jesus war keiner, der es einem allzu leicht machte. Außer natürlich, an ihn zu glauben und ihn zu lieben. Davon abgesehen war das ganze Leben wie ein leidvoller Marsch durch Dornengestrüpp, wofür symbolhaft die Krone stand, die sein Haupt zierte, ebenso wie die dezenten Blutfäden, die ihm in die Stirn liefen. Immer wieder richtete Lotti ihr Augenmerk darauf, ob vielleicht einmal ein Blutstropfen herabrollte, aber die winzigen roten Rinnsale blieben stets unverändert.

»Das Böse ist nah«, wiederholte Jesus.

Nervös sah sie sich nach allen Seiten um. Da war niemand. Jedenfalls niemand, der Satan ähnelte. Sie wusste genau, wie der aussah. Das hellblonde Haar, die stechend blauen Augen, das trügerisch schöne Antlitz.

Auf einer vernunftorientierten Ebene war ihr selbstverständlich bewusst, dass ihr Schwager Arnold nicht wirklich identisch mit Satan war, aber sie zweifelte nicht daran, dass er eine Art Erscheinungsform des Teufels darstellte. Eine Inkarnation des reinen Bösen. Und sie war davon überzeugt, dass Jesus niemand anderen als Arnold gemeint hatte. Er hatte Anne damals das Schreckliche, Unaussprechliche angetan, dessen Zeugin Lotti geworden war, und immer noch betete sie zu Gott um Vergebung, weil sie nicht eingeschritten war. Sie war erst neun gewesen, doch vielleicht hätte Arnold trotzdem aufgehört, wenn sie ins Zimmer gestürmt wäre und ihn angeschrien hätte. Aber das hatte sie nicht fertiggebracht. In Grauen erstarrt hatte sie dagestanden und alles mitangehört, versteckt hinter der angelehnten Tür, durch deren schmalen Spalt sein fratzenhaft verzerrtes Gesicht zu sehen war. Erst als sie Tante Adelheid heimkommen hörte, hatte sie die Flucht ergriffen und war zurück nach oben gerannt. Hatte sich in der winzigen Mansarde wieder in ihr Bett verkrochen und sich mit der Decke überm Kopf schlafend gestellt.

Zwei Jungs in kurzen Hosen saßen auf einer Mauer und futterten Butterbrote – ein Anblick, bei dem sich Lottis Magen schmerzhaft zusammenzog. Sie hatte heute noch nichts gegessen. Ihr Schulbrot – zwei dünne, zusammengeklappte Schnitten mit Margarine, bestreut mit etwas Zucker – hatte sie in der ersten großen Pause einer Sextanerin geschenkt, die einem wandelnden Gerippe glich. Ein Mädchen aus Lottis Klasse hatte erzählt, dass die halbe Familie der Kleinen an Typhus gestorben war.

»Das Böse kann überall sein«, mahnte Jesus.

Abermals sah Lotti sich aufmerksam nach allen Seiten um und bemerkte in einiger Entfernung hinter sich ein ausgemergeltes, gebeugt einherschlurfendes Individuum in Lumpen, mit einer tief in die Stirn gezogenen Kappe, die den oberen Teil des Gesichts verbarg. Ein wuchernder Vollbart bedeckte die untere Hälfte. Konnte das Arnold sein? Nein, unmöglich, der war viel jünger und ging nicht so krumm.

Aber sicher war sicher. Kurz entschlossen drehte sie sich um und fing an zu rennen.

Nach etwa hundert Metern blickte sie über die Schulter zurück. Erleichtert stellte sie fest, dass der Mann sich auf die Erde gesetzt hatte, den Rücken gegen einen Mauerrest gelehnt. Es hatte nicht den Anschein, als würde er Lotti besonderes Interesse entgegenbringen, im Gegenteil – er schaute nicht einmal in ihre Richtung, sondern starrte dumpf vor sich hin. Bloß ein alter Bettler, keine Bedrohung.

Trotzdem fand sie, dass es nichts schaden könne, wenn sie Land gewann. Abermals nahm sie die Beine in die Hand und sprintete weiter. Es machte ihr nichts aus, im Gegenteil – sie rannte für ihr Leben gern. Es gab nichts, wobei sie sich freier fühlte. Der Tornister mit den Schulsachen hüpfte auf ihrem Rücken auf und nieder. Die flachen Sohlen ihrer Sandalen knallten aufs Pflaster, der Saum ihres schäbigen Kattunkleids flatterte um ihre Knie. Lotti rannte, was das Zeug hielt, sie flog förmlich aus Bredeney hinaus und weiter nach Rüttenscheid, und dabei spürte sie erneut, dass sie nichts im Magen hatte. Ihr war schwindlig vor Hunger.

Eigentlich eine gute Voraussetzung für eine erneute Vision, doch Jesus blieb verschwunden, auch als sie, weil sie schließlich restlos außer Puste war, ihren Weg in normalem Schritttempo fortsetzte.

»Mensch, bist du schnell!« Ein dunkelhaariger Junge von etwa siebzehn Jahren hatte zu ihr aufgeschlossen. Sie hatte ihn eben überholt, bevor sie langsamer geworden war. Er trug wie Lotti einen Schultornister, aber nicht auf dem Rücken, sondern lässig an einem Riemen über der Schulter, so wie die Oberstufenschüler es machten. Sie hatte ihn bereits vorhin nach Schulschluss gesehen, auf dem Gepäckträger eines Fahrrads, das ein anderer Junge lenkte. Die beiden besuchten dieselbe Schule wie Lotti, wobei die Klassen allerdings nach Jungen und Mädchen getrennt waren und der Unterricht in mehreren provisorisch dafür hergerichteten Gebäuden stattfand – das alte Jungengymnasium war im Krieg niedergebrannt, und im ursprünglichen Mädchengymnasium war noch eine Kohlebehörde untergebracht.

Der dunkelhaarige Junge war nun zu Fuß unterwegs; sein Mitschüler, bei dem er ein Stück weit auf dem Rad mitgefahren war, hatte wohl eine andere Richtung eingeschlagen.

Lotti wollte etwas erwidern, aber vor lauter Verlegenheit bekam sie kein Wort heraus.

»Ich heiße Jürgen«, sagte er. »Wir sind auf derselben Schule, oder? Ich hab dich schon gestern auf dem Heimweg gesehen.«

Sie nickte nur schweigend. Was hätte sie auch antworten sollen? Dass sie kaum zu übersehen war mit ihren unmöglich langen eins achtzig?

Mit einem vorsichtigen Seitenblick stellte sie fest, dass er immerhin genauso groß war wie sie. Vielleicht sogar ein oder zwei Fingerbreit größer. Da kam sie sich gleich weniger exotisch vor.

»Trainierst du für einen Wettkampf oder so?«

Sie wurde noch verlegener. »Äh … nein. Ich renne einfach manchmal gern.«

»Bist du im Verein?«

»Nein.« Bevor er weitere Fragen stellen konnte, meinte sie unbeholfen: »Ich heiße Lieselotte. Aber alle nennen mich Lotti.«

»Du bist zugezogen, stimmt's?«, fragte Jürgen. »Bis vor Kurzem hab ich dich noch nie in der Gegend gesehen.«

»Ja, wir sind erst vorletzte Woche nach Essen gekommen.«

»Wir?«

»Meine beiden großen Schwestern und mein Neffe Emil.«

Jürgen grinste verschmitzt. »Du hast zwei Schwestern, die noch größer sind als du?«

Lotti musste lachen. »Nur vom Alter her. Wir sind jeweils zehn Jahre auseinander. Ich bin fünfzehn, Frieda fünfundzwanzig und Anne fünfunddreißig. Emil ist Friedas Sohn, er ist sechs und gerade in die Schule gekommen.« Neugierig sah sie Jürgen an. »Du bist sicher schon in der Oberstufe, oder?«

Jürgen nickte. »Obersekunda. Und du?«

»Obertertia.«

Er war zwei Klassen über ihr, was auf unerklärliche Weise ihre plötzliche Hochstimmung verstärkte. Es war ein ungewohnt aufregendes Gefühl, sich mit einem Obersekundaner zu unterhalten. Schon deshalb, weil sie es zum ersten Mal tat. In Köln hatte sie mit Oberstufenschülern so gut wie nie Kontakt gehabt. Die blieben meist unter sich und kamen sich ziemlich erwachsen vor. Wenn überhaupt mal einer der älteren Jungs von Lotti Notiz genommen hatte, dann nur deshalb, weil sie so groß war. *Stangenspargel, Storchenbein, langes Elend* – das waren nur einige der Bezeichnungen, mit denen Lotti sich hatte abfinden müssen. Erst im vergangenen Jahr war es besser geworden, ungefähr um die Zeit herum, als auf einmal ihr Busen gewachsen war; ab da war sie nur noch selten wegen ihrer Größe aufgezogen worden. Aber angestarrt wurde sie immer noch.

»Gefällt es dir auf unserer Penne?«, wollte Jürgen wissen. Er gab sich gleich selbst die Antwort. »Ziemlich eng da, oder? Manche Klassen haben immer noch wechselweise Unterricht, weil nicht genug Platz für alle ist. Bis das neue Schulgebäude fertig ist, wird's wohl noch dauern.«

Lotti hob die Schultern. »Es ist ganz in Ordnung.«

In Wahrheit fühlte sie sich an der neuen Schule allein und fehl am Platze. In den Pausen stand sie einsam und hoch aufragend wie ein Leuchtturm auf dem Schulhof, und um sie herum – mit meterweitem Abstand – bildeten die Mädchen aus ihrer Klasse tuschelnde, kichernde Grüppchen.

»Wo wohnst du denn?«, wollte Jürgen wissen.

»In der Klarastraße.«

»Ich auch!« Jürgen wirkte aufrichtig erfreut, er strahlte Lotti an, und mit einigem Herzklopfen stellte sie fest, was für schöne Zähne er hatte. Auch sonst sah er richtig gut aus.

»Mein Vater hat da eine Zahnarztpraxis. In der Etage drüber wohnen wir. Also meine Eltern, meine Schwester und ich. Früher hatten wir in Bredeney ein Haus, aber da sind wir ausgebombt worden.«

Bei dem Thema konnte Lotti mitreden. »Wir sind auch ausgebombt worden«, sprudelte es aus ihr heraus. »Sogar zweimal. Das erste Mal in Bergerhausen, da wurden wir verschüttet, und meine Mutter ist in den Trümmern umgekommen.«

Düsterkeit legte sich über Lottis Gemüt. Viele Erinnerungen an damals waren verblasst, aber jene eine Nacht würde ihr auf ewig in gestochen scharfen Details im Gedächtnis bleiben.

»Das tut mir sehr leid«, sagte Jürgen. Er sah betroffen aus, was Lotti als unerwartet tröstlich empfand.

»Danach sind wir nach Köln gezogen«, fuhr sie fort. »Da hatten wir eine Wohnung.« Die zwei Monate dazwischen, die sie in Tante Adelheids Haus gelebt hatten, ließ sie lieber weg. »In der Kölner Wohnung sind wir das zweite Mal ausgebombt worden, danach mussten wir in einem Keller hausen, weil es nichts anderes gab. Jetzt haben wir wieder eine gute Wohnung.«

»Wo denn genau?«

»In dem Haus war früher eine Gastwirtschaft. *Zur grünen Linde.*«

»Sag bloß! Das ist ja nur ein paar Häuser von unserer Praxis entfernt!« Jürgen runzelte die Stirn. »Da wurde doch letztens die Eigentümerin ermordet. Habt ihr die Wohnung von der übernommen?«

Diese Bemerkung erfüllte Lotti mit tiefem Unbehagen, ohne dass sie den Grund dafür hätte benennen können. Mit einem Mal fühlte sie sich schlecht. Wie jemand, der etwas in Besitz genommen hatte, das ihm nicht zustand. Das plötzliche Bedürfnis, sich gegen irgendwelche unausgesprochenen Vorwürfe verteidigen zu wollen, machte es nicht besser. Deshalb sagte sie lieber gar nichts.

»Es heißt, dass da die Erben von der Frau eingezogen sind«, führte Jürgen aus. »Dann seid ihr wohl die Erben. Also du und deine Schwestern.«

Das mochte Lotti nicht unwidersprochen stehen lassen. »Nein, mein kleiner Neffe ist der Erbe. Die Frau war Emils Großmutter.«

»Hatte die nicht noch einen Sohn?«, fragte Jürgen. »Es heißt, der hat im Krieg ein paar Dutzend Zwangsarbeiter abgeknallt und ist seither auf der Flucht.«

Ja, auch davon hatte Lotti schon gehört. Arnold war ein viel schlimmerer Verbrecher, als sie vorher gewusst hatte. Von jäher Beklemmung erfüllt, verfiel sie erneut in Schweigen.

»Man kann sich die Leute, mit denen man verwandt ist, ja leider nicht aussuchen«, meinte Jürgen, der sichtlich um eine taktvolle Fortsetzung der Unterhaltung bemüht war. »Ein Onkel von mir war ein hohes Tier bei den Nazis. Als die Alliierten kamen, hat er sich erschossen. Die Leute sagen, er hätte furchtbare Dinge getan. Ich kann's gar nicht glauben, weil er immer so nett war. Aber es muss wohl stimmen.« Nun war Jürgen derjenige, der bedrückt verstummte. Doch gleich darauf hellte sich seine Miene auf. »Wir haben denselben Schulweg. Da könnten wir ja eigentlich zusammen gehen.« Im nächsten Moment errötete er leicht, offenbar ging ihm soeben auf, dass Lotti seine Worte missverstehen könnte. »Ich meine natürlich zur Schule«, fügte er hastig hinzu. »Ich kann dich morgens abholen, wenn du willst. Und mittags können wir zusammen nach Hause gehen, wenn wir zur selben Zeit Schluss haben. Was denkst du?«

»Gute Idee«, sagte Lotti, die kaum fassen konnte, wie gut sie sich plötzlich fühlte. Sogar besser als vorhin bei der Vision. Nur der bärtige alte Bettler ging ihr nicht aus dem Kopf. Irgendwas hatte mit dem nicht gestimmt.

*

Anne hatte das Essen vorbereitet und ging nach nebenan, um Emil abzuholen. Frieda schlief noch. Erst in den frühen Morgenstunden war sie von ihren nächtlichen Schiebereien zurückgekommen und völlig erledigt ins Bett gefallen. Anne würde den Teufel tun, sie zu wecken, denn darauf würde Frieda nur mit anhaltend mieser Laune reagieren.

Nichtsdestotrotz hätte Anne sich ebenfalls gern für ein Nickerchen aufs Ohr gelegt. Nach dem Eklat der vergangenen Nacht war sie völlig gerädert, sie war immer wieder aus schrecklichen Träumen hochgeschreckt. Allein der Gedanke an Lohfelds Attacke löste Brechreiz bei ihr aus. Mittlerweile tendierte sie allerdings zu der Annahme, dass nicht er sie verfolgt hatte, sondern jemand anderes. Irgendein Nachtschwärmer, der eine gute Gelegenheit für einen schnellen Straßenraub gesehen hatte. Die Stadt quoll über von skrupellosen, verzweifelten, Hunger leidenden Kreaturen.

Anne läutete bei den Nachbarn, eine fünfköpfige Familie, bestehend aus Oma und Opa König, den Eheleuten Brunhilde und Josef König sowie dem siebenjährigen Sohn Hermann, der von allen nur Hermännchen genannt wurde. Das betagte Großelternpaar sah man so gut wie nie. Beide waren gehbehindert und blieben meist in der Wohnung. Die alte Frau irrte manchmal im Treppenhaus herum, sie war hoffnungslos dement.

Emil und Hermännchen hatten sich binnen kürzester Zeit angefreundet und bildeten bereits ein unzertrennliches Gespann. Weil Hermännchen ein wenig begriffsstutzig und daher ein Jahr später eingeschult worden war, besuchten die zwei sogar dieselbe Klasse.

Nach der Schule ging Emil meist mit zu den Königs. Anne hatte ihrem Neffen zwar einen Schlüssel gegeben, damit er mittags reinkonnte, wenn Frieda nicht da war und sie selbst nach der Nachtschicht noch schlief, aber allein wurde ihm zu Hause rasch langweilig.

Aus der Wohnung drang schrilles Kindergeschrei. Es stammte von Emil und Hermännchen. Anne klingelte abermals, diesmal mit schlechtem Gewissen. Brunhilde König riss unvermittelt die Wohnungstür auf. Ihre ohnehin ständig schmuddelige Kittelschürze war von orangeroten Flecken übersät. Es stank durchdringend nach Farbe.

»Wollt ihr dat getz wohl endlich sein lassen!«, brüllte sie über die Schulter nach hinten. »Sonst hat dat Föttken abber gleich Kirmes!« An Anne gewandt, fügte sie entnervt hinzu: »Ich kann nix dafür, die Blagen machen, wattse wollen. Und et is *nich* dem Hermännchen seine Schuld, dat steht fest! Dat war alleine dem Emil seine Idee! Mein Schwiegervatter kricht noch ein Schlachanfall!«

Im nächsten Moment tauchten die beiden Jungs im Flur hinter Frau König auf, breit grinsend und mit Farbflecken übersät.

»Attacke!« Emil holte in hohem Bogen aus und schleuderte einen Gegenstand auf Frau König, der sie jedoch verfehlte. Anne konnte gerade noch ausweichen, sonst wäre sie getroffen worden. Hinter ihr zerplatzte ein Papierbeutel auf dem abgewetzten Linoleum, leuchtende Farbe spritzte in alle Richtungen. Annes Beine bekamen auch was von der Ladung ab, von den Schuhen gar nicht zu reden. Die Flecken würden nie wieder rausgehen. Hermännchen schleuderte ebenfalls einen Beutel und brach in Triumphgeheul aus, als er das Hinterteil seiner Mutter traf.

»So geht dat die ganze Zeit!«, sagte Brunhilde König anklagend, als sei sie völlig außerstande, den Kindern Einhalt zu gebieten.

Bei Licht betrachtet traf das wohl auch zu. Entgegen ihrer Androhung würde sie ihrem Sohn vermutlich niemals den Hosenboden stramm ziehen, da konnte Hermännchen anstellen, was er wollte. Für die Züchtigungen sei allein sein Vater zuständig, wie Brunhilde König Anne gleich in der ersten Woche anvertraut hatte. »Ich kann dat irgendwie nich mit dem Hauen. Hab ich von meine Mutter. Die sacht immer, dat einem davon die Hand ausm Grab rauswächst. Deshalb muss dat dem Hermännchen sein Vatter machen.«

Josef König wiederum war ein echter Gemütsmensch und deshalb meist nicht in der Stimmung, seinen Sohn zu vertrimmen, wenn er von einer anstrengenden Schicht im Stahlwerk nach Hause kam.

Anne war es nur recht, sie hätte Emil sonst nicht guten Gewissens bei den Leuten spielen lassen können. Frieda und sie waren Verfechterinnen einer gewaltfreien Erziehung, bei ihnen gab es weder Klapse noch Ohrfeigen.

Strenge Zurechtweisungen aber sehr wohl. »Emil, was soll das?! Was um Himmels willen tut ihr denn da?«

»Wir wollten ja rausgehen«, verteidigte sich der Kleine. »Aber Frau König hat gesagt, das Essen ist jetzt fertig und Hermännchen soll dableiben. Deshalb sind wir dageblieben und haben hier im Flur gespielt.«

»Wir schmeißen Handgranaten«, fügte Hermännchen erklärend hinzu.

Es stellte sich heraus, dass die beiden Kinder einen Eimer Rostschutzfarbe im Keller gefunden hatten. Daraus war, abgefüllt in selbst gefertigte Tüten aus Zeitungspapier, eine Batterie von Wurfgeschossen entstanden, die beim Aufprall platzten und großflächige Flecken hinterließen.

Anne konnte der Aktion nichts Komisches abgewinnen, auch wenn es ein typischer Dummejungenstreich war.

»Das Zeug ist giftig«, sagte sie ärgerlich zu Frau König. »Wie konnten Sie das überhaupt zulassen?«

»Wat denn?«, empörte sich die Nachbarin. »Et is doch *Ihren* Jung, der dat ausgeheckt hat!«

»Komm, Emil«, sagte Anne, und ihr Tonfall duldete keinen Widerspruch. Sie nahm ihren Neffen bei der Hand und kehrte mit ihm in ihre eigene Wohnung zurück. Wie gut, dass sie die widerlich ranzige Margarine von der letzten Zuteilung noch nicht weggeworfen hatten. Hoffentlich reichte die aus, um ihm die Farbe aus dem Gesicht zu schrubben.

*

»Muss ich jetzt sterben?«, wollte Emil wissen, mittlerweile ziemlich eingeschüchtert.

»Nein«, beruhigte Anne ihn. »Du hast ja nichts davon getrunken.«

Unter Einsatz der stinkenden Margarine rubbelte sie ihm am Spülstein so gut es ging die rote Farbe von Nase, Stirn und Wangen. Auch seine Hände hatten einiges von dem Zeug abbekommen, es dauerte ewig, bis sie halbwegs sauber waren. Stellenweise musste sie mit Terpentin nachhelfen. Emil erduldete es nur unter lautstarkem Gejammer, doch Anne ließ nicht locker. »Das hast du dir selbst zuzuschreiben«, erklärte sie streng, obwohl sie innerlich vor Mitleid zerfloss.

Von dem Geschrei wachte Frieda auf und kam mit umwölkter Miene in die Küche. »Was ist denn hier los?« Sie erfasste die Lage, gähnte ausgiebig und verzog sich wieder.

Zwischenzeitlich war auch Lotti nach Hause gekommen und sofort in dem Zimmer verschwunden, das sie sich mit Emil teilte. Anne hatte gleich das Gefühl, dass was nicht stimmte.

Als sie kurz darauf alle zum Essen um den Küchentisch saßen, fragte sie rundheraus: »Er ist dir wieder erschienen, hab ich recht?«

Lotti lief tiefrot an und nickte. Anne seufzte ergeben. Sie hatte gehofft, es hätte aufgehört. Die Abstände waren zuletzt größer geworden. Jesus hatte sich über zwei Monate nicht blicken lassen, da lag die Annahme nahe, dass er vielleicht ganz verschwunden war.

»Hast du dein Pausenbrot wieder verschenkt und warst hinterher hungrig?«

Lotti nickte erneut, diesmal leicht beschämt. »Ich hab's aber nicht deswegen gemacht«, begehrte sie auf. »Nicht, damit er mir erscheint.«

»Lass sie doch, das legt sich irgendwann«, meinte Frieda, die zerzaust und übermüdet dasaß und ihr Essen herunterschlang. Anne hatte gekocht, das tat sie immer, wenn sie tagsüber freihatte. Es gab Kartoffeln und dicke Bohnen. In einer dünnen Soße, ohne Wurst oder Speck, aber dafür angereichert mit geschmorten Zwiebeln und ein paar Schnitzen Corned Beef. Es schmeckte erstaunlich lecker. Anne hätte gern noch einen Nachschlag verdrückt, aber alle Mengen waren so berechnet, dass es pro Nase gerade für einen Teller reichte. Sie achtete darauf, dass Lotti jeden Bissen aufaß.

»Ich will Jesus auch mal sehen«, sagte Emil. »Kannst du ihm sagen, dass er das nächste Mal kommen soll, wenn ich dabei bin?«

»Er kommt nur, wenn sie allein ist«, klärte Frieda ihren Sohn auf. »Und wehe, du erzählst irgendwem davon. Du hast hoffentlich nicht vergessen, dass es streng geheim ist, oder?«

Emil nickte folgsam. »Und was macht ihr so, wenn er dich besucht?«, wollte er dann von Lotti wissen. »Beten?«

Darauf gab Lotti keine Antwort.

Während sie ihren Teller bis auf den letzten Soßenklecks leer kratzte, zog Anne eine düstere Bilanz der beiden vergangenen Wochen. Das einzig Gute an dem Umzug von Köln hierher war die Wohnung, und sogar die hatte ihre Schattenseiten, denn durch die Räume wehte immer noch das geistige Erbe von Adelheid und Arnold Hoffmann. Es entstieg in Form böser Erinnerungen dem gewaltigen, mit zahllosen Türen, Schubladen und Auszügen versehenen Eichenbüfett, das im Wohnzimmer dräute. Es waberte in gestaltloser Anklage vor dem Fenster hin und her, durch das Adelheid in den Tod gestürzt war. Und rund um die mit grobem weinrotem Brokat bespannte Chaiselongue verdichtete es sich zu einer Empfindung schlimmsten Ekels.

Auf dieser Chaiselongue hatte Arnold sie vergewaltigt, weshalb Anne einen weiten Bogen darum machte. Zum Glück brauchten sie das Wohnzimmer gar nicht; ihnen reichten die Küche und die zwei Schlafzimmer; das ehemalige Jugendzimmer von Arnold teilten sich Lotti und Emil, während Anne und Frieda das frühere Elternschlafzimmer bezogen hatten.

Davon abgesehen mussten sie ohnehin bald mit einer Neubelegung vom Amt rechnen, es war schon ein Kontrolleur da gewesen. Ganz egal, wen man ihnen zuwies – die Betreffenden konnten das Wohnzimmer haben.

Anne hoffte, dass es nette Leute sein würden, aber es gab natürlich keine Garantie. Man wusste vorher nie, wer kam. Ob diejenigen streitsüchtig oder dankbar waren, ob sie hinter sich sauber machten oder die Arbeit anderen überließen, ob sie Kinder hatten, die durch die Wohnung tobten wie Hermännchen oder Emil, ob sie gern viel und laut redeten oder lieber für sich in einer Ecke saßen und lasen – man wurde zu einer Schicksalsgemeinschaft zusammengewürfelt und musste es aushalten, ob man wollte oder nicht.

Nach dem Essen ging Emil wieder zum Spielen raus, und Lotti machte in ihrem Zimmer Hausaufgaben. Frieda schminkte sich und zog sich eines ihrer besseren Kleider an, sie wollte gleich wieder auf den Schwarzmarkt. Anne kümmerte sich unterdessen um den Abwasch und setzte sich danach an den Küchentisch, um ein Kündigungsschreiben an das Krankenhaus aufzusetzen.

*Da Herr Doktor Lohfeld mich während meiner Dienstzeiten im OP massiv belästigt hat, sehe ich mich leider gezwungen, meinen Arbeitsvertrag …*

*Nachdem Herr Doktor Lohfeld versucht hat, mir im Operationssaal Gewalt anzutun …*

Sie formulierte weitere, ähnlich gestelzt klingende Versionen, nur um sie sofort wieder durchzustreichen. Er würde sowieso alles abstreiten. Dann stand sein Wort gegen ihres. Am Ende würde er sie womöglich noch wegen Verleumdung anzeigen. Oder sogar wegen Körperverletzung. Warum sollte sie sich zusätzlichen Ärger einhandeln, wenn sie sowieso da aufhörte?

Entschlossen warf sie die Entwürfe in den Abfalleimer und schrieb die endgültige Fassung.

*Hiermit kündige ich mein Arbeitsverhältnis mit sofortiger Wirkung. Hochachtungsvoll, Annemarie Wiesner.*

»Was schreibst du da?«, wollte Frieda wissen.

»Meine Kündigung.«

»Oh. Was ist passiert?«

»Der diensthabende Chirurg wollte mir an die Wäsche. Letzte Nacht.«

Frieda starrte sie an. Ihr Gesicht wirkte trotz reichlich aufgetragener Schminke plötzlich unnatürlich bleich. »Hat er …?« Stumm fragend hielt sie inne.

»Ich konnte ihn abwimmeln«, sagte Anne nur.

»Zeigst du ihn an?«

»Nein, wozu? Er muss ja nur einfach alles abstreiten. Ich habe keine Beweise. Am Ende wäre ich noch wegen falscher Verdächtigung selbst dran.«

»Hoffentlich faulen dem die Eier ab!«

»Hoffen kann man immer«, stimmte Anne zu. Sie musterte ihre Schwester genauer. Für die frühe Tageszeit hatte Frieda sich ziemlich aufgedonnert. Außerdem verströmte sie diese besondere Beschwingtheit, die immer dann aufkam, wenn ein neuer Mann im Spiel war. Und daraus folgte meist nichts Gutes. Anne unterdrückte ein Seufzen. Am liebsten hätte sie Frieda ermahnt, besser auf sich aufzupassen. Aber Frieda war nicht mehr zwölf, und Anne war nicht ihre Mutter.

»Ich geh dann mal«, sagte Frieda auf dem Weg zur Tür. »Was brauchen wir am dringendsten?«

»Margarine«, antwortete Anne.

Sie ging ins Schlafzimmer, zog die Vorhänge auf und machte

die Betten. Dabei stellte sie sich vor, dass Lohfeld wirklich die Eier abfaulten. Vielleicht im Zuge einer Wundbrandinfektion, so was konnte man sich im OP durchaus einfangen. Als sie sich gerade detailliert ausmalte, wie ihm in einer Notoperation das Skrotum amputiert wurde, läutete es an der Tür.

Draußen stand Carl.

*

Frieda hatte ihn bereits durchs Flurfenster gesehen und sich rasch in den Schankraum der ehemaligen Gastwirtschaft verkrümelt, da sie ihm sonst unweigerlich über den Weg gelaufen wäre. Sie hatte keine Lust, schon wieder alle möglichen neugierigen Fragen zu beantworten, das konnte Anne viel besser. Außerdem war Frieda davon überzeugt, dass es ganz in seinem und Annes Sinne war, wenn sie sich allein unterhalten konnten. Ihr war nicht entgangen, wie verlegen Anne wurde, wenn sein Name fiel. Für Frieda war die Sache klar – zwischen den beiden ging noch was. Das hatte sie gleich bei seinem ersten Auftauchen in Köln gemerkt.

Seit sie in Rüttenscheid wohnten, war er auch schon kurz bei ihnen in der Wohnung gewesen. Als er gehört hatte, dass Anne nicht da war, hatte er seine Enttäuschung nicht verbergen können, aber da hatte Frieda längst gewusst, dass er wiederkommen würde. Wenn es zwischen zwei Menschen gefunkt hatte, lief alles darauf hinaus, dass sie zusammenkamen. Das war ein Naturgesetz. Es hatte aus Friedas Sicht rein gar nichts damit zu tun, wie schön oder reich oder klug jemand war, sondern mit irgendwelchen seltsamen Dingen, für die es keinen Namen gab. Vielleicht war es eine Frage der Chemie. Oder einfach nur Schicksal.

Das wusste sie, weil sie selbst ebenfalls frisch verliebt war und dafür eine einzige heiße Nacht ausgereicht hatte.

Warum sollte Anne nicht endlich wieder dasselbe vergönnt sein? Sie hatte verdammt noch mal genug mitgemacht, und es war längst überfällig, dass auch sie ein kleines bisschen Liebe und Romantik abbekam.

Stattdessen war ihr so ein Dreckschwein von Arzt auf die Pelle gerückt! In Frieda brodelte immer noch die Wut. Dieses Arschloch!

Durch einen schmalen Türspalt lauschte sie in den Flur und hörte Carl die Treppe hochgehen. Dann das Läuten oben an ihrer Wohnungstür und gleich darauf seine Stimme. Sie öffnete die Tür etwas weiter, damit sie alles verstehen konnte.

»Guten Tag, Anne.«

»Tag, Carl.«

»Ich hoffe, ich störe nicht beim Essen.«

»Nein. Wir sind fertig.« Annes Stimme klang ein wenig atemlos. Beinahe so, als wäre sie gerannt. »Bist du schon länger im Haus?«

»Seit einer Weile. Ich wäre schon eher zu euch gekommen, aber Frieda meinte letztens, dass du Nachtschicht hast, da wollte ich dich erst mal in Ruhe ausschlafen lassen. Gerade eben war ich extra noch mal hinterm Haus und habe gesehen, dass die Vorhänge offen sind. Hättest du jetzt eine Viertelstunde Zeit?«

»Sicher.«

»Dann können wir ja über den Fall sprechen, ich habe da nämlich noch einige Fragen.«

Na, dann unterhaltet euch mal schön, dachte Frieda zufrieden, dann flitzte sie aus dem Haus. Sie konnte es kaum erwarten, Magnus wiederzusehen.

# Kapitel 9

Carl musterte Anne mit aller Unauffälligkeit, die er aufbieten konnte. Sein Herz klopfte spürbar schneller, und der Hals wurde ihm eng. Er kam sich vor wie ein Spanner hinterm Gebüsch, dabei stand sie doch direkt vor ihm. Ihr Haar war straff zurückgekämmt, was ihre herben Gesichtszüge betonte. Unter ihren Augen lagen dunkle Ringe, als hätte sie schlecht geschlafen.

Aus der Wohnung roch es köstlich nach Bohnen mit Zwiebeln, was umgehend seinen Magen in Aufruhr versetzte. Er räusperte sich, um das peinliche Geräusch zu übertönen. Eigentlich hätte es gar nicht passieren dürfen, schließlich hatte er vorher was gegessen. Aber wann hätte das in den letzten Jahren je gereicht?

»Falls du auch mit Frieda sprechen möchtest – die hast du gerade verpasst«, sagte Anne.

»Ich wollte mit *dir* sprechen.« Carl räusperte sich erneut, diesmal, um die Enge in seiner Kehle loszuwerden. »Können wir uns in aller Ruhe unterhalten? Allein und ungestört?«

Sie warf einen verunsicherten Blick hinter sich. »Lotti ist da, ich möchte nicht, dass sie was mitkriegt. Wär's möglich, dass wir draußen reden?«

»Natürlich.« Carl ging voraus, und Anne folgte ihm stumm die Treppe hinunter.

»Da ist wohl jemandem vor eurer Wohnung ein Farbeimer umgefallen«, flachste er, in dem wenig originellen Bemühen, die Stimmung aufzulockern.

Darauf ging sie nicht ein, sondern trat wortlos zusammen mit ihm ins Freie.

»Gehen wir ein Stück«, schlug Carl vor. »Ich hoffe, du hast

dich gut eingelebt«, fuhr er fort, nachdem sie ein paar Schritte geschlendert waren. »Auch beruflich. Du hast ja schnell eine neue Stelle gefunden.«

Anne nickte zögernd, dann sagte sie unvermittelt: »Da höre ich wieder auf.«

»Gefällt's dir da nicht?«

»Kann man so sagen«, gab sie vage zurück.

»Willst du woanders anfangen?«

»Natürlich.«

»Und wann?«

»Am besten so schnell wie möglich.«

»Neulich hörte ich, dass am Polizeikrankenhaus Schwestern gesucht werden. Vielleicht wäre das was für dich.«

Anne musterte ihn überrascht. »Danke«, sagte sie. »Ich meine … für den Vorschlag.«

»Ich will dir da nichts aufdrängen«, meinte er.

»Das tust du nicht.«

»Gut.« Er sammelte sich kurz und wechselte das Thema. »Fühlst du dich denn wenigstens in der Wohnung wohl?«

»Im Vergleich zu dem Kellerloch in Köln ist es auf jeden Fall eine Verbesserung.«

»Ist bestimmt nicht leicht, den Hausrat von jemandem zu übernehmen, den man persönlich nicht besonders mochte, oder?«, hakte er nach. Die Frage war Teil seiner Ermittlung, aber er bemühte sich, es beiläufig, möglichst sogar teilnahmsvoll klingen zu lassen.

»Nein, es ist tatsächlich nicht einfach«, antwortete sie lapidar. Auf den zweiten Teil der Frage ging sie nicht ein.

Carl sah Anne an. »Habt ihr trotzdem alles behalten? Also den ganzen Hausrat vollständig übernommen?«

Sie erwiderte seinen Blick, mit diesen Augen, in denen er nur zu gern versunken wäre. »Dieser Keller in Köln war kalt und feucht, in allen Ecken saß der Schimmel. Auch unsere Matratzen und die ganze Bettwäsche waren voller Stockflecken. Unsere Handtücher bestanden nur noch aus Fetzen. Unsere Töpfe und Eimer waren rostig, die Tassen hatten keine Henkel mehr. Unser Klo war ein uralter Nachtstuhl hinter einem zerlöcherten Wandschirm. *Natürlich* haben wir Adelheids Hausrat übernommen!«

»Aber eben hast du auch gesagt, es sei nicht leicht gewesen. Was hat dich am meisten gestört?«

»Das ist schwer zu sagen.«

Carl fiel keine weitere Frage ein. Eine Zeit lang gingen sie schweigend nebeneinanderher, passierten trostlose Ruinen, aber auch blühende Gärten, ein seltsamer, fast unwirklicher Kontrast, der Carls Empfindungen eins zu eins widerzuspiegeln schien. Er verfluchte sich, weil es nicht so lief, wie er es sich erhofft hatte. Anne fühlte sich in seiner Gegenwart unbehaglich, das war nicht zu übersehen. Das Gespräch kam ihr zweifellos wie eine polizeiliche Befragung vor. Was es streng genommen auch war, aber Carl hatte sich ihre Art zu antworten anders vorgestellt. Entgegenkommender, vielleicht sogar vertrauensvoll. So, dass man daran auf etwas privaterer Ebene hätte anknüpfen können. Was war er doch für ein weltfremder Trottel!

Aber dann griff Anne das Thema von sich aus wieder auf. »Natürlich ist es schwer für uns, mit den Sachen einer Toten zu leben. Das kann einem schon im Magen liegen. Zumal sie ja wohl ermordet wurde.« Sie hielt inne, dann meinte sie zögernd: »Es hat vielleicht auch damit zu tun, dass sich viel von ihrem Wesen und ihren Angewohnheiten in ihrem ganzen Kram wiederfindet.«

»Wie würdest du sie beschreiben? Als kleinlich? Pedantisch?«

Anne hob die Schultern. »In ihren Schränken war schon damals alles nach Reih und Glied geordnet. Die Bettwäsche Kante auf Kante, sogar die Löffel und Gabeln in der Besteckschublade hatte sie säuberlich gestapelt. Aber das hast du bestimmt alles selbst gesehen. Nach ihrem Tod musstest du für deine polizeilichen Ermittlungen sicherlich die ganze Wohnung auf den Kopf stellen, oder?«

Carl nickte und wartete, dass Anne fortfuhr, was sie nach kurzem Nachdenken tat. »Sie kam nicht besonders gut mit den Leuten im Haus klar. Ich nehme an, das weißt du ebenfalls schon, oder?« Es war eine rhetorische Frage, sie hielt sich nicht damit auf, Carls Antwort abzuwarten. »Sie lag mit fast allen Mietern im Streit, am liebsten hätte sie die Leute rausgeworfen, aber das war ihr ja gesetzlich verboten.«

»Gab es denn irgendwelche sympathischen Seiten an ihr?«

»Ich kann mich an keine erinnern.« Anne hielt inne und fügte dann hastig hinzu: »Damit will ich nicht sagen, dass sie gar keine hatte, so gut kannte ich sie auch wieder nicht.«

»Weißt du, ob es irgendwen gab, den sie gut leiden konnte?«

»Ich kenne persönlich niemanden.«

»Außer ihrem Sohn Arnold, oder?«

Annes Miene verdüsterte sich. »Bestimmt gibt's genug andere Leute, die dir mehr über das Verhältnis zwischen Adelheid und ihrem Sohn sagen können.«

»Vielleicht Frieda?«

Anne zuckte die Achseln. »Frag sie doch selber.«

»Das werde ich sicher noch tun«, sagte er betont freundlich. Er merkte, dass sie die Geduld verlor, und er hatte Mühe, es nicht persönlich zu nehmen. »Da wäre noch eine andere Sache – wusstest du, dass Adelheid Hoffmann aus Bayern kam?«

»Na ja, so direkt nicht, aber man hörte manchmal den Dialekt raus. Warum?«

»Laut ihrer Geburtsurkunde stammte sie aus Norddeutschland. Dasselbe gilt für ihren Sohn Arnold.«

Anne sah ihn erstaunt an. »Wirklich?« Sie dachte nach.

»Vielleicht kamen Adelheids Eltern aus Bayern, man redet ja immer so, wie man es als Kind von Mutter oder Vater hört. Meine Eltern sind beispielsweise in Hannover aufgewachsen, deshalb sprechen meine Schwestern und ich Hochdeutsch.«

Carl nickte. »Ich weiß, du hast damals erwähnt, dass deine Familie von dort kommt. Doch Adelheid Hoffmanns Eltern sind nach den vorhandenen Papieren ebenfalls Norddeutsche.«

Anne runzelte die Stirn. »Das ist allerdings seltsam. Aber sicher wird's dafür irgendeine plausible Erklärung geben. Am besten fragst du Frieda, vielleicht weiß die etwas darüber.«

»Das mach ich.« Carl zögerte. »Eins noch, Anne, ich muss dich danach fragen: Bist du nach eurem Auszug damals vor sechs Jahren irgendwann mal wieder in Essen gewesen?«

Anne blieb stehen und sah ihm in die Augen. »Nein.« Ihr Blick war kühl. »Nicht in Essen und schon gar nicht bei Adelheid, falls du das gemeint haben solltest. Und genau das habe ich dir auch schon letzten Monat in Köln gesagt. War's das jetzt?«

Carl stöhnte unhörbar. So würde er nie bei ihr weiterkommen! Er holte tief Luft und trat die Flucht nach vorn an.

»Ich falle dir mit meinen Fragen wohl ganz schön auf den Wecker, oder? Ganz ehrlich – das wollte ich nicht. Sondern …«

»Sondern was?«

Hitze stieg in seine Wangen, sicher sah er aus wie ein Feuermelder. »Ich … ähm, na ja …«

Sie sah ihn groß an.

Er bekam es nicht heraus und griff ersatzweise zur nächstbesten Idee, die ihm in den Sinn kam. »Ich kenne zufällig den Direktor des Krankenhauses und kann mal mit ihm reden, wenn du möchtest.«

Perplex sah sie ihn an. »Wegen Doktor Lohfeld?«

»Wer ist Doktor Lohfeld?«

»Oh.« Anne errötete. »Du meinst einen anderen Krankenhausdirektor. Den vom Polizeikrankenhaus.«

»Ja, genau. Welches Krankenhaus meintest du denn? Das in Huttrop, wo du aufhören willst? Arbeitet da ein Doktor Lohfeld?«

»Egal, es spielt keine Rolle.«

Ihr Ton machte deutlich, dass sie nicht mit ihm darüber sprechen wollte.

»Also soll ich mal mit ihm reden? Mit dem Leiter des Polizeikrankenhauses«, fügte er hinzu, um keine weiteren Missverständnisse aufkommen zu lassen. »Wegen einer Stelle für dich. Natürlich nur, wenn du möchtest.«

»Warum nicht«, antwortete sie förmlich. Etwas freundlicher fuhr sie fort: »Das wäre wirklich nett von dir, Carl. Dann könnte ich mir vielleicht die Suche nach was Neuem sparen.«

Seinen Namen aus ihrem Mund zu hören, brachte verborgene Nervenenden unter seiner Haut zum Vibrieren. »Gut, ich kümmere mich drum.« Er rang nach weiteren Worten. Wenn es nur nicht so verdammt schwer gewesen wäre! Das Anbändeln lag ihm nicht. Andere konnten das viel besser. *Jeder* konnte es besser als er. Dass er damals überhaupt bei ihr hatte landen können, war purer Zufall gewesen.

Sie hatten sich auf der Cranger Kirmes kennengelernt, beim Anstehen vor der Achterbahn. Es war brechend voll gewesen, alle hatten damals mit dem neuartigen Ding fahren wollen, obwohl der Eintrittspreis gesalzen war. Er hatte Anne schon die ganze Zeit im Blick gehabt, zutiefst davon überzeugt, noch nie ein so bezauberndes Mädchen gesehen zu haben.

»Kann ich mich neben dich setzen?«, hatte er in einer unerhörten Aufwallung von Mut gefragt, und Anne hatte nur stumm genickt. Sein Herz hatte gepumpt wie ein kaputter Blasebalg, und das hatte nur zum Teil an der Wahnsinnsfahrt über schwindelnde Höhen und Tiefen gelegen. Sie hatten zwei Minuten lang gemeinsam gejohlt und gelacht und sich dabei die ganze Zeit angesehen, und am Ende dieser Fahrt war es um ihn geschehen.

»Noch mal?«, hatte sie gefragt. Und ihn dabei angestrahlt. Was für eine Frage, natürlich wollte er noch mal.

Ihre Worte von damals hallten wie ein Echo in seinen Gedanken. *Noch mal?*

»Vielleicht sollten wir die Einzelheiten privat besprechen«, sagte er nach einer schier endlos scheinenden Gesprächspause. »Über das Polizeikrankenhaus und so weiter.«

»Was meinst du mit privat?«

»Dass wir uns mal treffen«, erwiderte er umständlich.

Um ihre Mundwinkel zuckte der Anflug eines Lächelns, und auf einmal war alles ganz leicht.

»Vielleicht bei einem Glas Wein«, platzte er heraus.

»Meinetwegen.« Jetzt lächelte sie ihn offen an, und für Carl war es, als ginge die Sonne auf.

»Das ist … prima«, sagte er, mit einer Begeisterung in der Stimme, die sogar in seinen eigenen Ohren unendlich peinlich klang.

Anne lächelte trotzdem. »Aber du musst irgendwas vorschlagen, ich war lange nicht aus und habe keine Ahnung, wo man Wein trinken könnte.«

Carl war ebenfalls seit Ewigkeiten nicht aus gewesen, und guten Wein gab's höchstens noch zu Mondpreisen in den Schieberspelunken. Zum Glück hatte er sofort einen besseren Vorschlag parat. »Wir könnten vielleicht stattdessen ins Kino gehen.«

»Sehr gerne.«

»Ich kann ja mal einen Film raussuchen.«

»Tu das. Ich freu mich.«

Carl hatte plötzlich das Gefühl, ein Stück weit über dem Boden zu schweben. Er war selig. Auch wenn es verrückt, unvernünftig und ganz und gar unangebracht war. Ein ordentlicher Ermittler hätte ihr zugesetzt. Den Finger in offene Wunden gelegt. Aber das brachte er nicht fertig. Damit wäre zwischen ihnen alles wieder vorbei gewesen, ehe es überhaupt beginnen konnte.

In seine Glücksgefühle mischte sich die tiefe Sorge, dass ihm das noch auf die Füße fallen würde.

*

Sein größtes Problem war der Hass. Er spürte ihn wie eine Welle über sich schwappen, während er hinter dem Baum stand und Anne mit dem Bullen beobachtete. Der Hass steckte tief in ihm drin, so tief, dass er ihn sogar in solchen Momenten spürte, in denen er eigentlich zufrieden sein sollte. Etwa, wenn er genug zu essen hatte oder einen Schlafplatz fand, wo ihn keiner wegscheuchte. Oder wenn er in der Sonne sitzen konnte und an nichts zu denken brauchte, außer daran, dass er nicht fror und gerade keine Läuse hatte und dass bestimmt bald alles wieder gut werden würde. Doch selbst in solchen Augenblicken, in denen sich sein Leben – oder das, was davon noch übrig war – in einer Art Gleichgewicht befand, verspürte er noch diesen Hass. Dieses übermächtige, dunkle Gefühl in ihm war wie eine untrennbar mit seiner Seele verwachsene Giftpflanze, die man nicht ausreißen konnte. Sogar in besseren Zeiten waren immer Wurzeln davon in ihm gewesen und hatten ihn auf eine Weise gepeinigt, dass er darüber erschrocken war. Etwa an dem Tag seiner Hochzeit. Er erinnerte sich noch genau.

Frieda ganz in Weiß, das Kleid so geschnitten, dass man die Schwangerschaft nicht sah, obwohl sie schon im siebten Monat war. Eine wunderschöne Braut, das hübscheste Mädchen in ganz Rüttenscheid, das sagten alle. Aber tief in seinem Inneren spürte er, dass die Gefühle, die er hätte haben sollen, in Wahrheit gar nicht da waren. Denn wie sonst war es möglich, dass er sogar noch vorm Altar immer wieder versucht war, sich nach Anne umzudrehen, die direkt hinter ihnen in der vordersten Kirchenbank saß? Dies war der Moment gewesen, in dem er begriff, dass er seine Frau hasste.

Das hörte später wieder auf, stattdessen hasste er andere Leute, und wenn er es genau bedachte, hasste er seine Mutter womöglich am allermeisten. Und falls er gerade keinen Menschen hasste, gab es irgendwas anderes, worauf sich sein Hass konzentrierte. Der Hass war eigentlich immer da. Mal mehr, mal weniger.

Gleich nach dem Hass kam die Verzweiflung, die war fast genauso schlimm. Manchmal saß er einfach nur da und weinte vor sich hin, stundenlang. Hätte er doch nur die Zeit zurückdrehen können!

In Gedanken lotete er seine damaligen Gefühle aus, glitt zurück in die Vergangenheit, bis er alles wieder vor sich hatte. Frieda schlief nicht mehr mit ihm, der Arzt hatte es ihr verboten, wegen der Schwangerschaft. Und Anne wohnte neuerdings bei ihnen im Haus, weil die Familie ausgebombt worden war. Mutter hatte die Schwestern aufgenommen, das verstand sich von selbst. So wie sie auch ihm und Frieda die Wohnung gegeben hatte. Da waren noch Mieter drin gewesen, aber dieses Problem hatte er schon beizeiten gelöst, schließlich war er bei der SS, da hatte eine kurze Unterhaltung gereicht, und schon waren die Leute ausgezogen.

Nur die Sehnsucht nach Anne war nicht weggegangen, und dann, an dem einen Abend, als er mit ihr allein in Mutters Wohnung gewesen war … Nein, daran wollte er nicht denken, und es fiel ihm auch nicht sonderlich schwer, diesen längst verjährten Vorfall zu verdrängen, während er sie betrachtete, wie sie dort drüben stand und mit dem Bullen redete. *Sie* hatte er nie gehasst, keine Sekunde lang. Anne war eine Frau, die sich immer um andere gekümmert hatte, es gab niemanden, der fürsorglicher und verantwortungsvoller war als sie. Niemals würde sie die Menschen, die ihr anvertraut waren, im Stich lassen!

Sie hätte ihm damals einfach nur glauben müssen, als er ihr geschworen hatte, dass er sich scheiden lassen und sie heiraten werde. Für ihn spielte es überhaupt keine Rolle, dass sie ein paar Jahre älter war als er, im Gegenteil! Auch das hatte er ihr beteuert. Statt ihn zurückzustoßen, hätte sie ihn bloß ernst nehmen müssen. Zumindest, was das anging. Das andere, was er Frieda im Krankenhaus angedroht hatte, war doch bloß Geschwafel gewesen, so was hätte er niemals gemacht, wie hatte sie das nur für bare Münze nehmen können? Wenn er daran zurückdachte, überkam ihn ein schmerzliches Gefühl von Reue, zweifellos war es ein Fehler gewesen, Frieda dieses Foto von den Leichen zu zeigen. Aber das hatte er doch nur getan, um sie zur Vernunft zu bringen! Es hätte sich alles wieder eingerenkt, sie hätten Gras über die Sache wachsen lassen und dann einen neuen Anlauf unternehmen können. Nach seinen Plänen und Wünschen.

Dafür war es noch nicht zu spät. Eigentlich war es sogar genau passend. Mutter war weg, sie konnte ihm nicht mehr dreinreden, von ihr würde er sich keine Vorschriften mehr machen lassen müssen. Und auch von sonst keinem. Wer ihn loswerden wollte, musste schon früher aufstehen. Er war jetzt älter und schlauer und wusste, worauf er achten musste. Auch mit dem Hass würde er klarkommen, er musste sich einfach nur mehr zusammenreißen. Dann würde alles gut werden, daran glaubte er fest. Es war höchste Zeit, Entscheidungen zu treffen. Zeit, seinem Sohn ein Vater zu sein. Zeit, sich sein Leben zurückzuholen.

# Kapitel 10

Anderntags herrschte im Präsidium helle Aufregung – im Rundfunk und auf Aushängen war die lange erwartete Währungsreform verkündet worden. Die Nachricht hatte eingeschlagen wie eine Bombe, die halbe Belegschaft redete sich die Köpfe heiß. Ab Sonntag – das war schon übermorgen! – konnten sich die Bürger das neue Geld holen, vierzig Deutsche Mark zum Kurs von sechzig Reichsmark. Die restlichen zwanzig sollte es einen Monat später geben. Altes Bargeld konnte in begrenzten Mengen und zu einem festgesetzten Kurs eingetauscht werden, aber nur, wenn man es zu diesem Zweck auf ein Extrakonto einzahlte und einen Antrag auf Umstellung einreichte. Der wiederum erst durch das Finanzamt genehmigt werden musste, womit Schwarzgeldbesitzern der Hahn zugedreht werden sollte. Doch selbst von ehrlich erworbenen Ersparnissen würde infolge einer rigorosen Umrechnung nur ein Bruchteil übrig bleiben, so viel stand schon fest.

Ringsum wurden die Neuerungen von den Kollegen auf unterschiedliche Weise kommentiert.

Werner meinte mit dem ihm eigenen Pessimismus, das neue Geld werde garantiert ebenso schnell über die Wupper gehen wie das alte, weil es ganz einfach nichts gab, das man davon kaufen konnte.

Döring war anderer Meinung. »Das wird nicht passieren. Wenn das Geld knapper ist als die Ware, kann es gar nicht an Wert verlieren.«

Carl neigte zu Dörings Ansicht, aber ganz genau wusste man es nie. Die derzeitige Knappheit an Bedarfsgütern rührte ja nicht zuletzt daher, dass die Händler in Erwartung des neuen Geldes die Waren bunkerten, obwohl es streng verboten war. Doch das, was sie jetzt horteten, wäre bestimmt nach der Währungsumstellung schnell verkauft. Die entscheidende Frage war daher: Gab es anschließend genug Nachschub? Wenn nicht, würde es mit der Zwangsbewirtschaftung unweigerlich weitergehen.

Ein Kollege kam ins Büro, und mit dem, was er sagte, riss er Carl abrupt aus seinen Gedanken.

»Wer von euch ermittelt in dem Fall von dem Arzt, der in Huttrop kaltgemacht wurde?«

»Der Lohfeld-Mord? Den habe ich«, meldete sich ein Ermittler aus Carls Abteilung, ein Mann namens Behrends. »Wieso?«

»Da hat sich auf dem Revier ein möglicher Zeuge gemeldet. Wohnt in Frillendorf. Ich hab die Adresse notiert.« Der Kollege übergab dem Nächststehenden einen Zettel, der quer über die Schreibtische weitergereicht wurde.

Carl behielt den Zettel und ging damit rüber zu Behrends'Schreibtisch. »Was ist das für ein Fall?«, fragte er mit scheinbar beiläufigem Interesse.

»So ein Krankenhausarzt aus Huttrop. Aufgeschlitzte Kehle, Sack und Pimmel abgeschnitten. Wurde heute Morgen nach seiner Nachtschicht hinterm Gebüsch gefunden, in einer Pfütze aus Blut und keine zwanzig Meter von dem Krankenhaus entfernt, wo er beschäftigt war.«

»Und der hieß Lohfeld?«

»Genau. Chirurg, zweiundvierzig Jahre alt, Junggeselle. Warum, kanntest du den?«

»Hm, nein, mir war nur so, als hätte ich den Namen schon mal gehört.«

»Gut möglich, der war kein unbeschriebenes Blatt. Vor fünf Jahren hat ihn eine Krankenschwester wegen Notzucht angezeigt. Es kam auch zum Prozess, aber das Verfahren wurde eingestellt.«

»Warum?«

»Aus dem üblichen Grund. Nicht genug Beweise, Aussage stand gegen Aussage.«

»Gibt's denn zu dem Mord schon Erkenntnisse?«

»Bis jetzt nicht. Abgesehen von diesem alten Fall. Auf den hat der Direktor des Krankenhauses mich sofort hingewiesen. Aber die Frau scheidet als Täterin aus. Sie ist im Krieg ums Leben gekommen, und Familie hatte sie nicht.«

»Vielleicht hat dieser Arzt dasselbe jetzt bei einer anderen versucht, und die hat ihm gezeigt, wo der Hammer hängt«, mutmaßte Werner, der von seinem Schreibtisch aus zugehört hatte. Die Diskussion um die Währungsreform war abgeebbt, Döring war in sein eigenes Büro zurückgekehrt.

»Frauen morden anders«, bemerkte Carl. »Sie benutzen Gift. Oder sie begehen die Tat, wenn das Opfer schläft.«

Behrends zuckte mit den Schultern, was unweigerlich den Blick darauf lenkte, dass ihm sein Hemd mindestens zwei Nummern zu groß war. Er war mal ein massiger Mann gewesen, mit einem Bierbauch, der seinesgleichen gesucht hatte. Jetzt, nach bald drei Hungerjahren, war er genauso ein dünner Hering wie fast alle hier. Zudem litt er an einer hartnäckigen Bartflechte, die er ständig aufkratzte. An schlechteren Tagen sah er aus, als wäre er mit dem Gesicht voran durch eine Dornenhecke gekrochen.

Carl warf einen Blick auf den Zettel und tat erstaunt.

»Gibt's das, in die Hubertstraße muss ich zufällig heute auch noch!« Die Lüge ging ihm erstaunlich leicht von den Lippen, fast so, als hätte er es vorher geübt.

»Welchen Fall hast du denn da?«

»Keinen Fall. Ein Kumpel vom Pütt heiratet morgen. Heute ist Polterabend, da bin ich eingeladen. Wenn du willst, kann ich ein bisschen früher los und die Aussage für dich aufnehmen. Oder wolltest du eine Vorladung schicken?«

Er wusste genau, dass Behrends das nicht vorgehabt hatte.

Vorladungen bedeuteten Papierkrieg, mit umständlichem, möglichst wortgetreuem Protokollieren der Aussagen, von denen man vorher nicht mal wusste, ob sie was taugten.

»Wäre prima, wenn du das übernimmst«, sagte Behrends wie erwartet. Ein wenig neidisch sah er Carl an. »Da gibt's sicher was Gutes zu futtern, oder?«

Carl stand einen Sekundenbruchteil auf der Leitung, bevor er begriff, dass Behrends den erfundenen Polterabend meinte.

»Das hoffe ich doch sehr«, meinte er in launigem Tonfall.

An diesem Tag machte er auf die Minute pünktlich Feierabend.

*

Außerhalb der Dienstzeiten konnte er nicht einfach ein Polizeifahrzeug nehmen, zumal er ja offiziell zu einer privaten Feier wollte. Also wich er auf öffentliche Verkehrsmittel aus, ein um diese Tageszeit fast aussichtsloses Unterfangen. Die Verbindungen waren ohnehin miserabel. Im Krieg war fast alles kaputtgegangen, Oberleitungen, Straßenbahnen, Busse, Schienen. Die wenigen Straßenbahnen, die mittlerweile wieder fuhren, wurden nicht nur für die Personenbeförderung, sondern auch zum Enttrümmern gebraucht, deshalb waren hinter den Wagen zusätzlich Loren angekoppelt. Bis zu zehntausend Tonnen Schutt wurden damit pro Monat aus der Stadt geschafft, Carl hatte es erst neulich irgendwo gehört. Es klang nach viel, aber ins Verhältnis gesetzt war es so gut wie nichts. Bis der Verkehr in Essen wieder so funktionierte wie vor dem Krieg, würden sicher noch Jahre vergehen.

Bis zum Hauptbahnhof hätte er eigentlich zu Fuß gehen können, aber unterwegs erwischte er eine Straßenbahn, eines dieser schäbigen, zerschrammten Gefährte mit einem angekoppelten Schuttwagen. Die kleinen Oberlichter der Bahn waren aus blauem Glas, eine Luftschutzmaßnahme während des Krieges. An den Wänden hingen weiß emaillierte Schilder, Carl wurde während der Fahrt, die er – gefährlich schwankend – in einem dichten Pulk von Menschen zubrachte, immer wieder gegen eines gedrückt und konnte sich daher aus nächster Nähe mit der Aufschrift vertraut machen.

*Pflicht des Fahrgastes ist es, sich auf dem Wagen einen festen Halt zu verschaffen. Etwaige Folgen der Außerachtlassung dieser Bedingung sind selbst verschuldet und schließen jede Haftung für die Bahn aus.*

Vom Hauptbahnhof fuhren Busse nach Frillendorf. Allerdings kam der nächste erst in anderthalb Stunden. Im Kopf überschlug Carl die Entfernung und die dafür benötigte Zeit, mit dem Ergebnis, dass er sich umgehend zu Fuß auf den Weg machte. Verschwitzt und erledigt kam er rund eine Stunde später in der Hubertstraße an, wo der Zeuge, ein Mann namens Sägebrecht, in einem alten Siedlungshäuschen wohnte.

Carls Befürchtung, dass er womöglich gar nicht zu Hause war, bestätigte sich zum Glück nicht. Das Kind, das Carl die Tür aufmachte, rief nach seinem Opa, und der war, wie sich herausstellte, der Zeuge Sägebrecht, ein gnomenartiges Männchen um die siebzig, mit einem schlecht sitzenden Gebiss, das beim Reden hin und her rutschte.

Sägebrecht schien angenehm überrascht, als Carl sich auswies und den Grund seines Kommens nannte.

»Dat ging ja schnell!«, staunte er. »Hätte ich nich gedacht, dat da gleich heute noch einer aufkreuzt!«

Carl kam ohne Umschweife zur Sache, er wollte die Befragung so schnell wie möglich hinter sich bringen. »Sie haben sich als Zeuge in einer Mordsache gemeldet. Was haben Sie denn beobachtet?«

»Ich selber? Gar nix.«

»Wer denn dann?«

»Meine Tochter Uschi.«

»Dann würde ich gern mit ihr sprechen.«

»Die is inne Arbeit. Im Krankenhaus.«

»Hat sie die Tat beobachtet?«

»Nä. Abber sie hat mitgekricht, wat am Tach davor auffe Station passiert is. Inne Nachtschicht.«

»Was ist denn dort passiert?«

»Da hat eine OP-Schwester dem Doktor Lohfeld eins vertubackt. Hat dem 'ne Spritze inne Backe gestochen un is dann weg. Meine Tochter is direkt nachgucken gegangen, da hatte der sich dat Dingen gerade rausgezogen und war sich am Verarzten. Die OP-Schwester heißt Annemarie Wiesner.«

Carl nahm es beklommen zur Kenntnis. »Warum hat Ihre Tochter diese Beobachtung nicht selbst bei der Polizei gemeldet?«

Sägebrecht wand sich. »Die wollte dat nich anne große Glocke hängen.« Im Bemühen, sich zu rechtfertigen, fügte er hinzu: »Aber dat is doch eine wichtige Sache, oder? Ich meine, so wat wie ein Motiv! Die hätte dem ja nich 'ne Spritze int Gesicht gerammt, wenn da nich wat hinterstecken würde!«

Carl registrierte den Beifall heischenden Blick des Mannes, den kaum verborgenen Geltungsdrang, die eifrige Beflissenheit, sich der Obrigkeit anzudienen. Der typische Blockwart.

Carl hatte mit einem Mal einen schlechten Geschmack im Mund, am liebsten hätte er ausgespuckt. Stattdessen sagte er höflich: »Vielen Dank für Ihre Informationen. Wir werden der Sache nachgehen. Einen schönen Tag noch!«

Mit diesen Worten wandte er sich ab und ging davon.

*

Er klingelte Anne noch am selben Abend raus, es war ihm ganz egal, wie spät es war und ob sie möglicherweise schon schlief.

Anne kam zu ihm herunter an die Haustür, bereits bettfertig. Sie trug einen geblümten Morgenmantel, hatte Lockenwickler im Haar und fettig glänzende Creme im Gesicht. Trotzdem stellte ihr Anblick seine Gefühle auf den Kopf, er musste tief Luft holen und seine Miene unter Kontrolle bringen.

»Carl! Was willst du denn so spät noch hier?«

»Gehen wir ein Stück? Sonst kriegen es alle im Haus mit, und ich bin sicher, das möchtest du nicht.«

Sichtlich überrumpelt trat sie ins Freie und ging mit ihm zusammen ein Stück die Straße entlang. »Was ist passiert?«

»Wer ist Doktor Lohfeld?«, fragte er anstelle einer Antwort. »Und eins vorab: Es ist nicht deine Privatangelegenheit, sondern Gegenstand einer Ermittlung.«

Anne schluckte. »Er ist Oberarzt an dem Huttroper Krankenhaus, wo ich gearbeitet habe. Was ist denn los, um Himmels willen?«

»Du hast ihm eine Spritze in die Wange gestoßen, ist das richtig?«

»Hat er mich angezeigt?« Ihre Augen sprühten vor Zorn. »Es war Notwehr«, teilte sie Carl aufgebracht mit. »Er ist über mich hergefallen! Ich hab ihn mir bloß vom Leib gehalten, sonst nichts!«

»Warum hast du mir das nicht erzählt, als ich dich gestern fragte, wer dieser Doktor Lohfeld ist?«

»Weil … keine Ahnung. Es war mir peinlich. Und weil wir … es hat einfach nicht gepasst.« Sie breitete entnervt die Hände aus. »Wenn ich mit einem Mann ausgehen will, erzähle ich ihm doch nicht, dass mich ein paar Stunden vorher ein anderer Mann begrapscht hat! Es ist ja auch nichts weiter passiert. Ich habe meine Stelle gekündigt, für mich ist die Sache damit erledigt!«

»Nein, das ist sie nicht, Anne. Der Mann ist tot. Er wurde heute früh nach seiner Nachtschicht umgebracht.«

Sie schwankte und wäre fast hingefallen, Carl fasste sie beim

Arm und hielt sie fest. »Du hast es nicht gewusst.« Fast stolperte er selbst, so erleichtert war er in diesem Augenblick.

»*Natürlich* hab ich's nicht gewusst!«, rief sie. Dann fragte sie leise: »Wie ... Ich meine ...«

»Es ist direkt vor der Klinik passiert. Jemand hat ihm offenbar da aufgelauert und ihm den Hals aufgeschlitzt. Und seine Geschlechtsteile abgeschnitten.«

Sie musste ein Würgen unterdrücken. »Ich habe nichts damit zu tun, Carl! Wie hast du ... Wie hast du überhaupt von dem Vorfall im OP erfahren?« Sie hielt inne. »Die Nachtschwester, oder? Sie war bei der Polizei!«

»Nicht sie. Ihr Vater. Dem hatte sie's erzählt, und er wollte sich dann als Zeuge wichtigmachen.«

»Werde ich jetzt verdächtigt?«

»Bis jetzt weiß es bei der Kripo noch niemand außer mir, ich habe auf eigene Faust ermittelt und komme deswegen vielleicht noch in Teufels Küche. In meiner Abteilung weiß man, dass wir uns schon lange kennen und früher mal zusammen waren. Ich hab's einem Kollegen erzählt, und die anderen haben es garantiert auch schon mitgekriegt.«

»Was wirst du jetzt tun?«

»Mich bedeckt halten. Du musst aber damit rechnen, dass es über kurz oder lang auf andere Weise rauskommt. Falls also noch jemand von der Kripo bei dir auftaucht, solltest du nicht erwähnen, dass ich deswegen schon bei dir war. Sag denen einfach bloß genau das, was du mir erzählt hast, und alles andere streitest du ab.«

»Ich habe nichts abzustreiten, weil ich nichts getan habe!«, stellte sie klar.

Carl nickte erschöpft. »Natürlich. Dir wird nichts passieren, keine Sorge. Der Mann stand schon mal wegen Notzucht vor Gericht.«

Anne wirkte erleichtert, aber auch zunehmend besorgt. Carl

hatte eine ungefähre Vorstellung davon, was ihr durch den Kopf ging: Auf der einen Seite Lohfelds Versuch, sie zu vergewaltigen. Auf der anderen die abgetrennten Geschlechtsteile. Der Zusammenhang drängte sich förmlich auf.

Es war Zeit für die entscheidende Frage. »Hast du irgendwem davon erzählt, was er dir angetan hat?«

Sie schüttelte stumm den Kopf, und er wusste sofort, dass sie ihn anlog.

»Du hast es Frieda gesagt.« Es war die einzig zutreffende Schlussfolgerung.

Anne sah schuldbewusst aus, aber sie fasste sich augenblicklich. »Was würde es denn ändern, wenn ich es ihr gesagt hätte?«, wollte sie wissen. »Glaubst du etwa, Frieda hat irgendwas damit zu tun? Sie weiß nicht mal, wie der Kerl heißt! Was willst du uns denn da unterstellen!?«

Ihre ablehnende Reaktion machte ihn rasend, er musste sich zusammenreißen, sie nicht anzuschreien. »Hör zu, Anne, du kapierst vielleicht nicht richtig, was gerade los ist: Wir haben hier zwei Morde, den einen an Adelheid Hoffmann und den anderen an diesem Doktor Lohfeld. Beide Taten haben mich zu dir geführt. Man muss kein Mathematiker sein, um zu erkennen, dass das kaum ein Zufall sein kann. Damit will ich nicht sagen, dass dir was zur Last gelegt werden kann. Aber auf irgendeine Weise steckst du in diesen Fällen mit drin, entweder direkt oder indirekt, verstehst du, was ich meine? Wenn du mir Dinge verschweigst oder mich anlügst, muss ich annehmen, dass du entweder dich selbst oder jemand anderen decken willst! Du musst endlich anfangen, mir in allen Punkten die Wahrheit zu sagen, du darfst mir nichts mehr verheimlichen! Sonst wird es garantiert auf dich zurückfallen, das ist mit solchen Geheimnissen immer so!«

Annes Miene war ausdruckslos, aber Carl spürte ihre innere Abwehr, als hätte sie eine Wand vor ihm hochgezogen.

»Ich mein's doch nur gut mit dir!«, sagte er verzweifelt.

Sie sah ihn kühl an. »Dann lässt du uns am besten in Ruhe.«

Nach dieser Abfuhr ließ sie ihn stehen und ging zurück zum Haus.

*

Frieda sah Carl bei ihrer Rückkehr schon vom Weitem und wartete vorsorglich, bis er sich verzogen hatte, ehe sie sich aus der Deckung traute und zum Haus schlich. Drinnen im Schankraum hörte sie es rumoren, die Zwillinge waren noch auf. Sie klopfte kurz und ging dann rein.

Bis auf den schwachen Lichtschein, der vom Treppenhaus durch das Milchglasfenster der Eingangstür hereinfiel, war es dunkel hier drin. Die Gaststube lag verlassen da, ein seltsamer, beinahe surrealer Anblick – die ordentlich in Reih und Glied stehenden Tische mit den umgedreht darauf ruhenden Stühlen, die gepolsterten Wandbänke, die gerahmten Landschaftsbilder an den holzgetäfelten Wänden, die Eichentheke mit der dahinter befindlichen Schwingtür, die zu den Wirtschaftsräumen führte. Alles sah aus wie nach einer normalen Sperrstunde, als würde gleich am nächsten Tag der Schankbetrieb wieder aufgenommen. Als würden wieder scharenweise Gäste hereinkommen, palavernd die Tische in Beschlag nehmen, ein Bier bestellen oder sich an der Theke ein Schnäpschen hinter die Binde gießen.

Und doch war die *Grüne Linde* schon seit Anfang des Jahres nicht mehr in Betrieb. Die Pächter hatten aufgegeben und waren weggezogen, es war kaum noch jemand gekommen. Wozu auch, wenn es kein Bier mehr zum Ausschenken und kein Essen zum Servieren gab.

In der Folge war laut Aleksandr und Borjan prompt das Wohnungsamt angerückt, doch Adelheid hatte sich erfolgreich gegen eine Belegung der Gastwirtschaft mit weiteren Bewohnern wehren können – sie hatte behauptet, bereits einen neuen Pächter für die Kneipe an der Hand zu haben. Der aber wohl frei erfunden war; jedenfalls hatte sich nie einer blicken lassen.

Erstaunlicherweise war das Inventar noch vollständig vorhanden. Es grenzte schon an ein Wunder, dass nichts weggekommen war, gerade in diesen Zeiten, wo die Kohle so knapp war, dass jedes überflüssige Möbelstück zu Kleinholz verarbeitet und in den Ofen gesteckt wurde.

Die Zwillinge hatten Frieda erzählt, dass bereits der eine oder andere Langfinger hier aufgetaucht war, aber bisher hatten sie noch jeden erfolgreich in die Flucht geschlagen.

»Jemand zu Hause?«, rief sie mit gedämpfter Stimme.

Borjan kam durch die Schwingtür. Zusammen mit seinem Bruder bewohnte er den hinter der Küche liegenden Lagerraum, wo früher die Vorräte für den Gastronomiebedarf aufbewahrt worden waren. Jetzt standen darin außer leeren Regalen nur noch die beiden Feldbetten der Brüder und ein paar Kisten mit ihren Habseligkeiten.

»Hallo, Borjan!«

»Guten Abend, Frieda!« Borjan drehte das Licht an. Er wirkte erfreut, so wie immer, wenn sie sich blicken ließ. Ab und zu schneite sie bei den beiden herein, gerne spät am Abend oder sogar nachts, und dann tranken sie zusammen ein Glas Wein oder Schnaps, je nachdem, was Frieda vorher organisieren konnte.

An diesem Abend hatte sie eine Flasche Weinbrand mitgebracht, echten Dujardin. Den hatte ihr Magnus verehrt, er hatte das Zeug en gros zu Hause stehen. Unter den Schwarzhändlern herrsche blanke Panik, hatte er Frieda berichtet. Sie verkloppten alles zum Schleuderpreis, denn ihnen war klar, dass es am Sonntag vorbei war. Ab Montag konnten die Leute wieder alles im Laden kaufen. Der Wert der bisher so zuverlässigen Schwarzmarktwährung – Zigaretten – war über Nacht ins Bodenlose gestürzt.

Frieda setzte sich auf einen der Barhocker, und Borjan stellte sich ihr gegenüber hinter den Tresen.

»Was darf's sein, die Dame?«, fragte er scherzhaft.

»Ein Gläschen davon.« Sie stellte die Flasche auf die Theke, woraufhin Borjan anerkennend durch die Zähne pfiff.

»Willst du die wirklich aufmachen? Die ist doch ein Vermögen wert!«

»Übermorgen ist das nur noch eine ganz normale Flasche Weinbrand«, erklärte sie. »Kein Grund, sie aufzubewahren.«

Aleksandr kam ebenfalls aus dem Hinterzimmer. »Hör ich richtig? Hier gibt's was zu trinken?«

Borjan holte drei Kognakschwenker aus der Vitrine hinter der Theke und entstaubte sie sorgfältig mit einem Zipfel seines Hemdes, ehe er in jedes Glas zwei Fingerbreit von der goldklaren Flüssigkeit goss.

Sie prosteten einander zu und tranken dann in andächtigen Schlucken. Frieda schloss genießerisch die Augen, der letzte richtig gute Weinbrand war verdammt lange her.

»Der Inspektor war wieder da«, erzählte Aleksandr. »Er hat deine Schwester rausgeklingelt.«

»Hab's gesehen«, sagte Frieda knapp. Sie wollte nicht über Carl Bruns reden, das verdarb ihr nur die Stimmung. Dass er sich mit Anne vor dem Haus unterhalten hatte, konnte nur mit seinen Ermittlungen zusammenhängen. Anne im Morgenmantel und mit Lockenwicklern – das war kein romantisches Treffen gewesen.

»Zu uns kommt er auch noch mal, das hat er schon gesagt«, meinte Borjan.

»Er wird *immer* wiederkommen«, sagte Frieda ungehalten. »Bis dieser verfluchte Fall aufgeklärt ist. Egal, wie lange es dauert. Und natürlich kommt er auch wegen Anne. Hauptsächlich sogar. Die beiden sind wie zwei Magnete, die es zueinander hinzieht, ob sie wollen oder nicht. Hab ich euch eigentlich schon erzählt, dass Carl Bruns Annes erste Liebe war? Sie hat schrecklich viel geweint, als es vorbei war. Wollt ihr wissen, wieso es mit den beiden auseinanderging?« Ihr Glas war leer, sie ließ sich von Borjan nachschenken. »Es lag an mir. Ich hab ihnen dazwischengefunkt.«

»Wirklich?«, vergewisserte sich Borjan. »Wenn er ihre erste Liebe war, muss das lange her sein, da warst du bestimmt noch klein.«

»Ich war fünf«, sagte Frieda. »Und ein ziemlicher Wildfang. Meine Mutter erwartete ein Kind. Es gab Probleme mit der Schwangerschaft, sie hatte Blutungen und musste strenge Bettruhe einhalten, und das über Monate. Irgendwer musste also sämtliche Arbeiten im Haushalt erledigen und vor allen Dingen auf mich aufpassen. Was keine leichte Aufgabe war. Kaum hat man mir den Rücken zugewandt, habe ich irgendeinen Unsinn angestellt.«

»Das tust du immer noch«, kommentierte Aleksandr trocken.

Frieda grinste. »Wenn du's sagst.«

»Anne musste sich um dich kümmern?«

»Von morgens bis abends«, bestätigte Frieda. »Außerdem hatte sie die ganze Hausarbeit am Hals. Mit der buckligen Verwandtschaft in Hannover hatten meine Eltern schon seit Jahren nichts mehr am Hut gehabt, von der Seite war keine Hilfe zu erwarten, und mein Vater musste arbeiten gehen und Geld verdienen. Also wurde alles auf Anne abgeladen. Sie musste sogar für drei Monate von der Schule befreit werden. Zum Glück hatte sie so gute Noten, dass es nichts ausgemacht hat. Ihren Abschluss hat sie hinterher trotzdem bekommen.«

»Und deswegen ging ihre Freundschaft mit Carl Bruns auseinander?«

Frieda nickte. »Meine Mutter hat so lange rumgejammert und ihr ein schlechtes Gewissen eingeredet, bis Anne mit Carl Schluss gemacht hat.«

»Sie hätte doch abends mit ihm ausgehen können, wenn du geschlafen hast.«

»Hat sie ja gemacht. Einmal war sie mit ihm im Kino. Vorher hatte sie mich wie immer ins Bett gebracht. Mein Vater war bei irgendeiner Versammlung des Kegelvereins, in dem meine Eltern damals waren. Ich wurde wach, weil ich Bauchschmerzen hatte und mich übergeben musste; bei Kindern kommt so was manchmal vor, es war nichts Dramatisches. Meine Mutter nahm mich auf den Arm, obwohl der Arzt es ihr verboten hatte. Prompt wurden ihre Beschwerden schlimmer, und sie musste ins Krankenhaus. Da lag sie dann *richtig* im Bett, sie durfte nicht mal zum Pinkeln aufstehen. Anne hatte überhaupt keine Wahl, sie hatte mich von da an die ganze Zeit am Hals.«

»Hat sie denn mit Carl darüber gesprochen?«

Frieda zuckte die Achseln. »Keine Ahnung. Wohl eher nicht. Wahrscheinlich glaubte sie, es hätte keinen Sinn, weil das mit ihm noch nichts wirklich Festes war. Sie waren ja nur ein paarmal zusammen aus gewesen, und sie war erst fünfzehn.«

»Wenn sie deswegen geweint hat, muss es ihr ernst mit ihm gewesen sein.«

»*Ich* hätte auch geweint, wenn ich monatelang auf so ein Rabenaas wie mich hätte aufpassen müssen«, gab Frieda sarkastisch zurück. Dann schwieg sie einen Moment. »Ja, sie hätte vielleicht wirklich mit ihm drüber reden sollen«, sagte sie nachdenklich. Bestimmt hätte er die paar Monate auf sie gewartet. Er ist so ein Mann, wisst ihr. Einer von der treuen Sorte. Aber Anne ist keine, die mit ihrem Kummer hausieren geht. Die echten Probleme behält sie für sich. Lieber geht sie daran kaputt, als andere damit zu belasten.«

»Was geschah dann?«, wollte Borjan wissen.

»Meine Mutter hatte eine Totgeburt.« Frieda seufzte. »Es war ein Junge. Wir waren schrecklich am Boden zerstört, vor allem meine Mutter. Sie hatte wochenlang schwere Depressionen, Anne musste sich um jeden Mist kümmern. Um mich, ums Kochen, um die Wäsche, die Einkäufe – einfach alles. Und als es mit meiner Mutter endlich wieder aufwärtsging, hatte Carl eine neue Freundin. Quasi als Tüpfelchen auf dem i in der ganzen Scheiße.« Ihr letzter Satz klang zynisch.

»Aber du glaubst, dass die beiden noch Gefühle füreinander haben«, stellte Aleksandr fest.

»Ja, so ist es. Er wird wiederkommen. So oft es geht, verlasst euch drauf. Nach außen hin wegen seiner Ermittlungen. Aber in Wahrheit wegen Anne.«

»Dann schafft er es am Ende vielleicht sogar, uns auseinanderzuhalten«, meinte Aleksandr ironisch.

Frieda sah ihn überrascht an. »Kann er das nicht?«

Aleksandr schüttelte den Kopf. »Das kannst nur du. Sonst keiner. Nicht hier im Haus und nicht auf dem Pütt.«

»Wirklich?« Sie runzelte die Stirn, das war ihr neu. Für sie war von Anfang an sonnenklar gewesen, welcher Bruder Borjan war und welcher Aleksandr. Die Ähnlichkeit war natürlich frappierend, aber es gab winzige Unterschiede. Die Art, wie Borjan den Kopf hielt. Die Form seiner Augenbrauen, die etwas dichter beieinanderstanden als bei Aleksandr. Die kleine Narbe unter Aleksandrs Ohr, die Andeutung einer Kerbe in seinem Kinn.

Man musste nur genau hinsehen, und sogar das war entbehrlich, wenn man erst öfters mit ihnen geredet hatte.

Frieda nippte an ihrem Glas. »Habt ihr mitgekriegt, worüber sie sich unterhalten haben?«

Die Zwillinge schüttelten gleichzeitig den Kopf.

»Konntet ihr sie durchs Fenster reden sehen?«

Ein simultanes Nicken.

»Anne war ganz durcheinander«, sagte Borjan.

»Und zornig«, ergänzte Aleksandr.

»Vielleicht war's auch Angst«, meinte Borjan. »Oder von allem etwas.«

Frieda war die Lust am Trinken vergangen. Sie rutschte vom Barhocker und ging zur Tür. »Ich muss ins Bett«, sagte sie.

»Deine Flasche!«, rief Borjan ihr nach.

»Könnt ihr gern austrinken. Oder fürs nächste Mal aufheben. Gute Nacht, ihr zwei.«

»Gute Nacht, Frieda«, sagten die Zwillinge unisono.

Frieda zog auf der Treppe ihre Pumps aus, damit niemand sie hörte. Im Haus war es still, sogar das ewige Getrampel in der zweiten Etage war verstummt. Im Flur der Wohnung streifte sie ihr Kleid ab und putzte sich in der Küche über dem Spülstein so leise wie möglich die Zähne. Aufs Abschminken verzichtete sie, sie war einfach zu müde.

Auf Zehenspitzen und mit angehaltenem Atem schlich sie ins Schlafzimmer. Es war dunkel, ihre Schwester lag im Bett. Aber sie schlief noch nicht.

»Ich muss dir was sagen«, sagte Anne leise.

»Was denn?«

»Der Arzt, der mich belästigt hat – er ist tot. Jemand hat ihn ermordet.«

Frieda ließ sich auf ihrer Seite auf die Bettkante sinken. »War Carl deswegen heute Abend hier?«

»Woher weißt du, dass er hier war?«

»Die Zwillinge haben es mitbekommen, sie haben es mir eben erzählt.«

»Ja, er war deshalb hier.« Anne knipste ihre Nachttischlampe an und setzte sich im Bett auf, sie wirkte verstört und verängstigt, genauso, wie Borjan und Aleksandr es beschrieben hatten. »Ich habe einen Fehler gemacht, Frieda. Ich habe Carl gesagt, dass ich dir davon erzählt habe. Also davon, dass Doktor Lohfeld mich belästigt hat. Das heißt, ich hab's ihm eigentlich nicht gesagt, genau genommen habe ich ihm sogar das Gegenteil gesagt, wenn du verstehst, was ich meine.«

»Ich verstehe nur Bahnhof«, sagte Frieda verwirrt.

»Er hat gemerkt, dass ich ihn anlüge.«

»Fang bitte noch mal von vorn an, damit ich weiß, worum es geht.«

»Wie gesagt, Doktor Lohfeld wurde ermordet. Und Carl hat irgendwie rausgefunden, dass der Mann sich mir aufzwingen wollte. Und auf welche Art ich mich gewehrt habe.«

»Wie hast du dich denn gewehrt?«, fragte Frieda verblüfft.

»Ich hab ihm eine Spritze durch die Wange in die Zunge gestochen.«

Frieda warf den Kopf in den Nacken und lachte, sie konnte nicht anders, weil sie es sich bildlich vorstellen musste. Ihre große Schwester, die brave und redliche Anne! Doch gleich darauf wurde sie wieder ernst. »Verdächtigt Carl dich etwa, dass du den Kerl umgebracht hast?«

»Nein.«

»Wo liegt dann das Problem?«

Anne sah sie frustriert an. »Das hab ich dir doch gerade erklärt! Er wollte wissen, ob ich irgendwem von Lohfelds Attacke auf mich erzählt habe, und da habe ich den Kopf geschüttelt. Woraus er dann einfach so den Schluss gezogen hat, dass ich es *doch* jemandem erzählt habe, und zwar dir.«

»Du konntest noch nie gut lügen«, stellte Frieda sachlich fest. »Und jetzt denkst du, er könnte denken, dass *ich* es getan habe, oder?«

Anne zuckte mit den Schultern. »Ich weiß nicht mehr, was ich noch denken soll. Ehrlich gesagt kann ich gerade gar nicht mehr denken.«

»Dann lass es einfach«, schlug Frieda vor. Sie schlüpfte unter die Bettdecke und streckte sich aus. »Carl kann uns rein gar nichts! Und überhaupt – es könnte *jeder* gewesen sein! Chirurgen machen Fehler, ich möchte nicht wissen, wie viele diesem Doktor Frankenstein schon unter den Händen weggestorben sind. Da gibt's bestimmt 'ne Menge Hinterbliebene, die noch ein Hühnchen mit ihm zu rupfen hatten. Ich verstehe nicht, wieso Carl ausgerechnet auf dich kommt. Oder auf mich«, fügte sie hinzu, ehe sie gähnend fragte: »Wann genau wurde dieser Doktor denn umgebracht?«

»Heute nach der Nachtschicht. Also gegen sechs Uhr morgens.« Anne hielt inne. »Da warst du nicht zu Hause, du bist erst nach dem Frühstück heimgekommen.«

»Natürlich, ich musste mich ja auch erst mal von dem Mord an diesem Drecksack erholen.«

»Du solltest keine Witze darüber machen. Wo warst du wirklich?«

»Bei Magnus.«

»Ist das dein neuer Freund?«

»Ganz recht. Und ich garantiere dir, diesmal wird was Festes daraus.«

»Oh. Wie lange kennst du ihn schon? Eine Woche?«

Frieda reagierte gereizt. »Welche Rolle spielt das, wenn ich ihn liebe?«

Anne gab sich keine große Mühe, ihre Skepsis zu verbergen. »Was macht er beruflich?«

»Er ist Unternehmer. Und frag mich jetzt nicht nach der Branche, das ist nämlich völlig egal. Wichtig ist bloß, dass er mein Alibi ist. Carl kann mich mal kreuzweise!« Sie drehte sich von Anne weg und zog sich die Decke über den Kopf.

»Du wolltest doch wissen, wieso Carl ausgerechnet auf mich gekommen ist«, sagte Anne leise. »Der Mörder hat etwas mit Lohfeld gemacht, was man insgeheim allen Vergewaltigern wünscht. Was *wir* ihm gewünscht haben. Er hat ihm die Genitalien abgeschnitten.«

Frieda nahm es stumm zur Kenntnis. Sie wusste nicht, was sie sagen sollte. Schließlich murmelte sie: »Dann kann man dem Mörder doch dankbar sein, oder nicht?«

»Frieda, dieser Mord hat irgendwas mit mir zu tun, siehst du das nicht?!«

»Herrgott, Anne! Woher soll *ich* denn wissen, was dahintersteckt? Vielleicht hat er ja in der letzten Zeit auch noch andere Frauen belästigt, das ist durchaus möglich, oder? Die Polizei wird's schon rausfinden. Lass uns jetzt schlafen, ich bin müde.«

Anne knipste das Licht aus und sagte nichts mehr.

In dieser Nacht fand Frieda lange keinen Schlaf.

# Kapitel 11

Der Fall ließ Carl auch tags darauf keine Ruhe. Im Büro hätte er mehr als genug Arbeit gehabt; wie immer warteten jede Menge unerledigte Fallakten auf seinem Schreibtisch, doch die bohrende Ungewissheit trieb ihn schon zeitig aus dem Haus und zur Rechtsmedizin.

Doktor Wielspütz hatte ebenfalls früh mit der Arbeit angefangen. Er steckte buchstäblich bis zu den Ellbogen im Bauch einer weiblichen Leiche, als Carl den Obduktionskeller betrat.

»Was verschafft mir heute die Ehre?«, erkundigte der Pathologe sich mit der üblichen Leutseligkeit. »Haben wir wieder einen gemeinsamen Fall?«

»Schon möglich. Es geht um einen Mord von gestern früh. Ein Arzt aus Huttrop.«

»Ah, der kastrierte Kollege.« Wielspütz schnalzte mit der Zunge, wobei schwer zu sagen war, ob er damit Erheiterung oder Mitgefühl zum Ausdruck bringen wollte. »Ist das nicht ein Fall von Inspektor Behrends?«

Carl überging die Frage kurzerhand. »Hatten Sie den Toten schon auf dem Tisch? Gibt's Hinweise auf den oder die Täter?«

»Noch nicht, aber ich kann schon sagen, woran der Mann starb«, versetzte Wielspütz trocken. »Ihm wurde die Kehle durchgeschnitten. So gesehen hatte der Bursche eine Menge Glück.«

»Glück?«

»Nun ja, er musste nicht mehr miterleben, wie ihm seine Kronjuwelen abgesäbelt wurden.«

»Kann ich den Leichnam sehen?«, fragte Carl.

Wielspütz betrachtete ihn verdutzt durch seine dicken Brillengläser. »Aber sicher doch.« Er nahm seine Hände aus der

Bauchhöhle der Frauenleiche, zwischen den Fingern ein glitschiges, fleischig-rotes Etwas, von dem Carl gar nicht wissen wollte, worum es sich handelte.

Nachlässig legte Wielspütz das Organ in eine bereitstehende Metallschale und wischte sich die Hände an einem blutigen Lappen ab. »Klingt, als hätten Sie an dem Fall ein persönliches Interesse«, meinte er aufgeräumt, während er vorausging und Carl ein Zeichen gab, ihm zu folgen. »Samstags habe ich Sie noch nie hier unten in unserer Gruft gesehen. Wen wundert's, da sind viele schon gedanklich im Wochenende.« Gut gelaunt fuhr er fort: »Eigentlich bin ich ja schon lange der Meinung, dass der Samstag ein arbeitsfreier Tag sein sollte. Ich meine – was ist schon ein einziger freier Tag in der Woche? So gut wie nichts. Kein Tag ist schneller vorbei als der Sonntag. Der ganze Morgen geht für die Kirche drauf. Und der Nachmittag für Kaffee und Kuchen bei Mutti. Das heißt, eigentlich *nur* für Mutti. Von Kaffee und Kuchen kann man ja seit Jahren bloß noch träumen.« Wielspütz hielt inne und lachte, es klang wie das Meckern eines Ziegenbocks. Immerhin bewirkte sein Exkurs in die privaten Gefilde seiner Sonntage, dass die Frage nach Carls persönlichem Interesse an dem Fall unter den Tisch fiel.

Er führte Carl in einen Kühlkeller voller aufgebahrter Leichname. Manche der Körper waren mit Tüchern abgedeckt, andere lagen offen da, nackt und in diversen Stadien der Verwesung.

Carl versuchte, nicht allzu tief einzuatmen. Als Wielspütz an einer Bahre stehen blieb und das Tuch zurückschlug, musste er sich zwingen, genauer hinzusehen. Vor ihm lag ein männlicher Leichnam von kräftiger Statur, die Haut so grauweiß wie das Laken, das man über ihn gebreitet hatte – bis auf das eingetrocknete Blut im Halsbereich.

»Hier sehen Sie es«, sagte Wielspütz. Er zog mit Daumen

und Zeigefinger die klaffende Verletzung auseinander. »Tiefe Schnittführung. Trachea und beide Carotiden wurden komplett durchtrennt. Mit einer scharfen Klinge.«

»Ein Skalpell?«

»Eher was Größeres, beispielsweise ein Fahrtenmesser. Mit reichlich Kraft eingesetzt.«

»Woraus schließen Sie das?«

»Aus der Tiefe der Wunde. So leicht kommt man mit einer Messerschneide nicht durch Haut und Knorpel. Menschliches Gewebe ist ziemlich zäh.«

»Könnte eine Frau so viel Kraft aufbringen?«

Wielspütz wiegte den Kopf. »Ich ahne, wie Sie auf diese Frage kommen.« Er zog das Tuch vollständig von dem Leichnam weg, wodurch die Verstümmelung im Genitalbereich sichtbar wurde. Hier war weniger Blut geflossen, aber der Anblick der dunkel gähnenden Löcher, wo sich früher Penis und Hodensack befunden hatten, jagte Carl einen Schauer über den Rücken.

»Da denkt so manch einer direkt an den Racheakt einer Frau, was?«, meinte Wielspütz. »Wie man hörte, soll der Mann kein Kind von Traurigkeit gewesen sein. Und auch zu Gewalt gegriffen haben, wenn eine mal nicht willig war.«

»Wo genau haben Sie das gehört?«

»Er war ein Berufskollege, solche Sachen sprechen sich herum«, sagte Wielspütz knapp. »Und auf Ihre andere Frage – natürlich kann ich eine Frau als Täterin *nicht* ausschließen. Es kommt immer ganz auf die Frau an.« Er sah Carl an. »Wie alt sie ist, wie stark, wie groß. Wie *entschlossen*.«

»Verstehe«, sagte Carl.

So leicht ließ Wielspütz ihn nicht vom Haken.

Forschend blickte er Carl an. »Sie kennen den Mann, oder?«

»Nein. Ich habe ihn vorher noch nie gesehen.«

»Dann kennen Sie jemanden, mit dem er was zu tun hatte.

Und deshalb wollen Sie sich ein eigenes Bild machen. Obwohl es gar nicht Ihr Fall ist.«

Carl verzichtete darauf, sich herauszuwinden. Er hob die Schultern, dann nickte er stumm. Als er sich schließlich doch noch zu einer Erklärung durchrang, klang es sogar in seinen Ohren aufgesetzt, auch wenn es die reine Wahrheit war. »Ich habe ein privates Interesse an der Aufklärung, aber es besteht keinerlei Tatverdacht gegen eine bestimmte Person, das möchte ich ausdrücklich betonen!«

Wielspütz bedeckte den Leichnam sorgfältig wieder mit dem Tuch. »Dann waren Sie heute gar nicht hier. Falls mich jemand danach fragt.«

Carl merkte, dass er rot wurde, doch für Wielspütz schien die Sache bereits erledigt zu sein.

»Wie ich schon sagte – samstags sollte man eigentlich freihaben«, sagte der Pathologe gelassen. »Und was jemand privat und in seiner Freizeit macht, geht keinen was an.«

*

Wie schon am Tag zuvor machte Carl auch an diesem Samstag pünktlich Feierabend, aber nicht, um erneut zu irgendwelchen halb privaten Ermittlungen aufzubrechen, sondern um sich endlich wieder einmal richtig satt zu essen. Es war höchste Zeit. Er merkte es an seinem Gürtel, der ihm viel zu weit geworden war. Von seiner Kleidung gar nicht zu reden. Er besaß zwei brauchbare Alltagshosen, die er im Wechsel trug, und beide schlackerten ihm rettungslos um die Hüften. Noch am Morgen hatte Frau Schulte ihn im Hausflur zur Seite genommen und ihm angeboten, Abnäher hineinzumachen, *damit et um dat Föttken rum nich so hängt.*

Carl hatte dankend abgewinkt. Er war wild entschlossen, sich wieder sein altes Kampfgewicht zuzulegen. Das, was er als

Bergmann noch vor Kriegsende auf die Waage gebracht hatte: fünfundachtzig Kilo bei einer Größe von eins fünfundachtzig – so würde ein Schuh draus. Er hatte sich entschieden, der Währungsreform zu vertrauen. Mit dem neuen Geld würde auch wieder was zu futtern in die Läden und auf die Teller kommen, daran wollte er glauben. In diesem Jahr war es schon nicht mehr ganz so schlimm wie im letzten, seit Monaten hatte es keine Hungermärsche mehr gegeben. Bald würde es *richtig* aufwärtsgehen. Und bis dahin würde er eben notfalls noch ein paarmal zum Reibekuchenessen bei Magda vorbeischauen, auch wenn es ihm gegen den Strich ging, sich jedes Mal von Engelbert bemitleiden zu lassen.

Öfter als ein- oder höchstens zweimal im Monat konnte er sich deswegen nicht zu diesen Besuchen durchringen, obwohl er manchmal vor Hunger fast verging. An solchen Tagen sah er die Reibekuchen in krossen, heißen Stapeln auf einem imaginären Teller vor sich liegen, so deutlich und detailliert, dass er sogar meinte, sie riechen zu können. Magdas Reibekuchen waren unerreicht, sie waren Carls Leibgericht aus der gemeinsamen Ehezeit, und er war ausgesprochen dankbar dafür, dass er noch ab und zu in den Genuss dieser Köstlichkeit kam.

»Lass dich ruhig bald wieder blicken«, forderte Magda ihn regelmäßig auf. »Für Reibekuchen habe ich immer alles im Haus.«

Und das waren keine leeren Worte, sie hatte in den vergangenen Jahren trotz der Rationierungen stets sämtliche Zutaten für sein Lieblingsessen dagehabt. Wobei die Beschaffung der Lebensmittel wohl eher auf Engelberts Konto ging; der Mann hatte überall seine Finger drin, er war ein Geschäftsmann reinsten Wassers, und Carl hätte jede Wette gehalten, dass die Hälfte aller von Engelbert getätigten Transaktionen illegal war.

Bevor er das Präsidium verließ, rief er im Polizeikrankenhaus an und ließ sich mit dem ärztlichen Direktor verbinden, um nach einer Stelle für Anne zu fragen. Auch wenn sie ihn am Vorabend reichlich ruppig abgefertigt hatte – versprochen war versprochen.

Im Gang lief er anschließend Döring über den Weg, der ebenfalls auf dem Sprung ins Wochenende war, was sich allerdings nicht in seiner Laune widerspiegelte. Er war sichtlich verärgert.

»Dieser Thomson hat wohl nicht nur Sie angerufen, Bruns. Das ging schon eine Stufe höher. Der Polizeipräsident hat mich heute Mittag zur Sau gemacht. Als hätten wir nichts Besseres zu tun!«

»Das sollte man vielleicht mal Schneider sagen. Der hat das doch erst losgetreten.«

Döring verdrehte die Augen. »Da sagen Sie was. Der Mann hat sich immer schon zu wichtig genommen. Gnade uns Gott, wenn der hier tatsächlich wieder Wurzeln schlägt!«

»Rechnen Sie denn damit?«, fragte Carl stirnrunzelnd.

»Sagen wir es mal so: Momentan kommen alle möglichen alten Nazis zurück in Amt und Würden, das geht bis rauf ins Ministerium. Ich befürchte, die mischen bald wieder überall mit.« Döring seufzte. »Ich habe notgedrungen eine erweiterte Fahndung nach Arnold Hoffmann veranlasst, auch wenn's die reinste Papierverschwendung ist. Der Kerl ist doch längst über alle Berge!«

Sie erreichten den Ausgang. »Gibt's eigentlich schon Erkenntnisse zu dem Toten in Heisingen?«, erkundigte Döring sich draußen auf dem Vorplatz.

»Er hatte eine alte Kinokarte in der Hosentasche«, erwiderte Carl. »Ich lasse sie im Labor auf Fingerabdrücke untersuchen, vielleicht kann man darüber die Identität feststellen. Allem Anschein nach war er bei der Waffen-SS.«

»Ach du Schande, auch das noch! Weg mit Schaden, würde ich sagen. Machen Sie sich bloß nicht zu viel Arbeit damit.«

»Das hatte ich nicht vor.«

Sie wünschten einander zum Abschied ein schönes Wochenende. Döring fuhr mit dem Wagen nach Hause, er besaß ein eigenes Auto. Nicht etwa, weil er so gut verdiente und es sich leisten konnte (das traf bei der Polizei höchstens auf Oberräte und den Präsidenten zu), sondern weil seinem Vater eine große Autowerkstatt mit angeschlossenem Handel gehörte.

Carl nahm den Bus nach Werden, wo Magda und Engelbert eine Gründerzeitvilla im Grünen bewohnten, mit Deckenstuck, Kronleuchtern, glänzendem Intarsienparkett und auch sonst allen Schikanen. In den beiden ersten Nachkriegsjahren hatten hier britische Militärs logiert und laut Engelbert alles ziemlich ramponiert zurückgelassen, aber mittlerweile befand sich die Villa wieder in seinem Besitz und glänzte nach einer umfassenden Renovierung in früherer Eleganz.

Auf Carls Frage, wieso das Haus nicht vom Wohnungsamt zwangsbelegt war, hatte Engelbert nur gegrinst. Magda hatte ein wenig verlegen erklärt, dass Engelbert ja hier auch seine Geschäftsräume unterhalte und dass in den Mansardenkammern die Dienstboten untergebracht seien – Gärtner, Putzfrau und Köchin. Damit war das Haus wohl ausreichend genutzt und nicht für Wohnungslose zu beschlagnahmen.

Magda empfing Carl an diesem Samstagnachmittag nicht mit dem gewohnten fröhlichen Lächeln. Sie wirkte bedrückt, als sie ihm die Tür öffnete, und an ihren verquollenen Augen sah er, dass sie geweint hatte.

»Komme ich ungelegen?«, fragte er, zwischen Bestürzung und Enttäuschung schwankend. Sie hatte gewusst, dass er sie besuchen wollte; noch am Morgen hatte er sie vom Büro aus angerufen und gefragt, ob es ihr heute passte. Mit dem für sie so typischen Enthusiasmus hatte sie zugestimmt und ihn aufgefordert, guten Hunger mitzubringen.

»Nein, nein, komm rein«, sagte sie, und sobald er das Vestibüll betreten hatte, konnte er sich davon überzeugen, dass fertig gebackene Reibekuchen auf ihn warteten. Der verheißungsvolle Duft, der aus der Küche herüberdrang, brachte augenblicklich seinen Magen zum Knurren. Trotzdem stimmte was nicht, Magda war eindeutig am Boden zerstört.

»Was ist denn los?«, fragte er behutsam.

Anstelle einer Antwort fing sie an zu weinen, und nach einem kurzen Moment des Zauderns nahm er sie in die Arme, um sie zu trösten. Sie legte den Kopf an seine Schulter und schluchzte, so wie sie es das letzte Mal vor fünf Jahren gemacht hatte, als ihre Mutter gestorben war. Er hatte sie zur Beerdigung begleitet, zusammen mit Engelbert. Eine Frau zwischen zwei Ehemännern, dem alten und dem neuen, man hatte das Getuschel der Leute auf dem ganzen Friedhof hören können. Doch Magda und Engelbert war es herzlich egal gewesen, beide hatten noch nie viel auf das Gerede von anderen gegeben, und so hatte auch Carl sich nicht daran gestört. Ihm war nur wichtig, wie es Magda ging. Er ertrug es schlecht, wenn sie traurig war, und manchmal dachte er bei sich, um wie vieles besser ihre Ehe doch hätte laufen können, wenn er schon damals mehr Einfühlsamkeit an den Tag gelegt hätte, statt ständig an sich selbst zu verzweifeln.

»Ist was mit Engelbert?«, fragte Carl vorsichtig. Magdas Schluchzen ebbte bereits ab, woraus er schloss, dass zumindest niemand gestorben war. »Ist er krank? Habt ihr gestritten?« Sogleich befahl er sich, die Klappe zu halten. Wieso konnte er nicht einfach warten, bis sie es ihm von allein erzählte? Musste er sich auch noch im privaten Umkreis als Ermittler gebärden?

»Ach, es ist eigentlich gar nichts.« Magda löste sich aus seinen Armen und schnäuzte sich in ein Taschentuch, das sie aus dem Ärmel ihres fliederfarbenen, auf Taille geschnittenen Sommerkleids zog. Sie sah hübsch darin aus, aber das hätte sie auch in einem alten Putzkittel getan. Die Jahre hatten ihr nichts anhaben können, keine Falte zeigte sich in ihrem zart geschnittenen Gesicht, obwohl sie wie Carl im April achtunddreißig geworden war. Auch ihr Haar war so leuchtend brünett wie immer, nicht der kleinste Silberfaden war zu sehen, während sich bei Carl die Schläfen allmählich grau färbten.

Aus dem Durchgang zur Küche kam Engelbert in die Diele, ein Tablett mit drei gefüllten Champagnerkelchen balancierend. Er grinste wie von Sinnen und reichte Carl ein Glas, ehe er auch Magda eins hinhielt. Sie schüttelte nur stumm den Kopf.

»Komm schon, eins darfst du!«, sagte Engelbert, doch als Magda erneut den Kopf schüttelte, insistierte er nicht länger, sondern stellte das Tablett auf einem Sideboard ab und nahm sich kurzerhand die beiden übrig gebliebenen Gläser. Seine Augen funkelten, und ein Ausdruck reiner Seligkeit stand auf seinem Gesicht. Er prostete Carl mit zwei Champagnerkelchen gleichzeitig zu. »Auf die frohe Kunde!«, rief er, bevor er erst das eine und dann das andere Glas jeweils auf einen Zug leer trank.

Carl stand auf dem Schlauch. »Frohe Kunde?«

»Hat sie dir noch nichts erzählt? Von dem Ergebnis aus der Apotheke?«

»Nein«, sagte Carl, dem langsam was dämmerte.

»Na, dann sag *ich's* dir! Wir werden Eltern, Carl! Nach all den Jahren hat es doch noch geklappt!«

Engelberts Jubel stand in deutlichem Gegensatz zu Magdas verheultem Gesicht, weshalb auch Carls Reaktion auf besagte frohe Kunde eher verhalten ausfiel.

»Wie geht's dir?«, wollte er von Magda wissen.

Sie hob nur die Schultern, und er erkannte, dass sie nichts fühlte außer Furcht. So wie damals. Bei der ersten Schwangerschaft hatten Carl und sie sich kaum fassen können vor Glück und Vorfreude. Das Kind war im fünften Monat tot zur Welt gekommen, genau wie das nächste. Beim dritten Mal hatte von Anfang an die Angst vor einem weiteren Verlust alles verdüstert und das Leben zu einem einzigen Eiertanz gemacht. Sie hatten beide so sehr aufgepasst. Magda hatte sich oft hingelegt, hatte nichts Schweres mehr gehoben, keinen Kaffee und keinen Alkohol zu sich genommen, keine einzige Zigarette angefasst. Sie hatten auf jegliches erotische Beisammensein verzichtet, um nur ja nichts Schlimmes heraufzubeschwören.

Sie hatte schon das Strampeln des Kindes in ihrem Leib gespürt, auch Carl hatte das sachte Stupsen fühlen können, wenn er seine Handfläche auf ihren Bauch gelegt hatte. Mit aller Macht hatten sie daran glauben wollen, dass es diesmal gut ging. Und doch war es am Ende erneut geschehen.

Danach hatte Magda es rigoros abgelehnt, wieder schwanger zu werden, und Carl, innerlich vor Kummer erstarrt, hatte ihr nur beipflichten können, denn es schien allzu offensichtlich, dass das Schicksal ihnen keine Kinder zugedacht hatte. Aber all das stumme Leid, das sich seitdem zwischen ihnen beiden aufgetürmt hatte, war nach und nach zu einer Mauer geworden. Sie hatten einfach nicht mehr zusammen glücklich sein können.

»Sie wird sich schon noch freuen«, erklärte Engelbert, der geborene Optimist. »Sobald sie erst kapiert hat, dass sie nicht zu alt zum Kinderkriegen ist. Meine Mutter war schon zweiundvierzig, als sie mich bekommen hat!«

Carl sah Magda an, und ihr Blick verriet ihm alles. Sie beschwor ihn stumm, den Mund zu halten. Offensichtlich hatte sie Engelbert nichts von den Fehlgeburten gesagt. Es war ganz sicher nicht ihre Absicht gewesen, noch mal schwanger zu werden. Möglicherweise – nein, sehr wahrscheinlich sogar – hatte sie auf eine Art verhütet, die Engelbert verborgen geblieben war. Vielleicht hatte sie ihm erzählt, dass sie keine Kinder bekommen könne, was auch die fassungslose Freude erklären würde, die Engelberts rundes Gesicht wie eine Sonnenlaterne strahlen ließ.

Er war der Mensch, den Magda gebraucht hatte, um wieder lieben zu können. Jemand, der sie zum Lachen brachte und ihr alle Sorgen vom Hals hielt, damit sie unbeschwert durchs Leben gehen konnte. Er trug sie auf Händen und las ihr jeden Wunsch von den Augen ab. Aber was diese eine Sache betraf, hatte er nicht die geringste Ahnung.

»Ich muss nach den Reibekuchen sehen«, sagte Magda.

»Und ich gehe mal in den Keller und suche einen guten Tropfen als Tischwein raus«, meinte Engelbert. Mit stolzgeschwellter Brust verschwand er in Richtung Kellertreppe.

Carl folgte Magda in die Küche, wo er beklommen stehen blieb und ihr beim Anrichten der Mahlzeit zusah. Sie hatte tatsächlich jede Menge Reibekuchen gebacken, die sie nun auf einer Warmhalteplatte drapierte. Aus einem der Töpfe auf dem Herd dampfte frisch gekochtes Apfelmus, das sie in eine bereitstehende Schüssel füllte. Auf einem Brett lag stapelweise Pumpernickel, umrahmt von goldgelb glänzenden Butterportionen in dekorativer Blumenform. Magda hatte schon früher immer gern die Butter auf diese Weise serviert, sie besaß mehrere Holzmodel mit unterschiedlichen Mustern.

Wortlos half Carl ihr beim Auftragen des Essens. Im nebenan befindlichen Speisezimmer war der Tisch bereits für drei Personen gedeckt, mit Magdas feinem Porzellan, das Teil ihrer früheren Aussteuer war, ebenso wie die Damasttischdecke und die Bleikristallgläser aus dem Böhmerwald. In der Mitte des Tisches prangte eine zum Porzellan passende Vase mit weißen Rosen. Alles war perfekt aufeinander abgestimmt und harmonierte mit dem übrigen Interieur. Das im Jugendstil gehaltene Mobiliar, bestehend aus einem Tisch mit acht Stühlen, einer Vitrine und einer großen Anrichte, bestach durch seine klassischen, schlichten Linien und die hochwertige Ausführung. Jede Kleinigkeit passte zur anderen, und alles zusammen stank förmlich nach Geld, auch wenn das ganz bestimmt nicht der Eindruck war, den Magda damit hervorrufen wollte. Jegliches Bonzengehabe war ihr fremd. Als gelernte Schaufensterdekorateurin besaß sie einfach bloß einen ausgeprägten Sinn für Harmonie und gefällige Formen. Schon damals hatte sie mit den geringen Mitteln, die ihnen zur Verfügung standen, ihre Einrichtung mit liebevoller Sorgfalt ausgewählt und ihnen ein einladendes Zuhause geschaffen.

Carl fühlte sich zusehends in seinem Schweigen gefangen, es war wie ein Kampf, den er mit sich selbst führte. Ein aussichtsloses Ringen um kluge, besonnene Bemerkungen, mit denen er ihre Angst besänftigen konnte. Aber alles, was er hätte äußern können, war schon damals gesagt worden, und es hatte weder ihr geholfen noch ihm.

Obwohl er es vorhin vor Hunger kaum noch ausgehalten hatte, war ihm der Appetit vergangen.

»Es könnte an mir gelegen haben«, entfuhr es ihm. Die Worte waren ihm wie aus dem Nichts zugeflogen, und sie waren von größerer Klarheit als alles, was zu diesem Thema jemals zuvor zwischen ihnen erörtert worden war. Damals hatten sie es immer vermieden, nach Gründen zu suchen. Der Arzt hatte mehr als einmal gesagt, bei ihnen beiden sei alles in Ordnung, es gebe keinerlei krankhafte Befunde.

»Das glaubst du doch selbst nicht«, sagte Magda.

»Doch!«, widersprach Carl, und er meinte es ernst. »Es kann irgendein Defekt an meinem Erbgut sein.« Er lauschte diesem Satz nach und wurde von albtraumhaften Assoziationen überflutet. Von Vorschriften über lebensunwertes Leben, Untermenschen, unreines Blut.

»Carl, nein!« In Magdas Blick lag Bestürzung. »Ich will solchen Mist nicht hören!«

Er ging zu ihr und nahm ihre Hände. »Es könnte aber wahr sein.«

»Genauso könnte es an mir gelegen haben, Carl.« Sie wirkte bedrückt und mutlos, entzog ihm aber ihre Hände nicht.

»Es gibt noch eine dritte Möglichkeit«, sagte er. »Nämlich die, dass es einfach nicht zusammengepasst hat. In der Kombination von uns zweien, verstehst du? Mit jemand anderem wäre es dir wahrscheinlich nie passiert. Und mir vielleicht auch nicht«, fügte er der Logik halber hinzu. Er wünschte sich, er hätte mehr Fachwissen beisteuern und es besser und eloquenter vorbringen können. Immerhin entsann er sich, vor nicht allzu langer Zeit einen Zeitungsartikel zu dem Thema gelesen zu haben. Zum Wissensstand in der Medizingenetik, die indessen nichts mit der verblendeten Rassenideologie der Nazis zu tun hatte, sondern auf echter Forschung basierte.

Carl versuchte, es Magda so gut wie möglich zu erklären, doch aus der Diele waren schwere Schritte zu hören, die Engelberts Rückkehr ankündigten. Im nächsten Moment kam er auch schon ins Esszimmer, eine staubige, bereits entkorkte Weinflasche in der einen und ein Probierglas in der anderen Hand. Carl ließ Magda los und trat einen Schritt von ihr zurück. Engelbert focht es nicht an, er grinste immer noch wie ein Honigkuchenpferd, obwohl ihm nicht entgangen sein konnte, dass seine Frau eben noch auf Tuchfühlung mit ihrem früheren Gatten gewesen war.

Als Konkurrent um ihre Gunst hatte Carl nie eine Rolle für ihn gespielt. Engelbert war sich ihrer Gefühle völlig sicher, ebenso, wie er sich seiner selbst sicher war, was Carl immer wieder in Erstaunen versetzte. Schließlich war Engelbert alles andere als ein Adonis. Er war ein Mann wie ein Bär, ehemaliger Schwergewichtsboxer, vierschrötig und stiernackig, alles an ihm schien eine Nummer zu groß zu sein, bis hin zu seinen gigantischen Füßen. Seine Züge waren grobschlächtig, mit wuchernden Brauen und einer gewaltigen, platt gedrückten Nase, die er sich bei früheren Kämpfen mehrmals gebrochen hatte. Zudem war er mit seinen einundfünfzig Jahren deutlich älter als Magda.

Aber nichts davon schien die zwei je gestört zu haben.

Carl hatte es anfangs kaum glauben können, aber wenn man eine Weile mit den beiden zusammensaß und sie aufmerksam beobachtete, verblassten alle Zweifel – sie waren wie füreinander gemacht.

»Sorge dich nicht, mein Kleines«, sagte Engelbert. Er stellte die Weinflasche und das Probierglas auf den Tisch und zog Magda an sich, bis sie in seinen Armen fast verschwand. »Ich passe gut auf dich auf, das verspreche ich! Dir wird nichts passieren!«

Carl hörte ihr Seufzen, doch als sie sich zusammen an den Tisch setzten, kam sie ihm schon weniger niedergeschmettert vor. Während sie ihm ein halbes Dutzend Reibekuchen gleichzeitig auf den Teller packte, lachte sie sogar wieder. Vielleicht war das die Wirkung, die Engelbert auf sie hatte – bei ihm konnte sie sich geborgen fühlen. Den Mann schien eine unsichtbare, besondere Macht zu umgeben, die ihn dazu befähigte, alles zu erreichen, was er wollte. Er war für Magda das Bollwerk, hinter dem sie in Sicherheit war.

»Lasst es euch schmecken«, sagte sie, und sie zierte sich nicht, auch selbst tüchtig zuzulangen. Von ihrer Sorge war fast nichts mehr zu spüren. In Carl machte sich Erleichterung breit.

»Hau nur richtig rein, Junge«, sagte Engelbert. »Nimm dir noch mehr Butter. Und die Reste packen wir dir ein. Du siehst reichlich dünn aus. Von deiner Beförderung konntest du dir wohl auch nicht viel kaufen, was?«

Es war ein gutmütiger Konversationsversuch, daran gab es keinen Zweifel, aber solche Bemerkungen trafen Carl immer an einer empfindlichen Stelle. Manchmal lag ihm eine scharfe Erwiderung auf der Zunge, etwas in der Art wie »Wenigstens verdiene ich mein Geld auf ehrliche Weise!«, doch das hätte sich bloß nach beleidigter Leberwurst angehört, und bei Magda hätte es Bestürzung hervorgerufen. Davon abgesehen achtete Engelbert bei seinen Geschäften stets sorgfältig darauf, dass ihm nichts Illegales nachzuweisen war, er hätte so einen Anwurf nur mit ironisch hochgezogenen Brauen abgetan und vermutlich nicht mal übel genommen.

Carl schluckte den Anflug von Ärger herunter und tat das, was Engelbert ihm empfohlen hatte – er nahm sich noch ein Stück Butter. Nebst zwei weiteren Scheiben Pumpernickel, denn so aß er seine Reibekuchen am liebsten, auf Pumpernickel mit Butter. Das Apfelmus war für ihn keine Beilage, sondern Nachtisch.

Engelbert schenkte von dem Wein aus, ein toskanischer Chianti, den er, wie er sagte, schon lange für einen besonderen Anlass aufgehoben hatte. Carl merkte, wie ihm der Alkohol zu Kopf stieg, er war nichts mehr gewöhnt. Aber das hielt ihn nicht davon ab, ein weiteres Mal mit Engelbert anzustoßen, in der inbrünstigen Hoffnung, dass für Magda diesmal alles gut ausgehen würde.

Danach machte er sich wieder über die Reibekuchen her.

# Kapitel 12

*Sonntag, 20. Juni 1948*

Am Tag der Währungsreform war in Essen alles auf den Beinen, was laufen konnte. In sämtlichen Stadtteilen pilgerten die Leute schon frühmorgens los, um sich das neue Geld abzuholen. Auch in Rüttenscheid bildeten sich vor den Ausgabestellen innerhalb kürzester Zeit lange Schlangen, die sich rasch in ein immer dichter werdendes Gedränge verwandelten. Carl sah etliche frustrierte Gesichter und hörte die Leute murren. Aber mindestens ebenso viele zeigten sich erwartungsfroh und zuversichtlich. Den Menschen war die immense Hoffnung anzumerken, die sie mit der Währungsumstellung verbanden – nicht weniger als das Ende von Hunger und Entbehrung. Und es gab Zeichen, dass diese Hoffnung nicht ins Leere ging: Ludwig Erhard, der Wirtschaftsdirektor der Bizone, hatte im Radio bereits die Aufhebung der Zwangswirtschaft angekündigt. Rationierungen und Preisbindungen sollten schrittweise entfallen. Ein Hauch der so sehnsüchtig erwarteten neuen Zeit wehte an diesem Sonntagmorgen über Rüttenscheid.

Zu Carls Verdruss war das erste bekannte Gesicht, das ihm in der Menge auffiel, dasjenige seines einstigen Vorgesetzten. Schneider war in seinem Sonntagsstaat erschienen, in diesem Fall ein offen getragener Trenchcoat, der noch aus Vorkriegszeiten stammte und traurig an seiner abgemagerten Gestalt hing, dazu Hemd mit Krawatte und als Krönung ein in die Jahre gekommener grüner Filzhut mit Wildschweinborsten am Band. Carl entsann sich, dass Schneider passionierter Jäger gewesen war, ein Hobby, das er mit einigen anderen Kollegen vom Präsidium geteilt hatte.

Schneider war nicht allein gekommen, eine ältere Frau hatte sich bei ihm eingehängt. Auf ihren eisengrauen Haaren thronte ein altmodischer Kapotthut mit Netzschleier vorm Gesicht.

Schneider hatte Carl erspäht und kam mitsamt der Frau angeschlendert. Carl widerstand dem Impuls, sich auf dem Absatz umzudrehen und wegzugehen; das hätte zu sehr nach einer Flucht ausgesehen.

»Schönen guten Morgen, Bruns«, sagte Schneider. Es klang aufgeräumt und freundlich.

Carl beschränkte sich auf ein knappes Nicken.

»Helga, das ist einer meiner Leute von früher«, stellte Schneider ihn der Frau vor. »Bruns, das ist meine Schwester Helga.«

»Angenehm«, sagte die Frau. Sie machte einen abgekämpften Eindruck und fühlte sich erkennbar unwohl.

»Wie steht es im Hoffmann-Fall?«, erkundigte sich Schneider in leutseligem Ton. »Wurde die Fahndung schon verstärkt?«

»Über polizeiinterne Vorgänge darf ich nicht mit Außenstehenden sprechen. Das müsstest du eigentlich wissen.«

»Natürlich, Vorschrift ist Vorschrift«, stimmte Schneider bereitwillig zu. »Aber nun ja, außen werde ich bald nicht mehr stehen. Mein Wiedereinstellungsgesuch läuft schon.«

»Du warst wegen deiner Beteiligung an Naziverbrechen im Knast!«

»Die paar Monate.« Schneider machte eine wegwerfende Geste. »Was glaubst du, wer sich gerade alles wieder einstellen lassen will! Dagegen bin ich das reinste Unschuldslamm. Und was meine Arbeit angeht – daran gab's nie was zu beanstanden. Wir hatten unter meiner Führung die höchste Aufklärungsrate weit und breit, das hast du bestimmt nicht vergessen. Und die werden wir auch wieder haben, sobald ich zurück bin. Dafür sorge ich schon.«

»Nicht, wenn ich es verhindern kann«, sagte Carl kalt.

»Das entscheidest nicht du, mein Junge.«

»Nenn mich nicht so.«

»Oh, Verzeihung – Herr Inspektor.« Schneider gab sich weiterhin jovial, aber Carl entging nicht das nervöse Zucken seiner Augenlider. Das verunsicherte Abschweifen des Blicks. Die verkrampfte Haltung der Hände. Schneider war längst nicht so gleichmütig, wie er tat. Carl nahm Sorge und Resignation bei ihm wahr, sogar eine Spur Verzweiflung. Für Schneider stand viel auf dem Spiel. Vielleicht alles. Er wollte diese Wiedereinstellung um jeden Preis.

»Komm mir nicht noch mal in die Quere«, sagte Carl absichtlich grob.

Schneider wandte sich an seine Schwester, als hätte er die letzte Bemerkung gar nicht gehört. »Helga, ich geh mal eben schauen, ob ich noch andere Bekannte finde, da können wir uns vielleicht dazustellen!« Er spazierte davon und ließ seine Schwester stehen.

Die schlug den Netzschleier zurück. Ein zutiefst bekümmerter Ausdruck stand auf ihrem Gesicht. »Entschuldigen Sie, Herr Inspektor. Mein Bruder hätte Sie nicht einfach so ansprechen dürfen.«

»Schon gut«, sagte Carl. Die Frau tat ihm leid.

»Ohne seinen Beruf – das ist kein Leben für ihn!«, platzte sie heraus. Flehend sah sie ihn an. »Sie können sich nicht vorstellen, was er durchgemacht hat seit dem Rauswurf! Wie schlimm das für ihn war!«

Carl konnte es sich sehr wohl vorstellen, und er war drauf und dran, ihr das an den Kopf zu werfen. Doch er hielt lieber den Mund. Vielleicht hörte sie dann ebenfalls auf zu reden. Er wollte sich diesen Mist nicht länger anhören.

»Er hat doch eigentlich gar nichts Schlimmes getan!«, beschwor ihn die Frau. »Ein paar Unterschriften unter irgendwelchen Dekreten, die er abzeichnen musste – das waren doch damals *Vorschriften!* An die musste er sich halten! Er hatte gar keine Wahl! Ich *bitte* Sie, Herr Inspektor! Tun Sie meinem Bruder das nicht an! Er hat doch *gebüßt!* Er hat eine zweite Chance verdient! Die verdient *jeder!*« Mit abgehackten Handbewegungen untermauerte sie die Betonung der einzelnen Wörter.

Dann fing sie zu Carls Schrecken unvermittelt an zu weinen, und bevor sie sich leise schluchzend von ihm abwandte und wegging, fing er noch einen tränenumflorten, waidwunden Blick von ihr auf, fast so, als läge das Schicksal ihres Bruders allein in seiner Hand. Als stünde es in seinem Ermessen, ob der Mann noch eine Zukunft vor sich hatte oder nicht.

»Carl«, rief ihn ein helles Stimmchen beim Namen, und wie befreit wandte er sich um. Bärbel kam mit fliegenden Zöpfen angerannt, sie freute sich offenkundig wie Bolle, ihn zu sehen. Vorsorglich hielt er Ausschau nach ihrem Vater. Kurt Böhm hatte sich weiter hinten angestellt. Als er Carl bemerkte, winkte er ihm mit der unversehrten linken Hand flüchtig zu, und Carl winkte zurück.

»Willst du auch Geld umtauschen?«, fragte die Kleine aufgeregt.

Carl grinste. »Ja klar, das wollen alle hier.«

Er zauberte ein Fünfzigpfennigstück hinter ihrem Ohr hervor, und sie strahlte entzückt, weil sie es behalten durfte. Für ein paar Bonbons würde es sicher noch reichen. Das bisherige Münzgeld sollte zu einem herabgesetzten Wert einstweilen in Umlauf bleiben, die neue Währung bestand vorerst nur aus Scheinen.

»Guck mal, ich kann auch einen Trick, mit meinen Augen!«, erklärte sie, und dann schielte sie auf so drollige Weise auf ihre Nasenspitze, dass Carl lachen musste.

Sie hüpfte weiter, ein kleines Temperamentsbündel, immer auf der Suche nach Zerstreuung.

Müßig ließ Carl seinen Blick über die Menge schweifen. Ein hochgewachsenes, graziles junges Mädchen mit hellem Haar überragte die meisten Umstehenden. Schon bevor er sie nach einer halben Drehung ihres Kopfes im Profil sah, hatte er sie erkannt – es war Lotti. Zusammen mit ihren Schwestern und Friedas kleinem Sohn. Anne hatte sich in seine Richtung gewandt und schaute zu ihm herüber.

Carls Füße setzten sich wie von allein in Bewegung, und ohne sich um seinen Platz in der Warteschlange zu scheren, ging er zu Anne hinüber.

*

Anne ignorierte ihr lächerlich schnell klopfendes Herz und setzte eine – wie sie hoffte – völlig unbeteiligte Miene auf.

»Ich hab doch gesagt, dass er sofort rüberkommt, wenn er dich sieht«, sagte Frieda selbstzufrieden. »Und voilà, da kommt er angetrabt wie ein Ritter auf dem weißen Pferd. Allzeit bereit, dich zu retten.«

Anne ignorierte auch das. Frieda und ihre große Klappe!

»Komm, Lotti, wir gehen mal ein Stück«, sagte Frieda.

»Warum?«, fragte Lotti überrascht. »Wir sind doch bald dran!«

»Wir wissen ja, wer vor uns stand, da reihen wir uns gleich wieder ein. Emil, guck mal, da drüben sind Kinder, die spielen Plumpsack, frag die doch, ob du mitmachen darfst.«

Emil flitzte sofort los, eine Gelegenheit zum Spielen ließ er sich nicht entgehen. Frieda nahm die sichtlich irritierte Lotti bei der Hand und zog sie mit sich fort.

Anne fühlte sich von einer Welle der Peinlichkeit überflutet, während Carl näher kam und vor ihr stehen blieb. Sie reichten einander die Hand zur Begrüßung.

»Tag, Carl«, sagte sie befangen.

»Tag, Anne.«

Sekundenlang schwiegen sie sich an, ehe sie beide gleichzeitig sagten: »Es tut mir leid.«

Es folgte ein weiterer Moment der Verlegenheit, dann sagte Anne schnell: »Ich hätte dich vorgestern Abend nicht so anblaffen dürfen, das war nicht richtig.«

»Und ich hätte dich nicht so unter Druck setzen dürfen«, erklärte Carl.

Anne atmete erleichtert durch. Es war so etwas wie ein Neuanfang. Ob sie ihm gleich von Friedas Alibi erzählen sollte, um diese Sache aus der Welt zu schaffen? Nein, lieber nicht. Dann würden sie sich unweigerlich wieder über Mord und Totschlag unterhalten müssen. Wenigstens heute wollte sie davor Ruhe haben.

Sie betrachtete ihn unter gesenkten Lidern. Er trug ein besseres Sakko als unter der Woche. Feines dunkelgraues Tuch, ein bisschen ausgebeult zwar, aber man erkannte die Qualität. Das Hemd war am Kragen abgestoßen, und die Krawatte hatte auch schon bessere Tage gesehen, aber die tintenblaue Farbe passte gut zu seinen Augen. Er hatte sich frisch rasiert, an seiner Wange befand sich ein winziger blutiger Schnitt. Das leicht gewellte, dunkelblonde Haar war sorgfältig gekämmt. Er war schmaler als früher, damals war er ihr breitschultriger und kräftiger erschienen, aber das hing ohne Frage mit der mangelhaften Ernährung zusammen, unter der sie alle litten.

Sie erinnerte sich noch genau, wie es sich angefühlt hatte, wenn er sie in die Arme nahm. Anfangs hatte er sie vorsichtig gehalten, wie ein zerbrechliches Porzellanpüppchen, doch wenn sie sich dann geküsst hatten, war sein Griff fester geworden. Manchmal hatte er sie mit solchem Nachdruck umarmt, dass ihr die Luft weggeblieben war, und einmal hatten sogar ihre Rippen geknackt, er hatte sich ganz erschrocken bei ihr entschuldigt. Aber sie hatte diese Augenblicke geliebt, wenn sie ihm so nahe war, so dicht an seinem Körper, dass nichts mehr zwischen sie passte und die Welt da draußen weit weg war. Und dann dieser Moment, als in ihr das Verlangen nach mehr als nur Küssen erwacht war …

»Ich habe gestern im Polizeikrankenhaus angerufen und mit dem ärztlichen Direktor gesprochen«, sagte Carl mitten in ihre verstörend intimen Gedanken hinein. »Die suchen wirklich händeringend Krankenschwestern, vor allem welche mit OP-Erfahrung. Du kannst dich da gleich morgen mal vorstellen, wenn du willst.«

»Oh. Das ist … wunderbar! Vielen Dank!«

»Gern geschehen.« Er räusperte sich. »Und ich habe nachgesehen, was im Kino läuft. Da ist ein Film dabei, der sehr gut sein soll. Er heißt *Die besten Jahre unseres Lebens*. Wollen wir da vielleicht gleich heute Abend reingehen?«

»Ja, gerne«, sagte sie sofort, und das absurde Gefühl, nach Luft schnappen zu müssen, verstärkte sich. Mit einem Mal kam sie sich vor wie ein Backfisch vor der ersten Verabredung. Wie das Mädchen von damals auf der Achterbahn.

»Um halb acht hole ich dich ab, einverstanden?«

Sie nickte stumm und immer noch atemlos. Blieb nur die Frage: Was zog sie heute Abend an? Ob sie sich von Frieda ein Kleid leihen könnte?

*

»Dreht euch nicht um, der Plumpsack geht herum! Wer sich umsieht oder lacht, kriegt den Buckel vollgemacht!«, sangen die Kinder im Hintergrund, während Lotti sich alle Mühe gab, ein paar Zentimeter kleiner auszusehen. Für ihr Empfinden wurde sie mal wieder von zu vielen Leuten angestarrt. Frieda hatte sich ein Stück von ihr entfernt; sie hatte in der Menge eine Bekannte entdeckt, jetzt standen die beiden zusammen und unterhielten sich angeregt.

Egal, wo Frieda hinkam – sie lernte direkt alle möglichen Menschen kennen, mit denen sie sich dann auch sogleich prächtig verstand. Lotti hatte sich schon oft den Kopf zerbrochen, ob sich das erlernen ließ oder ob es angeboren war. Wobei das, soweit es sie selbst betraf, Jacke wie Hose war; weder war es ihr in die Wiege gelegt worden noch würde sie je herausfinden, wie man es anstellte, sich bei den Leuten beliebt zu machen.

»Hallo, Lotti!« Mit einem verlegenen, aber erfreuten Lächeln erschien Jürgen auf der Bildfläche, der Zahnarztsohn aus der Nachbarschaft.

»Hallo, Jürgen.«

»Wie geht's?«, erkundigte er sich, während er sie mit seinen schönen weißen Zähnen anstrahlte.

»Gut«, sagte sie, womit das Gespräch erst mal zu Ende war.

Auf dem Schulweg ließ es sich leichter mit ihm reden; wenn sie in Bewegung war, verwandelten sich die Gedanken beinahe wie von selbst in Worte. Dagegen wirkte es sich seltsam blockierend auf sie aus, nur so mit ihm herumzustehen.

Die letzten beiden Tage waren sie morgens zusammen zur Schule gegangen. Bloß mittags hatten ihre Unterrichtszeiten nicht übereingestimmt – einmal war bei ihm eine Stunde ausgefallen, das andere Mal hatte er länger Unterricht gehabt als Lotti.

Sie fragte sich, ob ihre Beine in dem Sonntagskleid wohl sehr dünn aussahen. Vergangenen Sommer hatte es noch gut gepasst, aber seither war sie schon wieder ein Stück gewachsen, wodurch das Kleid automatisch kürzer geworden war. An neue Kleider war schwer ranzukommen, nicht mal für viel Geld gab es noch welche. Ein gravierendes Problem war außerdem die Größe – für Konfektionskleider war ihr Körper einfach zu lang, auch wenn man die Säume ausließ.

Anne hatte ihr versprochen, dass sie zu einer Schneiderin gehen würden, sobald es wieder schöne Stoffe gab. Einmal hatte Frieda einen Ballen Seide auf dem Schwarzmarkt organisiert, aber der hatte nur für ein Kleid gereicht, und das hatte Frieda selbst gebraucht.

»Für den Schwarzmarkt muss ich schön sein, verstehst du?«

Lotti hatte es nicht verstanden, aber auf eine dunkle, geheimnisvolle Weise war es ihr logisch erschienen. Und sie hatte es auch nicht krummgenommen, denn Frieda hatte ihr versprochen, dass das nächste Kleid für sie sei, und Frieda hielt immer ihre Versprechen, ebenso wie Anne. So oder so wäre also bald ein neues Kleid fällig.

Die Leute kamen reihenweise mit dem neuen Geld von der Ausgabestelle zurück und zeigten es aufgekratzt herum, druckfrische, pastellbunte Fächer in ihren Händen: ein Zwanzigmarkschein, zwei Fünfmarkscheine, drei Zweimarkscheine, zwei Einmarkscheine und vier Einhalbmarkscheine. Die Banknoten sahen verwirrend fremdartig aus, aber zugleich auch verheißungsvoll, wie ein Regenbogen vor einem tristen Himmel.

»Faules Ei, faules Ei, in die Mitte, eins, zwei, drei!«, schallte es von den spielenden Kindern herüber. Emil war das faule Ei, er hatte den Plumpsack nicht gefangen und musste jetzt in die Mitte des Kreises. Mit hochrotem Gesicht und verschämtem Grinsen stand er da, doch er trug es mit Würde.

In der Nähe saß ein Bettler am Straßenrand. Zwischen seinen Beinen hatte er eine Pappschachtel voller Scheine, Passanten warfen im Vorbeigehen achtlos ihr überschüssiges altes Geld hinein – heute war es zwar rein theoretisch noch gültig, aber sonntags hatte alles zu, man konnte nichts mehr dafür kaufen.

Die Leute gingen weiter, und jetzt hatte Lotti freie Sicht auf den Bettler. Es war derselbe wie vor drei Tagen. Sein Gesicht war von der Kappe beschattet, der Rest unter dem dichten, struppigen Bart verborgen, doch es war nicht zu übersehen, dass er die Kinder genau im Blick hatte. Er starrte sie an, ließ sie keinen Moment aus den Augen. Lotti wurde von einer unerklärlichen Angst erfasst, Hilfe suchend sah sie sich nach Frieda um.

»Was ist denn?«, wollte Jürgen wissen.

»Nichts«, sagte Lotti, aber eine innere Stimme sagte ihr, dass das nicht stimmte.

*

»Was ist denn?«, fragte Waltraud, mit der sich Frieda eben noch darüber unterhalten hatte, was sie sich als Erstes von dem neuen Geld kaufen wollten. Waltraud war eine Freundin von früher, sie hatten damals als junge Mädchen zusammen die Ausbildung zur Stenotypistin gemacht, bei Krupp im Büro.

Frieda hatte nur Augen für einen Mann, der soeben von der Geldausgabe zurückkam. Der sauber ausrasierte schmale Schnurrbart, die spitze Nase, der zurückweichende Haaransatz – sie hatte ihn sofort erkannt. Mit einem Wutschrei stürzte sie sich auf ihn.

»Du Dreckschwein!« Sie knallte ihm eine, bevor er überhaupt begreifen konnte, was los war. Dann schubste sie ihn mit beiden Händen von sich. Er wich stolpernd zurück und hielt nur mit Mühe das Gleichgewicht.

Sein Gesichtsausdruck bewies ihr, dass er sie ebenfalls wiedererkannt hatte, obwohl die Begegnung über zwei Monate zurücklag und denkbar kurz gewesen war. In Frieda loderte reine Wut.

Auf jener Hamsterfahrt hatte er ihr ohne Vorwarnung mitten ins Gesicht geboxt, um sie vom Trittbrett des Zuges zu stoßen. Er hatte ihr dabei fast die Nase gebrochen, seinetwegen war sie wochenlang mit einem hässlichen Veilchen herumgelaufen! Von der verlorenen Speckschwarte und den kaputten Eiern ganz zu schweigen! Sie hatte dafür einen hässlichen alten Bauern ranlassen müssen, es kam ihr immer noch hoch, wenn sie daran zurückdachte.

Sie schubste den Mann ein weiteres Mal. Er wehrte sich und holte zu einem brutalen Schwinger aus, sie konnte dem Schlag gerade noch ausweichen. Im nächsten Moment zückte er ein Springmesser und ließ es aufschnappen.

Um sie herum brandete entsetztes Geschrei auf, was den Mann augenblicklich zur Vernunft brachte. Ihm schien klar zu werden, was die Leute in diesem Moment sahen – einen Messerstecher, der es auf eine wehrlose Frau abgesehen hatte. Hektisch schaute er sich nach allen Seiten um, dann eilte er mit langen Schritten davon und tauchte in der Menge unter.

»Oh mein Gott!«, rief Waltraud erschüttert aus. Sie kam zu Frieda und fasste sie bei den Schultern. »Ist dir was passiert?«

»Alles in Ordnung«, versicherte Frieda, aber ihre Stimme zitterte.

Im nächsten Moment waren Anne und Carl an ihrer Seite und wollten wissen, wer zum Teufel das gewesen war. Frieda riss sich zusammen. Sie gab eine Kurzfassung der Ereignisse zum Besten, woraufhin sich die Gemüter rasch beruhigten und alle wieder zu ihrem Platz in der Schlange zurückkehrten.

Nur Lotti stand wie vom Donner gerührt da und sah Frieda beschwörend an. Ihr Gesicht war kreideweiß. Frieda merkte sofort, dass irgendwas im Busch war, und das hatte nichts mit dem Hamsterfahrer zu tun.

Beunruhigt nahm sie Lotti beiseite. »Was ist denn los?«

Lotti deutete vorsichtig auf eine Stelle hinter Frieda. »Da drüben sitzt so ein Bettler, der starrt die ganze Zeit die Kinder an. Am Donnerstag habe ich den schon mal gesehen, auf dem Schulweg, da ging er hinter mir her.« Lotti schluckte. »Ich … Ich dachte zuerst, es wäre Arnold. Aber das kann nicht sein, oder? Der Bettler ist viel älter und ganz krumm. Oh, jetzt steht er auf und geht weg!«

Frieda hatte sich schon bei Lottis ersten Worten zu besagtem Bettler umgedreht. Sie erhaschte einen kurzen Blick auf ein bärtiges Gesicht unter einer speckigen alten Kappe. Gleich darauf war er davongeschlurft und im Gedränge verschwunden.

Es war, als hätte ihr jemand ein Messer in den Bauch gestoßen. Obwohl es ein warmer Tag war, schienen sich Eiskristalle auf ihrer Haut zu bilden. Ihre Knie schlotterten, sie musste sich breitbeinig hinstellen, um einen festen Stand zu behalten.

Von irgendwoher nahm sie die Kraft, sich sorglos zu geben.

»Ach du je, was du dir immer nur einbildest«, sagte sie zu Lotti. »Dieser alte Knacker ist doch nicht Arnold! Du hast vielleicht eine blühende Fantasie!«

Sie glaubte fast den Rums zu hören, mit dem ihrer kleinen Schwester ein Stein vom Herzen fiel.

»Gelobt sei Jesus Christus!«, stieß Lotti hervor. Sie faltete die Hände und bewegte lautlos die Lippen.

»Heb dir das für die Kirche auf«, sagte Frieda. »Und mach nicht immer wegen nichts und wieder nichts die Pferde scheu, klar?«

Lotti ließ betreten die Hände sinken, dann ging sie zurück zu dem Nachbarsjungen, der sie anhimmelte wie ein Mondkalb. Frieda atmete ein paarmal tief durch, doch ihre Gedanken wirbelten durcheinander wie ein aufgescheuchter Hornissenschwarm. Er war wirklich und wahrhaftig wieder da! Womöglich war er auch nie weg gewesen. Und mochte er auch mit seinem verwahrlosten Äußeren den Anschein eines alten, hilflosen Obdachlosen erwecken, so wusste Frieda ohne jeden Zweifel, welche Gefahr von ihm ausging. Ein Blick in diese Augen hatte ihr gereicht. Dieses unberechenbare Flackern, diese Mischung aus mörderischem Hass und verzweifelter Sehnsucht – sie hatte das zu oft bei ihm gesehen.

Was für ein dummes Ding sie gewesen war! Auf seine lächelnde Fassade hereinzufallen, dieses männlich schöne Gesicht. Sie war erst achtzehn gewesen, sieben Jahre jünger als er, und seinem selbstsicheren Charme sofort auf den Leim gegangen. Gleich beim ersten Mal war sie schwanger geworden, und natürlich hatten sie heiraten müssen, weil es sich so gehörte. Zumindest hatte sie das geglaubt, denn da hatte sie noch nicht ahnen können, wie er wirklich war. Hätte sie davon auch nur den Hauch einer Vorstellung gehabt, wäre sie schreiend davongerannt. Statt wie ein hypnotisiertes Kaninchen darauf zu hoffen, dass es stimmte, wenn er – was er oft tat – ihr sagte, dass alles wieder gut werden würde.

Sie hatte ihre Lektion gelernt.

Frieda rückte in der Warteschlange vor und zwang sich, ihre Gedanken wieder auf die Gegenwart zu konzentrieren. Auf die Pläne, die sie schmieden musste, um ihn loszuwerden. Ein für alle Mal.

*

»Seht euch das an!«, sagte Anne auf dem Heimweg zu Frieda und Lotti. »Kaum zu glauben, oder?!«

Perplex deutete sie auf den Getränkestand, der auf dem Hinweg noch nicht da gewesen war – ein Tisch mit einem darüber aufgespannten Sonnenschirm, dahinter ein Weinfass. Zwei Frauen füllten Weißwein in bereitstehende Becher.

Auf einem selbst gemalten Schild standen die Preise: Ein halber Becher Wein kostete eine D-Mark, ein voller zwei. Eine weitere D-Mark war als Becherpfand fällig. Das Angebot fand reißenden Absatz, rund um den Stand herrschte bereits enormer Andrang.

»Das ist verrückt!«, sagte Frieda ehrfürchtig.

Anne beobachtete die Menschen, die bereitwillig einen Teil

ihres Kopfgeldes für ein paar Schlucke Wein ausgaben. »Sieht nach einer Menge Nachholbedarf aus.«

»Darauf kannst du wetten«, stimmte Frieda zu. »Und du wirst sehen, das ist nur der Anfang. Morgen gibt es garantiert wieder alles, was das Herz begehrt.« Sie dachte nach. »Bestimmt auch Bier.«

»Wie kommst du jetzt ausgerechnet auf Bier?«

»Wir haben eine Gastwirtschaft im Haus, schon vergessen? Wenn wieder Getränke ausgeliefert werden, findet sich vielleicht bald ein neuer Pächter.« In scherzhaftem Ton fuhr Frieda fort: »Oder wir machen einfach selbst die Kneipe wieder auf! Die Leute würden uns die Bude einrennen!«

»Das kann durchaus sein«, meinte Anne nachdenklich. Sie waren weitergegangen, aber sie blickte immer wieder zurück zu dem Weinstand.

»Du findest die Idee gut?« Frieda musterte sie überrascht. »Ernsthaft?«

»Wieso nicht? Natürlich müsste man so was gründlich planen. Eine Übersicht von Kosten und Nutzen erstellen.«

»Oh ja, lass uns das tun!«, stimmte Frieda eifrig zu.

Vorhin bei der Geldausgabe war sie Anne noch bedrückt erschienen, fast verstört; das Zusammentreffen mit diesem scheußlichen Mann aus dem Hamsterzug hatte ihr offenbar schlimmer zugesetzt, als sie zugeben wollte. Der Gedanke an eine Neueröffnung der Kneipe heiterte sie erkennbar auf.

»Als Wirtin wäre ich bestimmt nicht schlecht«, sagte Frieda. »Eigentlich wollte ich immer schon mal auf der anderen Seite vom Tresen stehen! Als Erstes sollten wir dieses hässliche Schild runternehmen und ein neues aufhängen. Mit einem zugkräftigen Namen. Nicht so was Biederes wie *Zur grünen Linde*. Was meinst du? Welcher Name würde dir für unsere Kneipe gefallen?«

»Wir sollten nichts überstürzen«, wiegelte Anne ab. »Zuallererst brauche ich eine neue Stelle. Nur mit meiner Witwenrente kommen wir auf Dauer nicht weit. Das bisschen, was wir an Mieteinnahmen reinholen können, ist auch nur ein Tropfen auf den heißen Stein. Von Träumen wird keiner satt.«

Bisher hatten nur Gustav Keitel und die Drewin-Brüder pünktlich und von sich aus ihre Monatsmiete gezahlt. Die Königs musste man wiederholt darum bitten, und in der zweiten Etage brauchte man es erst gar nicht zu versuchen, dort hatte keiner der Bewohner ein regelmäßiges Einkommen.

Dass die Miete künftig in D-Mark fällig war, würde die Zahlungsmoral gewiss nicht stärken. Rauswerfen konnte man wegen aufgelaufener Mietrückstände niemanden, man durfte nur hoffen, dass die Zustände sich nach und nach besserten.

Davon abgesehen wollte Anne die Mieteinnahmen ohnehin für Emil zur Seite legen. Schließlich gehörte das Haus ihm, folglich gebührten ihm auch die Erträge, auch wenn die Verwaltung auf amtlichem Wege an Frieda übertragen worden war.

»Aber welchen Sinn hat denn ein Leben ohne Träume?«, knüpfte Frieda an Annes letzte Bemerkung an. Bittend sah sie Anne an. »Lass uns den Plan so bald wie möglich angehen, ja?«

Dagegen hatte Anne nichts einzuwenden.

# Kapitel 13

Pünktlich um halb acht klingelte es an der Tür, und Anne, die bis zur letzten Sekunde im Schlafzimmer vorm Spiegel gestanden und nervös an ihren Haaren herumgezupft hatte, hastete in den Flur, um zu öffnen.

»Warte!« Frieda stellte sich ihr in den Weg, strich ihr eine lose Strähne aus der Stirn und fixierte sie mit einem Sprühstoß Glanzlack aus dem Gummiballzerstäuber. Mit dem Stöpsel eines anderen Flakons – er enthielt ihr kostbares Chanel-4711-Gemisch – tupfte sie etwas Parfüm auf Annes Dekolleté. Anschließend musterte sie ihre Schwester kritisch.

»Ja, so kannst du gehen. Jetzt bist du perfekt.« Sie grinste Anne an. »Lass es richtig krachen, klar?«

Anne riss die Wohnungstür auf, und der Moment, als Carl ihrer ansichtig wurde und sie anstarrte wie das achte Weltwunder, lieferte ihr die Antwort auf all die bangen Fragen, die sie sich zuvor gestellt hatte.

Zum ersten Mal seit sehr langer Zeit fühlte sie sich attraktiv, sogar hübsch. Dass Frieda und Lotti es ihr bestätigt hatten, sogar mehrmals und in wechselnden Variationen, zählte nicht richtig, jedenfalls nicht im selben Maß wie Carls Blicke.

Anne reichte ihm die Hand. »Guten Abend, Carl.«

»Guten Abend, Anne. Du bist wunderschön!«

»Danke. Du siehst auch sehr gut aus.«

Das war nicht nur so dahingesagt. Tatsächlich hatte Anne den Eindruck, dass er von Mal zu Mal anziehender wirkte, obwohl er denselben Anzug trug wie am Vormittag. Anscheinend hatte er sich ein weiteres Mal rasiert, denn nun war eine andere blutige Stelle an seinem Kinn zu sehen. Er roch nach Seife und einem Hauch Pitralon.

Frieda und Lotti standen im Hintergrund und gaben sich keine große Mühe, ihre Neugier zu verbergen.

»Guten Abend«, sagte Carl höflich.

»Dito«, sagte Frieda. »Und viel Spaß im Kino.«

»Danke«, sagte Carl. Seine Stimme klang freundlich, aber auch eine Spur reserviert. Unweigerlich dachte Anne an Doktor Lohfeld und sein grausiges Ende. Glaubte Carl wirklich, dass Frieda irgendwas damit zu tun hatte? Erkannte er nicht, wie absurd diese Vorstellung war?

Während sie nach Kräften versuchte, diese Gedanken zu verdrängen, um sich nicht den schönen Beginn eines vielversprechenden Abends zu verderben, ging die Tür zum Jugendzimmer auf, und Emil erschien auf der Bildfläche. Er war im Schlafanzug, und an dem verstrubbelten Haar sah man, dass er schon im Bett gelegen hatte. Wie üblich hatten sie ihn gegen sieben nach dem üblichen Prozedere aus Zähneputzen, Gutenachtgeschichte und Beten hingelegt, aber ganz offensichtlich hatte er noch nicht geschlafen, denn er wirkte hellwach. Vor dem Zubettgehen hatte er in allen Einzelheiten mitbekommen, dass seine Tante ausgehen wollte. In dem schicken himmelblauen Seidenkleid seiner Mutter, das Anne zum Glück sehr gut passte, weil beide die gleiche Figur hatten. Nur dass Frieda ein Stück größer und das Kleid deshalb für Anne eine Idee zu lang war. Aber hier galt Annes Devise: besser zu lang als zu kurz.

Die Debatte darüber hatte Emil aufmerksam verfolgt, ebenso wie die über das Schminken, als seine Mutter nachdrücklich darauf bestanden hatte, dass Anne nicht den langweiligen rosa Lippenstift auftrug, den sie sonst immer benutzte, wenn sie zu irgendwelchen Feierlichkeiten eingeladen war.

»Du musst auf alle Fälle den roten nehmen«, hatte sie befohlen, und Anne hatte sich schließlich gefügt. Sie hatte sich von Frieda das Haar in Wellen legen und die Augenbrauen nachziehen lassen, und sie hatte sogar die besten Pumps von Frieda anprobiert, aber die waren dann doch eine Nummer zu groß gewesen. Lotti hatte vorgeschlagen, sie vorn mit Zeitungspapier auszustopfen, was sie tatsächlich ausprobiert hatten. Doch die Pumps hatten trotzdem nicht gepasst, weshalb Anne an diesem Abend ihre Sonntagsschuhe trug, die noch ganz gut in Schuss waren.

Und jetzt stand Emil neugierig im Flur und äugte an Anne vorbei auf Carl.

»Das ist der fremde Mann aus Köln«, sagte er erstaunt.

Anne verbiss sich ein Lachen. »Carl ist kein Fremder. Ich kenne ihn schon sehr lange.«

Emil kam an ihre Seite. »Darf ich mit ins Kino?«

»Es ist ein Film für Erwachsene«, sagte Anne. Sie fuhr ihm durchs Haar und zog ihn kurz an sich. »Vielleicht beim nächsten Mal.«

»Bringst du mir was mit?«

Frieda mischte sich ein. »Heute nicht.« Sie nahm den Kleinen bei der Hand. »Und jetzt Marsch zurück ins Bett, junger Mann!«

Emil brannte immer noch vor Neugier. »Küsst ihr euch im Kino?«, wollte er wissen.

Lotti kicherte albern, und Frieda grinste breit.

Anne merkte, dass sie errötete. »Wir sollten los«, sagte sie zu Carl. »Sonst fängt der Film noch ohne uns an.«

Auf dem Weg nach unten kam ihnen die alte Martha König entgegen. Sie war im Nachthemd und wirkte desorientiert.

»Kommen Sie, Frau König! Ich bringe Sie zurück in die Wohnung!« Rasch fasste Anne die alte Frau am Arm und führte sie die Treppe hinauf. Es dauerte eine Weile, bis Brunhilde König auf Annes Klingeln hin öffnete. »Wat is denn?«, fragte sie unwirsch. Als sie ihre Schwiegermutter sah, verdrehte sie entnervt die Augen. »Meine Güte, hört dat denn nie auf?« Zu Anne sagte sie entschuldigend: »Mein Schwiegervatter muss eingeschlafen sein, sonst passt der immer gut auf sie auf.«

»Dat liebe Christkind hat schon auf mich aufgepasst.« Die alte Frau deutete in einer Geste rührender Ergebenheit auf Anne.

Brunhilde König machte eine kreisende Handbewegung vor ihrem Gesicht, bevor sie ihre Schwiegermutter ein wenig ruppig in die Wohnung zog und die Tür zuwarf. Von innen wurde ein Schlüssel herumgedreht, offenbar, um weiteren unerwünschten Ausflügen der alten Frau vorzubeugen.

Carl hatte auf halber Treppe gewartet. »Kommt das öfters vor?«, fragte er teilnahmsvoll.

»Schon ein paarmal, seit wir hier wohnen«, antwortete Anne. »Sie läuft aber wohl nicht weg, sondern geistert nur durchs Haus. Einmal war sie oben auf dem Dachboden, einmal unten in der Gaststube.«

Draußen auf der Straße ergab es sich wie von selbst, dass sie sich bei Carl einhakte, so wie sie es früher getan hatte, in jenem Sommer, als sie beide noch jung gewesen waren. Den Weg zum Kino legten sie in einvernehmlichem Schweigen zurück, als wollten sie die friedliche Stille des Augenblicks nicht durch Worte beeinträchtigen.

Es war der Tag vor der Sommersonnenwende. Bis zum Einbruch der Dunkelheit würde es noch Stunden dauern. Im rötlichen Schein der Abendsonne boten die Ruinen und Trümmerhalden ein Bild von eigentümlicher Schönheit, hinter der die Realität der brutalen Zerstörung wie ein mattes Vexierbild zurückwich. Der nahende Übergang in eine neue Jahreszeit schien eine unbekannte, unverfälschte Frische mitzubringen. Mit neuer Währung und neuer Hoffnung. Und vielleicht etwas Neuem für sie beide.

Sie gingen zu einem Kino in der Rü, wie die Rüttenscheider Straße von den Einheimischen genannt wurde. Während des

Krieges war es bei einem der vielen Bombenangriffe beschädigt worden, aber mittlerweile wieder in Betrieb. Im Foyer wurden die Eintrittskarten von großen Rollen abgerissen, und bezahlen musste man sie schon in der neuen Währung. Als Begründung diente ein Schild an der Kasse. *Im Vorverkauf gelöste Eintrittskarten verlieren bei Verkündung der Währungsreform ihre Gültigkeit,* stand darauf. In der Schlange vor ihnen wies ein Mann verärgert darauf hin, dass er seine Karte nicht im Vorverkauf erstanden habe und dass bis Mitternacht noch die Reichsmark als gesetzliches Zahlungsmittel gelte, doch damit biss er auf Granit.

Carl war an der Reihe und orderte ungerührt zwei sündhaft teure Logenkarten. Anne schluckte, als sie das kostbare neue Geld in die Kasse wandern sah.

»Ich geb's dir gleich wieder«, flüsterte sie ihm auf dem Weg zum Kartenabreißer zu.

»Kommt nicht infrage!« Er klang entrüstet, also insistierte sie nicht länger. Schon damals hatte er immer darauf bestanden, für sie beide zu bezahlen.

Durch den abgedunkelten Kinosaal folgten sie dem Platzanweiser, der ihnen mit der Taschenlampe den Weg zur letzten Reihe ausleuchtete. Hier hinten waren sie die einzigen Gäste, während sich weiter vorn im Parkett der Großteil der Besucher drängte.

Sie fanden ihre Plätze und versanken in der Samtpolsterung der Sitze. Unweigerlich kam Anne in den Sinn, was Emil gesagt hatte, und für eine Weile kreisten ihre Gedanken um die Frage, ob Carl wohl heute wirklich versuchen würde, sie zu küssen. Sie hatte nichts dagegen, auch wenn sie keineswegs sicher war, ob sie es überhaupt noch richtig hinbekam. Ihr letzter Kuss lag sieben Jahre zurück. Heinz' Abschiedskuss am Tag seiner Abreise an die Front, von der er nicht zurückgekommen war. Es war ein liebevoller, sanfter Kuss gewesen, so herzzerreißend und bittersüß wie die meisten ihrer Erinnerungen an ihn.

Im nächsten Moment teilte sich wie von Zauberhand der bodenlange Vorhang, und aus dem Vorführraum hinter ihnen fiel ein gleißender Lichtstrahl, der die große Leinwand mit flimmernden, bewegten Bildern füllte. Die musikalisch unterlegte Wochenschau *Welt im Film,* die Vorschauen, sogar die Werbung – für Anne war es ein überwältigendes Erlebnis, nach so vielen Jahren wieder vor einer Kinoleinwand zu sitzen. Seit Kriegsbeginn hatte sie kein Lichtspielhaus mehr von innen gesehen, obwohl es die meiste Zeit über möglich gewesen wäre. Egal, wie schlecht die Versorgungslage und wie groß die Zerstörung war – allein in Köln hatten mehr als ein halbes Dutzend Kinos die Bombardements überstanden, und schon im ersten Nachkriegsjahr waren unter dem Ansturm unzähliger Besucher mindestens ebenso viele neue aus dem Boden gesprossen. Auch Anne hätte jederzeit in eins dieser Kinos gehen können. Doch es hatte sich nicht ergeben, der Himmel mochte wissen, warum. Vielleicht hatte sie es unbewusst vermieden, um nicht an Heinz denken zu müssen. Vor dem Krieg waren sie häufig zusammen im Kino gewesen. Nach seiner Einberufung hatte er ihr so sehr gefehlt, dass ihr nicht im Traum eingefallen wäre, sich ohne ihn einen Film anzuschauen. Es hatte lange gedauert, bis die Trauer um ihn abgeebbt war; erst letztes Jahr hatte sie endgültig akzeptiert, dass er nicht zurückkehren würde.

Der Hauptfilm begann, ein packendes Drama um drei Kriegsveteranen, eindrucksvoll von dem Regisseur William Wyler in Szene gesetzt. Die Schauspieler boten eine großartige Leistung, Anne fieberte bis zum Ende mit, und erst als der Abspann lief, kehrte sie in die Realität zurück. Langsam wandte sie den Kopf und sah Carl an, der im selben Moment ihren Blick erwiderte. Sie bemerkte, wie es in seinem Gesicht arbeitete, und sie spürte die Emotionen, die ihn vereinnahmt und mitgerissen hatten. Spontan griff sie nach seiner Hand. Es war eine Geste der Dankbarkeit, weil er sie aus ihrem einsamen Schneckenhaus herausgeholt und ihr gezeigt hatte, dass es noch mehr gab als Arbeit, Verzicht und Entbehrung. Dass er ihr vor Augen geführt hatte, wie wichtig die Hoffnung auf ein besseres Leben war.

Carl hielt ihre Hand fest in seiner und ließ sie auch nicht los, als sie das Kino verließen. Es war wie eine stumme Übereinkunft, dass es von nun an auf einer anderen, innigeren Ebene mit ihnen beiden weiterging.

»Gehen wir ein Stück spazieren?«, fragte er draußen.

Sie nickte mit klopfendem Herzen. Hand in Hand schlenderten sie über die Rü, sprachen über den Film und die Darsteller, über Gott und die Welt. Und schließlich auch über sich. Sie erzählten einander etappenweise aus ihrem Leben, immer abwechselnd. Anne berichtete von ihrer Berufsausbildung, die sie nach dem Einjährigen aufgenommen hatte. Carl entsann sich noch, dass sie bereits damals vorgehabt hatte, nach der Schule Krankenschwester zu werden. Sie wiederum hatte nicht vergessen, dass er ursprünglich wie sein Großvater und sein Vater das Uhrmacherhandwerk erlernen sollte, aber im zweiten Lehrjahr abgesprungen und zur Polizei gegangen war, weil er schon als Junge voller Begeisterung Räuber und Gendarm gespielt und sich dabei in den Kopf gesetzt hatte, Gesetzeshüter zu werden und Gauner zu schnappen.

Die Monate ihrer Jugendfreundschaft sparten sie vorläufig aus und sprachen stattdessen über die Jahre danach. Carl erzählte von seiner gescheiterten Ehe mit Magda, blieb aber bei seinen Schilderungen an der Oberfläche, ebenso wie Anne, als sie über ihre eigene Ehe sprach. Ihre damit verbundenen Gefühle ließen beide außen vor.

Betont sachlich berichtete Carl auch von seinem Ausscheiden aus dem Polizeidienst und der Zeit als Bergmann, woraufhin Anne mit ihrer Bestürzung nicht hinterm Berg hielt.

»Nur weil dein Großvater Jude war? Was für ein himmelschreiendes Unrecht! Und elf Jahre Arbeit unter Tage! Das ist ja schrecklich!«

»Ich hab's ganz gut überstanden«, meinte Carl trocken. »Andere machen das drei- oder viermal so lange. Falls die Silikose sie nicht vorher umbringt«, setzte er einschränkend hinzu, ehe er schloss: »Und immer noch besser unter Tage als an der Front.«

Anne nickte stumm. Sie dachte an Heinz.

»Tut mir leid, das hätte ich nicht sagen sollen«, sagte Carl verlegen. Er hielt ihre Hand fester, als fürchtete er, sie könne ihn loslassen.

»Schon gut, ich weiß ja, wie es gemeint war«, erwiderte Anne. »Und ich hoffe, dass die Leute, die dir damals deine Stelle bei der Polizei weggenommen haben, auf ewig in der Hölle schmoren müssen!«

»Im Moment sieht's eher so aus, als säßen manche von denen bald wieder fest im Sattel. Anscheinend hat die Militärregierung das Beschäftigungsverbot für ehemalige Nazis aufgehoben.«

Annes Empörung kannte keine Grenzen.

»Das gibt's doch nicht! Die kann man doch nicht einfach wieder auf die Menschheit loslassen!«

»Die meisten waren wohl nie richtig weg. Die sind noch mitten unter uns. Verschwunden sind nur die Mörder.«

»So wie Arnold.« Sie hatte sich geschworen, nicht an ihn zu denken, geschweige denn, mit Carl über ihn zu reden, doch jetzt war sein Name gefallen. Sie hatte ihn ausgespien wie widerliches Gift, das ihr auf der Zunge klebte.

Carl blieb stehen und musterte sie aufmerksam. »Da war noch mehr, oder?«, fragte er. »Nicht nur das, was er deiner Schwester angetan hat.«

Unversehens spannte sie sich an, und ihre Hand in seiner zitterte, obwohl es trotz der fortgeschrittenen Uhrzeit noch sommerlich warm war. Inzwischen war es dunkel geworden. Sie befanden sich in einem weniger belebten Abschnitt der Straße, die nächste Laterne stand ein Stück weit entfernt. Doch anscheinend konnte Carl ihren Gesichtsausdruck gut genug erkennen – und deuten.

»Mein Gott, Anne.«

Es waren nur drei Worte, aber die reichten aus, um sie völlig die Fassung verlieren zu lassen. Es geschah buchstäblich von einer Sekunde auf die andere. Ohne dass sie es verhindern konnte, brach sie in Tränen aus. Carl zog sie augenblicklich in eine feste Umarmung, und bevor sie ihren Kopf an seiner Schulter barg, nahm sie das Entsetzen in seinen Zügen wahr. Sie spürte seinen aufkeimenden Hass, seinen instinktiven Drang, Arnold für das, was er ihr angetan hatte, zu töten. Aber auch seinen brennenden Wunsch, sie zu beschützen, sie zu retten, diese Last auf irgendeine Weise von ihr zu nehmen.

Im nächsten Moment lösten diese Eindrücke sich auf, sie gingen in dem brodelnden Chaos aus Leid und Verzweiflung unter, das sie all die Jahre verborgen hatte und das sich nun in tiefen Schluchzern Bahn brach.

Carl drückte sie an sich, streichelte ihr über Kopf und Rücken und ließ sie weinen. Später hätte sie nicht sagen können, wie lange es gedauert hatte, aber irgendwann versiegten die Tränen.

Carl hielt sie immer noch fest. »Du hast nie mit jemandem darüber gesprochen, oder?«, murmelte er in ihr Haar.

Stumm schüttelte sie den Kopf.

»Dann sprich jetzt mit *mir* darüber. Vielleicht hilft es dir.«

Es half ihr schon, dass nun noch jemand davon wusste. Jemand, der es ertragen konnte. Doch sie folgte seinem Rat, denn jetzt musste sie es nicht mehr mit sich allein ausmachen.

In der Nähe gab es eine Wiese mit ein paar Bäumen. Hand in Hand gingen sie dorthin und setzten sich ins Gras. Über ihnen breiteten sich die Äste einer alten Buche aus. In den Blättern raschelte der Wind.

»Es war ein Sonntag.« Anne sprach leise und mit gesenktem Kopf. »Ich hatte an dem Wochenende Spätdienst und bin von der Arbeit nach Hause gekommen. Genauer: in Adelheids Haus. Lotti und ich wohnten ja damals bei ihr unterm Dach und Frieda und Arnold in der Etagenwohnung neben ihr. Die beiden hatten an dem Abend mal wieder Streit. Frieda kam mir heulend im Treppenhaus entgegen. Ich konnte sehen, dass er sie geohrfeigt hatte, sie hatte seine Handabdrücke im Gesicht, als sie an mir vorbei nach draußen rannte. Arnold wollte ihr hinterher, aber bei meinem Anblick verschwand er türenknallend in der Wohnung seiner Mutter. Zuerst bin ich runter, um nach Frieda zu sehen, aber sie war schon sonst wohin verschwunden. Das hat sie schon als Kind gemacht. Wenn es zu Hause Ärger gab, nahm sie Reißaus und lief stundenlang durch die Gegend.« Anne hielt inne und sammelte sich einige Sekunden, ehe sie fortfuhr. »Ich ging wieder nach oben und läutete bei Adelheid, weil ich Arnold zur Rede stellen wollte. Er hat mir aufgemacht, mit einer Schnapsflasche in der Hand, aus der er sich schon was einverleibt hatte. Adelheid war nicht da, sie hatte damals einen Dackel, mit dem sie oft spazieren ging, manchmal auch noch spätabends. Mir war es nur recht, ich wollte ja Arnold die Leviten lesen. Sofort fing ich an, ihn nach Strich und Faden zusammenzustauchen. Ich war so *wütend!* Meine Schwester war im neunten Monat, und er wagte es, die Hand gegen sie zu erheben!« Anne stockte erneut, und diesmal dauerte es länger, bis sie weitersprechen konnte. »Dann lief plötzlich alles aus dem Ruder. Er stellte die Flasche weg und versuchte, mich zu umarmen. Dabei sagte er, dass er in mich verliebt sei, und das werde er mir beweisen. Als ich mich losreißen wollte, ist er regelrecht über mich hergefallen. Ich habe mich mit aller Kraft gewehrt, aber ich kam nicht gegen ihn an. Wenigstens war es schnell vorbei.« An dieser Stelle brach sie ab, denn was sie eben gesagt hatte, stimmte nicht. In Wahrheit war nur dieser widerliche Akt brutaler Gewalt schnell vorbei gewesen. Alles andere nicht. Nicht die Gefühle von allgegenwärtigem Abscheu, sogar vor dem eigenen Körper. Nicht der Ekel und die Angst vor Berührungen, dieses Zusammenzucken, wenn ein Mann zu nahe vorbeiging. Nicht der Brechreiz, den harmlose Männergerüche noch Monate nach der Vergewaltigung in ihr ausgelöst hatten, sogar bei der Pflege von Patienten. Manchmal hatte sie sogar rausrennen und sich übergeben müssen. Eine Zeit lang hatte sie geglaubt, es würde nie vorbeigehen.

Sie musste tief durchatmen, bevor sie fortfahren konnte. Das, was sie noch zu berichten hatte, war fast genauso scheußlich wie der Teil davor. »Hinterher stand er auf und knöpfte sich die Hose zu, und in dem Moment kam Adelheid zurück. Sie hat sofort gesehen, was los war – mein Kleid war zerrissen, und ich hatte Nasenbluten. Aber sie tat so, als sei alles meine Schuld. Was mir denn einfiele, mich ihrem Sohn an den Hals zu werfen! Wörtlich sagte sie: ›Raus aus meiner Wohnung, du dreckige Hure!‹« Anne verstummte, überwältigt von den furchtbaren Erinnerungen. Alles, was sie die ganzen Jahre nach Kräften verdrängt hatte, brach mit Macht wieder über sie herein.

Carl saß neben ihr und umfasste ihre Hände mit seinen. Seine Kiefer mahlten, aber in seinem Blick lag die wortlose Aufforderung, fortzufahren. Anne holte Luft, ihre Stimme zitterte ein wenig. »Ich habe mir das Blut weggewischt und mich oben in unserer Mansardenkammer so gut es ging gewaschen. Lotti schlief schon, sie hatte sich die Decke über den Kopf gezogen, so wie fast jede Nacht seit dem schlimmen Bombenangriff.« Sie sah Carl an. »Du hast bestimmt schon gehört, dass wir damals in Bergerhausen ausgebombt worden sind und dass dabei unsere Mutter ums Leben kam, oder?«

»Ja«, sagte Carl mit rauer Stimme. »Es tut mir so leid, Anne.« Er atmete tief durch. »Was passierte als Nächstes?«

»Das meiste weißt du bereits. Schon am folgenden Tag kam es zwischen Frieda und Arnold erneut zum Streit, und diesmal verprügelte er sie so brutal, dass sie ins Krankenhaus musste. Ihr Arm war gebrochen, sie hatte am ganzen Körper Blutergüsse und Prellungen. Für meine Schwester und mich war die Sache klar – wir mussten aus seinem Dunstkreis verschwinden, so schnell wie möglich. Und das haben wir dann auch gemacht.«

»Du hast Frieda nie davon erzählt, oder?«

Anne schüttelte den Kopf. »Sie hatte schon genug durchgemacht. Diesem Mann zu entkommen, war für sie eine Frage von Leben und Tod. Sie war lange nicht sie selbst. Es hat ewig gedauert, bis sie zu ihrer früheren Unbeschwertheit zurückgefunden hat.«

»Und der Kleine? Konnte sie ihn ohne Vorbehalte annehmen, trotz allem?«

»Oh ja! Man könnte sogar sagen, dass Emil ihre Rettung war. Er hat ihr geholfen, wieder auf die Beine zu kommen. Eigentlich hat er uns *allen* geholfen. In gewisser Weise hat er unserem Leben einen neuen Sinn gegeben. Allein dadurch, dass er auf der Welt war, so klein und unschuldig und unglaublich liebenswert.« Nachdrücklich stellte sie klar: »Die Ähnlichkeit mit seinem Vater ist rein äußerlich. Von seinem Wesen her ist er völlig anders. Er ist ein wunderbares Kind. Mit Arnold hat er außer dem Nachnamen nichts gemeinsam!«

Nach diesen Worten verfiel sie erneut in Schweigen. Das Wichtigste hatte sie erzählt. Und sie merkte bereits, was es ausmachte, dass sie sich alles von der Seele geredet hatte. Es fühlte sich an, als hätte sie sich einer tonnenschweren Last entledigt, die ihr jahrelang die Luft zum Atmen genommen hatte.

Carl ließ ihre Hände los, aber nur, um seinen Arm um ihre Schultern zu legen. Ein Windstoß fuhr durch das Geäst über ihnen, die Luft hatte sich merklich abgekühlt. Anne raffte fröstelnd den Saum von Friedas Seidenkleid über ihren Knien zusammen. Vorm Hinsetzen hatte sie es so diskret wie möglich hochgeschlagen, damit keine Grasflecken drankamen, aber jetzt zog es von unten her unangenehm gegen ihre nackten Beine. Sie warf einen Blick auf ihre Armbanduhr. Es ging schon auf Mitternacht zu.

»Es ist spät, ich sollte nach Hause«, sagte sie, halb bedauernd, halb entschuldigend.

»Natürlich.« Carl stand auf und half ihr hoch.

»Danke, dass du mir zugehört hast«, sagte sie.

»Dafür musst du dich nicht bedanken«, wehrte Carl ab. »Schlimm genug, dass du es all die Jahre in dich reingefressen hast. Ich habe schon in Köln gespürt, dass du nicht in das Haus zurückwolltest. Es muss dich eine Menge Überwindung gekostet haben.«

Es berührte sie auf eigentümliche Weise, wie genau er ihre Gedanken kannte. Vielleicht hing es damit zusammen, dass er sich durch seinen Beruf ungewöhnlich gut in andere Menschen hineinversetzen konnte.

Während sie gemeinsam weitergingen, dachte sie unwillkürlich daran, was wohl aus ihnen geworden wäre, wenn sie damals nicht mit ihm Schluss gemacht hätte. Sie war rettungslos in ihn verschossen gewesen, auch wenn er das wahrscheinlich gar nicht gemerkt hatte. Als sie ihm mitgeteilt hatte, dass sie nicht mehr mit ihm gehen könne, hatte er es mit unbewegter Miene hingenommen, und statt nach den Gründen zu fragen, hatte er nur stumm genickt, als wäre es ihm einerlei. Sofort waren ihr sämtliche Erklärungen auf den Lippen erstorben. Erst viel später war ihr in den Sinn gekommen, dass sein Nicken womöglich gar keine Zustimmung ausdrücken sollte, sondern eher Resignation.

Vor dem Haus in der Klarastraße blieben sie stehen.

»Danke für den schönen Abend«, sagte Anne. Es klang ein wenig hölzern und entsprach nicht dem, was sie fühlte. Rasch griff sie nach seiner Hand und umschloss sie fest. »Es war *wirklich* schön. War's doch, oder?«

Anstelle einer Antwort zog er sie an sich. Behutsam und zögerlich, als wollte er ihr die Möglichkeit geben, noch zurückzuweichen. Doch nichts hätte ihr ferner liegen können. Das Verlangen nach seiner Nähe und der Wärme seines Körpers überkam sie mit unerwarteter Macht. Sie erwiderte seine Umarmung voller Inbrunst, und als er den Kopf neigte, um sie zu küssen, kam sie ihm stürmisch entgegen. Seine Lippen auf den ihren zu spüren war vertraut und zugleich gänzlich neu, eine seltsam widersprüchliche Empfindung, die sich nur einen Wimpernschlag später in wachsender Leidenschaft verlor.

*

Im Haus war alles schon dunkel, es fiel kein Licht von dort auf die Straße, und die beiden waren ein ganzes Stück von der nächsten Laterne entfernt. Trotzdem konnte er von seinem Versteck aus sehen, wie sie in enger Umarmung dastanden und sich küssten.

Der Hass wallte in ihm auf wie ein gallebitterer Schwall, und es dauerte einen Moment, bis er begriff, dass es ihm tatsächlich hochkam, obwohl er geschworen hätte, dass es unmöglich war, weil er den ganzen Tag außer einem kleinen Stück Brot nichts gegessen hatte. Es war die pure Magensäure, die von unten in seine Speiseröhre schoss und in seiner Kehle brannte.

Seine Faust umschloss das Heft des Messers so fest, dass er

seine Gelenke knacken hörte, und in diesem Augenblick kostete es ihn schier übermenschliche Selbstbeherrschung, nicht auf der Stelle loszustürmen und das Schwein abzustechen. Wie konnte dieser Bulle es wagen! Und wie konnte Anne es zulassen, dass der Kerl sich so an sie heranmachte!

Sein Herz raste zum Zerspringen, er bekam keine Luft mehr. Vor seinen Augen waberten rote Schleier, und unversehens geriet er ins Taumeln und verlor das Gleichgewicht. Er stolperte gegen die Abfalltonnen, hinter denen er sich versteckt hatte; sie standen seitlich neben dem Haus, flankiert von struppigen Sträuchern und einer Mauer, die als Sichtschutz diente, um die dreckigen, stinkenden Tonnen abzuschirmen. Vielleicht auch, um die Ratten fernzuhalten, die genauso hungrig waren wie alle übrigen Bewohner der näheren Umgebung.

Sein Bemühen, sich an der Mauer abzustützen und so zu verhindern, dass er Geräusche verursachte, schlug fehl. Die Tonne kippte unter dem Anprall seines Körpers weg und knallte mit Geschepper gegen die andere, die danebenstand.

Ein erschrockener Blick zur Straße zeigte ihm, dass Anne und der Bulle auseinandergefahren waren und zu ihm herüberstarrten.

»Da ist jemand«, hörte er den Bullen sagen.

Anne verharrte reglos, das Gesicht in seine Richtung gewandt.

Es war wohl besser, wenn er verschwand. Jedenfalls fürs Erste. Kaum hatte er den Entschluss gefasst, rannte er auch schon los. Die Straße runter und in die Dunkelheit, weg von Anne. Sie hatte ihn trotzdem erkannt. Er hörte es an ihrem Schrei.

*

Carl zögerte keine Sekunde, er setzte Arnold augenblicklich nach. Die Gestalten der Männer verschwanden in der Dunkelheit am Ende der Straße, zuerst die von Arnold, dann die von Carl. Anne starrte ihnen fassungslos hinterher.

Arnold hatte nur auf den ersten Blick wie der verlotterte Bettler ausgesehen, der am Morgen in der Nähe der Geldausgabestelle auf dem Boden gesessen hatte, nur dass sie ihm da keine wirkliche Beachtung geschenkt hatte, weil er einfach bloß ein Mensch von vielen gewesen war. In Wahrheit war er derselbe wie damals. Lauernd, unberechenbar, bösartig.

Und schnell. Beim Davonrennen hatte er sich flink wie ein Wiesel bewegt, da gab es kein Hinken und keine Schwäche.

Mit hängenden Armen stand sie da, hin- und hergerissen zwischen dem Bedürfnis, sofort ins Haus zu flüchten, und dem unvernünftigen Wunsch, Carl zu folgen und sich zu vergewissern, dass ihm nichts zustieß.

Gleich darauf mischte sich Erleichterung in ihre Panik. Carl kam mit raschen Schritten zu ihr zurück, keuchend und eine Hand in die Seite gedrückt. Atemlos blieb er bei ihr stehen und stützte sich vornübergebeugt auf seinen Knien ab, um tief Luft zu holen.

»Er war es, oder?«, fragte er zwischen zwei abgehackten Atemzügen. »Arnold Hoffmann.«

Anne nickte nur stumm. Ihr Herzschlag hallte wie Donner in ihren Ohren. Carl fluchte vor sich hin, dann stieß er wütend hervor: »Ich hatte ihn fast! Der Mistkerl ist in die Straßenbahn gesprungen, die fuhr gerade an, da ist er mir entwischt!«

Bei sich dachte Anne, dass es vielleicht besser so war. Carl war unbewaffnet. Und Arnold hatte schon Dutzende von Menschen eiskalt ermordet, auf einen mehr wäre es ihm auch nicht angekommen.

Carl gab sich erkennbar Mühe, Zuversicht auszustrahlen, aber an seiner Miene erkannte sie, wie schwer es ihm fiel.

»Wir haben die Fahndung sowieso schon verstärkt«, sagte er. »Aber jetzt packen wir noch eine Schippe drauf. Wir wissen nun, wie er aussieht. Keine Sorge, den schnappen wir schnell!«

Anne hätte ihm gern zugestimmt, doch die Angst saß ihr im Nacken.

# Kapitel 14

Frieda schmiegte sich an Magnus' nackten Rücken und strich mit ihren Fingerspitzen müßig über seinen Bauch. Dabei wunderte sie sich, wie weich sich seine Haut anfühlte. In den letzten Jahren hatte sie mit allen möglichen Männern geschlafen, und nicht jedes Mal war es bloß eine schnelle Nummer gewesen. Doch nur selten war sie einem dieser Männer so nahe gewesen, dass sie sich über die Beschaffenheit seiner Haut Gedanken gemacht hätte, obwohl sie den einen oder anderen öfters getroffen und auch ganze Nächte mit ihnen verbracht hatte, wenn es gerade passte.

Einmal hatte sie eine Affäre mit einem verheirateten Mann gehabt, die fast ein halbes Jahr gedauert hatte; seine Frau war mit den beiden Kindern zu ihrer Mutter an den Arsch der Welt ins Bergische gezogen, da gab es mehr zu essen. Er hatte wegen seiner Arbeit in der Stadt bleiben müssen und nur an den Wochenenden seine Familie besucht. Rückblickend überlegte Frieda immer noch, was er an sich gehabt hatte, dass sie die Sache so lange hatte laufen lassen. Er hatte ganz durchschnittlich ausgesehen und war auch nicht besonders gut bei Kasse gewesen, und die paar Essensvorräte, die er für sie hatte abzwacken können, hätten sie im Normalfall auch nicht vom Hocker gerissen.

Vielleicht hing die Anziehungskraft, die er – zumindest für eine begrenzte Zeit – auf sie ausgeübt hatte, mit dem Ehering an seinem Finger zusammen. Mit diesem Ring gehörte er einer Spezies von Männern an, die auf gewisse Weise unerreichbar blieben. Sie waren immer nur teilweise zu haben, und bei dem verfügbaren Teil ging es in der Regel um das, was sie in der Hose hatten. Natürlich verliebten sich auch verheiratete Männer Hals über Kopf in andere Frauen, das taten sogar die meisten, mit denen Frieda bisher intime Bekanntschaft geschlossen hatte. Aber es musste stets im Schatten der Heimlichkeit geschehen, niemand sonst durfte davon erfahren. Die Katastrophe der Entdeckung lauerte hinter jeder Ecke.

Vielleicht, so überlegte Frieda, machte gerade das den Reiz an diesen verbotenen Affären aus. *Kein Feuer, keine Kohle kann brennen so heiß …*

Falls das eine Regel war, gab es allerdings Ausnahmen. Eine davon war Magnus. Er war weder verheiratet noch verlobt und auch sonst nicht liiert, aber trotzdem hatte Frieda das Gefühl, niemals genug von ihm bekommen zu können. Sie war noch nie so verliebt gewesen wie in diesen Mann. Schlimmer noch – manchmal hatte sie den beängstigenden Eindruck, ihm regelrecht verfallen zu sein. Wie ließ es sich sonst erklären, dass ihr Herz jedes Mal aus dem Takt geriet, wenn sie vor seiner Tür stand und darauf wartete, dass er ihr aufmachte? Oder dass sie schon bei dem Gedanken an seine Küsse feucht wurde und beim Liebesakt binnen Sekunden zum Höhepunkt kam, ehe er noch vollständig in sie eingedrungen war? In seinen Armen zu liegen, fühlte sich an wie eine machtvolle Droge, und sobald sie von seinem Bett aufstand und in ihre Sachen schlüpfte, spürte sie schon die trostlose Kälte des nahenden Entzugs.

Sie hatte keine Ahnung, womit er sie am meisten betörte. Es mochte die Tatsache sein, dass er fabelhaft aussah und dass sie sexuell bei ihm jedes Mal auf ihre Kosten kam. Aber bestimmt spielte es auch eine Rolle, dass er mit seinen erst sechsundzwanzig Jahren eine teuer eingerichtete eigene Wohnung besaß und in seinem ganzen Leben offenbar noch nie mit Geldsorgen oder Hunger in Berührung gekommen war.

Sie hätte längst heimgehen müssen, doch es tat so gut, hier mit Magnus im Bett zu liegen und diese Nähe auszukosten. Sie rang mit sich. Nur noch eine halbe Stunde, was konnte es schon schaden! Inzwischen war Anne bestimmt längst von ihrem Kinoabend mit Carl zurück, und falls nicht, wäre es auch nicht schlimm, denn Lotti war ja da. Sie war ein pflichtbewusstes Mädchen und hatte schon häufig allein auf Emil aufgepasst, auch über Nacht, beispielsweise immer dann, wenn Anne gerade Nachtdienst hatte und Frieda mehrere Tage hintereinander auf Hamsterfahrt war.

Von irgendwoher schien ein kalter Luftzug zu kommen. Frieda fröstelte unwillkürlich und nahm ihre Hand von Magnus' Bauch. An seinen regelmäßigen Atemzügen hörte sie, dass er eingeschlafen war.

Sie selbst war ebenfalls hundemüde, es würde keine fünf Minuten dauern, und sie wäre weggedämmert. Mit einem fast schmerzhaften Gefühl des Bedauerns setzte sie sich auf und schwang die Beine aus dem Bett.

Magnus wurde wach und wandte verschlafen den Kopf in ihre Richtung. »Leg dich wieder hin, Prinzessin.«

»Geht nicht. Ich muss los.« Sie knipste die Nachttischleuchte auf ihrer Bettseite an und suchte ihre Sachen zusammen. Wie immer hatten sie es beim Ausziehen eilig gehabt, ihm konnte es gar nicht schnell genug gehen, sie aus den Kleidern zu kriegen.

Mit geübten Handgriffen rollte sie die Strümpfe über ihre Beine, nagelneue Nylons, die Magnus ihr geschenkt hatte. Sie knisterten seidig unter ihren Fingerspitzen, und für einen Moment hielt sie inne, um dieses Gefühl von verschwenderischem Luxus zu genießen. Während sie die Strümpfe an ihrem Hüfthalter befestigte, musterte Magnus sie unter gesenkten Lidern. »Gott, bist du schön!«

Ja, das war sie, der Spiegel, der in der Tür seines Schranks eingelassen war, sagte es ihr ohne jeden Zweifel. Ihr Haar rieselte wie flüssiges Gold auf ihre Schultern, und ihre Brüste wölbten sich über ihrer schlanken Mitte in makellos straffer

Fülle. Die fast madonnenhaften Züge ihres Gesichts bildeten einen irritierenden Gegensatz zu den sinnlichen Kurven ihres Körpers, abgesehen von den herzförmig geschwungenen Lippen, die auch ungeschminkt aussahen, als wäre sie jederzeit bereit zu einem Kuss.

»Musst du wirklich schon gehen?«, wollte er wissen. Er setzte sich ebenfalls auf. Ein schmollender Ausdruck stand auf seinem hübschen Gesicht. »Wieso hast du es so eilig?«

»Ich will nicht immer weg sein, wenn Emil morgens aufwacht.«

Er verzog das Gesicht. »Deine Schwestern können sich doch um ihn kümmern.«

»Das machen sie sowieso schon andauernd.« Sie zog ihren Büstenhalter an, streifte sich ihr Kleid über den Kopf und strich sich vor dem Spiegel energisch mit dem Kamm die Haare glatt. Anschließend drehte sie sich zu ihm um. Höchste Zeit, mit ihm über das zu sprechen, was ihr schon die ganze Zeit auf der Seele brannte. »Du musst mir eine Pistole besorgen.«

»Eine Pistole?«, echote er verblüfft. »Wozu brauchst du die denn?«

»Kannst du mir eine besorgen oder nicht?«

»Ich kann alles besorgen«, erklärte er selbstsicher.

»Dann tu's einfach. So schnell wie möglich. Ich bezahle das auch. Egal was es kostet – ich kratze es zusammen.«

»Du weißt doch, dass du bei mir alles gratis bekommst, Prinzessin. Aber du hast meine Frage nicht beantwortet. Wofür brauchst du eine Knarre? Willst du jemanden umlegen?« Er hatte es halb im Scherz gesagt, und als sie nickte, klappte ihm die Kinnlade herunter. Wenn es nach ihr gegangen wäre, hätte sie sich nähere Erklärungen geschenkt, aber Magnus wollte es genauer wissen und machte keinen Hehl daraus.

»Wenn du mit einer Waffe, die ich dir beschaffe, jemanden

abknallst, kann das auf mich zurückfallen, das ist dir doch wohl klar, oder? Ich könnte wegen Beihilfe dran sein.«

»Ich würd's keinem erzählen, dass ich sie von dir habe.«

»Na ja, inzwischen hat sich rumgesprochen, dass du die Königin meines Herzens bist und alles von mir kriegen kannst«, gab er zurück. Mit einer lässigen Bewegung verschränkte er die Arme hinter dem Kopf. »Sag mir, wofür du die Pistole brauchst, und ich überlege, ob ich dir eine beschaffe.«

»Ich brauche sie zum Schutz. Mein Ex ist wieder in Essen aufgetaucht. Er läuft frei in der Gegend herum und könnte jederzeit wahr machen, was er mir schon damals angedroht hat.«

»Oh, verflucht!« Magnus richtete sich ruckartig auf und starrte sie ungläubig an. »Seit wann weißt du das?«

»Seit heute.« Sie sah auf ihre Armbanduhr. »Gestern«, verbesserte sie sich. Es war schon halb fünf morgens. Bald würde es hell werden.

»Sollten denn die Bullen nicht auch davon erfahren?«, fragte Magnus. Er wirkte immer noch erschrocken.

»Bis die in die Hufe kommen, kann sonst was passiert sein. Und wie lahmarschig die sind, kann man ja schon daran sehen, dass sie ihn seit über drei Jahren nicht schnappen konnten, obwohl er wegen Massenmords gesucht wird.«

Magnus fuhr sich mit beiden Händen durch die Haare, bis sie in alle Richtungen abstanden. »Mir gefällt das alles nicht.«

»Mir auch nicht. Deshalb will ich ja die Pistole.«

»Ich brauche aber ein, zwei Tage, bis ich eine habe. Was machst du bis dahin?«

»Aufpassen und improvisieren«, erwiderte sie nüchtern. Sie bückte sich und holte das Springmesser aus ihrer Handtasche. Es klickte metallisch, als sie es aufschnappen ließ. Der Widerschein der Nachttischlampe funkelte auf der rasiermesserscharfen Schneide.

Magnus pfiff durch die Zähne. »Wo hast du *das* denn her?«

»Woher wohl?«, fragte sie ironisch zurück.

Er verzog das Gesicht, denn er hätte leicht selbst auf die Antwort kommen können, schließlich war er in Essen so was wie der König des Schwarzmarkts.

Frieda ließ das Messer wieder in ihrer Handtasche verschwinden und ging zur Tür. »Bis die Tage.«

»Kein Abschiedskuss?«, fragte Magnus. In seinen Augen glitzerte es lüstern.

Frieda grinste nur und warf ihm einen Handkuss zu.

*

Auf dem Heimweg sah sie überall in der Innenstadt die Vorboten der neuen Zeit. Teils verstohlen, teils mit unverhohlener Betriebsamkeit hatten sich die Ladenbesitzer schon im Morgengrauen an die Arbeit gemacht. Im Schaufenster einer Metzgerei wurden gerade reihenweise Wurstketten aufgehängt, aus einer Bäckerei roch es betäubend nach frisch gebackenem Brot. In einem Miederwarensalon machte eine Dekorateurin sich an der neuen Auslage zu schaffen, und als sie einen Schritt zur Seite tat, konnte Frieda die aufreizenden, hochmodischen Dessous in Augenschein nehmen, die sie in dieser Qualität seit Jahren nicht zu Gesicht bekommen hatte.

Im Schaufenster eines Lebensmittelladens hing eine Tafel mit Preisen für Butter, Schmalz und frische Eier – lauter Dinge, von denen man tags zuvor nur hatte träumen können. Frieda entwich ein wütendes Schnauben. Siebzehn Pfennige für ein einziges Ei! Da verging doch sofort jedem der Appetit! Außer vielleicht Leuten wie Magnus, die sich aus irgendwelchen dunklen Kanälen Geld ohne Ende beschaffen konnten. Oder die korrupten, vollgefressenen Drecksäcke aus den Wirtschaftsämtern, die sich schon seit Jahren die Taschen vollmachten.

Während des restlichen Weges schaute Frieda sich immer wieder aufmerksam nach allen Seiten um, jederzeit bereit, ihr Springmesser aus der Tasche zu ziehen. Sie glaubte mit allen Sinnen zu spüren, dass Arnold sich in nicht allzu weiter Entfernung herumtrieb und darauf lauerte, finstere Absichten in die Tat umzusetzen.

Im Haus in der Klarastraße begegnete Frieda der alten Frau König, die mal wieder barfuß und im Nachthemd im Treppenhaus herumirrte.

Sie strahlte, als sie Frieda sah. »Bis du dat Christkind? Hasse für mich auch wat mitgebracht?«

»Kommen Sie, Frau König.« Frieda nahm die alte Frau mit und klingelte Brunhilde König raus, die ihre Schwiegermutter halb erbittert, halb ergeben in Empfang nahm.

Aus dem zweiten Stock schallten Babygebrüll und Männerfluchen durchs Haus. Irgendwer schlug mit Getöse die Tür vom Lokus zu. Da oben lagen bei Tag und bei Nacht die Nerven blank, kein Wunder, wenn so viele Leute dermaßen eng aufeinanderhockten. Frieda war froh, dass sie in ihrer Wohnung ein eigenes Wasserklosett hatten; Adelheid hatte es sich – ebenso wie die Wanne und den Badeofen – extra irgendwann einbauen lassen. Die übrigen Mieter mussten sich das Plumpsklo auf halber Treppe teilen. Nur Borjan und Aleksandr hatten ein stilles Örtchen für sich, es gehörte zur einstigen Kneipe.

Das rief Frieda wieder den Plan in Erinnerung, die *Grüne Linde* neu zu eröffnen. An Einrichtung war dort alles vorhanden, sie brauchten nur noch eine Schankerlaubnis. Außerdem natürlich Fassbier und andere Getränke. Und was zum Essen. Nichts Besonderes, nur das Nötigste für einen schnellen Imbiss, wie er in Kneipen üblich war. Soleier, Frikadellen, saure Gurken, Brötchen, Senf – das reichte fürs Erste schon.

Nach allem, was sie vorhin schon an Ware in den Schaufenstern gesehen hatte, sollte die Beschaffung kein Problem mehr sein. Es schien, als hätte die ganze Not der letzten drei Jahre auf einen Schlag ein Ende gefunden. Bald würden auch die Brauereien wieder Geschäfte machen wollen, ebenso wie die übrigen Getränkelieferanten. Die würden dann neue Abnehmer brauchen.

Frieda hatte für die Kneipe auch schon einen neuen Namen parat, der ihr so passend vorkam wie kein zweiter: *Zum krausen Bäumchen*. Er stand für einen Ort, an dem man sein Ziel erreicht hatte und endlich frei war. Ein Ort, nach dem sie sich mit aller Kraft sehnte.

*

Für Carl war die restliche Nacht über nicht an Schlaf zu denken. Nachdem er sich vergewissert hatte, dass Anne ihre Wohnungstür sorgfältig hinter sich zugeschlossen hatte, eilte er stehenden Fußes zum Präsidium und sorgte dafür, dass sich eine Streife vor der *Grünen Linde* postierte. Er schrieb eine Meldung für Döring an und klingelte anschließend den Polizeizeichner aus dem Bett, damit ein aktuelles Fahndungsbild von Hoffmann angefertigt werden konnte. Zu guter Letzt verfasste er eine dringende Nachricht an Lieutenant Thomson, die er sofort von einem Wachtmeister zum Verwaltungsgebäude der Besatzungsbehörde bringen ließ. Er wollte sich nicht wieder vorwerfen lassen, dass er irgendwas schleifen ließ.

Mit Anne hatte er ausgemacht, dass sie an diesem Tag gemeinsam mit ihrer Familie zu Hause blieb, abgesehen von ihrem Vorstellungsgespräch im Polizeikrankenhaus, zu welchem er sie persönlich begleitete. Sie bekam die Stelle auf Anhieb und sollte schon am folgenden Tag im Spätdienst anfangen.

Ihre Schicht ging von zwei Uhr mittags bis zehn Uhr abends, und Carl kündigte an, sie persönlich hinzubringen und abzuholen. Er nahm ihr das Versprechen ab, auf dem Hin- und Rückweg keinen Schritt allein zu tun.

Abends fiel er wie ein Stein ins Bett und schlief sofort ein.

# Kapitel 15

Am nächsten Morgen ging Carl zeitig ins Büro. Dort traf er als Erstes auf Behrends.

»Morgen, Carl. Warst du eigentlich in Frillendorf bei diesem Zeugen? Hatte ganz vergessen, dich danach zu fragen.«

Carl bemühte sich um einen arglosen Gesichtsausdruck. »Ach so, ja, da hab ich auch nicht mehr dran gedacht. Nee, da war nichts zu holen. Der wollte sich bloß wichtigmachen.«

»Ist jetzt auch egal. Wir haben neue Hinweise.« Behrends kratzte sich eine verschorfte Stelle am Kinn auf. Anschließend betrachtete er angewidert die Blutspuren auf seinen Fingerspitzen.

Carl gab sich gleichmütig und vertraute darauf, dass man ihm die Anspannung nicht ansah. »Was für Hinweise?«

»Von zwei Bergleuten, die waren an dem Morgen auf dem Weg zur Arbeit. Über drei Ecken haben sie von dem Mord gehört und sich erinnert, dass da ein Mann vor der Klinik herumgelungert hatte. Der kam denen schon verdächtig vor, weil er in Lauerstellung im Gebüsch stand, aber da dachten sie sich noch nicht viel dabei. Als sie von dem Mord hörten, fiel es ihnen wieder ein, und gestern hat sich einer der beiden bei der Polizei gemeldet und den Mann beschrieben.«

Carl entwich ein erleichterter Atemzug. Niemand würde mehr auf die Idee kommen, Anne des Mordes an Doktor Lohfeld zu verdächtigen! Und auch Frieda konnte man ausklammern. Ein Mann hatte Lohfeld aufgelauert, das war jetzt amtlich.

»Kann man mit der Beschreibung was anfangen?«, erkundigte er sich bei Behrends.

»Vollbärtiger, zerlumpter Kerl mit Schiebermütze. Undefinierbares Alter, sah aus wie ein Bettler. Ich habe beide Zeugen einbestellt und lasse eine Zeichnung machen. Mal schauen, was dabei rauskommt.«

Carl schluckte hart, seine Erleichterung hatte sich schlagartig verflüchtigt. Der Beschreibung nach handelte es sich um Arnold Hoffmann. Was wiederum nur bedeuten konnte, dass der Kerl viel dichter an Anne dran war als vermutet. Er musste sie die ganze Zeit im Auge behalten und ausspioniert haben.

Die Mülltonnen!, durchfuhr es Carl. Anne hatte ihm erzählt, dass sie für die Formulierung ihrer Kündigung mehrere Anläufe gebraucht hatte. Fraglos hatte sie die angefertigten Entwürfe im Abfall verschwinden lassen. Normalerweise warf man Papier, egal wie vollgekritzelt es war, nicht einfach weg, sondern benutzte es zum Anfeuern des Ofens. Aber in Annes Wohnung wurde auf einem Gasherd gekocht, und der Kachelofen, mit dem geheizt wurde, war jetzt im Sommer außer Betrieb. Sicherlich hatte Anne zudem vermeiden wollen, dass Lotti zufällig las, was in der Nacht davor passiert war. Also waren die Entwürfe in den Müll gewandert, wo Arnold Hoffmann sie entdeckt hatte. Möglicherweise hatte er Anne beim Wegwerfen des Papiers beobachtet und anschließend nachgeschaut, worum es sich handelte. Denkbar war aber auch, dass er nachts regelmäßig die Tonnen durchwühlt hatte, aus dem krankhaften Antrieb heraus, darin vielleicht irgendetwas von Anne zu entdecken. Egal wie, er hatte herausgefunden, was ihr zugestoßen war, woraufhin er spontan beschlossen hatte, Lohfeld umzubringen.

Aber aus welchen Motiven heraus? Handelte es sich um blindwütige Rache, geboren aus dieser wahnhaften Liebe, die ihn damals auch dazu getrieben hatte, Anne zu vergewaltigen? Oder hatte es eine Warnung sein sollen? Ein Zeichen, um ihr klarzumachen, was mit Männern geschah, die sich bei ihr Freizügigkeiten herausnahmen?

So gesehen war es vielleicht nicht nur ein Zeichen für Anne.

Sondern auch eins für ihn – Carl. Er hatte Anne geküsst, und Hoffmann hatte es aus kurzer Distanz beobachtet. Was plante der Kerl als Nächstes?

Grübelnd starrte Carl vor sich hin, taub und blind für die geräuschvolle, belebte Umgebung des Büros.

Er schrak zusammen, als ihm von hinten ein Aktenwagen gegen die Beine gedrückt wurde. Der Bedienstete, der für die Post- und Aktenverteilung zuständig war, beschwerte sich lautstark, dass er nirgends richtig durchkam, und Carl beeilte sich, ihm Platz zu machen. Reihum landeten die Eingänge auf den Schreibtischen, auch für Carl war einiges dabei.

Immer noch aufgewühlt ließ er sich auf seinen Stuhl sinken, der ihm wackliger vorkam denn je. Er musste unbedingt noch mal mit Döring über die nötigen Personenschutzmaßnahmen sprechen. Bis jetzt hatte sich noch nichts getan, obwohl Carl ihm bereits gestern eine Liste über die täglichen Wege von Anne und ihrer Familie vorgelegt hatte, mit allen Zeiten und Abläufen und Zielorten.

Werner sprach ihn vom gegenüberliegenden Schreibtisch aus an. »Was ist los mit dir? Du siehst aus, als wäre dir was auf den Kopf gefallen.«

Carl zögerte. Werner war seit vielen Jahren sein Freund. Nicht mal Carls Zeit auf dem Pütt hatte sie auseinanderbringen können. Sie gingen häufig gemeinsam zu den Spielen von Rot-Weiß, und ehe der Versorgungsmangel um sich gegriffen hatte, waren sie auch öfters zusammen einen trinken gegangen. Das würden sie bestimmt fortsetzen, wenn es demnächst wieder genug Bier für alle in den Kneipen gab.

Aber Carl hatte im Lohfeld-Fall die Ermittlungen sabotiert und manipuliert, das musste selbst der beste Kumpel nicht unbedingt erfahren. Außerdem wurde sowieso mit Hochdruck nach Arnold Hoffmann gefahndet; die neu angefertigte Zeichnung war schon zum Hektografieren in der Druckerei.

Nein, es war überhaupt nicht nötig, irgendwem zu erzählen, dass Hoffmann zusätzlich zu all seinen anderen Schandtaten auch noch Lohfeld auf dem Gewissen hatte.

Carl wurde einer Antwort auf Werners Frage enthoben, denn im nächsten Moment kam Döring zu ihnen ins Büro und berichtete mit frustrierter Miene, dass der Polizeipräsident ihm abermals Feuer unterm Hintern gemacht hatte.

»Dieser Lieutenant Thomson lässt uns keine Ruhe! Jetzt müssen wir schon wieder neue Fahndungsplakate drucken, wegen der Währungsumstellung! Weil die Belohnung in D-Mark ausgeschrieben werden muss! Und zwar in der Umrechnung eins zu eins! Als hätten wir hier Schränke voller Geld herumstehen!«

»Es müssen sowieso neue Plakate gedruckt werden«, warf Carl ein, wobei er wohlweislich unerwähnt ließ, dass er derjenige war, der Thomson über die neueste Entwicklung des Falles informiert hatte. »Weil es ein aktuelles Fahndungsbild gibt.«

Döring zog die Brauen hoch. »Ich habe die Zeichnung gesehen. Die ist nicht schlecht, Sie haben Hoffmann ziemlich genau beschrieben. Aber der Kerl muss sich nur rasieren und die zottigen Haare abschneiden, um sich ein anderes Aussehen zu verpassen. Was er sicher als Nächstes tun wird. Und dann dürfen wir schon wieder alle Plakate abhängen und neue drucken.«

Carl lag die Erwiderung auf der Zunge, dass der Mann ein gemeingefährlicher Massenmörder war und die Fahndung gar nicht umfassend genug sein konnte. Aber das verkniff er sich im letzten Moment. Er war auf Dörings Wohlwollen angewiesen.

»Haben Sie inzwischen Leute für den Polizeischutz der Familie abgestellt?«, erkundigte er sich mit beiläufiger Höflichkeit. »Bei Arnold Hoffmann muss man mit allem rechnen.«

Döring seufzte sorgenvoll. »Bruns, ich verstehe vollkommen, wie wichtig es Ihnen ist, Frau Wiesner und ihre Familie zu beschützen. Aber was glauben Sie, wie viele Dienststunden nötig sind, um drei Frauen und ein Kind rund um die Uhr zu bewachen? Wir haben kaum genug Leute, um die normale Arbeit zu erledigen! Hier wächst uns sowieso schon alles über den Kopf, das sehen Sie doch selbst jeden Tag! Woher soll ich das nötige Personal nehmen?« In einer Geste der Hilflosigkeit rieb er sich die Schläfen und gelangte zu einer Entscheidung. »Drei Männer, mehr geht auf keinen Fall!«

»Ich kann in meiner Freizeit auch eine Schicht übernehmen«, mischte Werner sich ein. »Chef, mit Verlaub, hier geht es um den Schutz von Menschenleben! Wollen Sie die Verantwortung dafür tragen, dass Arnold Hoffmann nach dem Mord an seiner Mutter auch noch den Rest seiner Familie auslöscht?«

Dieser Appell trug ihm einen indignierten Blick von Döring ein. »Na gut, vier Männer. Aber keinen einzigen mehr. Und natürlich auch nicht für ewig. Erst mal nur für eine Woche, dann sehen wir weiter.«

Mit dieser Ansage verließ er das Büro. Carl und Werner blickten seiner langen, dürren Gestalt hinterher.

»Auf mich kannst du zählen«, betonte Werner. »Das war nicht bloß so dahingesagt.«

»Ich weiß«, sagte Carl. Von Dankbarkeit erfüllt, sah er Werner an. »Du bist ein echter Freund.«

Werner hob verlegen die Schultern. »Das ist doch selbstverständlich. Würdest du umgekehrt auch machen. Außerdem – je besser die Überwachung der Familie, desto größer die Chance, den Kerl zu erwischen. Irgendwann kreuzt er sicher wieder auf.«

Carl kam unvermittelt eine Frage in den Sinn, die schon die ganze Zeit in seinem Unterbewusstsein rumort hatte. »Weißt du, was ich seltsam finde? Dass Schneider im April keine aktuelle Personenbeschreibung von Hoffmann abgegeben hat. Er hatte doch gemeldet, dass er ihn kurz vor dem Mord an Adelheid Hoffmann am Rüttenscheider Stern gesehen hat. Da hätte er doch auch gleich dazusagen können, wie Hoffmann jetzt aussieht.«

»Das ist gar nicht so seltsam, wie du glaubst«, sagte Werner. »Ich denke, dass er es extra für sich behalten hat. Weil er doch Hoffmann eigenhändig schnappen und dadurch der große Zampano werden will. Dieser Tage bin ich ihm zufällig begegnet, da hat er wieder dieselbe Platte aufgelegt. Er meinte, er hätte ein Gespür dafür, wo Arnold sich rumtreibt, und es wäre bloß eine Frage der Zeit, bis er ihn am Wickel hat.«

Carl nahm es alarmiert zur Kenntnis. »Falls Schneider weiß, in welchen Schlupflöchern Hoffmann sich verstecken könnte, macht er sich strafbar, wenn er dieses Wissen unterschlägt. Ich werde ihn mir deswegen vorknöpfen!«

»Ich habe ihm schon gesagt, dass er da auf dünnem Eis unterwegs ist«, pflichtete Werner ihm bei. »Worauf er meinte, ich solle mal halblang machen und dass er uns allen noch zeigen würde, wie man mit vernünftiger Polizeiarbeit Verbrecher schnappt.« Er lehnte sich zurück und blickte augenrollend zur Decke. »Der sieht sich wohl wirklich schon in Glanz und Gloria wieder auf seinem alten Posten sitzen.«

Carl kämpfte gegen eine Aufwallung von Übelkeit an und wandte sich endgültig der Arbeit auf seinem Schreibtisch zu.

*

Die Akte über den Toten aus Heisingen lag ziemlich weit unten im Stapel. Ein daktyloskopischer Bericht war eingegangen, und als Carl ihn sich vornahm, erwartete er keine bahnbrechenden neuen Erkenntnisse. Doch beim Lesen pfiff er durch die Zähne – auf der alten Kinokarte war ein Fingerabdruck sichergestellt worden, der zu einem Treffer geführt hatte. Das Mordopfer war identifiziert.

Werner äugte neugierig herüber. »Was Interessantes dabei?«

»Ja, kann man so sagen. Der Tote aus Heisingen hat jetzt einen Namen. Im Futter seiner Hosentasche steckte eine alte Kinokarte, die hatte ich auf Abdrücke untersuchen lassen. Es gab eine Übereinstimmung. Der Mann hieß Schnabel.« Carl runzelte die Stirn, während er die Fakten für Werner zusammenfasste. »Ein Essener Polizist. Hat es bis zum Kriminalmeister gebracht und sich dann von der Waffen-SS aufnehmen lassen. Kriegseinsatz in Polen. Nach einer Verwundung wieder in Essen und die drei letzten Kriegsjahre bei der Gestapo. Verhaftet am dritten Mai fünfundvierzig bei dem Versuch, sich aus der Stadt abzusetzen.«

Den nachfolgenden Aktenvermerk las Carl ein zweites Mal, um sicherzugehen, dass er sich nicht vertan hatte. Verblüfft sah er anschließend Werner an. »Auf der Fahndungsliste stand er damals wegen mutmaßlicher Teilnahme an dem Massaker, für das Arnold Hoffmann später in Abwesenheit als Haupttäter zum Tode verurteilt wurde.«

»Ach, das ist ja wirklich interessant! Schnabel … Hm, der Name sagt mir nichts.«

»Mir aber«, meldete sich Behrends vom Nachbarschreibtisch. Er stand auf und kam herüber. »Das war einer von Hoffmanns Kumpanen. Die gingen immer zusammen saufen, und wenn irgendwo Juden oder Kommunisten zusammengeknüppelt wurden, waren die beiden meist vorneweg mit dabei. Ihr wisst ja sicher noch, wie es damals war – überall die braunen Schläger.«

Carl entsann sich nur zu gut. Die Ausschreitungen hatten bereits angefangen, bevor Arnold zur Polizei gekommen war, kurz nach Hitlers Machtergreifung. Die Gauleitung der NSDAP, die siegestrunken im Saalbau Karneval feierte. Tobende SA-Horden auf dem Viehofer Platz. Gestiefelte, brüllende Nazis, die Jagd auf Sozialisten und Kommunisten machten und sie totschlugen, einfach so. Funksprüche, die pausenlos von allen Seiten hereinkamen und von Hatz und Aufruhr berichteten. Gefechtsbereite Panzerwagen voller verschreckter Polizisten, die kaum was ausrichten konnten. Und es wohl in vielen Fällen auch gar nicht wollten.

Stattdessen hatten sie dafür gesorgt, dass sich die Haftzellen des Polizeigefängnisses füllten. Aber nicht mit den Totschlägern, sondern mit Sozialdemokraten, Mitgliedern der KPD und diversen anderen Leuten, die sich weigerten, den Nazis nach dem Mund zu reden. Auch Juden waren unter den Häftlingen gewesen, ein Vorgeschmack auf die Schrecken, die noch folgen sollten.

Carl hatte einmal einen schwer verletzten Kommunisten auf eigene Verantwortung zu den Sanitätern gebracht, was ihm einen heftigen Rüffel von Schneider eingetragen hatte. »Mit solchen Bolschewisten machen wir uns nicht gemein«, hatte er Carl angeraunzt. »Als deutsche Polizisten stehen wir wie ein Mann hinter unserem Führer Adolf Hitler, ist das klar?! Ich hoffe, das merkst du dir für die Zukunft! Oder willst du rausfliegen, so wie all die anderen?!«

Carl hatte geschwiegen, damals hatte er noch was zu verlieren gehabt. Reihenweise waren in den ersten Monaten nach Hitlers Machtergreifung Essener Polizisten auf die Straße gesetzt worden, es reichte schon eine einzige unbedachte Bemerkung. Hätte Schneider allerdings bereits zu jener Zeit geahnt, dass Carl der Enkel eines Juden war, hätte er ihn wohl gleich mit einem Tritt vor die Tür befördert statt erst im Jahr darauf.

»Wurde Schnabel wegen des Massakers vor Gericht gestellt?«, wollte Carl von Behrends wissen.

»Ja, schon. Aber er wurde nicht verurteilt. Drangekriegt haben die Tommys nur Arnold Hoffmann, weil er die ganzen Zwangsarbeiter persönlich abgeknallt und sich hinterher dünnegemacht hat. Die anderen haben wohl während der Erschießungen nur danebengestanden. Sie haben anscheinend auch gedacht, dass es ein reguläres Todesurteil gab.«

»Wer waren die anderen?«

»Keine Ahnung«, sagte Behrends achselzuckend. »Ich wusste gar nicht, dass es diesen Schnabel überhaupt noch gibt.« Er setzte sich wieder an seinen Schreibtisch, aber nicht, um zu arbeiten, sondern um sich ein gewaltiges Frühstücksbrot zu Gemüte zu führen. Er wickelte es langsam aus dem Butterbrotpapier und blickte es andächtig von allen Seiten an, ehe er die Zähne hineinschlug wie ein Verhungernder. Die Kollegen ringsum starrten ihn an, und so manch einer schien immer noch nicht richtig glauben zu können, dass das jetzt wieder an der Tagesordnung war: eine Stulle der Extraklasse, dick mit Fleischwurst belegt.

Carl lief das Wasser im Mund zusammen. In den letzten Jahren hatte man hier im Büro keine Wurstbrote von solchen Dimensionen gesehen.

Doch als er den Blick wieder auf die Akte vor ihm richtete, verging ihm der Appetit sofort. Zwischen dem Mord an Schnabel und dem Massaker gab es einen Zusammenhang, es stank förmlich danach. Aber noch hatte er nicht die geringste Ahnung, wie er herausfinden sollte, was es war.

*

Das Polizeikrankenhaus war in den Dreißigerjahren als Teil eines großen Gebäudekomplexes an der Norbertstraße neu erbaut worden. Anfänglich hatte das Gelände den Charakter eines in sich geschlossenen Dorfs aufgewiesen, mit Dienstwohnungen, Sportanlagen, Pferdeställen für die berittene Polizei sowie Werkstätten und Garagen für die Fahrzeuge. Später hatten die Nazis hier ein Polizeibataillon stationiert, das mit grauenhaften Mordexzessen in den Ostgebieten von sich reden gemacht hatte. Nach dem Krieg war die kasernierte Polizei von den britischen Militärs aufgelöst worden; mittlerweile wurden die Gebäude überwiegend zu Schulungszwecken genutzt.

Das Krankenhaus lag ein wenig abseits vom Hauptkomplex unmittelbar am angrenzenden Wald. Der Krieg schien spurlos an der Anlage vorübergegangen zu sein. Eingerahmt vom heiteren Grün der Natur, wirkte der schmucklose, mit Arkaden versehene Bau in seiner Unberührtheit wie aus der Zeit gefallen.

Es handelte sich um eine Einrichtung von überschaubaren Ausmaßen, die aber dennoch mit allem Nötigen ausgestattet war. Neben diversen Behandlungs- und Untersuchungsräumen gab es einen funktionstüchtigen Operationssaal, und die Krankenzimmer wirkten gepflegt und sauber. Der leitende Arzt führte Anne persönlich überall herum.

Doktor Emmerich war Ende fünfzig, ein Mann mit Dackelblick und scheuem Lächeln. Formvollendete Manieren schienen ihm wichtig zu sein; er hielt Anne jede Tür auf, die sie bei ihrem Rundgang passierten, und mehrmals fragte er sie, ob denn auch alles recht sei.

Nach der Führung sichtete sie gewohnheitsmäßig die Bestände an Geräten, Verbandszeug und Medikamenten. Die Catgut-Vorräte gingen zur Neige, und selbst denen war trotz angeblich steriler Verpackung nicht mehr zu trauen. Im Vergleich zur Seide hatte Catgut zwar den Vorteil, sich rückstandslos aufzulösen, sodass nach Operationen keine Fremdkörper zurückblieben. Allerdings konnte es schon bei der kleinsten fabrikationsbedingten Verunreinigung zu Fällen von Gasbrand oder Tetanus kommen. Anne hatte es sich bereits vor langer Zeit zur Gewohnheit gemacht, das Catgut nachzusterilisieren, und das tat sie auch hier. Dafür legte sie es in eine Metalldose, die mit einer Schüttelmixtur aus absolutem Alkohol und entwässertem Kupfersulfat gefüllt war. Die fest verschlossene Dose kam für zehn Minuten in kochendes Wasser; nach dem Abkühlen konnte das Catgut mit einer sterilen Zange unter aseptischen Bedingungen entnommen werden.

Auf dem Narkosetisch ordnete sie das Instrumentarium exakt so an, wie sie es gewohnt war – Äthermaske, Kiefersperrer, Zungenzange, Stieltupfer, Spatel, Brechschale, Spritze mitsamt Kanüle.

Die übrigen Stunden ihrer Schicht vergingen weitgehend ereignislos. Es kamen weder Notfälle herein noch gab es Komplikationen bei den Patienten – allesamt Polizisten, die hier eine im Dienst erlittene Verletzung auskurierten oder sich von Operationen erholten.

Anne machte sich mit allen bekannt und sah wiederholt nach dem Rechten. Ab und zu reichte sie eine Bettpfanne, schüttelte ein Kissen auf oder hielt ein Schwätzchen. Als es Zeit für das Abendbrot war, half sie einer Servierkraft aus der Großküche, wo die Mahlzeiten für die gesamte Polizeiliegenschaft zubereitet wurden, bei der Verteilung des Essens. Danach gönnte sie sich den seltenen Luxus, im Schwesternzimmer Zeitung zu lesen. Und nebenher daran zu denken, dass Carl sie später von der Arbeit abholen und heimbringen würde. Er hatte ihr versprochen, sie vor Arnold zu beschützen. Sie und ihre Familie, koste es, was es wolle. Trotzdem hatte sie vorhin im OP ein Skalpell mitgenommen. Eingeschlagen in ein Stück Verbandsmull, steckte es griffbereit in der Tasche ihres Kittels.

Das Entsetzen über Arnolds Auftauchen in der Klarastraße hing ihr immer noch nach, sie war so außer sich gewesen, dass sie den Rest der Nacht kein Auge zubekommen hatte. Zusätzlich hatte es sie aus der Fassung gebracht, mit welchem Gleichmut ihre Schwester auf die Nachricht reagiert hatte – bis Frieda nach einer Weile kleinlaut damit herausgerückt war, dass sie Arnold schon am Morgen davor in Rüttenscheid bei der Geldausgabe gesehen und seitdem genug Zeit gehabt hatte, den Schock zu verdauen. Sie hatte absichtlich kein Wort darüber verloren, weil sie Anne nicht beunruhigen wollte.

Anne wusste immer noch nicht, ob sie deswegen wütend oder dankbar sein sollte. In jedem Fall war seither die Angst ihr ständiger Begleiter, auch wenn Carl ihr beteuert hatte, dass die Polizei Arnold sehr bald schnappen würde; man habe die Fahndung bereits verstärkt.

Bei dieser Gelegenheit hatte er ihr auch gestanden, dass Arnold schon im April in Essen gesichtet worden war, kurz vor dem Tod seiner Mutter. Die Gründe, warum er das für sich behalten hatte, ähnelten denen von Frieda, auch wenn es einen entscheidenden Unterschied gab.

»Ich wollte dich unbedingt wiedersehen«, hatte er zerknirscht zugegeben. »Eine Rückkehr nach Essen hättest du dir aber vielleicht dreimal überlegt, wenn du gewusst hättest, dass sich dein Schwager kurz vorher in der Gegend herumgetrieben hat.«

Damit lag Carl richtig. Hätte er ihr schon in Köln von Arnolds Auftauchen erzählt, hätte sie bestimmt keinen Fuß nach Essen gesetzt.

Aber noch während sie so darüber nachsann, musste sie sich eingestehen, dass sie sich damit vielleicht in die Tasche log. Womöglich wäre sie in jedem Fall zurückgekehrt. Weil da zwischen Carl und ihr etwas war, das sich nicht mehr wegdenken ließ. Es spielte keine Rolle, ob es neu war oder aber ein zurückgebliebener, wieder aufgeflammter Rest von damals. So oder so, er war ihr *wichtig*. Mehr noch: Er vereinnahmte ihre

Gefühle auf eine Weise, die alle Sorgen und Ängste nebensächlich erscheinen ließ.

Dabei wusste sie nicht mal genau, was sie überhaupt wollte und wohin das mit ihm führen würde. Nur eins war sicher: Es würde nicht einfach aufhören, sondern weitergehen – weil sie es sich wünschte.

Ihr Herz klopfte unvernünftig schnell, als das Ende ihrer Schicht gekommen war und sie im Schwesternzimmer den Kittel gegen ihre Alltagskleidung tauschte. Sie brannte förmlich darauf, Carl endlich wiederzusehen. Sicher war er längst da.

Die Nachtschwester, eine mütterliche Frau in den Vierzigern, erschien pünktlich auf die Minute zur Übernahme. Sie stellte sich als Schwester Gesine vor.

»Draußen wartet schon nette männliche Begleitung auf Sie«, verriet sie mit verschmitztem Augenzwinkern. »Ich habe ihm gesagt, dass Sie in fünf Minuten rauskommen.«

Anne verabschiedete sich von Schwester Gesine und eilte beschwingt hinaus.

Doch der Mann, der dort auf sie wartete, war nicht Carl.

Es war ihr Schwager Arnold.

*

Als sie ihn im Arkadengang neben der Eingangstreppe unvermittelt hinter einer Säule hervortreten sah, rauschte in ihren Ohren das Blut, das im rasenden Rhythmus ihres Herzens durch ihren Körper gepumpt wurde. Die Beine versagten ihr den Dienst, sie drohte den Halt zu verlieren und musste sich an der Wand neben der Treppe abstützen.

»Guten Abend, Anne.« Er richtete eine Pistole auf sie, während er näher kam. »Ich tu dir nichts«, fügte er hinzu, während er mit der freien Hand in einer absurden Geste der Höflichkeit den Hut lüpfte, den er trug. Nicht die verbeulte Kappe von vorgestern, sondern einen sorgfältig gebürsteten Borsalino. Die Pistole bewegte sich dabei um keinen Zentimeter.

Arnolds Aussehen hatte sich im Vergleich zur vorletzten Nacht so grundlegend verändert, dass Anne sich unwillkürlich fragte, ob er es überhaupt gewesen war, da draußen bei den Abfalltonnen. Aber dann registrierte sie trotz der einbrechenden Dämmerung die vereinzelten blutigen Abschürfungen an seinen Wangen und an seinem Kinn, desgleichen die unregelmäßigen Stufen in dem nun wesentlich kürzeren Schopf. Er hatte sich den wuchernden Vollbart abrasiert und sein Haar gestutzt, allem Anschein nach eigenhändig. Auch die Kleidung hatte er gewechselt. Anstelle der Lumpen trug er einen biederen grauen Anzug und brauchbare Schuhe, alles alt und abgetragen, aber in neuen Sachen lief in diesen Zeiten sowieso kein Mensch herum.

Rein äußerlich wirkte er auf geradezu groteske Weise normal. Ein verhärmter, aber nichtsdestotrotz gut aussehender Mann, der Anne mit seinen klaren Gesichtszügen, den hellen Augen und dem widerspenstigen blonden Schopf so sehr an Emil erinnerte, dass es ihr fast das Herz herausriss.

Anne starrte ihn stumm an, versuchte zu erfassen, was er dachte und wollte, und doch konnte sie die ganze Zeit nur daran denken, dass er, der Massenmörder und Vergewaltiger, so sehr dem wundervollen kleinen Jungen ähnelte, den sie mit allen Fasern ihrer Seele liebte.

»Ich tu dir nichts«, wiederholte Arnold. Er lächelte sie an. »Vor mir musst du dich nicht fürchten!«

Sie konnte nichts erwidern, ihre Kehle war wie zugeschnürt.

»Ich will dich ins Ausland mitnehmen«, sagte er. »Dich und meinen Jungen. Von Frieda lasse ich mich scheiden, aber das hab ich dir ja damals schon gesagt. Sie und ich, wir passen einfach nicht zusammen. Das mit ihr hat von Anfang an nicht geklappt, ich hätte nicht auf Mutter hören sollen. Du warst immer die Einzige, die ich wollte. Wir fangen zusammen von vorn an. Nur du und ich und der Junge. Ich brauche bloß noch ein bisschen Geld, aber das kriege ich bald, ich rechne jeden Tag damit. Wir gehen nach Südamerika. Brasilien, Argentinien, Chile – da soll es traumhaft sein! Endlose, unberührte Weiten, die schönsten Landschaften. Freundliche Menschen überall, und Hunger kennen die da nicht. Ich bring dich raus aus diesem Elend hier, Anne. In ein besseres Leben. Da drüben in Südamerika werde ich gut für uns drei sorgen.« Sein Gesicht wurde hart, die Hand mit der Pistole bewegte sich mit einem Mal fahrig hin und her. »Wer mich daran hindern will, muss früher aufstehen. Mich kriegt keiner klein, das steht fest.« Er hielt inne. Mit einem Mal trat ein bittender Ausdruck auf sein Gesicht. »Du glaubst doch auch, dass wir es schaffen, oder? Zusammen schaffen wir alles, wir müssen es nur wollen!«

Ein krächzender Laut entrang sich ihr, und plötzlich hatte sie ihre Stimme zurück. »Du zielst mit einer Waffe auf mich, Arnold. Hältst du das für einen guten neuen Anfang?«

Er blickte befremdet auf die Pistole in seiner Hand, als könne er es selbst nicht recht glauben. Dann sah er wieder Anne an und war mit einem Mal die Gelassenheit in Person. »Das ist nur zur Vorsicht. Damit du nicht wegläufst. Wie soll ich sonst in Ruhe mit dir reden? Du sollst doch sehen, dass ich es gut mit dir meine. Ach, ehe ich es vergesse …« Er nestelte etwas aus der Tasche seines Sakkos und kam damit auf Anne zu. Sie widerstand dem Impuls, schreiend zurückzuweichen. Stattdessen nahm sie mit zitternden Fingern das Päckchen entgegen, das er ihr hinhielt. Dicht vor ihr blieb er stehen. Er roch nach Mottenkugeln und einem Hauch von Schimmel, aber das war kein Körpergeruch, sondern entströmte seiner Kleidung. Von dem Gestank nach Fäulnis und Verwahrlosung, den er in der vorletzten Nacht bei seiner Flucht hinter sich hergezogen hatte, war nichts geblieben. Irgendwo musste er in der Zwischenzeit gebadet haben. Aber vielleicht war er auch einfach nur schwimmen gewesen, entlang der Ruhr und an den Ufern des Baldeneysees konnte man an vielen Stellen ins Wasser.

All diese nebensächlichen und nutzlosen Gedanken summten wie aufgescheuchte Wespen in ihrem Kopf herum, während sie das sorgfältig in Zeitungspapier gewickelte Päckchen in ihrer blutleeren Hand hielt und es blicklos anstarrte.

Sie sollte sich wehren. Egal wie. Aber womit? Das Skalpell hatte sie vorhin in den OP zurückgebracht, in der sicheren Annahme, dass Carl hier draußen auf sie wartete. Doch selbst wenn sie es mitgenommen hätte – welche Chance hatte sie damit gegen eine Pistole?

Ob das die Waffe war, mit der er all die Zwangsarbeiter erschossen hatte? Einen nach dem anderen, ohne Gnade und ohne Reue. Genickschuss, und danach vielleicht noch ein Tritt in den Rücken, damit der Leichnam weit genug vornüber in die Grube fiel. Mit derselben Unbarmherzigkeit, mit der er ihr damals Gewalt angetan hatte, auf der roten Chaiselongue seiner Mutter.

Oh Gott, wo blieb nur Carl? Warum war er nicht hier? Hatte Arnold ihn etwa … Ihr wurde schlecht bei dem Gedanken, gleich würde sie sich übergeben.

»Es ist ein Geschenk für dich«, sagte Arnold. Er nahm ihre freie Hand und zog sie unter die Arkaden, weg von der Treppe. Als wollte er für sie beide eine etwas privatere Umgebung schaffen. Eine fast kindliche Begeisterung spiegelte sich in seinen Zügen. »Na los, worauf wartest du? Pack es aus!«

*

Carl rang keuchend nach Luft, während er so schnell, wie er nur konnte, die Straße entlangrannte. Das verdammte Krad hatte einfach schlappgemacht. Er hatte in allen Tonlagen geflucht, aber letztlich hatte er es stehen lassen müssen, auch auf die Gefahr hin, dass es geklaut wurde.

Es war nicht mehr weit, ein paar Hundert Meter noch. Wenn das Krad nicht verreckt wäre, hätte er längst da sein können. Zwischendurch sah er immer wieder auf seine Uhr, mittlerweile war es kurz nach zehn. Die Dämmerung hatte bereits eingesetzt. Hoffentlich kam Anne nicht auf die Idee, im Dunkeln allein nach Hause zu gehen!

Carl lief schneller und ignorierte das beginnende Seitenstechen. Noch vor gar nicht allzu langer Zeit hatte er eine ordentliche Ausdauer besessen, nicht nur durch die Schwerarbeit auf dem Pütt, sondern auch vom Rudern. Er hatte lange dem Kruppschen Ruder- und Wassersportverein angehört, der mittlerweile *Ruderclub am Baldeneysee* hieß, aber abgekürzt nach wie vor *Kruwa* genannt wurde. Noch zu Anfang des Krieges hatte er an so mancher siegreichen Regatta im Vierer und Achter teilgenommen, bis das Bootshaus beschlagnahmt und der Ruderbetrieb eingestellt worden war. Zwei Jahre später hatte ein Bombenhagel aus der ganzen Anlage Kleinholz gemacht. Das war's gewesen mit dem Sport. Und anscheinend auch mit seiner Kondition. Carl hatte den Eindruck, inzwischen auf dem letzten Loch zu pfeifen. Sosehr er es auch wollte – dieses Tempo konnte er nicht durchhalten.

Er lief mitten auf der Straße. Als hinter ihm das Röhren eines Motors ertönte, blieb er stehen und drehte sich um, beide Arme winkend erhoben. Ein Auto! Und besser noch: eine grüne Minna! Was für ein Dusel!

Der Fahrer, ein Streifenpolizist, brachte den Wagen dicht vor Carl zum Stillstand und kurbelte sichtlich empört über das Verkehrshindernis die Scheibe herab. Carl zog seine Kripo-Marke aus der Hosentasche und hielt sie dem Beamten vor die Nase, bevor er zur Beifahrerseite hastete und einstieg.

»Fahren Sie mich zum Polizeikrankenhaus!«, stieß er keuchend hervor. »Und zwar schnell!«

»Aber ich muss …«

»Das ist ein dienstlicher Befehl!«

»Ich wollte bloß sagen, ich muss sowieso da aufs Gelände«, teilte der Streifenbeamte Carl mit, während er losfuhr. Er war noch jung, höchstens Anfang zwanzig, und trug eine dieser behelfsmäßig blau umgefärbten Uniformjacken, die ihm viel zu eng und zu kurz war, aber trotzdem kein Vergleich zu den Zuständen im ersten Nachkriegsjahr, als die Männer von der Schutzpolizei in eigenen Jacken und Mänteln zum Dienst antreten mussten und nur an einer weißen Armbinde als Gesetzeshüter zu erkennen waren.

»Worum geht es denn?«, wollte er von Carl wissen.

»Um einen flüchtigen Massenmörder«, erklärte Carl, immer noch außer Atem.

Der junge Beamte wurde blass. »Sie meinen, der treibt sich bei dem Krankenhaus herum?«

»Gut möglich. Und jetzt drücken Sie mal auf die Tube!«

»Auf Ihre Verantwortung.« Der Streifenpolizist trat das Gaspedal bis zum Anschlag durch, die alte grüne Minna gewann an Fahrt und bog wenig später mit kreischenden Reifen und klappernden Seitenblechen auf das Gelände der Polizeiliegenschaft ein. In halsbrecherischem Tempo bretterte der Wagen auf das am äußeren Rand gelegene Krankenhaus zu, ehe er nach einem gewagten Bremsmanöver schleudernd zum Stillstand kam.

Carl stieß einen gotteslästerlichen Fluch aus. Da drüben unter den Arkaden stand Anne! Und dicht vor ihr ein Mann mit Hut. Er war nur von hinten zu sehen, doch schon bevor der Kerl zu ihm herumfuhr, wusste Carl, dass es Arnold Hoffmann war. Noch ehe das Auto richtig stand, riss er die Beifahrertür auf und sprang hinaus. Kurz geriet er ins Straucheln, fing sich aber sofort wieder und sprintete auf Anne und Hoffmann zu.

Hoffmann hob die rechte Hand, und im nächsten Moment ertönte der peitschende Knall eines Schusses. Fast zeitgleich spürte Carl den Luftzug, mit dem das Projektil an seinem Ohr vorbeizischte, höchstens Millimeter entfernt. Carl rannte mit Todesverachtung weiter. Von Anne kam ein entsetzter Aufschrei, sie stand mit weit aufgerissenen Augen da und sah ihm entgegen. Hoffmann schoss erneut. Dieses Mal hätte er Carl kaum verfehlen können, aber der Schuss ging weit daneben – Anne hatte Hoffmann mit aller Kraft zur Seite geschubst. Hoffmann wandte sich zu ihr um, richtete die Pistole auf sie. Anne reckte sich und blickte ihm unverwandt ins Gesicht, fast so, als wollte sie erhobenen Hauptes sterben. Carl hörte ein tierisch klingendes Brüllen, und erst beim nächsten Atemzug begriff er, dass es von ihm stammte.

Er war fast da. Nur noch fünf Meter. Noch einen Lidschlag. Er würde dieses Monster töten, mit bloßen Händen. Und wenn es das Letzte wäre, was er in seinem Leben tat.

Doch im nächsten Augenblick ergriff Hoffmann die Flucht. In weiten Sprüngen hetzte er durch den Arkadengang, ließ an dessen Ende das Gebäude hinter sich und verschwand im Dunkel des angrenzenden Waldes.

*

Carl wollte seinen Lauf abbremsen und stehen bleiben, aber seine Beine trugen ihn wie die stampfenden Kolben einer Maschine weiter, und hätte er sich nicht mit beiden Händen abgefangen, wäre er mit voller Wucht gegen die Säule neben Anne geprallt. Auch so stieß er sich noch schmerzhaft den Kopf an und hörte ein paar Sekunden lang die Englein im Himmel singen, während er taumelnd nach Halt suchte. Den Rücken gegen die vermaledeite Säule gelehnt, rutschte er japsend zu Boden.

»Das gibt eine Beule«, sagte Anne durch den Nebel vor seinen Ohren, und im nächsten Augenblick fing sie an zu weinen und hockte sich neben ihn. Sie schlang beide Arme um ihn und schluchzte in seinen Kragen. »Was hast du dir bloß gedacht, einfach auf ihn loszustürmen! Du könntest *tot* sein!«

Der junge Streifenpolizist kam mit entsetzter Miene zu ihnen herübergeeilt und erkundigte sich, ob jemand verletzt sei.

Carl hatte sich hochgerappelt und auch Anne aufgeholfen. Sie zitterte wie Espenlaub, und er wurde gewahr, wie ihr Blick zu einer Pappschachtel ging, die ein paar Schritte entfernt auf dem Boden lag, daneben zerrissenes Zeitungspapier.

»Carl, nicht«, warnte ihn Anne.

Doch er hatte die Schachtel bereits aufgehoben. Schon bevor er den Deckel hochklappte, stieg ihm der widerwärtige Gestank verwesenden Fleisches in die Nase, und da wusste er, was ihn erwartete.

Es waren die Genitalien von Doktor Lohfeld.

*

Als Anne und Carl etwa eine Stunde später das Haus in der Klarastraße betraten, waren aus der Kneipe Stimmen zu hören; die Tür zum Schankraum war nur angelehnt. Drinnen standen in trauter Eintracht Frieda und die Drewin-Zwillinge an der Theke, Frieda davor und die beiden Brüder dahinter. Ein junges Ehepaar aus einer der beiden Wohnungen im zweiten Stock hatte sich zu der Runde gesellt. Die Frau hatte ein zahnendes Baby auf der Hüfte sitzen, das den Neuankömmlingen mit großen Augen entgegenblickte und dabei sabbernd auf einem Holzspielzeug herumkaute. Die Familie stammte aus Königsberg, Carl hatte das Paar im Zuge seiner Befragungen schon kennengelernt. Hedwig und Justus Schwelm; nette und umgängliche Menschen, die sich hier ein neues Leben aufbauen wollten, nachdem sie wie so viele andere ihre Heimat im Osten verloren hatten.

Frieda hatte sich lächelnd zu Anne und Carl umgewandt, aber nach einem kurzen Blick auf ihre Schwester erstarrte sie. »Was ist passiert?«

Anne erzählte es ihr, und notgedrungen bekamen es auch die übrigen Anwesenden mit. Carl fand, dass es nichts schadete, denn so konnte sich jeder vorsehen und zugleich die Augen offen halten.

»Der Kerl ist wahnsinnig geworden«, sagte einer der Zwillingsbrüder im Brustton der Überzeugung.

»Er war schon immer wahnsinnig, Borjan«, korrigierte Frieda ihn. »Von Anfang an, seit ich ihn kenne. Ich hab's bloß zu spät bemerkt.«

Carl betrachtete den Mann unauffällig und prägte sich ein, dass es Borjan war. Die Unterschiede zwischen ihm und seinem Bruder waren kaum zu erkennen, aber wenn man genau hinschaute, bemerkte man sie.

Der andere – demnach Aleksandr – schenkte Weinbrand in zwei Schwenker und reichte Anne und Carl jeweils ein Glas.

»Auf den Schreck«, sagte er.

Die anderen bekamen ebenfalls nachgeschenkt, und reihum prosteten sie einander zu.

Carl hatte das Gefühl, immer noch unter Strom zu stehen. Die Hand, mit der er den Schwenker hielt, zitterte merklich. Erst im Nachhinein war ihm richtig aufgegangen, wie dicht er davorgestanden hatte, den Löffel abzugeben. Was für ein unerhörtes Glück er gehabt hatte, nicht sofort beim ersten Schuss draufzugehen, vom zweiten ganz zu schweigen. Hätte Anne nicht ihr eigenes Leben riskiert, läge er wohl morgen auf einem von Wielspütz' Tischen.

Der junge Streifenbeamte hatte sie beide noch in die Klarastraße gefahren und Carl zugesichert, anschließend im Präsidium Meldung zu machen. Wenn Döring morgen ins Büro kam, sollte er gleich als Erstes erfahren, wie ernst die Bedrohung war, die von Hoffmann ausging. An diesem Abend war, abgesehen von Carl selbst, in weitem Umkreis keinerlei Polizeipräsenz feststellbar. Bei Tage mochte Hoffmann sich gewiss nicht mehr so schnell aus der Deckung wagen, doch im Dunkeln würde ihn niemand fernhalten können. Die Haustür ließ sich zwar abschließen, aber das Schloss war ein Witz; das galt auch für die Wohnungstüren.

Carl entschied kurzerhand, für den Rest der Nacht hierzubleiben und Wache zu schieben. Als er sein Vorhaben äußerte, erklärten die Zwillinge sich spontan bereit, bis zum Morgen jeweils im Wechsel ebenfalls eine Schicht zu übernehmen.

Und so kam es, dass Carl den größten Teil der restlichen Nacht schlafend im Hinterzimmer zubrachte. Borjan, der ihm sein Feldbett überlassen hatte, übernahm die erste Wache. Sein Bruder Aleksandr war als Nächstes dran, und als er Carl Stunden später weckte und ihm den Knüppel in die Hand drückte, mit dem er und sein Bruder die Nacht über im Hausflur Posten bezogen hatten, graute bereits der Morgen.

# Kapitel 16

Später hielt Carl sich nicht damit auf, in seine Wohnung in der Rosastraße zurückzukehren; nachdem er sich davon überzeugt hatte, dass zwischenzeitlich zwei von Döring entsandte Streifenpolizisten eingetroffen waren, ging er auf direktem Wege zur Arbeit. Mit Anne und Frieda hatte er sich darauf verständigt, dass die Familie einstweilen weiterhin zu Hause blieb, zumindest so lange, bis die Einzelheiten der Überwachung geklärt waren.

Auf dem Präsidium war der gestrige Vorfall in aller Munde; Carl wurde im Büro mit großem Hallo empfangen und musste haarklein berichten. Hinterher nahm Behrends ihn zur Seite. »Diese Annemarie Wiesner – was hatte sie mit dem toten Doktor zu tun? Wieso schenkt Arnold Hoffmann ausgerechnet ihr Lohfelds abgeschnittene Eier?«

Carl fühlte sich ertappt und konnte nicht umhin, Behrends reinen Wein einzuschenken. »Ich wollte nicht, dass sie verdächtigt wird, deshalb habe ich nicht erzählt, dass sie in dem Krankenhaus arbeitet und von Lohfeld belästigt wurde«, schloss er seine Erklärung.

Behrends nahm es mit hochgezogenen Brauen zur Kenntnis und gab einen Schuss ins Blaue ab. »Die Aussage von diesem Zeugen in Frillendorf hätte den Verdacht auf sie gelenkt, das hast du auch für dich behalten, was?«

Carl sah Behrends nur stumm an. Schließlich brachte er mühsam hervor: »Das war ein Fehler. Es tut mir leid.«

Zu seinem Erstaunen tat Behrends sein Geständnis mit einem flüchtigen Achselzucken ab. »Wir machen alle mal Mist. Solange wir es nicht rumposaunen und schön die Klappe halten, interessiert's keinen.« Mit diesen Worten klemmte er sich hinter seinen Schreibtisch und widmete sich dem vor ihm liegenden Papierberg. Für ihn schien die Sache damit erledigt.

Bei der anschließenden Fallbesprechung kam von Behrends kein Wort dazu, dass Carl die Ermittlungen manipuliert hatte. Auch Werner hielt sich bedeckt, obwohl ihm die Zusammenhänge ebenso aufgefallen sein dürften wie Behrends. Das Gleiche galt für Döring, dem selten was entging. Carl wartete die ganze Zeit, dass irgendwer den Finger in diese Wunde legte, doch nichts geschah.

Schließlich rang er sich dazu durch, Döring auf den fehlenden Personenschutz für Anne anzusprechen.

»Hoffmann hat von Geld gesprochen, das er sich für eine gemeinsame Flucht ins Ausland beschaffen will, und er glaubt, sehr bald über eine entsprechende Summe zu verfügen. Dann wird er Annemarie Wiesner holen kommen. Wir müssen also unbedingt für eine lückenlose Überwachung der Familie sorgen. Auch weil wir damit unsere Chancen erhöhen, ihn zu schnappen.«

»Ich habe schon drei weitere Beamte abgestellt«, erklärte Döring mit leicht gequälter Miene.

Carl nahm es erleichtert zur Kenntnis und kam sofort zu seinem nächsten Anliegen. »Ich brauche eine Waffe.«

Damit rannte er bei Döring offene Türen ein.

»Das versteht sich von selbst, Bruns. Ich habe bereits Anweisung erteilt, Sie dauerhaft mit einer Dienstwaffe auszustatten. Sie können sich gleich eine holen.«

Dörings Zugeständnis löste bei den Kollegen bewundernde, aber auch neidische Blicke aus. Die Bewaffnung der deutschen Polizei war seit dem Ende der Nazizeit ein heikles Thema. In der britischen Besatzungszone hatten die Beamten im Außendienst anfänglich nur Holzknüppel gehabt, die im Kampf gegen besser bewaffnete Banden kaum hilfreich waren. Bald darauf waren Revolver verteilt worden, aber die wurden auf der

Wache gelagert und höchstens für besonders gefährliche Einsätze herausgerückt, speziell im Nachtdienst. In jeder Waffe steckten nur fünf Schuss, alle Patronen waren akribisch abgezählt, und wurde auch nur eine einzige davon abgefeuert, musste es dem zuständigen *Public Safety Officer* gemeldet werden.

Die deutsche Polizei sollte für Recht und Ordnung sorgen.

Aber man traute ihr nicht über den Weg.

*

Nachdem Carl in der Waffenkammer des Präsidiums alle erforderlichen Formalitäten erledigt hatte, wurde ihm ein Trommelrevolver der Marke Smith & Wesson ausgehändigt, ein ungefüges, schweres Ding, das wegen seiner Größe nicht verdeckt am Körper getragen werden konnte. Auch wenn er ein Jackett darüber trug – es beulte deutlich sichtbar aus. Komplettiert mit dem üblicherweise mitzuführenden Satz Handschellen, mutete der Gurt geradezu martialisch an. Carl kam sich vor wie die Fehlbesetzung eines Kino-Westernhelden, und auch Werner konnte sich ein Grinsen nicht verkneifen.

»Fehlen nur noch der Sheriffstern und ein Gaul, dann könntest du in den Sonnenuntergang reiten.«

»Reiz mich nicht, denn ich bin jetzt der Kerl mit der Knarre«, brummte Carl.

»Wetten, dass ich schneller ziehe?«, flachste Werner zurück.

Carl tat so, als wolle er in Cowboy-Manier den Revolver ziehen, worauf Werner sich ebenfalls eine imaginäre Waffe vom Gürtel riss und mit selbst erzeugten Schussgeräuschen auf Carl anlegte.

Lachend nahmen beide schließlich wieder ihre Plätze am Schreibtisch ein. Die humorvolle Einlage hatte Carl kurzfristig von seinen Sorgen um Anne abgelenkt, aber das hielt nicht lange vor. Es war Werner, der ihn daran erinnerte, dass der Kampf gegen das Böse nie endete.

»Ich hab da was für dich«, sagte er zu Carl. Er reichte eine Akte herüber, die offensichtlich aus den teilweise verbrannten Archivbeständen stammte. Bei der Trümmerbeseitigung hatten sie einiges davon bergen können. Halbwegs ordentlich gestapelt und sortiert lagen diese Vorgänge immer noch haufenweise im Keller herum, ohne dass sich noch jemand dafür interessierte.

Die Seitenränder der Akte waren verkohlt, der Deckel schwarz versengt. Carl klappte den Ordner vorsichtig auf und blies die Asche weg, die ihm entgegenrieselte. »Was ist das?«

»Siehst du die Liste? Zweite Seite. Das sind die Namen der Personen, die im März fünfundvierzig hier im Polizeigefängnis in Schutzhaft gesessen haben.«

*Schutzhaft*. Schon beim Klang des Wortes verspürte Carl einen Anflug von Brechreiz. Schutzhaft, das war die auf perverse Weise missbrauchte Bezeichnung, unter der die Polizei während des NS-Regimes Menschen weggesperrt hatte. Ohne Haftprüfung, ohne Anklage, ohne Recht auf einen Anwalt oder Richter. Die meisten dieser Menschen waren keine Verbrecher gewesen, sondern ganz normale Essener Bürger, die unter abstrusen Vorwänden aus ihren Betten gezerrt oder von der Straße weg verschleppt worden waren, hochoffiziell genehmigt von den jeweils amtierenden Polizeipräsidenten. Scharenweise hatte man sie ohne jedes Verfahren hinter Gitter gesteckt, hatte sie in den Verhörzimmern des Präsidiums niedergeknüppelt und gefoltert. Und Dutzende von ihnen ermordet.

Manchmal – nicht oft, aber dennoch hin und wieder – fragte Carl sich, was wohl aus ihm geworden wäre, wenn er diese Jahre nicht auf dem Pütt verbracht hätte, sondern hier im Präsidium. Zusammen mit Werner und Behrends und Döring und all den anderen. Viele waren bei Kriegsende geflohen, andere abserviert worden, so wie Schneider, aber mindestens ebenso viele von früher waren noch da. Hatten das alles gesehen. Oder sogar mitgemacht. Ein- oder zweimal hatte Carl angesetzt, mit Werner darüber zu sprechen. Nicht über das, was in dieser Zeit passiert war, das wusste man ja inzwischen. Sondern wie es sich angefühlt hatte, in jenen Jahren Polizist zu sein. Täglich mitanzusehen, wie schnell ein Menschenleben an Wert verlieren konnte.

Er hatte Werner danach fragen wollen, es dann aber doch sein gelassen, denn die Antworten wären nur dieselben gewesen, die man sowieso immer wieder ungefragt von allen Seiten hörte.

»Was hätten wir denn machen sollen? Wer aufgemuckt hat, flog sofort raus! Oder ging selber hinter Gitter!«

»Ich war bei so was persönlich nie dabei, ich hab einfach nur meine Arbeit gemacht, genau wie immer. Und als es hieß, wir sollten uns endlich alle in die SS aufnehmen lassen, hab ich nicht unterschrieben.«

Hätte er selbst sich auch auf diese Weise gerechtfertigt oder einfach nur stumm mit den Schultern gezuckt? Wäre er, so wie er es bei Werner und den anderen oft zu spüren glaubte, bis in die Seele hinein abgestumpft, um nicht mehr zurückdenken und all das Unrecht neu durchleben zu müssen?

Werner beugte sich über seinen Schreibtisch zu Carl herüber und wedelte mit der Hand vor seinem Gesicht herum. »Hallo, jemand zu Hause da drin? Die Liste, Mensch! Was sagst du dazu?«

Carl konzentrierte sich auf das Schriftstück vor ihm. Die Liste war lang und unübersichtlich, sie enthielt mindestens fünfzig in engem Zeilenabstand getippte, überwiegend slawische Namen. Hauptsächlich von Männern, aber es waren auch einige Frauen darunter.

In den letzten Monaten und Wochen des Krieges hatte es unter den Zwangsarbeitern regelrechte Verhaftungswellen gegeben, das Essener Polizeigefängnis war immer voller geworden. Die Fabriken, in denen diese Menschen über Jahre hinweg unter sklavenähnlichen Bedingungen hatten schuften müssen, waren zerstört oder dichtgemacht worden, die ohnehin erbärmliche Versorgung mit Nahrungsmitteln zum Erliegen gekommen. Um sich des Problems zu entledigen, hatte man die Zwangsarbeiterlager aufgelöst. Die Insassen waren zu Zehntausenden aus den elenden Baracken verjagt und ihrem Schicksal überlassen worden, ohne Lebensmittelmarken oder sonstige Unterstützung.

Das wiederum hatte unweigerlich zu vermehrter Kriminalität geführt. Manche dieser freigelassenen Zwangsarbeiter hatten Waffen erbeutet und sich gewehrt, statt still und kampflos zu sterben. Wer nicht verhungern wollte, hatte keine andere Wahl gehabt, als zu stehlen oder sich mit Gewalt zu nehmen, was zum Überleben nötig war.

Die Namen, auf die Werner ihn offensichtlich aufmerksam machen wollte, standen ziemlich weit unten auf der Liste.

*Aleksandr und Borjan Drewin, geboren in Riga am 18. März 1924. Mariana Drewin, geboren in Riga am 25. Januar 1922.*

Carl runzelte die Stirn. Eine Verwandte, vielleicht eine Schwester der beiden? Oder eine zufällige Namensgleichheit?

Alle in der Liste aufgeführten Personen waren wegen der damals üblichen Vorwürfe eingesperrt worden, zumeist wegen Herumlungerns, Diebstahls oder Plünderungen. Dass sich überhaupt jemand die Mühe gemacht hatte, ihre Namen aufzulisten, deutete darauf hin, dass sie für einen Sammeltransport vorgesehen waren, wohin auch immer. Die erste Seite der Akte enthielt eine Anweisung aus dem Büro des damaligen Polizeipräsidenten, unter Bezugnahme auf einen Entscheid der Gestapo-Außenstelle, versehen mit Dienstsiegel und Unterschrift. Der Inhalt des Befehls war vom Feuer geschwärzt. Aber Carl konnte sich denken, was drinstand.

»Wie bist du überhaupt darauf gekommen, den Vorgang rauszusuchen?«, wollte er von Werner wissen.

»Ich hab mich erinnert, dass kurz vor Kriegsende hier rothaarige Zwillingsbrüder einsaßen. Selber hab ich die seinerzeit gar nicht gesehen, das war Sache der Politischen. Aber jemand von denen erzählte es mal, als ich gerade im Gang in der Nähe stand, und ich hab ihn sagen hören, so eine Ähnlichkeit von zwei Menschen hätte er noch nicht erlebt. Und dann sagte er noch, dass der Knast gerade aus allen Nähten platzt, dagegen würde jetzt was unternommen werden. Wie gesagt, das war im März fünfundvierzig. Kurz bevor hier alles komplett den Bach runterging.«

»Wer war das? Wer hat das erzählt?«

»Einer von der Gestapo, keine Ahnung, wie der hieß. Von denen liefen ja so viele hier im Haus rum, die kamen und gingen, wie sie wollten, und wir mussten uns damit abfinden. Eine Woche später war der weg, so wie der ganze Rest von diesem Gesocks. Klammheimlich getürmt und verschwunden, als wären sie alle nie da gewesen.«

»Hast du mitbekommen, was aus den Häftlingen wurde?« Carl fuhr mit dem Daumen über die verbrannte erste Seite. »Man kann es nicht mehr erkennen.«

Werners Gesicht legte sich in traurige Falten. »Die meisten von denen müssen bei dem Massaker umgekommen sein, denn es waren ja die Letzten, die vor Kriegsende hier eingebuchtet worden waren. Ein SS-Kommando hat sie im Gefängnis abgeholt, jedes Mal gerade so viele, wie sie auf einen Laster stopfen konnten, und dann wurden sie in diesem Wald bei der Gruga abgeknallt.«

Carl nahm es erschüttert zur Kenntnis. Er konnte nichts sagen.

»Ein Teil der Leute auf der Liste ist wohl freigekommen, die sind auf Nimmerwiedersehen irgendwohin verschwunden«, führte Werner weiter aus. »Bis auf die Zwillingsbrüder aus der Klarastraße. Die sind noch da.« In sachlichem Tonfall schloss er: »Und da frage ich mich natürlich, wie es diese beiden in das Haus von Adelheid Hoffmann verschlagen hat. Wie sie unter zigtausend Displaced Persons ausgerechnet unter ihrem Dach landen konnten. Ein Zufall war das ganz sicher nicht, so viel steht fest.«

»Du meinst, die beiden könnten was mit dem Mord an Adelheid Hoffmann zu tun haben?«

»Die Frage drängt sich doch auf, oder? Ich könnte mir vorstellen, dass die zwei da die ganze Zeit auf Arnold Hoffmann gewartet haben. Um ihn büßen zu lassen, für das, was er ihren Leidensgenossen angetan hat. Diese Frau auf der Liste, die denselben Nachnamen hat wie sie – vielleicht war die ja sogar mit den beiden verwandt. Ehefrau oder Schwester, wer weiß. Irgendwie könnten sie spitzgekriegt haben, dass Arnold Hoffmann wieder im Lande war, und da haben sie sofort Nägel mit Köpfen gemacht.«

Und ihre Rache vollendet, indem sie seine Mutter töteten, dachte Carl. Ein Leben für ein Leben. Wie du mir, so ich dir.

Er hatte den Zwillingen von Anfang an angemerkt, dass sie ihm etwas verheimlichten. Dieses leichte Abschweifen im Blick auf bestimmte Fragen. Das kurze Zögern vor manchen Antworten. Das leise Unbehagen in Mimik und Gestik. All das hatte Carl bei Borjan und Aleksandr Drewin wahrgenommen, und das, was Werner über sie herausgefunden hatte, passte dazu wie die Faust aufs Auge. Natürlich war es nichts weiter als ein Verdacht. Aber es gab ein Motiv. Dazu die räumliche Nähe, der fragliche Zeitpunkt und die ganzen übrigen Umstände – es war durchaus möglich, dass sich alles so abgespielt hatte, wie Werner es umrissen hatte.

»Saubere Ermittlungsarbeit«, sagte Carl anerkennend.

Eine leise Röte stieg in Werners Wangen, und sein fahles,

abgekämpftes Gesicht wirkte für einen Moment lebensfroh und zugewandt. Verlegen nestelte er eine Zigarette aus seinem zerschrammten Etui und zündete sie sich an. »Kann mich ja manchmal auch ein bisschen nützlich machen«, brummelte er durch den Qualm.

Carl wedelte den Rauch weg und deutete auf die Akte. »Wir sollten das an die britische Militärverwaltung schicken. Und eine Abschrift ans Rote Kreuz. Vielleicht können die mit den Namen noch was anfangen. Wenn ich mich recht entsinne, konnte seinerzeit nach der Exhumierung der Toten deren Identität nicht mehr festgestellt werden, und sicher sind viele von denen in ihrer Heimat noch als vermisst gemeldet. Mithilfe der Namensliste kann man vielleicht noch Angehörige finden und sie informieren.«

»Du hast recht«, sagte Werner. »Die Hinterbliebenen sollten Klarheit haben.« Er zog an seiner Zigarette. »Jemanden zu verlieren ist schlimm. Aber nicht zu wissen, ob ...« Er brach ab und pustete den Rauch aus. Die nikotingelben Finger, mit denen er die qualmende Zigarette hielt, zitterten leicht. »Ich konnte Irmgard und die Kinder wenigstens begraben. Das, was von ihnen übrig war. Wenn ich mir vorstelle, ich hätte nichts mehr von ihnen finden können ...«

»Werner ...«

»Schon gut. Es kommt nur manchmal alles wieder hoch, weißt du. Der ganze verdammte Schmerz.«

»Ja«, sagte Carl. Er dachte an seinen Vater und an seinen Großvater, daran, dass sie eine Familie gewesen waren, die es jetzt nicht mehr gab. »Ja, das tut es.«

Er konnte nur hoffen, dass es irgendwann aufhörte. Aber zugleich wusste er, dass das nie der Fall sein würde.

*

Da er zur Vernehmung der Zwillingsbrüder sowieso in die Klarastraße musste, ging er eine halbe Stunde früher hin, um noch etwas Zeit mit Anne verbringen zu können. Sie wirkte bedrückt und übernächtigt, als sie ihm die Wohnungstür öffnete, aber ihre Miene hellte sich bei seinem Anblick sichtlich auf – nur um sich sogleich wieder zu verdüstern, als sie das Schießeisen an seiner Seite sah. Nach einer verstohlenen Umarmung bat sie ihn in die Küche, wo auch ihre Schwestern am Tisch saßen.

Lotti las einen abgegriffenen Romanschinken – *Schuld und Sühne,* wie Carl mit einem kurzen Blick auf den Einband feststellte. Vor vielen Jahren hatte er das Buch ebenfalls gelesen; es hatte seinem Großvater gehört, er hatte eine ganze Sammlung berühmter Romane besessen. Anders als die Schallplatten hatte er sie zurückgelassen, für Carl, der früher gern und viel geschmökert hatte. Später war ein ganzes Regal dieser Bücher in Flammen aufgegangen, bei jenem Bombenangriff, der den größten Teil seiner Habe zerstört hatte.

Frieda, die neben Lotti saß, löste ein Kreuzworträtsel. Sie war hübsch und gepflegt wie immer, das Haar zu makellosen Wellen frisiert, Lippen und Brauen sorgsam nachgezogen, das eng taillierte, blau geblümte Kleid ein Hauch von Sommer in der bieder eingerichteten Küche ihrer toten Schwiegermutter. Als Carl eintrat, weiteten sich ihre Augen beim Anblick der Waffe, aber im Gegensatz zu Anne wirkte sie durchaus angetan. »Ist das Ding geladen?«, wollte sie wissen.

Carl nickte nur verlegen. Er hätte den Gurt gern abgelegt, aber das kam nicht infrage, solange Friedas kleiner Sohn in der Nähe war.

Emil spielte im Flur. Selbstvergessen hockte er dort auf dem Linoleum und ließ zwei zerschrammte Blechautos ein Wettrennen austragen.

Aus dem Wohnzimmer waren Stimmen zu hören.

»Habt ihr Besuch?«, fragte Carl irritiert.

»Nein, das sind die neuen Mieter«, erklärte Anne. »Auf Zuweisung vom Wohnungsamt. Sie sind heute früh eingezogen. Ein Rentner-Ehepaar namens Lindemann.«

»Nette Leute?«, erkundigte sich Carl.

»Also …« Anne hielt inne und schien über eine passende Antwort nachzudenken, was kein gutes Zeichen war.

Frieda zeigte sich weniger zurückhaltend. »Der Mann ist ein nörglerischer Besserwisser, die Frau eine Heulsuse.«

Carl nahm es betreten zur Kenntnis. Die Klagen über Zwangseinquartierungen waren so vielfältig und unterschiedlich wie die Menschen, die sich eine Wohnung, oft sogar dasselbe Zimmer, mit wildfremden Personen teilen mussten.

Er setzte sich zu den Schwestern an den Tisch und ließ sich von Anne eine Tasse Muckefuck einschenken. Es gab wieder frischen Kaffee zu kaufen, aber zu Preisen, die sich kein Normalsterblicher leisten konnte.

»Hast du Hunger?«, fragte Anne ihn. »Wir haben noch Schwarzbrot da. Richtiges, frisches Schwarzbrot«, ergänzte sie.

»Da sag ich nicht Nein.«

Anne schmierte ihm zwei Brote und richtete sie auf einem Frühstücksbrettchen an. »Wir haben gerade nur Rübenkraut im Haus«, sagte sie entschuldigend. »Ich wollte später noch einkaufen gehen.«

»Rübenkraut ist seit Jahren mein Lieblingsbrotbelag«, sagte Carl mit großem Ernst.

Frieda grinste. Lotti blickte von ihrem Buch auf und kicherte.

»Ich will auch noch ein Brot«, rief Emil vom Flur her.

»Ich möchte bitte noch ein Brot«, korrigierte Anne den Kleinen auf liebevolle Art. »Ihr auch?«, fragte sie ihre Schwestern. Beide nickten.

Einträchtig saßen sie um den Küchentisch und aßen gemeinsam Schwarzbrot mit Rübenkraut. Carl schmeckte es großartig. Tag für Tag wieder essen zu können, ja sogar mit der Option eines Nachschlags, ohne im Kopf Marken abzählen zu müssen – daran musste man sich erst gewöhnen. Einige Grundnahrungsmittel waren noch rationiert, aber wenigstens gab es sie wieder in ausreichender Menge.

Er trank seinen Muckefuck aus und wandte sich an Anne. »Kann ich kurz mit dir allein reden?«

»Natürlich.«

Sie gingen zusammen in das Schlafzimmer, das sie sich mit Frieda teilte. Carl drückte die Tür mit dem Fuß zu, und *jetzt* legte er den Gurt ab. Er warf ihn aufs Bett, und im nächsten Augenblick zog er Anne in seine Arme.

Er küsste sie wie ein Verdurstender, der endlich die rettende Quelle gefunden hatte.

»Himmel noch mal, Anne!«, stöhnte er an ihrem Hals, während er fieberhaft mit beiden Händen die Linien ihres Körpers nachzeichnete. Ihre Brüste, ihre Taille, ihre Hüften. »Du hast mir so verdammt gefehlt!«

Sie erwiderte seine Küsse und Zärtlichkeiten mit derselben Inbrunst. Ihr Atem ging schwer, und ihr Brustkorb hob und senkte sich heftig. Es fehlte nicht viel, und sie wären beide auf dem sorgfältig gemachten Doppelbett gelandet, um zu beenden, was sie gerade angefangen hatten.

Doch da klopfte es an der Tür, und eine Männerstimme ertönte. »Frau Wiesner, wir müssen uns unterhalten!«

Widerstrebend ließ Carl Anne los. Sie strich sich das zerzauste Haar glatt und öffnete die Tür.

»Ja, Herr Lindemann?«

Der neue Mieter spähte über ihre Schulter und sah Carl mitten im Schlafzimmer stehen. Sofort nahm sein Gesicht einen missbilligenden Ausdruck an.

»Ach, Sie haben Herrenbesuch.« Herr Lindemann musterte

Carl mit stechenden Blicken. Er mochte Mitte sechzig sein und hatte diese Art von ordnungsliebendem Auftreten an sich, die Carl seit jeher suspekt war. Die Hose scharf auf Kniff gebügelt, funkelnd geputzte Brillengläser, das spärlich verbliebene Haar akkurat quer über den erkahlenden Oberkopf gekämmt – so präsentierte sich dieser neue Mieter als Saubermann vom Dienst.

»Es geht darum, zu welchen Uhrzeiten meine Frau und ich die Küche benutzen können«, sagte er.

»Sie dürfen jederzeit hinein«, antwortete Anne freundlich. »Sie können auch das gesamte Kücheninventar nutzen. Das hatte ich auch schon Ihrer Frau gesagt.«

»Nun, ich meinte damit, wann wir den Raum *für uns allein* haben können. Wir müssen Zeitpläne aufstellen, damit da Struktur hineinkommt.«

Anne runzelte die Stirn, sichtlich bemüht, eine diplomatische Antwort zu formulieren. Carl platzte der Kragen, er kam ihr zuvor. »Es gibt keine Zeitpläne«, erklärte er mit fester Stimme. »Die Küche ist ein Gemeinschaftsraum und für alle da.«

»Sagt wer?«, wollte Herr Lindemann wissen. Herausfordernd sah er Carl an. »Sind Sie etwa der Verwalter des Hauses?«

»Nein, ist er nicht«, mischte Frieda sich ein. »Das bin ich. Offiziell eingesetzt, gerichtlich angeordnet und behördlich bestätigt.« Sie stand hinter Lindemann im Flur, die Arme verschränkt und einen Ausdruck im Gesicht, der auch einen hartgesotteneren Zeitgenossen als Herrn Lindemann eingeschüchtert hätte. »Haben Sie ein Problem damit, dass *meine* Küche den ganzen Tag über für alle Bewohner dieser Wohnung da ist? Möchten Sie vielleicht eine Beschwerde bei mir einreichen?«

Sie trat einen Schritt näher an den Mann heran, wie um zu demonstrieren, dass sie fast einen Kopf größer war als er. Falls sie damit beabsichtigt hatte, ihm den Schneid abzukaufen, so war es ihr gelungen. Der neue Mieter murmelte einige unverständliche Worte vor sich hin, wich ungelenk zur Seite aus und eilte zurück ins Wohnzimmer. Die Tür machte er lauter als nötig hinter sich zu, eine Klarstellung, dass er mit dem Ausgang dieser Unterhaltung nicht zufrieden war.

Anne seufzte. »Frieda …«

»Was denn?«, gab Frieda zurück.

»Wir sollten uns irgendwie mit den Leuten arrangieren.«

»Indem wir vor ihnen kuschen?«

Anne hob ratlos die Schultern.

»Der Mann ist blöd«, erklärte Emil vom Fußboden aus. »Er hat gesagt, ich soll woanders spielen.«

»Sicher ist er in Wahrheit ganz nett, er muss sich bloß erst hier eingewöhnen«, meinte Anne begütigend, worauf Frieda nur entnervt die Augen verdrehte.

Carl warf einen Blick auf die Uhr, es wurde Zeit. Eilig legte er den Waffengurt wieder an. Die Drewin-Brüder kamen bestimmt jeden Moment nach Hause, und er wollte die Befragung so schnell wie möglich hinter sich bringen.

»Ich schau nachher noch mal bei dir vorbei«, sagte er leise zu Anne, während er ihre beiden Hände in seine nahm und sie drückte. Ihm wurde warm, als er das sanfte Leuchten in ihren Augen sah.

Im Vorbeigehen nickte er Frieda kurz zu, dann eilte er nach unten in die Kneipe.

*

Der Zeitpunkt war gut gewählt; Aleksandr und Borjan kehrten soeben von der Zeche heim. Die Gesichter der beiden glänzten vor Frische, das rote Haar war noch feucht vom Duschen.

Einer der Vorteile am Bergmannsleben war die Waschkaue – auf dem Pütt wurde direkt nach der Schicht heiß geduscht, man kam immer sauber heim. So wenig Carl die harte Arbeit unter Tage vermisste – das tägliche Duschen fehlte ihm immer noch. Seit seiner Wiedereinstellung badete er einmal die Woche in Frau Schultes Küche, in einer viel zu kleinen Zinkwanne hinter einem Wandschirm, aber wenigstens in sauberem, heißem Wasser und für sich allein.

»Was machst du denn hier?«, fragte Aleksandr. Inzwischen konnte Carl die Brüder recht gut auseinanderhalten. Seit dem gestrigen Abend waren sie per Du, und sie hatten ziemlich viel miteinander geredet.

»Ich muss mit euch sprechen«, sagte Carl, während er den jungen Männern in den Schankraum folgte und dabei gegen ein wachsendes Unbehagen ankämpfte. Die zwei hatten letzte Nacht für ihn Wache geschoben, er hatte in Borjans Bett geschlafen. Sie hatten den Weinbrand beigesteuert, mit dem sie Brüderschaft getrunken hatten. All das reichte, dass Carl sich wie ein Verräter fühlte. Als hätte er sich absichtlich ihr Vertrauen erschlichen, um sie aus der Deckung zu locken. Das zumindest mussten sie glauben, obwohl es nicht stimmte.

»Was liegt an?«, wollte Borjan wissen. Er strich sich mit beiden Händen das feuchte Haar zurück. Über seinen Ohren ringelte es sich zu kleinen Locken, was ihn auf anrührende Weise wie einen halbwüchsigen Jungen aussehen ließ. Der Junge, der er damals noch gewesen war, als die Nazis ihn aus seiner Heimat verschleppt hatten.

Der Gedanke versetzte Carl einen Stich, ebenso wie der Anblick von Borjans Händen, die mit den vielen kleinen Narben so sehr seinen eigenen glichen. All die Verletzungen von der Arbeit vor Kohle, nicht blass oder weiß wie bei anderen Menschen, sondern für immer schwarzblau verfärbt. Man riss sich beim Schuften unter Tage dauernd irgendwo die Haut auf. An kantigen Gesteinsbrocken, an den Werkzeugen, beim Rangieren mit den Loren. Der Kohlenstaub haftete in jeder noch so kleinen Schürfwunde, und manchmal half alles Schrubben nicht, um ihn loszuwerden.

Carl konzentrierte sich wieder auf den Fall. Er zog sein Notizbuch nebst Bleistift heraus und kam ohne weitere Umschweife zur Sache. »Im Präsidium ist eine Akte aufgetaucht, mit einer Liste von Gefangenen. Da steht ihr beide drauf. Ihr wart im März fünfundvierzig im Polizeigefängnis inhaftiert, zusammen mit ein paar Dutzend anderen. Die meisten davon sind bei dem Massaker umgekommen. Wusstet ihr davon?«

Die Zwillinge sahen einander an, dann antwortete Aleksandr, als hätten sie dazu eine unausgesprochene Vereinbarung getroffen.

»Natürlich wussten wir davon. Unsere Schwester Mariana gehörte zu denen, die umgebracht wurden.«

Carl schluckte hart. Es nur zu vermuten, war eine Sache. Sich so unmittelbar mit der Wahrheit konfrontiert zu sehen, eine andere.

»Es tut mir leid«, sagte er leise. Er holte Luft, dann steckte er das Notizbuch wieder ein. In diesem Fall kam er ohne aus. »Wie seid ihr zwei da rausgekommen?«

»Die Leute wurden etappenweise von zwei SS-Männern aus den Zellen geholt und weggebracht, darunter auch Mariana. Allen wurden die Hände auf dem Rücken zusammengebunden. Borjan und ich wären bei der letzten Fuhre gewesen. Aber das haben sie zeitlich einfach nicht mehr geschafft, obwohl beim letzten Mal Arnold Hoffmann als Verstärkung mitkam. Sie standen zu dritt vor unserer Zelle und überlegten laut, ob sie uns nicht kurzerhand an Ort und Stelle abknallen sollten, so wie es auch auf anderen Polizeistationen gemacht wurde, aber dann einigten sie sich darauf, dass sie lieber Leine zogen, bevor die Amis anrückten.«

»Was waren das für Männer?«

»Der eine war wie gesagt Arnold Hoffmann. Ein anderer hieß Schnabel.«

»Und der dritte?«

»Ein Kerl namens Kittler. Der wurde immer von den anderen aufgezogen, weil sein Name sich auf den vom Führer reimte. Die drei sind dann abgehauen, und irgendwann kam einer von der Kripo und hat uns rausgelassen. Er hat gesagt, wir wären jetzt frei und sollten uns in Sicherheit bringen.«

»Wer war das?«

»Keine Ahnung, wie der hieß. So ein langer Lulatsch, der war bestimmt zwei Meter groß.«

Döring, dachte Carl. Einer von den Guten. Die hatte es auch gegeben.

»Wie habt ihr von dem Tod eurer Schwester erfahren?«

»Wir waren dabei, als sie ausgegraben wurde«, antwortete Aleksandr knapp.

Carl holte scharf Luft.

»Vorher mussten wir wochenlang suchen«, berichtete Borjan. »Es ging die Rede, dass bei der Gruga eine Massenerschießung stattgefunden hat, wir haben uns schon unseren Teil gedacht. Aber Mariana dann so zu sehen …« Er brach ab und schlug beide Hände vors Gesicht. Seine Schultern zuckten.

Carl widerstand dem jähen Wunsch, dem jungen Mann Trost zu spenden. Es gab zu viele ungeklärte Fragen, denen er nachgehen musste.

»Warum seid ihr damals verhaftet worden?«, fragte er.

»Diebstahl von Lebensmitteln«, sagte Aleksandr. »Wir hatten nichts zu essen, und Marken gab es für uns nicht.«

»Habt ihr mitbekommen, wie es zu den Erschießungen kam? Wurde ein Grund genannt?«

»Das Gefängnis war brechend voll«, erwiderte Aleksandr lakonisch. »Die wollten einfach Platz schaffen.«

Carl nahm diese grauenhafte Aussage stumm zur Kenntnis.

Ohne Frage war es wahr, denn es passte genau zu dem, was Werner erzählt hatte. Ein Kloß steckte ihm im Hals, er musste sich räuspern, ehe er die nächste Frage stellen konnte.

»Als wir uns im April nach dem Tod von Frau Hoffmann das erste Mal unterhalten haben, habt ihr mir erzählt, dass euch das Quartier hier im Haus von der Militärbesatzung zugewiesen wurde. Das war kein Zufall.« Carl formulierte es absichtlich als Feststellung; umso weniger konnten die beiden der Versuchung erliegen, es abzustreiten. »Ebenso sicher ist, dass die Militärbehörden die ganzen Zusammenhänge kannten. Unter anderem auch, dass eure Schwester bei dem Massaker umgekommen war. Und dass dieses Haus hier der Mutter des Haupttäters gehörte. Welche Absicht stand also dahinter, dass ihr euch ausgerechnet hier einquartiert habt?« Forschend blickte Carl von einem Bruder zum anderen. »Geschah es in der Hoffnung, dass er eines Tages aufkreuzt?«

»Und wenn es so gewesen wäre?« Scheinbar gelassen sah Aleksandr ihn an. »Die Tommys haben es genehmigt, der Public Safety Officer fand die Idee sogar ganz hervorragend.«

»Man könnte daraus den Schluss ziehen, dass ihr euch im Wege der Selbstjustiz für den Mord an eurer Schwester an Arnold Hoffmann rächen wolltet.«

»Das ist Blödsinn. Der Kerl läuft ja immer noch lebendig in der Gegend herum, oder etwa nicht?«

»Er schon. Aber seine Mutter nicht.«

»Wenn wir es auf die abgesehen hätten, wäre sie schon viel länger tot.«

»Vielleicht wolltet ihr damit ja extra warten, bis Arnold Hoffmann zurück ist. Damit er es direkt mitkriegt, wenn ihr seine Mutter kaltmacht.«

Aleksandr starrte ihn an. »Was bist du für ein Arschloch, Carl Bruns!«

»Das lass ich dir ausnahmsweise durchgehen, aber pass auf,

was du als Nächstes sagst.« Carl wandte sich an Borjan, dessen Wangen immer noch tränenüberströmt waren. Im Gegensatz zu Aleksandr war er völlig außer sich. Er warf seinem Bruder flehende Seitenblicke zu.

»Ihr wolltet es ihm heimzahlen, stimmt's?«, insistierte Carl. Er sah Borjan eindringlich in die Augen. »Deshalb seid ihr hiergeblieben, im Haus seiner Mutter. Ich weiß genau, dass du mir was verschweigst! Du sagst mir besser die Wahrheit, Junge. Sonst kann es übel für dich enden!«

In Borjan Gesicht arbeitete es, er trat nervös von einem Fuß auf den anderen. Seine Hände ballten sich zu Fäusten, öffneten sich, schlossen sich wieder. Gehetzt sah er sich um, und im nächsten Moment ergriff er die Flucht.

Carl hatte die Anzeichen wahrgenommen und stand bereits auf dem Sprung. Obwohl Borjan ein reichliches Dutzend Jahre jünger und fraglos deutlich schneller war als er, kam er nur bis zur Haustür. Carl stellte ihn im Flur, zerrte ihm den Arm auf den Rücken und rang ihn zu Boden, das Knie in Borjans Kreuz gedrückt, um ihn zu fixieren. Es war dieselbe Prozedur wie immer, bei der Überwältigung eines flüchtenden Verdächtigen konnte man nicht zimperlich sein. Er nahm die Handschellen vom Gurt und legte sie Borjan an.

Die Verhaftung blieb nicht unbemerkt. Aleksandrs lautstarke Flüche und Beschimpfungen riefen etliche Hausbewohner auf den Plan. Zuerst kamen die draußen spielenden Kinder angerannt, dann tauchte Brunhilde König im Treppenhaus auf, unmittelbar gefolgt von Anne und Frieda. Aus dem zweiten Stock kam Hedwig Schwelm nach unten, sie hatte ihr Baby im Arm, das wie am Spieß brüllte. Gleich darauf erschien auch Gustav Keitel auf der Bildfläche.

Aleksandr schrie Borjan in seiner Muttersprache an, es klang nach einem Befehl, er wiederholte es mehrmals. Borjan nickte unter Tränen. Er kniete mit gefesselten Händen vor Carl auf dem Boden, den Kopf gesenkt und zum Gotterbarmen schluchzend.

Carl zerrte ihn auf die Füße. »Komm, wir gehen.« Bevor er den jungen Mann durch die Haustür ins Freie schob, schaute er noch einmal zurück zu den anderen Hausbewohnern.

Das hätte er besser nicht getan, denn die vor Entsetzen versteinerten Mienen waren eine einzige Anklage. Er kam sich vor wie der letzte Abschaum. In der ganzen Gegend war kaum jemand beliebter als die Drewin-Zwillinge. Hilfsbereit bis zur Selbstaufopferung, immer freundlich und zuvorkommend – nie hatte man sympathischere junge Männer gesehen als die beiden.

Einige der Bewohner machten aus ihrem Herzen keine Mördergrube.

»Du bist ja verrückt geworden!«, rief Frieda voller Zorn. »Ausgerechnet Borjan! Der kann doch keiner Fliege was zuleide tun!«

Hedwig Schwelm weinte fast so laut wie ihr Baby. Gustav Keitel schüttelte ein ums andere Mal schockiert den Kopf. Brunhilde König zeterte unablässig von Willkür und Nazipolizei.

Carls Blick glitt kurz über die Bewohner des Hauses und blieb bei Anne hängen. Ihr Gesicht war kalkweiß, die Augen in stummer Fassungslosigkeit aufgerissen.

Was tust du da nur?!, sagte ihr Blick.

Ich hab doch keine Wahl, dachte er. Zugleich beschlich ihn in diesem Moment die kalte Angst, dass es zwischen ihnen womöglich heute und an dieser Stelle zu Ende war.

# Kapitel 17

Der Junge tat ihm leid, Carl wünschte, es wäre anders gekommen, aber jetzt musste alles seinen vorgeschriebenen Gang nehmen.

Wenigstens kam er gleich nach der obligatorischen erkennungsdienstlichen Behandlung auf die glorreiche Idee, Borjans Fingerabdrücke mit denen auf dem Straßenbahn-Billet abzugleichen, das er am Morgen nach Adelheid Hoffmanns Tod in deren Wohnung sichergestellt hatte, vielleicht führte das ja schon zu einem Ausschluss.

Für die bisherigen Ermittlungen war das Fundstück eine Sackgasse gewesen, weil sie bisher keinen aktenkundigen Verdächtigen gehabt hatten. Carl hatte das Thema bis auf Weiteres abgehakt, aber jetzt lag es mit einem Mal wieder auf dem Tisch. Zusammen mit den frischen Abdrücken von Borjan, die möglicherweise – oder eben auch nicht – zu den Spuren auf dem Fahrschein passten.

Der Beamte, der an diesem Nachmittag im Kriminallabor Dienst hatte, war in wenigen Minuten mit der Begutachtung fertig.

»Fehlanzeige«, sagte er.

»Ganz sicher?«

»Hundertprozentig.«

Carl gestattete sich ein erstes Aufatmen. Blieb natürlich noch Aleksandr, von dem keine Fingerabdrücke verfügbar waren. Auch wenn zwei Menschen einander bis in die Haarspitzen glichen – die Fingerabdrücke waren immer verschieden. Carl hatte sich erkundigt, ob die Zwillinge nach ihrer Verhaftung im März fünfundvierzig erkennungsdienstlich behandelt worden waren, aber in der Endphase des Krieges hatte das anscheinend niemand mehr für nötig gehalten. Erst recht nicht, nachdem das Gefängnis sowieso schon überquoll von willkürlich weggesperrten Menschen, die man baldmöglichst loswerden wollte.

Eine gesetzliche Handhabe, Aleksandr auf die Wache zu beordern und ihm Fingerabdrücke abzunehmen, bestand nicht. Gegen ihn lag nichts vor. Sein Bruder hatte sich durch seinen Fluchtversuch verdächtig gemacht, er selbst nicht. Carl hätte ihn höchstens bitten können, freiwillig zu kommen. Während er darüber nachdachte, wurde ein Besucher auf dem Präsidium vorstellig, der unbedingt mit Carl persönlich sprechen wollte und vom Pförtner zu ihm ins Büro geschickt wurde.

Es war der Cellist Gustav Keitel.

»Ich habe eine Aussage zu machen«, sagte er.

Danach verstummte er und wartete, während ein Stuhl neben Carls Schreibtisch gestellt wurde, auf dem er Platz nehmen konnte. Das Vernehmungszimmer war auf unabsehbare Zeit besetzt, so wie meistens, wenn man in der Abteilung eines brauchte.

»Was haben Sie mir denn mitzuteilen?«, fragte Carl, der vor Neugier brannte. Auch an den umliegenden Schreibtischen wurden die Ohren gespitzt.

Carl spannte einen Vernehmungsvordruck mit Durchschlag in die Schreibmaschine und sah Keitel erwartungsvoll an.

»Es geht um Borjan Drewin. Er ist unschuldig. Falls Sie ihn verdächtigen, Adelheid Hoffmann ermordet zu haben – er hat ein Alibi.«

Das saß. Die Gespräche im Raum waren verstummt, alle Köpfe wandten sich in Richtung von Carls Schreibtisch.

Keitel sprach unaufgefordert weiter. Seine Formulierungen waren präzise und druckreif, Carl konnte nach Aufnahme der Personalien sowie der vorschriftsmäßigen Belehrung Satz für Satz in die Maschine hämmern, ebenso die Antworten auf entsprechende Nachfragen.

*Die Zwillingsbrüder Aleksandr und Borjan Drewin haben in der Nacht von Adelheid Hoffmanns Tod mit mir Karten gespielt. Es war spät, ich konnte mal wieder nicht schlafen. Weil ich wusste, dass die beiden Brüder am nächsten Tag Spätschicht hatten und deshalb länger aufbleiben konnten, ging ich gegen 22.30 Uhr zu ihnen runter in die Kneipe. Wir sitzen manchmal abends da zusammen. Auf dem Weg nach unten hörte ich Adelheid in ihrer Wohnung reden. Was sie sagte, verstand ich nicht, aber sie war es. Die Zwillinge und ich saßen stundenlang unten zusammen. Wir spielten Skat. Als ich wieder nach oben ging, war es vier Uhr morgens. Im Treppenhaus kam mir Frau Schwelm entgegen, sie war ganz aufgelöst. Ihr Baby war wach geworden und hat gehustet. Deshalb hatte sie das Fenster aufgemacht, um frische Luft reinzulassen. Dabei hat sie unten im Schutt hinterm Haus einen Körper liegen sehen. Wir sind zusammen runter, um nachzusehen, und da fanden wir Adelheid. Sie war tot. Einer der anderen Mieter aus dem zweiten Stock ging gleich zur Polizei, um es zu melden.*

Auf Vorhalt:

*Nein, ich weiß nicht, mit wem Adelheid Hoffmann in ihrer Wohnung gesprochen hat. Ich hörte im Vorbeigehen nur ihre Stimme. Es gibt keinen Zweifel, dass es ihre Stimme war.*

Auf Vorhalt:

*Mit den Uhrzeiten bin ich mir ganz sicher, weil ich auf meine Armbanduhr gesehen habe.*

Auf Vorhalt:

*Ich komme erst jetzt mit meiner Aussage zur Polizei, weil ja vorher keiner von uns beschuldigt wurde.*

Laut diktiert, dem Zeugen nochmals vorgelesen und von ihm genehmigt.

Carl ließ Keitel die Aussage unterschreiben und dankte ihm höflich für seine Mitwirkung. Er musste an sich halten, damit es nicht allzu überschwänglich klang, denn es erschien ihm fast wie ein Geschenk des Himmels. Er hielt damit einen zwingenden Grund in Händen, Borjan wieder nach Hause zu schicken.

Nachdem Keitel gegangen war, fügte Carl noch von Hand die fehlenden Kommata in das Protokoll ein, ein Vorgang, den er sonst immer mit stummen Flüchen begleitete. Diesmal war er einfach bloß erleichtert.

Werner, der jedes Wort von Keitel mitbekommen hatte, machte aus seiner Skepsis keinen Hehl. »Denkst du, er hat die Wahrheit gesagt? Kam mir alles ein bisschen konstruiert vor.«

Carl war derselben Meinung, behielt es aber für sich. »Es passt zu den Aussagen der anderen Hausbewohner. Also dazu, wer um wie viel Uhr da nachts im Haus herumgelaufen ist und wie die Leiche aufgefunden wurde.«

»Und wieso wollte sich dieser Drewin dann mitten in der Befragung vom Acker machen?«

»Weil er Angst hatte. Vergiss nicht, welche Erfahrungen er mit der Essener Polizei gemacht hat.«

Werner nickte nachdenklich.

»Dazu wollte ich dich auch noch was fragen«, fuhr Carl fort. »Sagt dir der Name Kittler was?«

»Allerdings.« Werner sah ihn überrascht an. »Ein früherer Kripo-Kollege. Wurde vor zwei Wochen von seiner Frau als vermisst gemeldet.«

Carl nahm es mit einem unguten Gefühl zur Kenntnis. Um dieselbe Zeit war Schnabel umgebracht worden.

»Wie hast du davon erfahren?«, wollte er von Werner wissen.

»Ich hatte dieser Tage auf der Wache in Steele zu tun, da hat es jemand erzählt. Es hängt auch bei den Suchmeldungen aus. Wieso, was ist denn mit dem?«

»Kennst du den Mann?«, fragte Carl zurück.

»Nur flüchtig. Der war anfangs bei der Sitte und kam dann zum Einbruchsdezernat. Keine Ahnung, was danach aus ihm wurde. Ich selber hatte nie was mit dem zu tun. Bei der Entnazifizierung ist er rausgeflogen, also war er wohl auch bei der SS.« Fragend runzelte Werner die Stirn. »Wie kommst du überhaupt auf den?«

»Der Name kam mir unter, als ich im Fall Schnabel weiterermittelt habe«, sagte Carl ausweichend. Er wollte Werners Aufmerksamkeit nicht schon wieder auf die Drewin-Brüder lenken. »Wer könnte mir denn hier im Haus mehr über Kittler sagen?«

»Hm, ich weiß nicht … Vielleicht Döring. Der hatte häufiger Kontakt zu diesen Konsorten.«

Carl schob es nicht auf die lange Bank, er ging gleich rüber in Dörings Büro, das dieser sich wegen des Platzmangels bei den kommunalen Behörden mit zwei Angestellten der Stadtverwaltung teilte.

Döring wirkte bekümmert, als Carl ihn nach Kittler fragte. »Das ist einer der Schandflecke, mit denen wir leben müssen. Zuerst ein braver Kripo-Beamter, dann Aufnahme in die Waffen-SS und Einsatz in den Ostgebieten. Danach wieder hier in Essen und bei der Gestapo. In den letzten Kriegswochen wurden massenweise Zwangsarbeiter verhaftet, Kittler war dabei einer der Eifrigsten. Ebenso bei den Sonderbehandlungen.«

Carl zuckte zusammen. *Sonderbehandlungen,* das war ein anderes Wort für Exekutionen. Ohne gesetzlichen Richter, ohne Verteidigung. Einfach nur auf Beschluss von Polizeibeamten, die sich dafür zu einem Standgericht zusammentaten. Die Justiz sollte nicht damit behelligt werden. Keiner wusste mehr genau, wie viele auf diese Art umgebracht worden waren – von den Hütern des Gesetzes.

»Sie sollten den Begriff nicht verwenden, Chef.« Carl sagte es mit fester Stimme, obwohl es ihn Überwindung kostete, seinen Vorgesetzten zurechtzuweisen.

Döring wirkte erschrocken, sein Adamsapfel bewegte sich auf und ab, als er mehrmals angestrengt schluckte.

»Sie haben recht. Es tut mir leid.« Er hielt inne. »Verdammt, das war alles so ein Mist! Mensch, Bruns, seien Sie froh, dass Sie damals nicht hier waren! Wir Angestammten hatten alle nur eine Heidenangst, selber abgeknallt zu werden! Sie können sich nicht vorstellen, wie das war – unter Polizeipräsidenten, die mit dem Totenkopfring der SS und Himmlers Ehrendegen rumgelaufen sind!« Er rieb sich die Augen, als könnte er so etwas von dem Unrecht wegwischen, von dem er zu viel gesehen hatte.

»Stimmt es, dass Kittler bei dem Massaker im März fünfundvierzig mitgewirkt hat?«, fragte Carl, der keine Lust hatte, über das Stöckchen zu springen, das Döring ihm da hingehalten hatte.

»Ja, davon gehe ich aus«, sagte Döring, jetzt wieder um Sachlichkeit bemüht. »Zu der Zeit war ich ein paar Wochen krank und kam gerade zurück, als hier im Zuge dieser Gestapo-Aktion das Gefängnis geräumt worden war. Bis auf zwei Haftzellen, in denen zusammengepfercht noch ein gutes Dutzend Leute saß. Ich habe die sofort freigelassen und damit meinen Hals riskiert, aber das war mir egal. Zu der Zeit löste sich bei uns alles im Chaos auf. Kittler und die anderen von der SS hatten sich da schon verdrückt. Der Rest musste mit dem Volkssturm raus und die Rübe hinhalten, als die Amis einmarschierten.« Döring hielt inne und blickte mit steinerner Miene ins Leere. »Nichts war hier mehr wie früher, alles kaputt und ein Sack voller Schuld auf jedem Buckel.«

Das wollte Carl nicht weiter vertiefen. Erwartete Döring etwa Mitleid? Er kehrte zum ursprünglichen Thema zurück. »Haben Sie schon davon gehört, dass Kittler vor zwei Wochen von seiner Frau als vermisst gemeldet wurde?«

Döring sah überrascht hoch. »Nein, das ist mir neu.« Seine

Stirn legte sich in Falten. »Dann muss er um dieselbe Zeit verschwunden sein, als Schnabel ermordet wurde.«

Carl nickte. »Möglicherweise ist Kittler ebenfalls tot.«

»Sie meinen, jemand hat alle beide umgebracht?«

»Ja, davon gehe ich momentan aus. Ich bin davon überzeugt, dass es mit dem Massaker zusammenhängt. Beide Männer hatten damit zu tun. Ich werde noch herausfinden, was da genau ablief.«

»Tun Sie das. Und halten Sie mich auf dem Laufenden, es ist ja im Grunde eine interne Angelegenheit. Wir müssen auch aufpassen, was davon an die Öffentlichkeit dringt. Es gibt da draußen genug Leute, denen es gut in den Kram passt, die Polizei mit Schmutz zu bewerfen.«

Carl versagte es sich, mit einer entsprechenden Metapher zu antworten. Etwa mit der Bemerkung, dass bei dem vielen alten Dreck ein bisschen neuer auch nicht viel ausmachte.

Döring beugte sich über die Akte, die er gerade bearbeitete, blickte aber noch einmal hoch, als Carl zur Tür ging. »Vorhin habe ich gehört, dass Sie in der Mordsache Adelheid Hoffmann jemanden hochgenommen haben. Ist der Fall damit gelöst?«

»Nein, das war falscher Alarm, können Sie dann morgen in meinem Bericht lesen.«

»Na schön. Klappt es mit dem Personenschutz von Annemarie Wiesner und ihrer Familie?«

»Ja, scheint so, jedenfalls, soweit ich es bisher gesehen habe. Bis sich alles eingependelt hat, sollen Frau Wiesner und ihre Familie heute und morgen noch zu Hause in ihrer Wohnung bleiben, danach sehen wir weiter.«

Döring schien noch etwas sagen zu wollen.

Jetzt haut er mir um die Ohren, dass ich im Lohfeld-Fall getrickst und gemauert habe!, durchfuhr es Carl. Doch es kam nichts mehr, Döring hatte es sich offenbar anders überlegt und senkte wieder den Kopf über die vor ihm liegende Akte.

Direkt im Anschluss an das Gespräch sorgte Carl dafür, dass Borjan Drewin auf freien Fuß kam. Dabei erinnerte er sich zwangsläufig wieder daran, wie zutiefst schockiert Anne bei der Verhaftung des jungen Mannes ausgesehen hatte. In die Klarastraße traute er sich an diesem Tag nicht mehr.

*

An diesem Abend führte Keitel all die Handgriffe, die vor dem ersten Bogenstrich üblich und ihm seit vielen Jahren vertraut waren, auf andere Weise aus als sonst. Nicht, dass er die Reihenfolge geändert hätte oder die technischen Abläufe als solche – es war einfach nur seine eigene Wahrnehmung, die den Unterschied machte. Bei jeder einzelnen Bewegung stellte er sich vor, dass es das letzte Mal wäre. Das letzte Mal, dass er den Bogen mit Kollophonium bestrich, bis sich genug von der pulvrigen, leicht klebrigen Masse in den winzigen Widerhaken des Rosshaars verteilt hatte. Das letzte Mal, dass er den Bogen spannte, seinen Meisterbogen, gefertigt in Mittenwald, von einem Traditionshersteller, der seinesgleichen suchte. Das letzte Mal, dass er die Wirbel zum Stimmen der Saiten drehte, das letzte Mal, dass er seine Noten auf dem Ständer platzierte.

Er hatte ein Stück gewählt, in das er sich fallen lassen konnte, in ein Meer aus Tönen, die sich unter seinen Händen wie von allein zu Rhythmen, Harmonien und Melodien fügten: das legendäre Cellokonzert h-Moll, Opus 104, von Antonín Dvořák.

Als er den Bogen aufsetzte, schräg zur Saite und exakt im gewohnten Winkel, gewann die Vorstellung, dass ihm dies in Zukunft vielleicht nie wieder vergönnt sein würde, an erschreckender Tiefe. Vielleicht lag es daran, dass er gegen diese Angst anspielen musste – in seinen eigenen Ohren klangen die Passagen heute makelloser als alles, was er je zustande gebracht hatte.

Wie so oft kam ihm in den Sinn, dass die jüdischen Orchestermitglieder in den Vernichtungslagern um ihr Leben gespielt hatten. Zu viele falsche Töne, und sie gingen ins Gas. Ein wiederholter Missklang beim Einsatz, und es war aus mit ihnen.

Er selbst hätte in einem dieser Orchester sitzen können. Wäre als Berufsmusiker wahrscheinlich sogar in einem gelandet, wenn sie ihn geschnappt hätten.

Weiterzuspielen, während alle anderen um einen herum zu Tausenden, ja Zehntausenden ermordet wurden, Männer, Frauen, Kinder – hätte die Musik da mehr für ihn sein können als eine tiefschwarze Grube voller Todesangst? In was hatte sich die Musik in Auschwitz verwandelt, als sie ihrer universellen Bedeutung, dieser schon fast göttlichen Erhabenheit, entrissen und zur Manövriermasse gnadenloser Massenmörder gemacht worden war?

Er wusste es nicht, obwohl er bei seinem Spiel so sehr versuchte, dieser Frage auf den Grund zu gehen. Dem Schicksal derer nachzuspüren, die auf sich genommen hatten, was ihm erspart geblieben war.

An diesem Abend war es, als spielte er nicht nur um sein Leben, sondern auch um das von anderen. Nicht die namenlosen Toten, sondern die Lebenden waren darauf angewiesen, dass er keine Fehler machte. Dass er im zweiten Satz beim Adagio nicht zu langsam wurde. Im Finale eine Feuer sprühende Vollkommenheit entfachte, so wie es diese Komposition verdiente. Nur wenn er alles richtig machte, konnten andere weiterleben.

Mit kraftvollem Bogenstrich vollendete er den letzten Satz des einzigartigen, wunderbaren Stücks, das sogar Brahms in Verzückung versetzt hatte.

Einige Augenblicke blieb er noch erschöpft sitzen, hielt das Cello umfangen wie einen geliebten Menschen.

Dann stand er auf und stellte das Instrument zurück auf die Halterung.

Fritzi lag in ihrem Hundebettchen und sah mit großen Augen zu ihm auf.

»Gutes Mädchen. Komm, wir gehen noch mal raus.« Er strich ihr über das wollige Köpfchen, ehe er ihr die Hundeleine anlegte. Er hatte eine Verabredung, und es wurde Zeit, sie einzuhalten.

*

Der Essener Gruga-Park, einst Schauplatz pompös ausgerichteter Feste und Gartenschauen, war durch die Bombenangriffe buchstäblich dem Erdboden gleichgemacht worden. Auf den brachliegenden Flächen waren Gemüsefelder angelegt worden, um die hungernde Bevölkerung sowie die Not leidenden Krankenanstalten zu versorgen. Mittlerweile hatten die Instandsetzungsarbeiten begonnen; zu Pfingsten war der Botanische Garten wiedereröffnet worden. Bis die letzten Spuren der Verwüstung getilgt waren, würden jedoch noch Jahre vergehen.

Der Ort seiner Verabredung befand sich abseits der Anbauflächen am Rande des Parks, in einem von Schuttbergen gesäumten Areal, das zusätzlich von wildwüchsigem Gestrüpp abgeschirmt war. Man musste sich förmlich hindurchkämpfen, um das Gelände betreten zu können.

Sein Sohn wartete schon auf ihn. Keitel sah seine einsame Gestalt im schwindenden Tageslicht inmitten der Trümmerhaufen auf einem Betonklotz sitzen.

»Da bist du ja!« Arnold sprang auf und wollte Keitel umarmen, doch der wich ihm aus. Fritzi zerrte an der Leine und knurrte verhalten.

»Was hast du nur getan, Junge!«, sagte Keitel aufgewühlt.

»Ich weiß nicht, was du meinst.«

»Du hast diesen Arzt ermordet!«

Arnolds Gesicht nahm einen trotzigen Ausdruck an. »Er hat versucht, Anne wehzutun. Ich habe sie vor dem Schwein gerettet.«

»Du bist völlig verblendet.« Keitel versuchte, Ruhe zu bewahren und seinen Sohn zur Besinnung zu bringen. »Junge, so kann es nicht mit dir weitergehen! Du musst fort von hier, für immer! Komm mit mir!«

»Wohin denn?«

»Ich will nach Israel auswandern.« Keitels Entschluss war in derselben Sekunde gefallen, als er die Worte aussprach. »Unsere Papiere von früher habe ich noch, deine und meine. Wir können alles hinter uns lassen! Morgen schon! Du musst es nur wollen, dann packe ich mein Zeug zusammen und breche mit dir auf. Du musst keine Angst mehr haben, nie mehr. Ich kümmere mich um dich. Arbeit werde ich da immer finden, und wenn ich wieder als Musiklehrer anfangen muss.«

Er hielt inne und bemerkte bestürzt, dass Arnolds Augen sich mit Tränen füllten.

»Das würdest du für mich tun?«, fragte sein Sohn mit dünner Stimme.

»Natürlich«, sagte Keitel, mit einem Gefühl, innerlich vollständig ausgehöhlt zu sein. Arnold trug immer noch die Sachen, die er ihm vor ein paar Tagen gegeben hatte, er sah nicht mehr ganz so schlimm aus wie vorher. Aber es war nur eine Frage der Zeit, bis er wieder unrettbar verwahrlost wäre. Keitel wusste nicht, woher er die Kraft nahm, weiterzusprechen und Entschlossenheit auszustrahlen. »Ich bin doch dein Vater, ich werde dich nicht im Stich lassen.« Er zog ein mitgebrachtes Butterbrot aus der Tasche, ein Teil seines Abendessens, von dem er etwas für den Jungen aufgehoben hatte. »Da, iss erst mal was!«

Arnold nahm das Brot, riss es aus dem Zeitungspapier, in das es eingewickelt war, und schlang es in wenigen gierigen Bissen herunter. Dabei irrten seine Blicke ab, die Augen wurden leer, und da merkte Keitel, dass er ihn nicht hatte erreichen können. Sein Sohn lebte in seiner eigenen, von verzerrten Wahrnehmungen geprägten Welt.

»Bald habe ich alles in Ordnung gebracht«, sagte Arnold mit vollem Mund. »Ich muss nur noch ein paar Dinge erledigen.«

»Was für Dinge?«, wollte Keitel alarmiert wissen. »Es hat doch nichts mit Anne zu tun, oder? Versuch nicht, ihr noch einmal nahe zu kommen, sie wird rund um die Uhr polizeilich bewacht!«

»Ich weiß. Dieser eine Bulle – der ist scharf auf sie und will sie für sich haben. Aber der Bessere gewinnt, das wird er noch begreifen.«

»Denk nicht mal dran, dich mit ihm anzulegen! Vor allem aber musst du dich von Anne fernhalten, hörst du! Versprich mir, dass du sie in Ruhe lässt!«

»Keine Sorge, Vater, es wird alles gut. Geh du ruhig schon nach Israel, dann komme ich dich bestimmt mal von Südamerika aus besuchen. Da können wir zusammen Apfelsinen essen, die sollen ja in Israel überall wachsen. Ich würde sehr gern mal wieder eine Apfelsine essen, wirklich.«

Keitel schluckte, von plötzlichem Mitgefühl übermannt. Er nestelte einen Zwanzigmarkschein aus der Tasche, die Hälfte seines Kopfgeldes. »Hier, davon kannst du dir was zu essen kaufen. Und vielleicht ein sauberes Hemd.«

»Danke.« Arnold steckte den Schein gleichmütig ein. Dann wandte er lauschend den Kopf. Ganz in der Nähe waren Schritte zu hören. Arnold zögerte keine Sekunde, er drehte sich auf dem Absatz um und rannte davon. Im Laufschritt steuerte er eine Lücke zwischen den Schuttbergen an und war im nächsten Moment verschwunden.

*

Frieda hatte den für sie abgestellten Beamten von der Schutzpolizei überredet, sie allein losziehen zu lassen. Er hieß Schubert und war ein sympathisch wirkender junger Mann Ende zwanzig, frisch verheiratet und gerade zum ersten Mal Vater geworden, wie er ihr erzählt hatte. Vielleicht war er deswegen so aufrichtig darum bemüht, alles richtig zu machen. Es war ein hartes Stück Arbeit gewesen, ihn davon zu überzeugen, dass sie nur mit einer Freundin ins Kino wollte, und wie unmöglich es aussähe, dabei ständig einen Polizisten im Schlepptau zu haben, noch dazu einen in Uniform.

»Für wen sollen die Leute mich denn halten?«, hatte sie mit unschuldigem Augenaufschlag gefragt.

Peinlich berührt hatte er irgendwas von öffentlicher Sicherheit und Ordnung gestammelt und dass er in Teufels Küche käme, aber sie hatte ihm beteuert, es niemandem zu verraten – verbunden mit dem Versprechen, vor Einbruch der Dunkelheit zu Hause zu sein, da kannte er kein Pardon.

Frieda sah sich auf ihrem Weg zu Magnus' Wohnung vorsorglich immer wieder um. Das Heft des Springmessers hielt sie verborgen in der Hand, den Daumen am Knopf. Eines hatte sie inzwischen über ihren Ehemann gelernt – er war zwar dem Wahnsinn anheimgefallen, aber das hinderte ihn nicht daran, mit tückischer Entschlossenheit seine Pläne zu verfolgen. Andere auszukundschaften und ihnen an geeigneter Stelle aufzulauern, schien seine besondere Stärke zu sein. Und wenn er schon mit solchem Eifer plante, Anne zu der Seinen zu machen, lag es durchaus im Rahmen des Möglichen, dass er die Scheidung von seiner lästigen Noch-Ehefrau eigenhändig vollziehen wollte.

Vor dem Haus, in dem Magnus seine Wohnung hatte, lungerten zwei Männer in Anzügen herum, qualmende Zigaretten im Mundwinkel und elegante Hüte auf dem Kopf – halbseidene Gestalten aus der Essener Unterwelt, die sich häufiger in Magnus' Nähe aufhielten. Einmal hatten sie auch Frauen im Arm gehalten, grell geschminkte und maßlos aufgedonnerte Geschöpfe, die den Eindruck machten, als kämen sie direkt aus der Stahlstraße. Frieda hatte Magnus darauf angesprochen, aber er hatte nur lächelnd abgewunken. »Das sind Bekannte von mir, zerbrich dir über die nicht den Kopf. Ich mache mit vielen Leuten Geschäfte, Prinzessin. Und glaub mir, die laufen gut.«

Es musste wohl stimmen, denn seine Laune hätte nicht besser sein können. Die große Zeit des Schwarzmarkthandels war zwar vorbei, man konnte ja wieder fast alles kaufen, aber Magnus hatte gemeint, das Geld liege auf der Straße, man müsse es bloß aufheben.

An diesem Abend standen die Männer allein da, sie machten Frieda unter galantem Lüften ihrer Hüte den Weg frei. Einer der beiden öffnete ihr die Haustür und ließ sie mit einem anzüglichen Lächeln durch. Sie hätte ihm am liebsten eine geklebt, weil er sie auf diese widerlich ölige Weise angrinste.

Als Magnus ihr die Wohnungstür öffnete und sie ohne Umschweife in eine leidenschaftliche Umarmung zog, waren die Männer vorm Haus augenblicklich vergessen.

Sie streiften einander noch im Flur der Wohnung die Kleidung vom Körper. Frieda trug nur ein Höschen drunter, und Magnus' Hemd war schon aufgeknöpft, das beschleunigte die ganze Sache zusätzlich.

Er fand gerade noch die Zeit, ein Präservativ überzuziehen, dann nahm er sie im Stehen an der Wand, hart und schnell, und sie schrie unter der Wucht seiner Stöße vor Lust auf, bis sie beide gleichzeitig zum Höhepunkt kamen.

Es erstaunte sie immer wieder, wie einfach das mit ihm war, fast so, als wären sie aufeinander geeicht, wie zwei Präzisionsuhrwerke, bei denen alle Rädchen so justiert waren, dass sie exakt im selben Rhythmus liefen.

Immer noch in ihr, trug er sie ins Schlafzimmer. Sie hatte beide Beine um seinen Rücken geschlungen und ließ ihn auch dann nicht los, als sie zusammen aufs Bett sanken.

Himmel, wie sie es liebte, von ihm geliebt zu werden! Es war ein solches Gefühl von Leichtigkeit, ein einziger Genuss, und hätte sie sich dazu ein Bild vorstellen sollen, wäre es das von einem Strauß bunter Luftballons, die in einen strahlend blauen Himmel emporschwebten.

Eine Weile blieben sie so zusammen liegen, schweißnass von dem hitzigen Liebesakt, die Herzen heftig pochend, die Gesichter einander zugewandt.

»Du bist einfach unglaublich«, sagte er nach einer Weile.

»Ich weiß«, sagte sie nur, denn sie wusste, wie sehr es ihm gefiel, wenn sie so schnoddrig auf seine Komplimente reagierte.

Magnus löste sich vorsichtig von ihr. »Ich hab was für dich.«

Er stand vom Bett auf und holte ein Päckchen aus dem Nebenzimmer. Mit großer Gebärde hielt er es ihr hin. Frieda schaute es an und dachte an ein anderes Päckchen. Das, welches Arnold ihrer Schwester vorgestern nach dem Ende ihrer Schicht verehrt hatte. Noch ein Mühlstein um Annes Hals, und an allem war nur sie, Frieda, schuld.

Sie unterdrückte einen Anflug von Selbstekel und setzte ein strahlendes Lächeln auf, während sie das Päckchen entgegennahm. Es war eine glänzend lackierte Schuhschachtel, und einen Moment lang dachte Frieda, es könnten vielleicht schöne neue Pumps darin sein; Magnus wusste, wie sehr sie welche wollte.

Aber dann hob sie den Deckel an und sah die Pistole. Ungewohnte Empfindungen durchströmten sie bei dem Anblick der Waffe, es war eine Mischung aus freudiger Erregung und einem Hauch von Angst. Und noch etwas spielte mit hinein, sie musste kurz in sich hineinhorchen, um es richtig einordnen zu können.

Es war ein Gefühl von unumschränkter Macht.

# Kapitel 18

Das Wochenende rückte näher, und Carl erging sich in inneren Monologen, mit denen er auszuloten versuchte, wie sehr Anne ihm Borjans Verhaftung übel nahm. Bisher hatte er sich davor gedrückt, es in Erfahrung zu bringen, aber an diesem Tag wollte er es endlich angehen. Er plante, sie abends von der Arbeit abzuholen; seit heute ging sie wieder hin. Inzwischen stand sie, wie auch ihre Schwestern und ihr kleiner Neffe, permanent unter Polizeischutz. Die ganze Familie versuchte, so normal wie möglich weiterzuleben. Anne schob für den Rest der Woche Spätschicht im Krankenhaus, Lotti und Emil gingen zur Schule, und Frieda tat das, was sie immer machte – sich in der Gegend herumtreiben und den lieben Gott einen guten Mann sein lassen. Anne hatte gemeint, ihre Schwester wolle sich nach einer Stelle umsehen, aber Carl hatte nicht den Eindruck, dass Frieda es damit besonders eilig hatte.

An diesem Freitag hatte er pünktlich Feierabend machen wollen, doch eine halbe Stunde vor Dienstschluss kam noch eine dringliche Meldung aus Holsterhausen herein. Ein Mann hatte im Suff seine Frau erstochen, vor den Augen der achtjährigen Tochter, auf die er anschließend auch noch losgegangen war. Im letzten Moment hatten zwei Nachbarn eingegriffen und ihn unter Einsatz ihres eigenen Lebens unschädlich gemacht. Im Kampf hatte er beide mit dem Messer verletzt, bevor der eine ihm mit einem Ziegelstein den Schädel eingeschlagen hatte.

Carl und Werner fuhren in einer der besseren Klapperkisten vom Fuhrpark zum Tatort. Dort zog sich die Aufnahme des Falles endlos lange hin; die Zeugen standen Schlange, hauptsächlich Nachbarn, die das Bedürfnis hatten, von den zahlreichen früheren Gewaltausbrüchen des Täters zu berichten.

Ein Leichenwagen kam, um die mit einem Laken abgedeckte Tote abzuholen. Die verletzten Retter waren bereits vor Carls und Werners Eintreffen ins Krankenhaus gebracht worden, ebenso der Messerstecher. Er lebte noch, aber es war fraglich, ob er je wieder aufwachte.

Für das verstörte kleine Mädchen war eine WKP-Beamtin angefordert worden, eine der wenigen weiblichen Einsatzkräfte bei der Kriminalpolizei, die regelmäßig dann hinzugezogen wurden, wenn Kinder von einem Verbrechen betroffen waren, sei es als Opfer, Zeuge oder Täter. Die Beamtin hatte das Mädchen mitgenommen und würde für seine Unterbringung sorgen.

Die Leute standen immer noch grüppchenweise auf der Straße herum und unterhielten sich, manche über das blutige Geschehen in ihrer Nachbarschaft, andere über ein Ereignis, das weltweit für Unruhe sorgte und die Angst vor einem neuen Krieg hochkochen ließ. Auch im Präsidium war es gestern schon Tagesthema gewesen – die Sowjets hatten, offenbar als Reaktion auf die Währungsreform, eine Blockade über Westberlin verhängt und die Stadt von allen Land- und Wasserwegen ins Umland abgeschnitten. Mehr als zwei Millionen Menschen drohten zu verhungern; die dort noch vorhandenen Nahrungsmittel würden nicht lange reichen. Die Befürchtung war groß, dass die Westmächte die Stadt preisgeben und in die Hände der Kommunisten fallen lassen würden. Man wartete stündlich auf neue Nachrichten, und wer kein Radio besaß, ging zu Nachbarn, um sich dort zu informieren.

Carl steckte Notizbuch und Bleistift ein. Sie waren hier fertig. »Von mir aus können wir«, sagte er zu Werner.

»Von mir aus erst recht.« Werner sah müde aus, was ihn aber nicht davon abhielt, sich schon wieder eine Zigarette anzustecken. »Mir reicht's für heute mit den Überstunden.«

Carl schaute auf seine Armbanduhr. Man konnte in diesen Tagen, an denen es so lange hell blieb, leicht die Zeit vergessen. Tatsächlich war es schon fast acht, und wenn er sich noch umziehen und einen Happen essen wollte, bevor er Anne abholte, wurde es wirklich höchste Eisenbahn.

Gemeinsam mit Werner ging er zum Einsatzfahrzeug zurück, das sie am Ende der Straße abgestellt hatten.

Die Schüsse kamen aus dem Hinterhalt und ohne jede Vorwarnung. Direkt neben Carl durchschlug ein Projektil die Scheibe der Fahrertür, ein weiteres zog einen sengenden Streifen über seinen rechten Oberarm.

Die Leute, die noch auf der Straße standen, flüchteten sich unter entsetzten Schreien in ihre Häuser.

Weitere Kugeln pfiffen Carl um die Ohren, während er geduckt um den Wagen herumhastete, um sich auf der anderen Seite in Deckung zu werfen. Entsetzt sah er, dass Werner getroffen worden war. Auf seiner Hemdbrust breitete sich ein rasch wachsender Blutfleck aus. Fluchend zog Carl den Revolver aus dem Gurt, entsicherte ihn und spähte vorsichtig hinter dem Kotflügel hervor. Auf einem unbewohnten Trümmergrundstück, ungefähr dreißig Meter entfernt, bewegte sich etwas hinter einem Schutthaufen, und im nächsten Moment wurde von dort aus ein weiterer Schuss in seine Richtung abgefeuert, der ihn nur um eine Handbreit verfehlte. Er zog instinktiv den Kopf ein, kam aber sofort wieder hoch und schoss kurz entschlossen auf die Stelle, wo er den Schützen vermutete. Der Rückstoß war hart wie ein Hammerschlag, Carl ging wieder in Deckung und biss vor Schmerzen die Zähne zusammen. Gleich darauf riskierte er einen weiteren Blick, doch es kamen keine Schüsse mehr. Er lauschte angestrengt und hörte das Geräusch von Schritten, die sich rasch in die entgegengesetzte Richtung entfernten.

Dann wandte er sich wieder zu Werner um, den es schlimm

erwischt hatte. Die gesamte Vorderseite des Hemdes war mittlerweile blutgetränkt.

Carl schlug sich augenblicklich die Idee aus dem Kopf, den Täter zu verfolgen. Werner musste sofort ins Krankenhaus, und außer ihm selbst war niemand da, der ihn auf schnellstmöglichem Weg hinbringen konnte.

*

»Das hätten wir«, sagte Doktor Emmerich. Die Lampe über dem OP-Tisch spiegelte sich in seinen Brillengläsern, als er einen Schritt zurücktrat, Handschuhe und Kittel voller Blut. Blut lief auch durch den Drainageschlauch, der seitlich aus dem – ebenfalls blutüberströmten – Brustkorb des Patienten ragte. Für den Moment war die größte Gefahr gebannt, aber es hatte Spitz auf Knopf gestanden, und hätte der Zufall nicht mitgeholfen, wäre der Mann jetzt sicher tot.

Die erste glückliche Fügung hatte darin bestanden, dass Doktor Emmerich praktisch sofort vor Ort gewesen war. Eigentlich hatte er mit seiner Frau ins Theater gehen wollen, aber die hatte Migräne, also waren sie zu Hause geblieben, in der Dienstwohnung auf dem Gelände der Polizeiliegenschaft. Ein weiterer Zufall war die Anwesenheit eines Polizisten – es handelte sich um den für Anne abgestellten Personenschützer –, der während des Krieges als Sanitäter an der Front gewesen war. Er hatte Carl geholfen, den verletzten Kollegen vom Wagen in den Röntgenraum zu tragen, wo Anne umgehend alles für die Erstversorgung vorbereitet hatte. Die Symptome hatten zu dem Zeitpunkt bereits auf einen lebensbedrohlichen Pneumothorax sowie eine Verletzung größerer Pulmonalgefäße hingedeutet, was sich kurz darauf bestätigt hatte.

Anne hatte im Krieg viele Menschen mit perforierter Lunge auf dem OP-Tisch sterben sehen. Sie hatte sich schon zu Beginn des Eingriffs darauf eingestellt, Carl hinterher eine schlimme Nachricht überbringen zu müssen.

Aber der Arzt belehrte sie eines Besseren. Noch nie hatte sie bei einer Thorakotomie assistiert, bei der buchstäblich jeder Handgriff saß, und das bei größtmöglichem Tempo.

»Was ist?«, fragte Doktor Emmerich, dem offenbar nicht entging, wie Anne ihn musterte. »Stimmt was nicht?«

»Meine Güte, nein, ganz im Gegenteil!« Verlegen hantierte sie an dem Narkosegerät herum, obwohl sie die Ätherzufuhr bereits abgestellt und die Maske vom Gesicht des Patienten entfernt hatte. Sie suchte nach Worten und platzte dann heraus: »Das war einfach phänomenal! Ich meine, diese Technik … Wie Sie das gemacht haben! So schnell und … sicher!« Beinahe ehrfürchtig sah sie ihn an. »Sie waren Militärarzt, oder?« Nur auf diese Weise hatte er sich eine solche Expertise in der Thoraxchirurgie erarbeiten können.

Der Arzt nickte, er wirkte eher bedrückt als geschmeichelt. »Zwei große Kriege und Tausende Soldaten, die unter meinen Händen verblutet sind. Mehr, als ich retten konnte.« Er deutete auf den Patienten. »Dafür wird der hier es schaffen, wenn keine Komplikationen dazukommen.« Er räusperte sich. »Wenn wir schon mit Lob um uns werfen – Sie haben Ihre Sache ebenfalls ausgezeichnet gemacht. Sie einzustellen war die beste Entscheidung seit Jahren. Ich muss unbedingt dran denken, mich bei Inspektor Bruns für die Empfehlung zu bedanken.«

Seine Worte riefen Anne ins Gedächtnis, dass Carl schon die ganze Zeit draußen wartete. Als sie auf den Gang hinaustrat, um ihm Bescheid zu sagen, sprang er von einem der dort stehenden Stühle auf und kam ihr entgegengeeilt, in seinen Augen die bange Frage.

»Die Operation ist gut verlaufen«, erklärte Anne sofort. Lieber hätte sie gesagt: Dein Kollege kommt durch. Aber das wäre verfrühter Optimismus gewesen. In der ersten Zeit nach einem so schwerwiegenden Eingriff konnte noch alles Mögliche passieren.

Immerhin hatte ihre Antwort den gewünschten Effekt – Carl entwich ein lang gezogener, erleichterter Atemzug, ihm schien die Last der ganzen Welt von den Schultern gefallen zu sein. Anne unterdrückte den Impuls, ihn zu umarmen und ihm zu sagen, wie froh sie war, dass ihm nichts passiert war. Als er hier eingetroffen war, laut um Hilfe rufend und von oben bis unten blutbesudelt, hatte sie im ersten Moment gedacht, er selbst wäre schwer verletzt. Doch es war nicht sein Blut gewesen; er hatte nur eine Schramme davongetragen, von einem Streifschuss, der seinen Arm getroffen hatte. Der Sanitäter hatte ein Pflaster draufgeklebt.

»Wie fühlst du dich?«, fragte sie.

»Jetzt? Deutlich besser als vor einer Minute.« Carl lächelte flüchtig, dann wurde er wieder ernst. »Im Augenblick interessiert mich viel mehr, wie es Werner geht.« Erklärend fügte er hinzu: »Er ist nicht nur mein Kollege, sondern auch ein guter Freund.«

Anne hatte schon so was vermutet. »Momentan ist sein Zustand stabil, doch ich müsste lügen, würde ich sagen, dass er endgültig über den Berg ist. Die erste Nacht ist immer kritisch. Aber er wird durchgehend überwacht, die Nachtschwester ist schon bei ihm, und Doktor Emmerich bleibt in Rufbereitschaft.«

»Ich dachte, er stirbt mir im Wagen weg.« Carl blickte auf seine Hände, die mit gestocktem Blut überzogen waren.

»Er hatte Glück«, sagte Anne. »Doktor Emmerich ist ein großartiger Chirurg.«

»Ich weiß. Deshalb habe ich Werner ja auf direktem Wege hierhergebracht.«

Anne fragte ihn geradeheraus: »Glaubst du, dass es Arnold war?«

Carl zögerte, als wollte er vermeiden, sie mit seiner Antwort über Gebühr zu beunruhigen, doch dann nickte er resigniert. »Wir müssen noch Spuren sichern. Ballistische Untersuchungen anstellen, Geschosshülsen vergleichen und so weiter. Aber ja, ich denke, er war's.« Er wechselte das Thema, und sein nächster Satz klang, als hätte er Bauchschmerzen. »Anne … Wegen Borjan Drewin … Lass mich dir erklären …«

Sie winkte sofort ab. »Nicht nötig. Er hat uns gestern Abend noch alles erzählt. Dass er sich verdächtig gemacht hat, weil er aus lauter Angst vor der deutschen Polizei weggelaufen ist und dass du wohl nicht anders konntest. Falls du dich fragst, ob er wütend ist – auf dich persönlich eher nicht. Auf andere bei der Essener Polizei – ganz sicher.« Sie hielt inne, denn sie musste daran denken, was Aleksandr und Borjan von ihrer Zeit als Zwangsarbeiter erzählt hatten. Von dem, was man ihnen angetan hatte. Von dem Mord an ihrer Schwester Mariana, die nichts Schlimmeres verbrochen hatte, als zusammen mit ihren Brüdern ein paar Äpfel aufzuheben, die von einem Marktkarren gefallen waren.

Schon davor war das Leben der Geschwister die reinste Qual gewesen. In Baracken zusammengepfercht wie Vieh, ernährt mit dünner Steckrübensuppe, waren sie nichts weiter gewesen als jederzeit austauschbares Menschenmaterial, gerade gut genug, um sich in den Kruppschen Rüstungsfabriken und beim Kohleabbau bis auf die Knochen schinden zu lassen.

Anne dachte daran, wie oft sie selbst solche ausgehungerten, heimatlosen Gestalten gesehen hatte. Auch in Köln waren sie zu Tausenden im Einsatz gewesen, die meisten noch blutjung, kaum dem Elternhaus entwachsen. Je nach Herkunft hatten sie aufgenähte Stoffstücke oder Armbinden in unterschiedlichen Farben tragen müssen, so wie die Juden den gelben Stern. Angestrengt versuchte Anne sich zu erinnern, was sie bei dem Anblick dieser jungen Menschen empfunden hatte. Ob sie je den Impuls verspürt hatte, gegen das schreiende Unrecht aufzustehen. Oder ob sie einfach nur stoisch und bestenfalls mit einem Hauch von Mitleid hingenommen hatte, was sie sah.

Vor Kriegsende, als die Versorgungslage der deutschen Bevölkerung noch sehr viel besser gewesen war als alles, was danach kam, hätte jedem auffallen können, wie elend es im Vergleich dazu den Zwangsarbeitern ging. Ihre Sammelunterkünfte standen nicht abseits, sondern kreuz und quer über die Stadt verteilt. Diese Menschen waren nicht unsichtbar gewesen. Jeder war ihnen begegnet, auch Anne.

Carl riss sie aus ihren düsteren Erinnerungen. »Woran denkst du?« Seine Stimme klang besorgt.

»Ach, es ist nichts.« Sie wischte sich über die Augen. Die Erschöpfung kam mit solch unvermittelter Wucht über sie, dass sie sich an die Wand lehnen musste. Es war eine andere Art von Erschöpfung als jene, die sie sonst nach einer anstrengenden, viel zu langen Schicht verspürte. Fast fühlte es sich an wie Trauer. Nicht so schneidend und alles durchdringend wie nach dem Tod der Mutter, eher leise und nagend. Aber trotzdem war es, als hätte sie etwas verloren.

Die Worte, die ihr über die Lippen kamen, brachten es zu ihrer Verwunderung auf den Punkt, ohne dass sie noch länger darüber nachdenken musste.

»Sie waren siebzehn, Carl. Borjan und Aleksandr waren siebzehn Jahre alt, als die Waffen-SS ihre Eltern umgebracht und sie und ihre Schwester nach Essen verschleppt hat.«

»Ich weiß.« Carl schien auf eine verstörend intime Weise zu ahnen, was sie damit ausdrücken wollte. »Ich frage mich oft, ob es irgendeinen Punkt gab, an dem ich irgendwas hätte tun können. Auf Zollverein waren auch Ostarbeiter, jede Menge. Die hatten sogar extra Baracken auf dem Gelände. Das waren so unfassbar arme Schweine, sie starben wie die Fliegen.« Er hielt inne und starrte vor sich hin. »Ich hab's mitgekriegt und nichts gemacht. Keine Ahnung, warum nicht. Es war nicht mal so, dass ich zu feige war – es kam einem einfach irgendwann normal vor. Vielleicht habe ich mir auch bloß selber zu leidgetan, damals. Wir waren ja alle mehr oder weniger am Arsch.« Er brach ab und schüttelte den Kopf. »Es ist keine Entschuldigung.«

»Gibt es denn überhaupt eine? Egal, was wir sagen – es klingt doch immer danach, als wollten wir uns rausreden.«

Eine Weile schwiegen sie beide, verbunden durch die Erinnerung, die aus der Vergangenheit heraus Anklage erhob.

Ein Mann kam durch den Gang auf sie zu. Anne hatte ihn noch nie gesehen, aber Carl spannte sich bei seinem Anblick sichtlich an. Seine Miene verhärtete sich, seine Hände ballten sich zu Fäusten. Offenbar war er nicht gut auf den Besucher zu sprechen.

*

Schneider wirkte besorgt, als er vor Carl und Anne stehen blieb. »Guten Abend«, sagte er, während er mit einer kurzen, in Annes Richtung angedeuteten Verbeugung den Hut zog. »Ich habe gehört, dass Werner angeschossen wurde. Wie geht es ihm?« Ehe Carl etwas erwidern konnte, fuhr er fort: »Mir ist schon klar, dass du glaubst, es ginge mich einen feuchten Kehricht an, aber lass dir sagen, dass Werner zu den wenigen Menschen gehört, die mir immer schon am Herzen lagen. Von allen Kollegen aus unserer Abteilung war er mir mit Abstand der liebste. Ich kenne ihn seit über zwanzig Jahren, und wir haben bis zum Schluss eng zusammengearbeitet, mit einer Aufklärungsrate, die immer noch unerreicht ist.«

»Du mit deiner scheiß Aufklärungsrate, die kannst du dir sonst wohin stecken«, fuhr Carl ihn an. Der Zorn war in ihm aufgebrochen wie eine giftige Frucht, am liebsten hätte er Schneider unter irgendeinem Vorwand zusammengeschlagen.

Schneiders Reaktion war kalt wie Eis. »Dass er niedergeschossen wurde, ist allein deine Schuld. Weil du es seit Monaten nicht hinkriegst, Hoffmann zu schnappen. Mach dich mal drauf gefasst, dass ich das für dich erledige, *Herr Inspektor.*«

Carl siedete innerlich, doch er zwang sich mit äußerster Anstrengung zu einer gleichmütig klingenden Erwiderung. »Wo wir schon beim Thema sind – offenbar verheimlichst du der Polizei nähere Erkenntnisse über Hoffmanns Schlupfwinkel. Ich fordere dich hiermit auf, mir alle Einzelheiten zu nennen, die zu einer Ergreifung des Gesuchten beitragen können. Solltest du dich weigern, bin ich gezwungen, dich wegen Unterstützung eines Massenmörders festzunehmen.«

»Wie kommst du darauf, dass ich irgendwas über Hoffmanns Verstecke weiß?«, fragte Schneider in zuvorkommendem Ton.

»Du hast es Werner gegenüber erwähnt, und der hat es mir erzählt.«

»Das hat er eindeutig missverstanden, so was habe ich nie gesagt.«

Carl erkannte die Lüge in Schneiders Augen und konnte seine Gefühle nur schwer im Zaum halten. Hätte Anne sich nicht mit hörbarem Unbehagen geräuspert, wäre er wohl im nächsten Moment in Wutgebrüll ausgebrochen. Und hätte damit einen kriminalistischen Kardinalfehler begangen.

*Zorn vernebelt das Denken.*

Es war Schneider gewesen, der ihm und Werner vor zwei Jahrzehnten in der Ausbildung beigebracht hatte, wie sich ein Kriminalbeamter bei seinen Ermittlungen zu verhalten hatte – rational, überlegen, beherrscht. Carl hatte den Eindruck, von diesem Idealzustand noch nie so weit entfernt gewesen zu sein wie in diesem Augenblick.

»Sie müssen jetzt gehen«, mischte Anne sich in resolutem Tonfall ein. »Besuchern ist das Betreten der Station außerhalb der dafür vorgesehenen Zeiten untersagt. Davon abgesehen sind Besuche auch nur dann gestattet, wenn der Zustand des Patienten es erlaubt. Wovon hier überhaupt keine Rede sein kann. Ich möchte Sie bitten, nicht vor Ende nächster Woche wieder vorzusprechen.«

Carl sah sie bewundernd von der Seite an. Sie hatte mit dieser Art von sachlicher Autorität gesprochen, die nicht den geringsten Widerspruch duldete. Genauso, wie er selbst es gern getan hätte, aber bei diesem verdammten Drecksack einfach nicht hinbekam.

Auch Schneider schien entsprechend beeindruckt. »Natürlich, ich wollte hier nicht gegen die Hausordnung verstoßen. Fürs Erste bin ich sehr glücklich damit, zu wissen, dass Werner noch lebt, glauben Sie mir.« An Carl gewandt, fügte er hinzu: »Wir sehen uns sowieso bald wieder.«

»Was meinst du damit?«, fragte Carl.

»Dass meiner Wiedereinstellung nichts mehr im Wege steht. Ich habe Widerspruch gegen meine Entlassung eingelegt und bin jetzt nur noch als minderbelastet eingestuft. Es sind bloß noch ein paar Formalitäten zu klären. Dann komme ich zurück.« Schneider lächelte siegesgewiss und blickte Carl in die Augen. »Die alten Zeiten sind wohl doch nicht so leicht totzukriegen, was? Guten Abend, die Herrschaften.« Höflich nickte er Carl und Anne noch einmal zu und ging anschließend davon, ohne ein einziges Mal zurückzublicken.

# Kapitel 19

Am darauffolgenden Sonntag stand Carl in der erfreulichen Gewissheit auf, dass es mit Werner aufwärtsging. Tags zuvor hatte er Anne wieder nach ihrer Schicht abgeholt, und sie hatte zu berichten gewusst, dass Doktor Emmerich mit dem Zustand des Patienten hochzufrieden war.

»Scheint so, als wäre dein Kollege hart im Nehmen«, hatte sie gemeint. Besuch durfte Werner noch nicht empfangen, aber Anne hatte erzählt, dass er schon nach einer Zigarette verlangt hatte. Die es selbstredend für ihn eine ganze Weile nicht mehr geben würde.

An diesem Sonntagmorgen roch es im ganzen Haus nach frisch gebackenen Waffeln, das Wasser lief Carl im Mund zusammen, als er nach unten ging. Im Erdgeschoss öffnete sich Frau Schultes Wohnungstür, und mit triumphierender Geste reichte sie ihm eine Waffel heraus. Er nahm die unverhoffte Gabe verblüfft entgegen.

»Mit gute Butter gebacken, frisch außem Waffeleisen«, erklärte Frau Schulte zufrieden. »Dat hatte ich mir schon lange geschworen – wenn et widder Butter gibt, back ich sofort Waffeln. Hat ein Vermögen gekostet, auch die Eier, deshalb bleibt dat die Ausnahme. Aber egal. Getz fängt dat schöne Leben wieder an, Herr Bruns! Lassen Sie et sich schmecken!«

»Tausend Dank!«, sagte Carl, ehe er von der Waffel abbiss. Der köstliche Geschmack trieb ihm ungewollt Tränen in die Augen. Dabei war es nicht etwa so, als hätte er in den letzten paar Jahren überhaupt keine Waffeln mehr gegessen; Magda hatte ihm zwei-, dreimal welche aufgetischt. Und doch war es nicht dasselbe. Mit Frau Schultes Sonntagswaffeln wurde gleichsam eine neue Ära eingeläutet. Eben noch hatten Hunger und Entbehrung den Menschen die Hölle auf Erden beschert – und plötzlich gab es Lebensmittel in Hülle und Fülle. Natürlich nicht für kleines Geld, die Händler verlangten horrende Preise, mancherorts machten die Leute bereits ihrem Zorn Luft. Gestern hatten Vandalen in der Rü ein Schaufenster eingeschlagen und die überteuerte Ware unter den wütenden Passanten verteilt. Da würde sich so manches erst noch einpendeln müssen.

Bärbel Böhm kam aus dem Keller in den Hausflur gehüpft und machte große Augen, als sie Carl mit der Waffel in der Hand dastehen sah. Er wollte ihr den Rest überlassen, aber Frau Schulte kam ihm zuvor. »Heute kricht jeder hier im Haus wat mit.« Sie versorgte auch Bärbel mit einer Waffel. Die Kleine knabberte vorsichtig daran, dann stopfte sie entschlossen alles auf einmal in den Mund und kaute mit vollen Backen. Carl lachte und fuhr ihr durchs Haar, wobei sich einer der nachlässig geflochtenen Zöpfe auflöste.

Frau Schulte schnalzte tadelnd mit der Zunge. »Komma her, ich bring dat in Ordnung.« Mit flinken Fingern flocht sie dem Kind die Haare zu zwei adretten Zöpfchen und zwirbelte sie mit Haushaltsgummis zusammen, die sie aus der Tasche ihrer Kittelschürze zog. Dabei sah sie Carl an. »Der Böhm is gestern widder irgendwo versackt, dat Kind is schon den ganzen Morgen alleine. Ich habbet noch mit inne Kirche genommen, abber gleich wollt ich zu meine Schwester nach Bochum, da wird mich dat zu viel.« Ihr Blick war unmissverständlich. Was auch immer Carl für den Rest dieses Tages noch vorhatte – der Besuch bei ihrer Schwester war wichtiger.

Carl fügte sich widerspruchslos, denn zufällig vertrugen sich seine Pläne für diesen Sonntag mit Frau Schultes Wünschen – er wollte mit Anne und ihrem Neffen schwimmen gehen. Schubert hatte angekündigt, sich das Auto seines Schwagers auszuborgen, er wollte sie runter zum Baldeneysee fahren und später wieder abholen. Anne würde sich bestimmt nicht daran stören, wenn noch ein kleines Mädchen mit von der Partie war. Bärbel war nur ein Jahr jünger als Emil, die beiden konnten prima miteinander spielen, während er sich in aller Ruhe mit Anne unterhielt. Er sehnte sich mit solcher Macht nach ihrer Nähe, dass er sogar nachts davon wach wurde und sich vorstellte, sie in den Armen zu halten.

Auf Carls Geheiß holte Bärbel sich Kamm, Unterhöschen und Handtuch aus dem Keller. Einen Badeanzug besaß sie nicht. Carl packte ihr Bündelchen zu seinen eigenen Sachen in die Sporttasche, die seit seiner aktiven Zeit im Ruderverein nicht mehr im Einsatz gewesen war. Bevor er mit Bärbel das Haus verließ, legte er Kurt Böhm einen Zettel vor die Tür.

»Hat dein Vater gesagt, wann er wieder da ist?«, fragte er Bärbel auf dem Weg in die Klarastraße.

Die Kleine schüttelte nur stumm den Kopf. Carl fragte sich besorgt, wo das noch enden sollte. Der Mann wurde immer unzuverlässiger. Nächstes Frühjahr kam Bärbel in die Schule. Jemand würde darauf achten müssen, dass sie jeden Tag hinging, sonst wäre sie über kurz oder lang ein Fall für die Fürsorge. Wobei es durchaus im Rahmen des Möglichen lag, dass es schon vorher so weit war. Irgendwer würde sie holen kommen und in eines dieser grauenhaften Heime stecken, in denen unzählige Kriegswaisen sowie ausgesetzte, misshandelte oder einfach nur verlassene Kinder verwahrt und mehr oder weniger lieblos über die Runden gebracht wurden.

»Warst du schon mal schwimmen?«, erkundigte sich Carl.

Bärbel nickte eifrig.

»Im Freibad?«

»Nee, inne Köttelbecke.«

Carl grinste in sich hinein. *Köttelbecke*, so hießen im Kohlenpott die Bachläufe, die zu Kanälen begradigt und wegen der darin mündenden Abwasserleitungen die reinsten Kloaken waren. Er erinnerte sich noch gut an das Wutgeschrei seiner Mutter, wenn er mit den Jungs aus der Siedlung mal wieder Bachlaufen gespielt hatte und dabei ins Wasser gefallen war. Wenn er dann vor sich hin stinkend nach Hause gekommen war, hatte es so manches Mal einen hinter die Löffel gegeben. Hinterher hatte es seiner Mutter immer leidgetan. Nicht, dass sie es ihm mit Worten gesagt hätte, eigentlich hatte er es sich ja selbst eingebrockt und die Strafe verdient. Doch nach jeder Tracht hatte es kaum eine Minute gedauert, bis sie ihn am Kragen packte und an sich zog, um ihn so fest zu umarmen, dass er kaum noch Luft kriegte. »Du bis doch mein lieben Jung, Carl«, sagte sie dann, als müsste sie sicherstellen, dass er es auch ja nicht vergaß. In diesen Umarmungen hatte ihre ganze bedingungslose Zuneigung gelegen. Es war ihre Art, ihm zu erklären, dass sie immer zu ihm stand, egal was er anstellte.

Gott, wie sehr er sie vermisste!

Er dachte daran, dass er schon lange nicht mehr auf dem Friedhof gewesen war. Die Gräber seiner Eltern waren sicher schrecklich runtergekommen, wenigstens dieses Jahr musste er sich mal wieder drum kümmern, spätestens vor Allerseelen.

»Bist du traurig?«, fragte Bärbel. Sie klang besorgt.

Carl schüttelte den Kopf. »Nein, alles bestens.«

Er hielt sie bei der Hand und blickte auf sie hinunter, während sie in ihrem schäbigen Kleidchen neben ihm hertrippelte, bemüht, sich seinen großen Schritten anzupassen. Unwillkürlich ging er ein wenig langsamer, was sie prompt veranlasste, ab und zu einen kleinen Hopser einzulegen. Sie war ein Kind, das ständig in Bewegung war. So wie Emil. Anne hatte ihm erzählt, dass der Junge der reinste Klettermaxe war und nur selten stillsitzen konnte.

Vor dem Haus in der Klarastraße stand schon der Wagen, den Schubert von seinem Schwager organisiert hatte – es war ein klappriges Dreirad mit einer winzigen Fahrerkabine. Aber hier galt die Devise: besser schlecht gefahren als gut gegangen. Bis zum Baldeneysee war es ein ordentliches Stück zu Fuß. Streckenweise führte der Weg durch den Wald, und Carl wollte vermeiden, dass Hoffmann sich unbemerkt an ihre Fersen heftete. Auch wenn der Kerl wie vom Erdboden verschluckt schien – Carl zweifelte nicht daran, dass er irgendwo in einem nicht allzu weit entfernten Versteck lauerte und auf die nächste Gelegenheit wartete.

An diesem Sonntag hatte Carl dennoch auf das Mitführen des Revolvers verzichtet, er konnte unmöglich damit ins Freibad gehen. Dafür hatte aber Schubert einen, ebenso die übrigen zur Bewachung eingeteilten Polizisten. Nach der Schießerei in Holsterhausen hatte der Polizeipräsident in Abstimmung mit der britischen Militärverwaltung verfügt, alle in dem Fall eingesetzten Beamten mit Schusswaffen auszustatten.

Auf einem der umliegenden Trümmergrundstücke spielten Kinder. Sie kletterten in den Ruinen herum und veranstalteten einen Höllenlärm. Einer der Jungs war Emil, der tatsächlich ein ausgemachter Kletterkünstler zu sein schien – er hatte sich von allen am höchsten hinaufgetraut. Carl verharrte mit angehaltenem Atem, während der Junge eine hoch aufragende, schmale Mauerkrone entlangspazierte, als wäre es ein Gehweg von bequemer Breite. Unter dem johlenden Beifall der anderen Kinder ließ er sich am Ende der Mauer herunter, indem er sich mit beiden Händen an einem Sims festhielt und abwärtsschwang, zu einer darunter liegenden leeren Fensteröffnung, von der aus er mit einem gewagten Satz zu Boden sprang.

»Um Himmels willen, Emil!« Der entsetzt klingende Ausruf stammte von Anne, die soeben aus dem Haus gekommen war. Emil blickte derweil grinsend in die Runde und sonnte sich in der Bewunderung der Nachbarskinder.

»Ich dachte, Sie passen auf ihn auf!«, wandte Anne sich vorwurfsvoll an Schubert.

»Aber der klettert doch wie ein Affe!«, rechtfertigte sich der junge Polizist.

Carl hatte nur Augen für Anne. Sie trug ein leichtes Sommerkleid in verblichenem Blau, mit einem viereckigen Ausschnitt, der den Ansatz ihres zart gerundeten Busens ahnen ließ. Das Haar hatte sie zu einem lockeren Pferdeschwanz hochgebunden. Strümpfe trug sie keine, ihre nackten Füße steckten in schlichten Sandalen. Sie war ungeschminkt und sah fast genauso aus wie damals mit fünfzehn.

Sein Mund fühlte sich mit einem Mal trocken an, ihm war bei ihrem Anblick buchstäblich die Spucke weggeblieben.

Anne strahlte ihn an und klopfte auf ihre Badetasche. »Wir wären dann so weit. Ich habe bergeweise Brote eingepackt!« Die Vorfreude stand ihr ins Gesicht geschrieben, und Carl musste an sich halten, sie nicht auf der Stelle zu küssen. In der Öffentlichkeit – vor allem im Beisein von Kindern – kam so was nicht infrage, dazu musste man mindestens verlobt sein.

»Das ist Bärbel«, stellte er das Mädchen vor. Er hatte Anne von dem Kind erzählt, sie wusste, wie es um die Kleine stand. »Ihr Vater ist heute nicht da, und da dachte ich, sie geht einfach mit zum Schwimmen.«

»Klar. Dann hat Emil jemanden zum Spielen.« Anne lächelte das Mädchen an. »Ich bin Anne. Und das da drüben ist Emil. Er ist sechs.«

Bärbel nickte selbstbewusst. »Ich bin fünf.«

Carls Blick wurde unwillkürlich von der Fassade des Hauses angezogen, etwas dort schien ihm verändert, aber es dauerte einen Moment, bis er dahinterkam – das Schild über dem Eingang mit der Aufschrift *Zur grünen Linde* war entfernt worden.

»Borjan und Aleksandr haben es abgenommen«, sagte Anne, die seinem Blick gefolgt war. »Frieda hat nicht lockergelassen. Sie will unbedingt die Kneipe wieder aufmachen und hat sich schon einen neuen Namen überlegt. *Zum krausen Bäumchen.*«

»Gute Idee«, sagte Carl verdutzt. »Und was ist mit den Drewins?«

»Die haben nichts dagegen und wollen mithelfen.«

»Dann steht dem Plan ja nichts im Wege.«

»Genau. Und Frieda hätte auch wieder eine Aufgabe.«

Carl hörte heraus, was dabei unausgesprochen blieb. Wenn Frieda in der Kneipe arbeitete, konnte Anne regelmäßig aus der Nähe mitverfolgen, was sie so trieb. Ganz im Gegensatz zum aktuellen Zustand.

Im Erdgeschoss wurde ein Fenster geöffnet. Einer der Zwillingsbrüder schaute heraus, zog sich aber sofort wieder zurück, als er Carl vorm Haus stehen sah. Carl nahm es leicht beklommen zur Kenntnis.

Anne hatte es mitbekommen. »Das wird wieder«, sagte sie.

Im nächsten Moment wurden sie durch einen lautstarken Disput abgelenkt.

»Ich *will* aber schwimmen gehen!«, rief ein Knirps in schrillem Diskant. Carl hatte ihn schon ein paarmal gesehen, es war der Sohn von Annes Etagennachbarn. Der Kleine hieß Hermann, wurde aber von allen nur Hermännchen genannt und ging mit Emil in dieselbe Klasse.

Brunhilde König stand oben im offenen Küchenfenster und keifte zurück: »Du *kanns* nich alleine inne Badeanstalt! Am Ende ersäufsse da noch! Wenne getz nich *sofort* mit die Widerworte aufhörs, kommt dein Vatter runter und macht mit dich kurze Fuffzehn!«

»Aber der Emil hat et mich *versprochen!*«

»Dat geht nur, wenn da einen is, der auf dich aufpasst, du Döskopp!«

Carl und Anne wechselten Blicke, und damit war es schon ausgemacht. Hermännchen kam auch noch mit.

*

Die alte Nuckelpinne von Dreirad wurde unter allerlei Gewusel und Gekicher erklommen. Die drei Kinder krabbelten zu Schubert in die Fahrerkabine, und Anne und Carl machten es sich hinten auf der Ladefläche bequem. Dort war es ziemlich sandig, mit dem kleinen Laster war wohl schon jede Menge Schutt und Baumaterial transportiert worden, aber das tat dem Spaß keinen Abbruch. Sie ließen sich den Fahrtwind um die Nase wehen, und Anne genoss jede Sekunde, auch wenn der Wagen in den Kurven bedenklich schwankte. Carl hatte den Arm um sie gelegt, und ab und zu sahen sie einander in die Augen. In seinem Blick las sie dasselbe stumme Versprechen, das er ihr damals schon gegeben hatte. Nur dass sie da zu jung und zu unerfahren gewesen war, um es richtig zu verstehen. Alles hätte ganz anders kommen können, wenn sie es nur gewollt hätte.

Doch dann hätte sie wohl niemals Heinz kennengelernt. Ihre Liebe zu Carl war die eines unreifen jungen Mädchens gewesen. Mit Heinz war sie als erwachsene Frau zusammengekommen, sie hatten sich perfekt ergänzt, und Anne war davon überzeugt gewesen, dass ihre Liebe ewig hielt. Es war nicht dieses unbekannte, beinahe verruchte Begehren, das Carl in ihr geweckt hatte, aber dafür ein so inniges, unverbrüchliches Gefühl von Zusammengehörigkeit, wie man es nur selten erlebt. Heinz war alles für sie gewesen, Kamerad, Ratgeber, Gefährte und Geliebter.

Eine Todesmeldung hatte sie nie erhalten, nur ein Schreiben von der Wehrmachtsverwaltung. In dürren Worten hatte man ihr mitgeteilt, dass seine Einheit im Kampf für das Vaterland an der Ostfront aufgerieben worden sei und keine Überlebenden mehr ausfindig zu machen waren, weshalb er als verschollen gelte. So hart es auch für sie gewesen war, letztlich hatte sie ihn für tot erklären lassen, weil ihre Familie die Witwenrente zum Überleben gebraucht hatte.

Sie fragte sich, wann sie wohl so weit wäre, mit Carl über Heinz zu sprechen. Nicht nur beiläufig wie neulich nach dem Kino, sondern in einer Weise, die Heinz gerecht wurde. Es hing vermutlich davon ab, wann Carl seinerseits bereit war, über Magda zu sprechen, seine geschiedene Ehefrau, die er, nach allem, was Anne bisher wahrgenommen hatte, sehr geliebt haben musste. Es hatte ihr einen kleinen Stich versetzt, als er erwähnt hatte, dass er immer noch auf gutem Fuße mit Magda stand und sie gelegentlich sogar besuchte.

Anne sagte sich, dass es keine Eifersucht war, sondern einfach bloß … ja, was? Vielleicht kam es ihr nur ungerecht vor, weil seine Ehefrau noch lebte und mit ihm befreundet war, während ihr Ehemann für immer fort war.

Nein. Es war *doch* Eifersucht. Sie sollte anfangen, der Wahrheit ins Gesicht zu sehen.

Das Dreirad machte einen Satz, als es über eine Bodenwelle fuhr, und Anne klammerte sich mit einem kleinen Aufschrei an Carl fest. Lachend strahlte sie ihn an. Einen Herzschlag lang erwiderte er ihren Blick, stumm und voller Sehnsucht. Dann legte er eine Hand um ihren Hinterkopf und zog sie zu sich, um sie zu küssen. Gerade fuhren sie durch ein Waldstück, hier sah ihnen niemand zu, aber es wäre Anne auch egal gewesen, wenn die Menschen am Straßenrand Spalier gestanden hätten. Sie küssten sich wie im Rausch und kamen erst wieder zu sich, als der Wagen anhielt.

*

Den Baldeneysee gab es noch nicht allzu lange, er war erst vor fünfzehn Jahren aufgestaut worden, unter dem Protest alteingesessener Essener Bürger, die sich um ihr schönes Ruhrtal sorgten. Doch als das Gelände beidseits des Flusses dann geflutet und der See fertig war, blau in der Sonne glitzernd und von den tutenden Schiffen der Weißen Flotte befahren, wollte ihn keiner mehr missen. Schmutzige, qualmende Kohlezechen wie Carl Funke am Nord- und Pörtingsiepen am Südufer konnten das neue Landschaftsbild kaum trüben, der Baldeneysee wurde bald zu einem der beliebtesten Ausflugsziele der ganzen Gegend. Man ging zu Kaffee und Kuchen in die *Schwarze Lene* oder die *Heimliche Liebe* und genoss von dort die spektakuläre Aussicht auf den See.

Für die Badegäste wurde ein Strandbad mit allen Schikanen eingerichtet – Nichtschwimmerbecken, Rutsche und Sprungturm inklusive. All das gab es noch. Nur die Liegewiese war nach Kriegsende von den Besatzern in zwei Bereiche geteilt worden, einer für die Briten und einer für die Deutschen.

Die deutsche Seite war naturgemäß rappelvoll, die Handtücher und Decken lagen an diesem sommerheißen Sonntagvormittag bereits dicht an dicht. Carl und Anne hatten Mühe, ein Stück freie Fläche für sich und die Kinder zu finden. Schließlich entdeckten sie doch noch ein Plätzchen im Schatten eines Baumes. Sie breiteten die mitgebrachten Decken auf der Wiese aus und streiften ihre Kleidung ab. Die Badesachen trugen sie schon drunter. Die Kinder rannten sofort zur Wasserrutsche, während Carl und Anne sich ein wenig befangen nebeneinander niederließen. Carl wusste kaum, wo er hinschauen sollte. Ein kurzer Blick auf Annes milchweißen Körper hatte ausgereicht, um eine schon fast ungehörige Erregung in ihm wachzurufen – genau wie vorhin bei dem Kuss hatte er eine Erektion bekommen und schämte sich in Grund und Boden, weil er im Moment nur eine Badehose trug und jeder es bemerken würde, sobald er aufstand. Mit angezogenen Knien saß er auf der Decke – es war dieselbe dunkelblaue Übergardine, die ihm als Bettdecke und Zauberumhang diente – und konzentrierte sich krampfhaft auf andere Dinge. Aber wie schon in jenem Sommer vor zwanzig Jahren kam ihm nur in den Sinn, was Anne bei seinem Anblick wohl denken mochte.

Am Vortag hatte er in Frau Schultes Küche sein obligatorisches wöchentliches Bad genommen und sich hinterher, als sie zum Wäscheaufhängen draußen auf dem Hof gewesen war, heimlich in ihr Schlafzimmer geschlichen, um sich dort nackt im Spiegel zu betrachten. Sein eigener Wandspiegel war winzig, in dem sah man sich nur bis zur Schulter, da fehlte der Gesamteindruck.

Es hatte ihn überrascht, dass sein Körper, obwohl er viel schlanker war als früher, immer noch eine gewisse sportliche Geschmeidigkeit ausstrahlte und angenehm proportioniert wirkte. Längst nicht so knochig und ausgezehrt, wie er sich in den letzten Jahren oft gefühlt hatte. Er hatte noch Muskeln an den richtigen Stellen.

Die Inspektion seines Erscheinungsbildes hatte ein jähes Ende gefunden, als unversehens Frau Schulte auf der Bildfläche erschienen war – sie hatte die Wäscheklammern vergessen. Er war vor Verlegenheit fast im Boden versunken, aber sie hatte ihm nur ungerührt ein Handtuch zugeworfen. »Dat Föttken kann sich auf alle Fälle sehen lassen, und dat Gehänge vorne auch«, hatte sie augenzwinkernd angemerkt.

Anne räusperte sich neben ihm. »Sieht fast genauso aus wie früher, oder?«

Erst nach einer Schrecksekunde begriff er, dass sie die Umgebung gemeint hatte.

»Ja, stimmt«, meinte er befangen.

Von den Spuren des Krieges war auf den ersten Blick tatsächlich nicht viel zu erkennen, obwohl sie dramatisch gewesen waren: Eine Zeit lang hatte man das Wasser des Sees abgelassen, damit seine spiegelnde Oberfläche nicht mehr als Orientierungspunkt für Luftangriffe auf nahe gelegene Ziele dienen konnte. Trotzdem hatten die Bombengeschwader der Alliierten die Essener Innenstadt in Schutt und Asche gelegt. Auch die Talsperren waren angeflogen und bombardiert worden. Nach der Zerstörung des Möhne-Stauwehrs durch die Royal Air Force hatte sich eine vernichtende Flutwelle bis ins Ruhrtal ergossen und war erst unterhalb des Sees abgeebbt. Mittlerweile war jedoch alles wieder von dichtem Grün überwachsen, als hätte es die Katastrophe nicht gegeben.

»Die Kinder haben ihren Spaß«, bemerkte Carl, nur um etwas zu sagen. Emil, Bärbel und Hermännchen planschten übermütig im Nichtschwimmerbereich herum und bespritzten sich gegenseitig mit Wasser.

Anne räusperte sich erneut. »Wir können ja auch schwimmen gehen.«

»Ja, klar.« Mist, er war noch nicht so weit.

Sie schien eine geheime Antenne für seine Befindlichkeiten zu haben. »Wir können uns aber auch gerne noch ein bisschen unterhalten.«

»Gern«, erwiderte er, darauf hoffend, dass es nicht allzu erleichtert klang. Verdammt, er war doch keine achtzehn mehr!

Annes Hand stahl sich in seine, sie rückte näher an ihn heran. Carl hielt die Luft an, als er ihren Duft wahrnahm und ihre weiche Haut spürte. So würde das nichts werden mit dem Schwimmengehen. Doch im nächsten Moment stellte sich heraus, dass sie überhaupt keine erotischen Absichten verfolgte.

»Wie geht es eigentlich deiner Frau?«, fragte sie. Es kam ebenso überraschend wie abrupt, und es klang, als hätte sie sich erst dazu überwinden müssen. »Ich meinte natürlich deine *frühere* Frau«, korrigierte sie sich sofort.

»Oh … Ähm, gut, denke ich«, antwortete er lahm. Seine Erregung erlosch schlagartig.

»Was für ein Leben führt sie jetzt? Und wie ist ihr zweiter Ehemann?« Mit betretener Miene hielt sie inne. »Das klingt wie ein Verhör, oder? Wir können auch über was anderes reden, wenn du willst.«

»Verhöre sind eine praktische Einrichtung«, erwiderte Carl trocken. »Man erfährt auf schnellstem Wege, was man wissen will, damit kenne ich mich aus.« Er grinste kurz, dann fasste er seine Antworten in knappen Sätzen zusammen. »Magda ist ein feiner Mensch, war sie schon immer. Freundlich, hilfsbereit, großzügig. Sie kocht und backt gerne und hat ein Händchen für Dekorationen. Wir sind im selben Alter, aber im Vergleich zu mir sieht sie immer noch fabelhaft aus. Jetzt lebt sie in einer Villa in Werden, und ihr zweiter Mann hat einen Haufen Moneten. Frag mich nicht, womit genau Engelbert sein Geld verdient, aber den beiden geht's glänzend. Er trägt sie auf Händen und macht sie glücklich. Die beiden lieben sich und passen zusammen wie Arsch auf Eimer.« Carl zögerte. »Und sie erwarten ein Kind. Magda ist schwanger.«

Anne nahm es sichtlich überrascht zur Kenntnis. Sie forschte in seinem Gesicht nach Regungen, und er bemühte sich um eine möglichst ausdruckslose Miene.

»Wie stehst du dazu?«, wollte sie wissen.

»Keine Ahnung«, antwortete Carl wahrheitsgemäß. »Magda weiß selber nicht, was sie davon halten soll. Ich hatte dir ja von ihren Fehlgeburten erzählt.«

»Heißt das, sie hat Angst?« Anne hielt inne und beantwortete sich die Frage sofort selbst. »Natürlich hat sie die.« Sie sah ihm in die Augen. »Wenn diesmal bei ihr alles gut geht – freust du dich dann für sie?«

Das konnte er aus tiefstem Herzen bejahen. »Aber sicher!«

Anne lächelte, sie wirkte auf unbestimmte Weise erleichtert.

Vielleicht wäre jetzt der richtige Zeitpunkt gewesen, sie über ihren Ehemann auszufragen. Dieser im Krieg verschollene und für tot erklärte Heinz, der nach allem, was Carl bisher über ihn gehört hatte, ein Pfundskerl gewesen sein musste.

Aber danach stand ihm momentan nicht der Sinn. Er sprang auf und zog Anne hoch. »Komm, jetzt gehen wir endlich schwimmen!«

Hand in Hand liefen sie rüber zu den Kindern, die ausgelassen im Wasser herumtobten, und Carl fand, dass er ein verdammtes Glück hatte. Ein Sonntag am See, der erste seit ewigen Zeiten, zusammen mit der Frau, die er liebte. Das Leben fühlte sich beinahe normal an, allen Schreckgespenstern zum Trotz.

Unterwegs verharrte Anne mitten im Schritt und wandte sich ihm zu. Sie betrachtete ihn von oben bis unten. In ihren Augen tanzte ein mutwilliges kleines Funkeln.

»In einem Punkt haben Sie gelogen, Herr Inspektor!« Ihre Stimme klang gespielt streng.

»Ach ja?«, gab er mit klopfendem Herzen zurück. »In welchem denn?«

»Sie sehen ebenfalls immer noch fabelhaft aus! Bitte nehmen Sie das als wichtige Zeugenaussage ins Protokoll auf!« Lachend lief sie weiter und zog ihn mit sich.

Für Carl war es der perfekte Augenblick eines perfekten Sonntags.

# Kapitel 20

*Juli 1948*

Ich verstehe nicht, warum du schon wieder beichten musst«, sagte Polizeimeister Schubert am darauffolgenden Samstag zu Lotti. Es klang zutiefst verdrossen. »Du warst doch erst letzte Woche.«

»Ich beichte jeden Samstag«, erklärte Lotti mit Bestimmtheit.

Er gab nach, wenn auch widerstrebend. Insgesamt schien er sich jedoch weniger zu ärgern als sonst. Vielleicht, weil er übers Wochenende wieder das Dreirad von seinem Schwager hatte und deshalb nicht so viel zu Fuß gehen musste wie unter der Woche, wenn er sie zur Schule bringen und wieder abholen musste.

Trotzdem hielt ihn wohl nur ein Rest von Höflichkeit davon ab, sich über ihre Frömmigkeit aufzuregen. Gegenüber seinen Kollegen erlegte er sich weniger Zurückhaltung auf; Lotti hatte einmal mitbekommen, wie er sich mit einem der anderen Polizeibeamten über sie unterhalten hatte. Sie hatte nur Fetzen des Gesprächs verstanden, aber es war das Wort *Betschwester* gefallen, begleitet von ausgiebigem Gelächter.

Lotti hatte es mit derselben stoischen Opferbereitschaft hingenommen wie all die anderen Kränkungen, die sie schon erduldet hatte. Menschen, die stark im Glauben waren, mussten sich solchen Prüfungen stellen. Ihre Hinwendung zu Jesus konnte dadurch nur tiefer werden.

Die wenigsten Leute verstanden das. Schubert gehörte nicht dazu. Ihn interessierte nur eins: Wann er das nächste Mal schlafen konnte. Er war Vater eines drei Wochen alten Babys, das die Nächte durchbrüllte, und weil seine Frau wegen des Kaiserschnitts kaum aufstehen konnte, oblag es ihm, das Kind stundenlang umherzutragen. Manchmal, so hatte er Lotti erzählt, war er drei Tage am Stück wach, auch wegen der vielen Überstunden, die er zurzeit schieben musste. Ihretwegen. Oder genauer: Für ihre Familie. Bei der Polizei herrschte extremer Personalmangel, also mussten sich die wenigen Beamten, die für die Überwachung abgestellt werden konnten, in unmenschlich langen Schichten abwechseln.

An diesem Samstag war Schubert für Lotti und Emil zuständig, mit anderen Worten, sie mussten zusammenbleiben. Emil durfte nicht zum Spielen verschwinden, und Lotti konnte sich nicht wie erhofft mit Jürgen treffen. Er hatte sie gefragt, ob sie mit ins Kino gehen wolle, und wie gern hätte sie Ja gesagt! Sie war enorm aufgeregt gewesen, ihr Herz hatte gerattert wie eine Lokomotive unter Volldampf, und in dem Moment war es ihr sogar ganz egal gewesen, ob diese Gefühle vielleicht sündig waren.

Aber es ging nicht. An diesem Samstagnachmittag konnte sie nirgendwohin, ohne Emil mitzunehmen, nicht mal zur Beichte. Für sie beide stand nur ein Polizist zur Verfügung, und fürs Kino war Emil noch zu klein.

Über eine Woche dauerte die Bewachung nun schon an. Die anfängliche, von größtmöglicher Furcht geprägte Anspannung war nach und nach einer seltsamen, dumpfen Ergebenheit gewichen. Ihren Schwestern erging es ebenso. Anne hatte dafür eine gute Erklärung gehabt: Kein Mensch halte es auf Dauer aus, in einem Zustand von Panik zu leben, also flache die Angst irgendwann ab und verwandle sich in etwas, das sich erträglicher anfühlte und nur in bestimmten Situationen wieder hochkochte. Lotti fand, dass diese Beschreibung es sehr genau traf. Hatte sie zunächst ihren Schwager hinter jedem Gebüsch und jedem Trümmerhaufen gewähnt und sich zu Tode gefürchtet, so konnte sie die Situation mittlerweile mit einer gewissen Gefasstheit ertragen. Im Übrigen hoffte sie aus tiefster Seele, dass er längst auf Nimmerwiedersehen verschwunden war. Sie betete voller Inbrunst dafür. Vielleicht hatte Gott sie schon erhört. Aber ebenso war möglich, dass das erst beim nächsten oder übernächsten Gebet geschah. Sie würde nicht nachlassen.

»Ich warte dann so lange im Wagen«, sagte Schubert, als Lotti vor der Kirche ausstieg. Emil hatte keine Lust, im Auto sitzen zu bleiben, er ging lieber mit in die Kirche.

Dort war im Moment nicht viel los, nur eine schwarz gekleidete alte Frau kniete in der ersten Reihe, den Kopf zum Gebet gesenkt und einen Rosenkranz in den Händen. Der Beichtstuhl war leer, der Pfarrer war nirgends zu sehen, sicher war er nur kurz in der Sakristei und würde gleich wieder auftauchen. Lotti tupfte sich mit Weihwasser ein Kreuzzeichen auf und warf einen Groschen in den Opferstock. Es war altes Kleingeld, aber das galt ja noch. Sie zündete eine Kerze zum Gedenken an ihre Eltern an, dann kniete sie sich mit Emil in eine der Bankreihen und nutzte die Wartezeit bis zur Rückkehr des Geistlichen zur inneren Einkehr.

»Musst du noch lange beten?«, wollte Emil wissen.

»Ich hab doch gerade erst angefangen!«

»Wie lange dauert es denn?«

»Das merkst du dann schon. Jetzt sei still.«

»Betest du mit Jesus oder mit Gott?«

»Ich bete nicht *mit* ihnen, sondern *zu* ihnen.«

Er war eine halbe Minute lang still, dann fragte er: »Bist du schon fertig?«

»Nein«, fuhr sie ihn an, mäßigte sich aber sofort. Hatte nicht Jesus gesagt: *Lasset die Kindlein zu mir kommen?* Sie strich ihm übers Haar und gab ihm einen Kuss auf die Wange. »Halt einfach mal ein bisschen die Klappe, ja?«

Es war leichter gesagt als getan. Ihr kleiner Neffe hampelte neben ihr herum. Kniete sich hin, setzte sich, stand auf, immer wieder, wie aufgezogen. Lotti ermahnte ihn abermals, sich still zu verhalten, doch er ignorierte sie und fing an, in der Kirche herumzustromern. Sie konzentrierte sich wieder auf ihre Gebete. Wie üblich begann sie mit einem Vaterunser, um dann mit einem Ave-Maria weiterzumachen, immer im Wechsel, bis sie in diese entrückte, fast hypnotische Stimmung kam, die sie für ihre persönlichen Fürbitten brauchte.

Das Erscheinen des Heilands traf sie völlig unvorbereitet, sie hatte nicht im Geringsten damit gerechnet. Mehr noch – sie war sicher gewesen, dass das für immer vorbei war, jetzt, da Hunger und Not der Vergangenheit angehörten. Und doch stand er da, vorn beim Altar, leuchtend und gütig lächelnd wie ehedem.

Sie war mit ihm allein in der Kirche. Die alte Frau war nicht mehr da, und auch Emil war rausgegangen, er vertrieb sich wohl doch lieber die Zeit mit Herrn Schubert. Der ließ ihn ab und zu hinterm Lenkrad sitzen und Polizist spielen, natürlich nur im stehenden Auto.

»Du bist wieder da!« Von Glücksgefühlen überwältigt, stand Lotti auf und ging nach vorn, um dem Erlöser näher zu sein. Seine Erscheinung schien zu verblassen, und besorgt hielt sie inne, doch im nächsten Moment wurde das Bild wieder schärfer.

Er sprach zu ihr, wie immer, ohne die Lippen zu bewegen.

»Das Böse ist nah.«

Lotti erschrak. Wie beim letzten Mal konnte das nur eins bedeuten. Sie hielt sich nicht damit auf, Jesus nach Einzelheiten zu fragen. Wie von Furien gehetzt rannte sie aus der Kirche und blickte sich draußen panisch nach allen Seiten um.

Schubert saß in dem Dreirad hinterm Steuer. Allein. Von Emil war weit und breit nichts zu sehen.

*

Diesmal war es einfacher gewesen, dem Dreirad zu folgen – er hatte ein Fahrrad gestohlen und damit seinen Bewegungsradius enorm erweitert. Dass sich Lotti zur Kirche chauffieren ließ, war ein weiterer glücklicher Zufall. In der Umgebung gab es jede Menge Trümmergrundstücke und damit eine große Auswahl nützlicher Verstecke. Das Fahrrad hatte er in den Überresten eines bis auf die Grundmauern niedergebrannten Hauses deponiert, ehe er in einer anderen Ruine einen geeigneten Beobachtungsposten bezogen hatte.

Eigentlich hatte er sich bloß erhofft, seinen Sohn wieder einmal aus der Nähe sehen zu können. In seinem Versteck hatte er darauf gewartet, dass Lotti und Emil die Kirche wieder verließen.

Aber dann war der Junge allein herausgekommen. Der Bulle im Wagen hatte sich nicht gerührt, auch dann nicht, als sich Emil, einen Stein vor sich herkickend, immer mehr von dem parkenden Dreirad entfernt hatte. Dafür gab es nur eine Erklärung – der Bulle war eingeschlafen.

Sein Herz schlug einen schmerzhaften Trommelwirbel. Er schluckte heftig, als er sah, dass sein Sohn direkt auf ihn zukam, verträumt und ohne sonderlich auf seine Umgebung zu achten. Noch ein Zufall, der ihm in die Karten spielte.

Aber vielleicht war es auch gar kein Zufall. Irgendwer hatte mal zu ihm gesagt, dass alles vorherbestimmt sei. Nicht von Gott, an den glaubte er schon lange nicht mehr. Aber es gab ja noch das Schicksal. Eine mächtige Instanz, die nicht zu unterschätzen war.

In ihm loderte eine Flamme auf, es brannte und tat weh, und plötzlich musste er sich furchtbar anstrengen, um nicht in Tränen auszubrechen. Das Schicksal hatte seinen Sohn zu ihm geführt! Die Botschaft hätte nicht klarer sein können! Nun war es an ihm, sich als Vater würdig zu erweisen. Aber wie, um Himmels willen?

Er begriff, dass er Angst davor hatte, denn Vater zu sein, das war etwas, das er nie gelernt hatte. Frieda hatte es verhindert. Eine jähe Aufwallung von Hass wollte von ihm Besitz ergreifen, doch er kämpfte das Gefühl nieder, weil er seinem Kind nicht mit Hass im Herzen gegenübertreten wollte. Vater zu sein, das bedeutete Verantwortung. Es bedeutete Geduld und Freundlichkeit und Liebe. Er horchte in sich hinein und spürte, dass er diese Fähigkeiten besaß. Dass er es unter Beweis stellen konnte. Man musste ihn nur lassen.

Entschlossen verließ er sein Versteck und ging seinem Sohn entgegen.

*

Carl mobilisierte alle Kollegen, die sich an diesem Nachmittag noch im Präsidium aufhielten. Er klemmte sich ans Telefon und rief bei den umliegenden Revieren an, um zusätzliche Streifen anzufordern. Polizisten schwärmten zu Dutzenden aus, kämmten die gesamte Umgebung der Kirche durch – ohne Ergebnis.

Anne und ihre Schwestern waren nicht davon abzubringen, sich den Suchkommandos anzuschließen. Immer wieder riefen sie verzweifelt den Namen des Jungen, und Carl, der sich die ganze Zeit in ihrer Nähe hielt, war vor Angst um das Kind innerlich wie versteinert. Eine Frau, die zwei Straßen weiter wohnte, hatte gesehen, wie ein Mann, auf den Arnold Hoffmanns Beschreibung passte, mit dem Jungen an der Hand vorbeigegangen war. Nein, Verdacht habe sie nicht geschöpft, warum denn auch, das Kind sei ja brav mitgegangen, außerdem sei sie gerade in Eile gewesen und habe nur flüchtig hingeschaut.

Sie suchten unablässig den ganzen restlichen Nachmittag über bis in den späten Abend hinein.

Bei Einbruch der Dunkelheit war Emil auf einmal wieder da, unverletzt und guter Dinge. Inmitten von Trümmerbergen war er aufgetaucht und nach Hause gelaufen. Ein Streifenpolizist hatte ihn auf dem Heimweg aufgelesen.

Vor dem Haus hatte sich bereits der reinste Volksauflauf gebildet, als Carl mit den Schwestern in die Klarastraße zurückkehrte. Nahezu alle Mieter hatten sich versammelt, desgleichen etliche Nachbarn und Polizeibeamte. Reihum blickte man in erleichterte Gesichter. Der Junge, so die einhellige Meinung, hatte einen Schutzengel gehabt.

Lotti sank bei Emils Anblick weinend auf die Knie. Frieda beugte sich zu ihrem Sohn hinunter und schloss ihn wortlos in die Arme, das Gesicht in seinen hellen Locken vergraben. Anne hielt sich an einem Laternenpfahl fest. Sie zitterte am ganzen Körper, drauf und dran, zusammenzubrechen. Carl eilte an ihre Seite, um sie zu stützen.

Schubert, der sich unmittelbar darauf ebenfalls einfand, bot ein einziges Bild des Jammers. Gebeutelt von Angst, Reue und Erschöpfung konnte er sich kaum noch auf den Beinen halten. Als er am Nachmittag vor Carl hingetreten war, hatte er haltlos geweint und unter vier Augen gestanden, dass ihn während des Dienstes der Schlaf übermannt hatte.

Das, was er in den vergangenen Stunden durchgemacht hatte, reichte als Strafe wahrscheinlich für den Rest seines Lebens. Carl beschloss nach kurzem innerem Ringen, ein Auge zuzudrücken. Im Bericht musste nicht unbedingt stehen, dass Schubert eingeschlafen war. *Ein kurzer Moment der Unaufmerksamkeit,* das tat es als Formulierung ebenso. Anderenfalls wäre ein Disziplinarverfahren die Folge, womöglich ein Rausschmiss. Keine guten Aussichten für einen Mann, der gerade erst Vater geworden war.

Ungewollt kam Carl in den Sinn, was Behrends zu ihm gesagt hatte. *Wir machen alle mal Mist. Solange wir es nicht rumposaunen und schön die Klappe halten, interessiert's keinen.*

Er weigerte sich, genauer darüber nachzudenken. Es gab Wichtigeres zu tun. Emil musste dringend befragt werden. Auch wenn er längst ins Bett gehörte – jede Minute, die er in der Gesellschaft seines Vaters verbracht hatte, konnte unverzichtbare Erkenntnisse für die weitere Fahndung zutage fördern.

Doch bevor er ein Wort zu dem Kind sagen konnte, ging Frieda dazwischen und zog den Kleinen an sich.

»Wir gehen jetzt rauf«, verkündete sie.

»Ich muss ihm ein paar Fragen stellen. Unbedingt. Es lässt sich nicht auf morgen verschieben.«

»Komm meinetwegen mit hoch. Aber wenn ich sage, dass Schluss ist, hörst du auf.«

Er wollte protestieren, nickte dann aber. Stumm folgte er den Schwestern nach oben in ihre Wohnung. Sie setzten sich an den Küchentisch. Anne schmierte Brote, jeder bekam eine Schnitte, auch Carl. Dazu gab es Pfefferminztee.

Die Lindemanns erschienen auf der Bildfläche. Herr Lindemann bestand auf seinem Nutzungsrecht, er wollte für sich und seine Frau einen späten Imbiss zubereiten.

Carl scheuchte die beiden zurück in den Flur und machte ihnen die Tür vor der Nase zu, mit der Begründung, dass hier eine polizeiliche Ermittlung stattfinde und sie deshalb keinen Zutritt hätten. Herr Lindemann protestierte lautstark und kündigte an, sich bei Carls Vorgesetztem zu beschweren.

»Aber bitte mit zwei Durchschlägen«, rief Frieda zornig durch die geschlossene Küchentür in den Flur. »Verfluchter Nazi!«

Dann war sie still, damit Carl seine Fragen stellen konnte.

*

Später, als Carl endlich wieder abgezogen und Emil im Bett war, ging sie noch runter in die Kneipe. Sie war zu aufgekratzt, um zu schlafen. Borjan und Aleksandr waren ebenfalls noch wach, desgleichen Gustav Keitel. Zu dritt standen sie am Tresen und verstummten bei Friedas Auftauchen mitten im Gespräch.

»Stör ich?«, fragte sie.

»Quatsch, du doch nicht«, sagte Borjan. Er schob ihr einen gut gefüllten Kognakschwenker hin, den sie auf einen Zug leer trank und gleich um einen zweiten bat.

»Was hat dein Junge erzählt?«, erkundigte sich Aleksandr.

Frieda schlang beide Arme um sich. Trotz der schwülen Sommerwärme, die sich bis in die Nacht gehalten hatte, war ihr auf einmal eiskalt. »Arnold ist mit Emil stundenlang durch die Gegend gelaufen. Zuerst in die Stadt, da hat Emil neue Sandalen bekommen.« Fassungslos schüttelte sie den Kopf. »In der Warenburg, inmitten von zig Leuten. Niemand hat gemerkt, dass es das Schwein von dem Steckbrief ist, der überall hängt. Danach spazierten sie runter zum Baldeneysee, zu einer Rundfahrt mit der Weißen Flotte. Hinterher gab's Limo und Bratwurst in einem Lokal – welches, wusste Emil nicht, er kann ja noch nicht lesen. Anschließend ging's zurück in die Stadt. Da gab's zum Abschied noch eine Tüte Bonbons.«

»Anscheinend ist Hoffmann zu Geld gekommen«, meinte Borjan.

Aleksandr nickte nachdenklich. »Vielleicht hat er einen Komplizen, der ihn versorgt.«

Frieda war skeptisch. »Wer würde denn einen gesuchten Massenmörder wie ihn unterstützen?«

»Jemand, der mit ihm unter einer Decke steckt«, sagte Borjan.

»Du meinst, bei der Polizei?«

»Wo sonst?«, kam es lakonisch zurück.

»Möglich wär's«, stimmte Keitel zu. »Die Essener Polizei ist ein Sumpf, da sitzen immer noch alte Nazi-Seilschaften. Von dem ganzen Dreck, den die am Stecken haben, ist vieles garantiert noch gar nicht rausgekommen.« Fragend blickte er Frieda an. »Was hat Emil denn sonst noch erzählt? Irgendwas darüber, wo sein Vater sich versteckt hält?«

Frieda schüttelte den Kopf. »Darüber wurde kein Wort gesprochen. Wie gesagt, der ganze Tag stand im Zeichen fröhlicher Freizeit.« Ihre letzte Bemerkung triefte vor beißendem Sarkasmus.

»Was ihn wohl dazu gebracht hat, Emil freiwillig wieder gehen zu lassen?«, sinnierte Aleksandr, während er Frieda nachschenkte.

Sie nahm das Glas und trank, diesmal in winzigen Schlucken. »Er sagte zu Emil, dass es bald dunkel wird und dass Kinder im Dunkeln zu Hause sein müssen.« Düster fuhr sie fort: »Und er sagte auch, dass sie demnächst zusammen verreisen. In ein wunderbares Land, wo es immer warm ist und jeder satt zu essen hat.«

Keitel nahm es mit beklommenem Stirnrunzeln zur Kenntnis. »Sie sollten sich nicht zu viele Sorgen machen, Frieda. Ich hörte die Polizisten darüber reden, dass die Bewachung verstärkt wird.«

»Das glaub ich erst, wenn ich es sehe.«

»Ich muss ins Bett, bin hundemüde«, sagte Keitel. Er trank sein Glas aus und wandte sich zum Gehen. Über die Schulter meinte er: »Gute Nacht allerseits!«

»Gute Nacht«, sagten die Zwillingsbrüder unisono.

»Gute Nacht«, fiel Frieda ein, die ebenfalls müde war, aber noch mit Borjan und Aleksandr einen trinken wollte. Morgen war Sonntag, da konnten sie alle ausschlafen.

Borjan wartete, bis Keitel gegangen war, dann sagte er voller Mitgefühl: »Schlimmer Tag, oder?«

Sie konnte nur stumm nicken und brach im nächsten Moment in Tränen aus.

Borjan kam um den Tresen herum und nahm sie tröstend in den Arm. Sie weinte an seiner Schulter und fühlte sich nach und nach besser.

Anne und Lotti hatten schon vorher geflennt wie die Schlosshunde. Zuerst Lotti, im Beisein aller, und später, als Emil und Lotti im Bett waren, auch Anne. Sie hatte sich unter die Bettdecke verkrochen und sich schlafend gestellt, aber Frieda hatte gemerkt, dass sie weinte. Lautlos und für sich allein. So wie es ihre Art war. Wenn sie überhaupt jemanden an ihrem Kummer teilhaben ließ, dann Carl. Aber nicht ihre Familie, die musste geschont werden, für die wahrte sie jederzeit Haltung. Einen Moment lang hatte Frieda den Impuls verspürt, Anne die Decke wegzuziehen und sie anzuschreien. Ihr zu erklären, dass sie verdammt noch mal das Recht hatte, so laut und so lange zu weinen, wie sie es brauchte. Und dass sie, Frieda, stark genug war, es auszuhalten. Die Zeiten, in denen sie daran zerbrochen wäre – sofern es die überhaupt je gegeben hatte –, waren lange vorbei. Sie hätte Anne gern ihre Pistole gezeigt, die sie ständig in der Handtasche mit sich trug, egal wohin sie ging. Sie war willens und in der Lage, ihre Familie zu beschützen, sobald sich ihr mordlüsterner Ehemann das nächste Mal blicken ließ. Unwillkürlich berührte sie ihre Tasche. Täte er es doch nur!

»Noch einen?«, fragte Aleksandr.

Sie nickte, und er schenkte ihr nach.

Sie sollte aufhören zu trinken, es war schlecht für den Teint und die Leber. Aber es kostete keinen Pfennig. Magnus hatte einen scheinbar unerschöpflichen Vorrat an Spirituosen, alles noch aus Schwarzmarktbeständen, die er, so seine Formulierung, aus dem Angebot nehmen wollte. Also gab er Frieda regelmäßig eine Flasche mit. Er war freigiebig bis zum Übermut, und allmählich fühlte sie sich wirklich wie eine Prinzessin. Gern wäre sie in dieser Nacht noch zu ihm gegangen, um in seinen Armen den ganzen Mist zu vergessen. Guter Sex, das war genau das, was sie jetzt brauchte. Es half fast immer. Aber draußen vorm Haus stand immer noch eine halbe Hundertschaft Polizisten, anscheinend glaubten die ernsthaft, Arnold würde noch mal aufkreuzen. Frieda wusste es besser, sie kannte ihn, er war zu raffiniert. Er würde auf eine bessere Gelegenheit warten. Auf das Nachlassen der Wachsamkeit, auf die Fehler, die sich bei zunehmender Unaufmerksamkeit einschlichen. Erst dann würde er erneut auf den Plan treten.

»Wisst ihr, er hat Emil noch was geschenkt«, murmelte sie, während sie an ihrem Glas nippte.

»Was denn?«, fragte Borjan.

Sie zog das Foto aus ihrer Handtasche. Es war eine zerknitterte Aufnahme, übersät von Schmutzflecken und an den Rändern teilweise eingerissen.

Das Bild zeigte sie und Arnold als frisch verliebtes Hochzeitspaar. Jedenfalls sahen sie verliebt darauf aus. Der Fotograf hatte sie vor einer malerischen, in Frühlingsfarben gehaltenen Kulisse posieren lassen und ihnen befohlen, freudig in die Kamera zu lächeln, also hatten sie es getan. Frieda hatte den Blumenstrauß vor ihren Siebenmonatsbauch gehalten und sich nichts weiter gewünscht, als endlich ihre Brautschuhe von den Füßen zu kriegen; die Dinger hatten höllisch gedrückt und jeden Schritt zur Qual gemacht.

Die Zwillinge betrachteten das Foto. »Ihr habt da ziemlich glücklich ausgesehen«, sagte Aleksandr sachlich.

»Das ist eine optische Täuschung«, gab sie erschöpft zurück. Sie fragte sich immer noch, warum Arnold ihrem Sohn das Hochzeitsbild geschenkt hatte. Welche Botschaft er ihr damit übermitteln wollte. Oder hatte er Emil damit einfach nur Sand in die Augen streuen wollen? Indem er ihm suggerierte, welch hoffnungsfroher und liebevoller Verbindung er entstammte? Sie würde es wohl nie herausfinden. Bevor Arnold es ihr hätte erklären können, hätte sie ihn schon erschossen.

Sie hielt Aleksandr ihr Glas hin. »Ich nehme noch einen.«

Er musterte sie bedenkenvoll. »Sicher?«

»Na gut, einen halben. Ich sollte mir wirklich das Trinken abgewöhnen. Aber nicht heute Nacht.«

# Kapitel 21

Tags darauf hatte Anne Nachtdienst. Nach der üblichen Runde durch die Station gab es nicht mehr viel zu tun, fast alle Patienten schliefen. Normalerweise hätte sie sich im Schwesternzimmer ebenfalls aufs Ohr gelegt, so wie sonst auch während ihrer Nachtschichten, doch an diesem Abend blieb sie noch eine Weile am Krankenbett von Carls Freund Werner stehen. Sie machte sich Sorgen um ihn. Nicht wegen seiner körperlichen Verfassung; der Heilungsprozess machte gute Fortschritte. Aber den Mann umgab eine Traurigkeit, die fast mit Händen zu greifen war. Die meiste Zeit sah er nur schweigend aus dem Fenster oder starrte auf die Wand.

Anne hatte diesen Zustand schon häufig bei Patienten beobachtet; es schien damit zusammenzuhängen, dass sie zur Untätigkeit verdammt waren und nichts weiter tun konnten, als sich zu erholen. Bis zu dem Ereignis, das sie aufs Krankenlager geworfen hatte, waren sie zumeist permanent mit harter Arbeit beschäftigt gewesen. Ihre freie Zeit verbrachten sie mit Schlafen. Wenn noch eine oder zwei Stunden vom Tage übrig blieben, betäubten sie sich mit Alkohol, denn nur so entgingen sie dieser inneren Leere, die den Rest ihres Lebens ausmachte.

Es waren meist Männer, die davon betroffen waren. Viele hatten Fronterfahrungen hinter sich und schleppten grauenhafte Erinnerungen mit sich herum. Andere, wie Carls Kollege, hatten im Krieg nahestehende Menschen verloren und sahen kaum noch einen Sinn im Leben.

»Wie geht es Ihnen heute?«, eröffnete Anne freundlich die Konversation, nachdem sie ihm den Blutdruck gemessen und das Kopfkissen aufgeschüttelt hatte. »Was machen die Schmerzen?«

»Werden besser.«

»Noch ein bisschen Tee?«

»Nein, danke, im Moment nicht.«

»Wenn Sie heute Nacht noch was brauchen, können Sie jederzeit klingeln.« Sie sprach mit gedämpfter Stimme, um den Patienten im Nachbarbett nicht zu wecken, ein pensionierter Polizist, der Anfang der Woche mit einem Hirnschlag eingeliefert worden war. Es gab noch zwei weitere Betten in diesem Zimmer, aber die waren derzeit nicht belegt. Was in Werners Fall nicht unbedingt von Vorteil war, weil er niemanden zum Reden hatte. Der Schlaganfallpatient konnte nicht sprechen.

»Morgen soll die Drainage gezogen werden«, sagte Anne. »Dann können Sie wieder aufstehen.«

Ein Anflug von Lebhaftigkeit zeigte sich in Werners vergrämten Zügen, und sie ahnte, was ihm durch den Kopf ging – er dachte an die Zigarette, die er sich anzünden würde, sobald er das erste Mal aus dem Bett durfte. Das Loch in seiner Lunge würde ihn nicht davon abhalten.

»Wie geht's dem Jungen?«, erkundigte er sich.

»Sie haben davon gehört?«

»Ja. Heute Nachmittag hatte ich Besuch von zwei Kollegen, die haben es mir erzählt.« Werner furchte die Stirn. »Dieser Drecksack! Höchste Zeit, dass ihn jemand zur Strecke bringt!«

»Emil ist wohlauf, Arnold hat ihm zum Glück nichts getan.«

»Dieses Mal«, betonte Werner.

»Ein nächstes Mal wird es nicht geben.« Ihr Tonfall klang entschieden, obwohl sie die zum Ausdruck gebrachte Gewissheit in Wahrheit nicht spürte.

Werner schien sich in ihrer Gegenwart wohlzufühlen, und im Laufe des Gesprächs wurde immer klarer, was für ein einsamer Mensch er war. Seit dem Tod seiner Frau und seiner Kinder vegetierte er außerhalb der Arbeitszeiten mehr oder weniger vor sich hin.

Früher, so erzählte er, sei er oft zu Fußballspielen gegangen, gelegentlich auch zusammen mit Carl, den er als seinen einzigen Freund betrachtete.

Mit einem Mal verfiel er ins Plattdeutsche, obwohl man ihm sonst seine Essener Herkunft kaum anhörte.

»Der Carl, der hat auf'm Pütt malocht wie en Verrückten, und gejammert hat der nie. Dat hab ich an dem immer bewundert. Weil ich selber weiß, wie hart dat ist.«

Genau wie Carl hatte Werner zuerst einen anderen Beruf erlernt. Er war Stahlkocher bei Krupp gewesen, bevor er zur Polizei gekommen war.

Davon hatte Anne nichts gewusst. Interessiert hörte sie ihm zu, als er mehr darüber erzählte.

»Mein Vatter war schon bei Krupp, deshalb bin ich da auch hin. Aber die Arbeit am Hochofen ging mich zu sehr auffe Knochen, dat hält keiner lange durch. Also bin ich zur Polizei, die brauchten damals Leute.«

Dort hatte er gleich zu Beginn der Ausbildung Carl kennengelernt, und seither hatten sie immer in derselben Abteilung gearbeitet. Bis Carl wegen seiner jüdischen Abstammung an die Luft gesetzt worden war.

»Nur wegen dem sein Oppa. Da kannten die Nazis kein Pardong. Die Omma war gar nich jüdisch, und die Eltern vom Carl auch nich.« Abrupt schloss er: »Getz sind die alle tot. Der Carl hat niemand mehr.«

»Ich weiß«, sagte Anne leise. »Haben Sie denn noch Verwandtschaft? Geschwister vielleicht?«

»Ich hatte zwei Brüder. Der eine ist im Krieg gefallen. Mit dem anderen habe ich keinen Kontakt mehr.« Jetzt sprach Werner wieder Hochdeutsch, als wollte er diese Erinnerungen lieber nicht zu nah an sich heranlassen. »Der wohnt in Bochum. Hab den seit Kriegsende nicht mehr gesehen. Ein-, zweimal noch nach der Beerdigung von Irmgard und den Kindern, danach nicht mehr. Beim letzten Mal meinte er, das wär ihm zu miesepetrig mit mir, ich würde ihn bloß runterziehen.« Werner ließ ein misstönendes Lachen hören, das in Husten überging. Er drückte sich die Hand gegen die verletzte Brust und verzog das Gesicht.

»Geht's wieder?«, fragte Anne besorgt.

Er nickte wortlos, und sie wartete, bis sich sein Atem normalisiert hatte.

»Carl hat erzählt, Sie hätten früher eine Taubenzucht gehabt«, meinte sie dann. »Wär das nicht vielleicht noch mal was für Sie?«

Ein sentimentaler Ausdruck trat auf sein Gesicht, und wieder sprach er Platt. »Da sagen Sie wat! Damals, da war ich ein echten Taubenvatter, jeden Abend oben unterm Dach und am Wochenende auf alle Wettkämpfe! Da träum ich immer noch von!«

»Träume können wahr werden«, sagte Anne aufmunternd. »Man muss damit anfangen, es sich zu wünschen.«

»Schön gesagt.« Werner betrachtete sie mit milder Neugier. »Haben Sie denn auch welche? Träume und Wünsche, meine ich.«

Verlegen hob sie die Schultern. »Die ganz normalen, würde ich sagen. Es im Winter warm zu haben. Genug zu essen für die Familie.« Sie hielt inne und sah auf ihre Uhr. »Ich muss wieder rüber. Und Sie klingeln, wenn Sie was brauchen, ja?«

»Mach ich«, versprach er. Um seine Mundwinkel huschte ein zögerliches Lächeln. Er wirkte deutlich gelöster als noch vor ein paar Minuten. Alles, was ihm gefehlt hatte, war ein bisschen Ansprache. Im Grunde brauchte er nur jemanden, der sich regelmäßig um ihn kümmerte und Zeit mit ihm verbrachte.

Anne war zuversichtlich, was seine Zukunft betraf. Er würde bald gesund werden, und irgendwann kam sicher auch für ihn die Zeit, trotz allem wieder glücklich zu sein.

Manchmal hing es nur davon ab, dem richtigen Menschen zu begegnen.

*

Am nächsten Morgen holte Carl sie in aller Frühe nach dem Ende ihrer Nachtschicht beim Krankenhaus ab und brachte sie nach Hause. Unterwegs redeten sie kaum, aber es war eine einträchtige Stille, als könnten sie sich dadurch die Illusion perfekter Harmonie bewahren. Unter der dünnen Membran dieses Schweigens lauerten die Probleme, sie bewegten sich wie dunkle Schlangen kurz vor der Häutung, doch an diesem herrlichen Sommermorgen wollten Carl und Anne sie nicht herauslassen. Was Carl allerdings nicht daran hinderte, sich wiederholt nach allen Seiten umzusehen, um die Lage zu peilen. Den Revolvergurt trug er gut sichtbar unter dem offenen Jackett, ihm wurde so mancher neugierige Blick zuteil.

Wie immer um diese Tageszeit waren schon Scharen von Menschen unterwegs, hauptsächlich Fabrikarbeiter und Bergleute auf dem Weg zur Arbeit. Die Büroangestellten und Schüler saßen um diese Zeit noch daheim beim Frühstück, sie würden sich etwas später aufmachen.

»Ich komm dann heute Abend und bring dich zum Dienst«, sagte Carl, als hätte Anne es in der letzten halben Stunde schon wieder vergessen können. Erneut sah er sich um, aber diesmal nicht, um die Umgebung auf Gefahren zu prüfen, sondern weil er Anne möglichst unbeobachtet küssen wollte.

Ein Streifenbeamter hielt sich in der Nähe auf, blickte jedoch gerade woandershin, entweder aus Taktgefühl oder aus Langeweile. Carl küsste Anne kurz, aber leidenschaftlich und blieb vorm Haus stehen, bis sie drinnen war. Anschließend ging er direkt weiter in die Büscherstraße. Im Präsidium wartete ein Haufen Akten auf ihn, darunter auch welche von Werner. Ein wenig trübsinnig fragte er sich, ob er wohl als junger Mann auch dann zur Polizei gegangen wäre, wenn ihm damals jemand gesagt hätte, wie viel öde Schreibtischarbeit dort anfiel.

Zumindest in einem Fall konnte er die Ermittlungen abschließen – laut ballistischer Untersuchung war die Waffe, mit der Arnold Hoffmann vor dem Polizeikrankenhaus herumgeballert hatte, identisch mit jener, die für den hinterhältigen Angriff in Holsterhausen verwendet worden war. Hoffmann hatte Werner niedergeschossen. Ein weiterer versuchter Mord nach vielen vollendeten.

Carl legte die Akte mit einem Vermerk für die Staatsanwaltschaft zur Seite und wühlte sich eine Stunde lang durch die Papierberge auf seinem Schreibtisch. Anschließend ging er rüber zum Landgericht, wo eine Verhandlung über einen Raub mit Todesfolge anstand, bei der Carl routinemäßig als zuständiger Ermittler aussagen sollte.

Zum Glück waren es nur ein paar Schritte bis zum Gericht, denn den Weg hätte er sich auch schenken können; der Termin wurde verlegt, weil der Verteidiger erkrankt war.

Als Carl ins Büro zurückkehrte, stand Döring schon mit einem neuen Fall da. Am Baldeneysee war wieder ein verstümmelter Toter gefunden worden, nur ein paar Hundert Meter von der Stelle entfernt, wo man Schnabel entdeckt hatte. Der Leichnam war bereits zur gerichtsmedizinischen Untersuchung abtransportiert worden.

»Sie sollten sich das mal ansehen, Bruns«, sagte Döring. »Es gibt eindeutig eine Verbindung zum Fall Schnabel.«

Carl brach sofort auf.

Wielspütz hatte ihn bereits erwartet. »Dachte mir schon, dass Sie heute gleich herkommen«, erklärte er. Hinter den dicken Brillengläsern funkelten seine Augen unternehmungslustig. Er ging mit Carl in den Kellerraum, wo sie beim letzten Mal den Leichnam von Doktor Lohfeld begutachtet hatten. Verwesungsgeruch verpestete die Luft und drang durch die Gesichtsmaske, die Carl sich vorgebunden hatte. Doch diesmal veranstaltete sein Magen keinen großen Aufstand – er hatte ordentlich gefrühstückt, drei Kniften und ein paar Frikadellen vom Vortag, die Frau Schulte gebraten hatte. Er hatte eine Zusatzvereinbarung mit ihr getroffen – sie kochte für ihn mit. Billig war es nicht, aber ihr Essen war lecker und allemal besser als die provisorischen Mahlzeiten, die er sich selbst zubereitete.

Der Tote war bereits entkleidet worden; die Verwesung war deutlich weiter fortgeschritten als bei Schnabel. Carl trat an den Tisch und versuchte beim Anblick des grauenhaft verstümmelten Leichnams abzuschätzen, ob es Kittler war. Er hatte den Mann nicht gekannt und wusste nicht viel über ihn, abgesehen von Alter und Größe; beides hatte er der Vermisstenmeldung entnehmen können. Unverwechselbare Merkmale waren nicht aktenkundig.

»Dieselbe Todesursache wie bei dem anderen«, sagte Wielspütz. »Schuss in den Kopf. Auch bei der Verstümmelung ein ähnliches Muster – Skalpierung mit Herabreißen der Gesichtshaut, Amputation der Hände, Zertrümmerung des Gebisses.«

»Gibt es Spuren von einer Blutgruppentätowierung?«

Wielspütz wiegte den Kopf. »Der Tod liegt zwei bis drei Wochen zurück. Es war heiß, und es gab allerhand Tierfraß.«

»Es könnte aber eine Tätowierung da gewesen sein, oder?«

Anstelle einer Antwort hob Wielspütz den Arm des Toten an. Dort, wo sich vorher eine Achselhöhle befunden hatte, wimmelte es von Maden. Das Gewebe bestand mehr oder weniger nur noch aus schleimigem Matsch.

Carl trat einen Schritt zurück, ehe ihm die Frikadellen doch noch hochkommen konnten.

»Sonst irgendwelche Hinweise, aus denen man auf die Identität des Mannes schließen könnte?«, erkundigte er sich, nachdem er das Würgen unter Kontrolle gebracht hatte.

»Gibt es denn schon eine Vermutung, wer der Tote sein könnte?«, fragte Wielspütz zurück. Neugierig sah er Carl an. »Haben wir es mit einem Serientäter zu tun? Das Tatmuster könnte darauf hindeuten.«

»Genau das will ich herausfinden.« Carl informierte Wielspütz über die bisherigen Erkenntnisse und die vorliegende Vermisstenmeldung, woraufhin Wielspütz erklärte, dass es theoretisch passen könne.

»Wenn ich mir sein Skelett anschaue, könnte ich mehr sagen. Sie würden staunen, was man alles an den Knochen eines Menschen ablesen kann. Verheilte Frakturen, Fehlstellungen von Gelenken, bestimmte berufsbedingte Abnutzungen, Erkrankungen, Verletzungen … Es kann die reinste Offenbarung sein.«

Carl deutete auf den Toten. »Bedeutet das, Sie müssten dafür zuerst all das …?«

»Genau.« Wielspütz' Augen leuchteten. »Das ist ein Teil meiner Arbeit, den ich sehr schätze. Also die Untersuchung des Skeletts, meine ich. Nicht die Entfernung des Gewebes, das ist eher eine ziemliche Sauerei.«

Carl nickte gefasst. Er war davon überzeugt, dass es sich um Kittler handelte, aber mit persönlichen Ansichten konnte man keinen Fall abschließen, dafür brauchte er gerichtsfeste Tatsachen. Vielleicht hatte Kittler sich mal irgendwann was gebrochen oder einen Bandscheibenvorfall gehabt, man könnte seine Frau danach fragen und es mit Wielspütz' Befunden abgleichen.

»So eine Untersuchung wäre sicher sehr hilfreich«, sagte Carl.

»Möchten Sie dabei sein?«

»Hm …«

»Nur bei der Untersuchung des Skeletts, nicht bei der Entfernung des Gewebes.«

»Sicher, warum nicht.«

»Ich ruf Sie im Präsidium an, wenn ich so weit bin.«

»Tun Sie das. Ach, ehe ich es vergesse – irgendwas bei der Kleidung?«

Wielspütz schüttelte den Kopf. »Nichts. Ich habe alles Zentimeter für Zentimeter mit der Lupe abgesucht. Beim letzten Mal hatten wir mit der Kinokarte anscheinend mehr Glück, was?« Beifall heischend sah er Carl an.

»Ja, da haben Sie wirklich gute Arbeit geleistet. Ohne Sie hätten wir bei der Identifizierung auf dem Schlauch gestanden.«

Wielspütz blühte unter dieser Bauchpinselei sichtlich auf. Carl unterdrückte den Impuls, auf die Uhr zu sehen und unter irgendeinem Vorwand zu verschwinden. Stattdessen schaute er sich die in einem anderen Raum aufbewahrten Kleidungsstücke des Toten genauer an. Widerwärtig stinkendes, von Blut und anderen Körperflüssigkeiten durchtränktes Zeug – er fragte sich, warum er sich das antat.

*Lieber einmal zu viel als einmal zu wenig.*

Natürlich fand er nichts.

»Ich habe ja schon eine Theorie zum Täter«, sagte Wielspütz eifrig. Er stand hinter Carl, beide Hände in den Taschen seines blutbefleckten Kittels vergraben. »Wollen Sie die hören?«

»Wieso nicht?«, sagte Carl höflich.

»Ich denke, es könnte vielleicht Arnold Hoffmann gewesen sein.«

»Wie kommen Sie darauf?«, erkundigte sich Carl, diesmal mit mehr Interesse.

»Nun, er war bekanntlich der Haupttäter des Massakers und wurde dafür zum Tode verurteilt. In Abwesenheit, wohlgemerkt. Das bedeutet, er muss von anwesenden Zeugen schwer belastet worden sein. Das werden wohl seine Mittäter gewesen sein. Also dieser Schnabel und der tote Bursche von nebenan, falls es Kittler ist. Es muss Hoffmann enorm gestunken haben, auf diese Art reingeritten zu werden. Klar, dass er sich an denen rächen will, oder?«

»Das ist eine gute Theorie«, räumte Carl ein.

Wielspütz warf sich in die Brust, er strahlte bis zu den Ohren. »Natürlich bleibt noch die Frage, wieso er die beiden bis zur Unkenntlichkeit verstümmelt hat, damit niemand sie identifizieren kann. Aber auch dazu habe ich eine Theorie. Soll ich das mal erläutern?«

»Auf jeden Fall.«

Wielspütz machte eine Kunstpause, er wollte es richtig wirken lassen. »Es gibt noch mehr von diesen Konsorten als bloß diese beiden, und ehe Hoffmann nicht mit allen fertig ist, soll keiner von denen ahnen, was ihnen blüht.«

Carl starrte den kleinen Pathologen an.

»Verdammt«, entfuhr es ihm

»Was?«, fragte Wielspütz irritiert.

»Ich ärgere mich gerade, weil ich nicht selbst auf den Gedanken gekommen bin.«

»Sie meinen, es ist ein brauchbarer Ermittlungsansatz?«, fragte Wielspütz errötend.

»Es ist brillant.«

Das war zwar reichlich dick aufgetragen, aber Wielspütz wirkte so glücklich wie noch nie, und Carl verließ an diesem Montag die Pathologie in der Hoffnung, der Aufklärung im Fall der beiden Toten vom Baldeneysee ein großes Stück näher gekommen zu sein.

*

Später am Tag nahm Carl eine Untersuchung in Angriff, die er schon die ganze Zeit vor sich hergeschoben hatte. Er hatte versucht, einfach nicht dran zu denken oder es auf andere Weise zu verdrängen. Vielleicht wäre es für seinen Seelenfrieden besser gewesen, so weiterzumachen, doch zugleich wusste er genau, dass es ihm zeitlebens keine Ruhe lassen würde, wenn er sich nicht endlich Gewissheit verschaffte.

Er wartete damit bis nach Dienstschluss. Während alle Übrigen im Büro der Reihe nach Feierabend machten, blieb er über seinen Akten sitzen.

Auch beim Erkennungsdienst waren die Kollegen schon gegangen, bis auf einen diensthabenden Beamten im Eingangsbereich der Abteilung. Er saß dösend an seinem Schreibtisch und schreckte hoch, als Carl zur Tür hereinkam.

»Was liegt an, Herr Inspektor?«

»Ich will ein paar Abdrücke prüfen. Bleiben Sie nur sitzen, ich finde mich allein zurecht.«

Im Zuge seiner Ausbildung hatte er alle Dezernate des Präsidiums durchlaufen, auch dieses. Er hatte Lehrgänge zur Sicherung und Auswertung kriminalistischer Spuren absolviert und selbst schon so viele Fingerabdrücke abgenommen und verglichen, dass er sich zutraute, sein Vorhaben ohne Unterstützung durchzuziehen – sonst hätte er sich gar nicht erst dazu durchgerungen.

Für das Sichtbarmachen von Fingerabdrücken auf Papier gab es unterschiedliche Verfahren, aber damit musste Carl sich heute nicht befassen, weil diese Arbeit schon erledigt war – das Billett, das er am Morgen nach Adelheid Hoffmanns Tod sichergestellt hatte, war im Labor mit Jodkristallen behandelt und nach dem Sichtbarwerden der Fingerabdrücke zwischen zwei Glasscheiben gelegt worden, deren Ränder man luftdicht verklebt hatte. Diese unter Glas gesicherten Abdrücke waren für den daktyloskopischen Bericht in der Fallakte abfotografiert und auf Belichtungspapier übertragen worden; sie waren bereits für den Abgleich mit Borjan Drewins Fingerabdrücken verwendet worden.

Carl hatte die Abdrücke aus der Akte vor sich liegen, ebenso die anderen, heimlich beschafften, mit denen er sie vergleichen wollte.

Er beugte sich über das Okular des Mikroskops und suchte gewissenhaft nach typischen Merkmalen in den Papillarleisten, den feinen Verästelungen in Form von Haken, Punkten, Augen, Seen und Gabelungen. Er fand zwölf Übereinstimmungen, bei erkennbar gleichem Grundmuster. Acht hätten schon gereicht.

Erschüttert lehnte er sich zurück und schlug die Hände vors Gesicht. In seinem Kopf rotierte ein wildes Gedankenkarussell. Er verfluchte sich, weil er sich vorher keinen Plan zurechtgelegt hatte.

Trotzdem versuchte er, so methodisch wie möglich vorzugehen. Die Fotografie aus dem daktyloskopischen Bericht bekleckste er mit Tinte. Da war ihm leider aus Versehen der Füller ausgelaufen.

Die Vergleichsabdrücke riss er in Stücke und steckte die Fetzen ein; er würde sie später verbrennen, damit nichts davon übrig blieb.

Das zwischen Glasscheiben klemmende Originalbeweisstück war noch im Labor, aber das konnte ihm egal sein. Theoretisch hätten die Abdrücke auf dem Billett zwar auch im Falle zwischenzeitlichen Verblassens erneut jodiert und damit wieder sichtbar gemacht werden können, doch es gab nichts mehr, womit man sie hätte vergleichen können.

Mehr konnte er heute nicht tun, um seine Erkenntnisse zu vertuschen. Alles andere kam später und war denkbar einfach – er würde niemals darüber sprechen. Mit keiner Menschenseele. Er würde es tief in sich verschließen und eines Tages mit ins Grab nehmen. Bis dahin würde er gegenüber dem Rest der Welt so tun, als wäre nichts geschehen. Niemand durfte je davon erfahren. Das musste er hinkriegen. Er *musste*.

Mit gesenktem Kopf ging er nach Hause, wo er die mitgenommenen Papierfetzen im Spülstein verbrannte. Es war der letzte Akt dieser Strafvereitelung im Amt. Der Gestank blieb im Raum hängen, auch nachdem er die verkohlten Reste im Ausguss hinuntergespült hatte.

Er war ein gestandener Mann von achtunddreißig Jahren und hatte schon viel durchgemacht, aber so elend wie an diesem Abend hatte er sich noch nie gefühlt. Es war, als wäre jemand gestorben. Doch es war keine herzzerreißende Trauer wie nach dem Tod seiner Mutter oder die quälende, hilflose Wut wie nach dem Selbstmord seines Vaters. Auch nicht das zermürbende Leid wie nach Magdas Fehlgeburten. Sondern etwas ganz anderes, bisher nicht Erlebtes.

*Wir machen alle mal Mist. Solange wir es nicht rumposaunen und schön die Klappe halten, interessiert's keinen.*

Es war das grauenvolle Gefühl, selbst gestorben zu sein.

# Kapitel 22

Am darauffolgenden Samstag saßen Anne und Frieda in der Küche beim Abendbrot, zusammen mit Lotti und Emil; eine der wenigen gemeinsamen Stunden, die sie als Familie zusammen verbringen konnten, ohne dass ihre neuen Mitbewohner aus dem Wohnzimmer dazwischenfunkten. Herr Lindemann pochte mit beinahe sadistischer Beharrlichkeit darauf, die Küche jederzeit betreten zu können, am liebsten, wenn er mitbekam, dass sie gerade bei Tisch saßen. Ohne Vorankündigung schneite er dann herein, machte sich planlos an Herd, Spülstein oder Anrichte zu schaffen oder prüfte die Lebensmittel, die er für sich und seine Frau im Eisschrank deponiert hatte.

Bei solchen Gelegenheiten fuhr Frieda unweigerlich aus der Haut; sie fing nach spätestens einer Minute an, ihn anzugiften und niederzumachen, bis er endlich wutentbrannt das Feld räumte, jedes Mal ein bisschen hasserfüllter als zuvor.

Anne hatte ihn gebeten, sie während des Abendbrots allein zu lassen, doch da hatte er nur wieder davon angefangen, dass man ja einen Nutzungsplan aufstellen könne. Fürs Badezimmer habe man schließlich auch einen, das habe sich doch bestens bewährt. (In Wahrheit wäre es dort ohne Plan gar nicht mehr gegangen, weil er voller Bedacht das Badezimmer genau zu den Zeiten blockiert hatte, in denen sie am dringendsten hineinmussten.)

Anfangs hatte er auch seine Frau vorgeschickt, bei der jedoch eine einzige Standpauke von Frieda ausgereicht hatte. Seither vermied Frau Lindemann es geflissentlich, sich an den Spielchen ihres Mannes zu beteiligen, was ihn wohl erst recht in Rage brachte.

Auch an diesem Abend kam er wieder in die Küche, wohl wissend, dass sie noch beim Essen saßen. Wie üblich machte er die Tür des Eisschranks auf und starrte hinein, ohne etwas herauszunehmen. Bei Frieda gab es kein Halten mehr, sie sprang auf und stieß dabei mit solcher Wucht ihren Stuhl zurück, dass er krachend umfiel. Ihre Handtasche, die über der Lehne gehangen hatte, fiel zu Boden.

»Raus!«, sagte sie mit gefährlich leiser Stimme.

Herr Lindemann drehte sich betont langsam zu ihr um. »Ich wollte mir gerade ein Brot machen.«

»Sie und Ihre Frau haben doch vorhin schon zu Abend gegessen«, mischte Anne sich mit bemühter Höflichkeit ein.

»Ich habe aber jetzt wieder Appetit.«

»Wir sind in einer Viertelstunde fertig, es wäre sehr nett, wenn Sie noch so lange warten könnten«, versuchte Anne es erneut. Sie warf ihrer Schwester einen bittenden Blick zu, doch mit deren Beherrschung war es längst vorbei.

»Raus, und zwar sofort!«, schrie Frieda. »Sonst gibt's hier gleich Mord und Totschlag!«

Lotti und Emil erstarrten vor Schreck, und auch bei Herrn Lindemann zeigte Friedas Drohung Wirkung – hastig schlug er die Tür des Eisschranks zu und flüchtete in den Flur. »Das wird Konsequenzen haben, das lass ich mir nicht bieten!«, hörte man ihn noch hervorstoßen, ehe er die Tür zum Wohnzimmer hinter sich zuknallte.

Frieda hob den Stuhl und ihre Tasche auf. Sie setzte sich wieder und starrte schweigend vor sich hin.

»Vielleicht ziehen die Lindemanns ja jetzt aus«, sagte Emil hoffnungsvoll.

»Bestimmt nicht«, meinte Lotti. »Die Lindemanns sind unsere Prüfung.«

»Was für eine Prüfung?«, wollte Emil wissen. »So wie in der Schule?«

»Nein, eher wie in der Bibel.«

»Ach so.« Emil dachte nach. »Dann könntest du mit Jesus darüber sprechen. Der kann doch machen, dass sie ausziehen.«

Frieda stand erneut auf, diesmal langsam, beinahe bedächtig. Stumm nahm sie ihre Tasche und verließ die Küche. Anne bat Lotti und Emil, sich um den Abwasch zu kümmern, dann folgte sie Frieda ins Schlafzimmer.

Ihre Schwester saß vornübergebeugt auf der Bettkante, den Kopf in beide Hände gestützt. In ihrer Haltung zeigte sich die furchtbare Anspannung, unter der sie seit Wochen standen und die an ihrer aller Nerven zerrte. Keinen Schritt konnten sie mehr ohne Bewachung tun, ständig mussten sie hinter sich blicken und sich vergewissern, dass der Dämon aus ihrer Vergangenheit ihnen nicht doch vielleicht folgte. Seine unsichtbare Gegenwart umgab sie wie ein zäher, überallhin fließender Schatten. Ein Schatten, der begonnen hatte, sich zwischen sie zu schieben.

»Wir müssen endlich weg von hier«, sagte Anne leise, aber mit eindringlicher Stimme. »So schnell wie möglich.«

Frieda blickte auf. Ihr Gesicht war blass, die Augen zusammengekniffen. »Was zum Teufel meinst du?«

»Dass wir nicht länger hierbleiben können.« Schon seit Tagen hatte sie mit Frieda darüber reden wollen, doch es hatte immer das letzte Quäntchen Entschlossenheit gefehlt. Jetzt brach es aus ihr heraus. »Du siehst doch, was es mit uns macht, Frieda. Wie es unser Leben zerstört. Wie es *uns* zerstört!«

Friedas Züge verhärteten sich. »Wenn du glaubst, dass ich mich von diesem penetranten kleinen Arschloch …«

»Ich rede doch nicht von Lindemann!«, fiel Anne ihr ins Wort. »Es ist … *alles!* Diese ständige Angst, die Unsicherheit! Wenn's nur um dich und mich ginge … Aber da ist doch auch Emil! Ich *kann* das nicht mehr, Frieda! Ich halte es nicht aus!«

Sie sprach abgehackt und schnell, als bliebe ihr sonst nicht genug Zeit, alle Argumente vorzubringen. »Es wäre nicht so schwer. Wir haben es schon einmal geschafft und können es wieder! Diesmal ist es sogar leichter, wir haben ja zusätzliche Einkünfte aus der Miete. Für das Haus können wir einen Verwalter beauftragen, der uns die Zahlungen über eine Bank anweist. Eine neue Stelle würde ich garantiert überall finden, Krankenschwestern werden in jeder Stadt gesucht. Die Kinder sind gut in der Schule, einen Wechsel schaffen sie problemlos. Wir wären wieder in Sicherheit, Frieda!«

»Und was ist mit Carl?«, fragte Frieda. Es klang halb trotzig, halb ironisch. »Das mit euch beiden läuft doch gerade so gut!« Ihr störrischer Gesichtsausdruck sprach Bände. Sie dachte nicht mal im Traum daran, Annes Standpunkt einzunehmen.

Anne strich sich mit einer müden Geste über die Stirn und sagte nichts mehr. Was hätte sie auch erwidern sollen? Etwa, dass sie Carl in den letzten Tagen kaum noch gesehen hatte? Zweimal hatte ein anderer Beamter sie zum Dienst gebracht und wieder abgeholt; Carl sei gerade mit wichtigen Fällen befasst und unabkömmlich. Die beiden Male, die er selbst erschienen war, hatte er kaum ein Wort gesagt, und auch ihr war nicht danach gewesen, eine Unterhaltung in Gang zu bringen. Eine Gelegenheit für Küsse oder Umarmungen hatte es die ganze Woche über nicht gegeben, es war immer jemand in Sichtweite gewesen.

Sie hatte gehofft, dass er sie für dieses Wochenende einladen würde, zu irgendeiner trivialen Unternehmung, und wenn es nur eine Bootspartie oder ein Waldspaziergang war. Hauptsache, sie könnten mal wieder miteinander allein sein. Doch die permanente Bedrohung schien auch an ihm nicht spurlos vorübergegangen zu sein, er wirkte in sich gekehrt und niedergeschlagen, als könne er die Welt nur noch grau in grau sehen. Manchmal fürchtete Anne sogar, dass ihre Beziehung bald enden werde, auf eine ähnlich abrupte Weise wie damals, nur dass diesmal er es wäre, der den Schlussstrich zog. Der Gedanke tat weh und erfüllte sie mit Verzweiflung.

Aber so oder so, sie durfte ihre Liebe zu ihm nicht über das Wohl ihrer Familie stellen. Wenn es nur die kleinste Chance gab, dass sie sich durch eine Flucht in Sicherheit bringen konnten, würde sie genau wie damals nach diesem rettenden Strohhalm greifen, und wenn sie dafür in einen Stall ziehen müssten. Was aus ihr und Carl wurde, war vor diesem Hintergrund zweitrangig. Nichts war wichtiger als die Menschen, die ihr anvertraut waren. Das Versprechen, das sie ihren Eltern gegeben hatte.

*Du musst immer gut auf sie aufpassen.*

Frieda öffnete ihre Handtasche, die sie neben sich aufs Bett gelegt hatte. Bis vor Kurzem hatte die Tasche immer an einem Wandhaken im Flur gehangen; neuerdings schleppte Frieda sie auch in der Wohnung auf Schritt und Tritt mit sich herum und ließ sie nie aus den Augen, was Anne darauf zurückführte, dass sie den Lindemanns nicht über den Weg traute.

Dann sah sie die Pistole, die Frieda aus der Tasche holte.

»Mein Gott!«, entfuhr es ihr. »Ist … ist die echt?«

»Was glaubst du denn?«, fragte Frieda gelassen zurück.

Anne schluckte. »Woher hast du das Ding?«

»Ist doch egal. Ich hab mir genau erklären lassen, wie man damit umgeht, und ich weiß, wie's funktioniert, das ist die Hauptsache. Ich wollt's dir nur zeigen, um klarzustellen, was ich zum Thema Weglaufen denke.« Frieda steckte die Pistole wieder weg und blickte Anne unverwandt an. Ihre Miene zeigte einen Ausdruck von kalter Entschlossenheit. »Mit anderen Worten: Ich werde nicht mehr kneifen. Nie wieder. Sondern kämpfen, und zwar mit allem, was ich habe. Das ist jetzt mein Motto, Anne. Wer überleben will, muss töten können. Du würdest ihn doch auch töten, wenn du könntest, oder? Ja, ich sehe es in deinen Augen, so wie du es auch in meinen siehst. Wenn es sein muss, täten wir es beide.«

Ein Frösteln überlief Anne, als sie diese Worte hörte.

Aber widersprechen konnte sie Frieda nicht.

*

Zwei Tage später hatte Carl einen Termin bei Lieutenant Thomson. An diesem Montagmorgen traf er auf die Minute pünktlich im Verwaltungsgebäude der britischen Militärbesatzung ein, musste aber trotzdem eine Viertelstunde vor der Pförtnerloge warten. Während er mit wachsender Ungeduld auf die Uhr sah, verspeiste der Pförtner in aller Ruhe ein Frühstücksbrot. Dann erschien endlich Thomson in der Eingangshalle. Er kam auf Carl zugeeilt und schüttelte ihm die Hand.

»Guten Morgen, Herr Inspektor! Tut mir leid, ich bin durch ein Telefonat aufgehalten worden.«

Carl erwiderte die Begrüßung und versuchte, sich sein Erstaunen nicht anmerken zu lassen. Er hatte einen älteren Mann erwartet, aber Thomson war blutjung, jedenfalls erschien er Carl so. Sein Gesicht, bartlos und schmal, hätte das eines Oberschülers sein können. Die Augen hinter der randlosen Brille waren himmelblau und arglos wie bei einem Kind, ein Eindruck, der in seltsamem Gegensatz zu der Offiziersuniform des Briten stand.

Thomson schien Carls überraschten Blick richtig zu deuten. »Ich bin älter, als ich aussehe«, sagte er mit einem Anflug von Ironie in der Stimme. »Nächsten Monat werde ich dreißig. Kommen Sie mit, ich habe die Akten schon bereitgelegt. Ich hoffe, es macht Ihnen nichts aus, wenn ich während der Einsichtnahme danebensitze. Vorschriften, wissen Sie.«

»Natürlich.«

Carl folgte Thomson mehrere Treppen hinauf und durch

scheinbar endlose Gänge in einen anderen Trakt des Gebäudes.

»Hier wären wir.« Thomson ging voraus in ein schlicht eingerichtetes Büro. Auf einem Schreibtisch lag ein Aktenstoß. »Nur zu«, sagte Thomson zu Carl. Er deutete auf den Stuhl hinter dem Schreibtisch. Er selbst setzte sich an einen zweiten Schreibtisch, der über Eck danebenstand.

Nicht ohne einen Anflug von Befangenheit nahm Carl Platz und klappte zögernd die oberste Akte des Konvoluts auf. Erleichtert sah er beim ersten kurzen Durchblättern, dass die Vernehmungsprotokolle sowohl in englischer als auch in deutscher Sprache abgefasst waren. Sein Englisch war miserabel, es bestand nur aus ein paar Grundkenntnissen, die er in einem Sprachkurs nach seiner Wiedereinstellung erworben hatte.

Der Prozess vor dem britischen Militärtribunal hatte in Hamburg stattgefunden, Thomson hatte die Unterlagen dort angefordert, nachdem Carl mit seiner Bitte um Akteneinsicht an ihn herangetreten war. Er hatte nicht mal nach den Gründen gefragt.

Anders als Carls Vorgesetzter. Döring hielt es für die reinste Zeitverschwendung. Entnervt hatte er wissen wollen, wozu das gut sein solle.

Carl hatte ihm Wielspütz' Theorie erläutert. »Vielleicht ergibt sich aus den Prozessakten, wer sonst noch auf Hoffmanns Todesliste stehen könnte. Dann wären wir einen Schritt weiter.«

Döring hielt diesen Ansatz für Fantasterei. Er war drauf und dran gewesen, Carl zu verbieten, seine kostbare Arbeitszeit damit zu verplempern, es war so deutlich zu spüren gewesen, als hätte er es ausgesprochen. Aber dann hatte er die Unterhaltung mit einem resignierten Achselzucken beendet, offenbar in der – zutreffenden – Annahme, dass Carl zu stur war, um sich von seinem Vorhaben abbringen zu lassen.

Carl las die Aussagen der Angeklagten zuerst. Mehrere Gestapo-Beamte in führender Position hatten ein Standgericht gebildet und die später erschossenen Zwangsarbeiter zum Tode verurteilt. Im Prozess hatten sie sich darauf berufen, dass sie dazu berechtigt gewesen seien. Ein dazu abgedruckter, als »Geheime Reichssache« gekennzeichneter Vermerk eines der Angeklagten lautete wie folgt:

> Betreff: Sonderbehandlung ausländischer Arbeiter
> Vom Amtschef IV ist meine Anordnung, dass Sonderbehandlung auch ohne vorherige Genehmigung des Reichssicherheitshauptamtes durchgeführt werden kann, bestätigt worden. In diesen Fällen ist nachträglich an das Reichssicherheitshauptamt zu berichten. Dort, wo es sich um eine größere Anzahl handelt, wird nur zum Teil eine öffentliche Sonderbehandlung angebracht sein. Im Übrigen kann diese stillschweigend durch Erschießen erfolgen.

Carl stockte der Atem, als er die Passage las und sich die ganze verbrecherische Tragweite dieser Selbsterlaubnis zum Töten wehrloser Menschen vergegenwärtigte.

Der jämmerliche Versuch der Angeklagten, sich reinzuwaschen, hatte ihnen wenig geholfen, sie waren, wie Carl schon aus der Berichterstattung der Presse wusste, zu langjährigen Haftstrafen verurteilt worden. Persönlich kannte er keinen von denen; teilweise hatten sie übergeordneten Leitstellen außerhalb Essens angehört, teilweise in der Verwaltung gesessen. Auch die von den Nazis in Essen eingesetzten und seit Kriegsende inhaftierten Polizeipräsidenten waren ihm nur vom Namen her bekannt.

Anders sah es bei den eigentlichen Vollstreckern dieses »Todesurteils« aus, denn die stammten aus den Reihen der Essener Kripo. Carl erstarrte, als er entdeckte, wer als federführender Leiter des Exekutionskommandos fungiert hatte: Es war niemand anderer als sein früherer Vorgesetzter Schneider.

*

*Im März 1945 wurde mir von der Gestapo-Leitstelle die Weisung erteilt, die Sonderbehandlung aufgrund des zuvor ergangenen Todesurteils an den im Polizeigefängnis einsitzenden Verurteilten durchführen zu lassen. Für mich gab es keinen Grund zu der Annahme, die Weisung könne nicht rechtmäßig sein. Auch von der Rechtmäßigkeit des ergangenen Urteils nebst Vollstreckungsanordnung bin ich ohne jeden Zweifel ausgegangen, da es von einer höherrangigen Behörde übermittelt worden war und somit als Befehl galt. Zur Ausführung des Befehls habe ich Kriminalassistent Kittler und Kriminalmeister Schnabel herangezogen, da mir diese beiden infolge ihrer Zugehörigkeit zur Waffen-SS und der damit verbundenen Ost-Einsätze am besten für die Aufgabe geeignet erschienen. Ich selbst war zwar, den damals herrschenden Umständen geschuldet, der NSDAP beigetreten, nicht aber der SS. Ich habe mich immer als ein der Verbrechensaufklärung verpflichteter Kriminalist verstanden.*

*Wie ich später erfahren habe, hat Obersturmführer Arnold Hoffmann von sich aus und ohne jegliche Weisung an der Exekution teilgenommen. Ich selbst war bei den Erschießungen nicht anwesend, da ich an dem Tag verhindert war. Kittler und Schnabel berichteten mir hinterher übereinstimmend, dass Hoffmann darauf bestanden hat, die Erschießungen eigenhändig durchzuführen. Dabei soll er laut gelacht und großes Vergnügen beim Töten der Verurteilten empfunden haben. Wäre ich vor Ort gewesen, hätte ich das sofort unterbunden. Niemand sollte so sterben müssen.*

Carl musste innehalten und durchatmen. Wieso hatte er davon nichts gewusst? Keiner seiner Kollegen hatte ihm gesagt, dass Schneider damals die Ausführung dieses Mordkommandos unter sich gehabt hatte! Weder Behrends noch Döring noch sonst jemand von denen, die das alles mitbekommen haben mussten!

Nicht mal Werner.

Er riss sich zusammen und blätterte weiter. Es folgten die Aussagen von Kittler und Schnabel, die Schneiders vor Scheinheiligkeit triefende Einlassung in allen Punkten bestätigten.

Und dann gelangte er zu einer Zeugenaussage, bei der es ihm den Boden unter den Füßen wegzog. Sie stammte von Werner.

*Ich selbst habe niemanden erschossen, damit waren ja die Beamten Kittler und Schnabel beauftragt worden. Mir war von Kriminalkommissar Schneider lediglich befohlen worden, die Exekutionen vor Ort zu überwachen. An der Rechtmäßigkeit der Weisung habe ich nicht gezweifelt, auch nicht an der des Todesurteils, das kam ja von ganz oben. Allerdings war ich dann sowieso nicht anwesend, da ich mich an jenem Tag verspätet hatte und erst hinzukam, als die Vollstreckung schon beendet war. Die Erschossenen lagen in einem Bombentrichter, an dessen Rand sie exekutiert worden waren. Ich habe mich vergewissert, dass alle tot waren, denn ein Arzt war nicht zugegen. Die Hinrichtungen waren durch Genickschuss erfolgt. Wenn ich mich recht entsinne, waren es fünfunddreißig Personen, vielleicht auch sechsunddreißig. Es war auch eine Frau darunter. Danach habe ich mitgeholfen, Erde über die Toten zu schütten, und die Absperrungen weggeräumt, mit denen das Gelände vor den Hinrichtungen gesichert worden war. Von Kittler und Schnabel habe ich im Anschluss erfahren, dass Obersturmführer Hoffmann darauf bestanden hat, alle Erschießungen selbst vorzunehmen und dass ihm dies großes Vergnügen bereitet hat. Ich war froh, dass ich nicht dabei gewesen war.*

Carl musste sich zwingen, die Protokolle bis zum Ende zu lesen. Mit geübtem Blick konzentrierte er sich auf die wichtigen Abschnitte und überflog den Rest nur. Das Urteil, das in der Sache ergangen war, kannte er bereits.

Schneider und Werner waren bei dem Prozess lediglich als Zeugen vernommen worden, sie hatten in dem Fall nicht unter Anklage gestanden, anders als die SS-Männer Kittler und Schnabel. Doch auch diese beiden waren am Ende freigesprochen und aus der Haft entlassen worden. Neben den verantwortlichen Drahtziehern bei der Gestapo war wegen des Blutbads nur Arnold Hoffmann verurteilt worden. Gegen ihn war in Abwesenheit die Todesstrafe verhängt worden, weil er als Einziger von allen Beteiligten aus reiner Mordgier und ohne Befehl gehandelt hatte.

Carl klappte die letzte Akte zu. Lieutenant Thomson blickte von der Zeitung auf, in die er sich während Carls Aktenstudium vertieft hatte.

»Nützliche Erkenntnisse?«, fragte er. Seine Stimme klang beiläufig, aber in seinen Augen stand ein wachsamer Ausdruck. »Hilft es Ihnen bei Ihren Ermittlungen weiter?«

»Das muss sich noch herausstellen.«

»Aber Sie bleiben am Ball, oder?«

»Worauf Sie wetten können«, sagte Carl.

Wenn er nur gewusst hätte, wie.

*

In den folgenden Tagen stürzte er sich verbissen in seine Arbeit. Jedes Mal, wenn ihn wieder die Wut überkam und er alles hinschmeißen wollte, vergrub er sich in ungelösten Fällen, fuhr zu Tatorten, schrieb Berichte, vernahm Zeugen und Verdächtige und versuchte, nicht daran zu denken, dass die halbe Abteilung ihn jahrelang an der Nase herumgeführt hatte. Jeder, den er darauf ansprach, präsentierte sich als Unschuldsengel und wollte die ganze Sache nur am Rande mitbekommen haben. Behrends hatte damals Urlaub gehabt, Döring war krank gewesen, und Werner, das arme Schwein, hatte sowieso die ganze Zeit neben sich gestanden, weil keine drei Wochen davor seine Frau und seine Kinder umgekommen waren. So oder so ähnlich hörte Carl es von allen Seiten, egal, wen er fragte.

Was Schneider betreffe, so habe der doch schließlich wegen seiner Teilnahme an diversen Judentransporten sein Fett weggekriegt, von daher sei es ganz egal, welche Rolle er bei dem Massaker gespielt habe, und außerdem sei ja sowieso Arnold Hoffmann der eigentliche Täter, den solle Carl endlich mal schnappen. Und überhaupt solle er doch bitte aufhören, in den alten Sachen rumzustochern, das bringe keinem mehr was.

Einmal, als er Anne von der Arbeit abholte, erkundigte sie sich besorgt, wieso er sich denn gar nicht mehr im Krankenhaus bei seinem Freund blicken lasse, woraufhin er antwortete, dass er Werner nicht mehr als Freund betrachte.

Auf ihr erschrockenes Nachfragen erzählte er ihr von den Zeugenaussagen im Prozess, auch auf das Risiko hin, dass sie sich danach noch mehr vor ihrem Schwager fürchtete. Über kurz oder lang hätte sie es sowieso erfahren. Sie war ähnlich erschüttert wie Carl und gestand ihm bei dieser Gelegenheit auch, dass sie aus Essen wegwollte. Sie wäre längst in eine andere Stadt gezogen, wenn ihre Schwester sich nicht quergestellt hätte. Aber sie werde weiter versuchen, Frieda davon zu überzeugen, dass es für sie alle das Beste sei.

Da geriet er in Panik und zog sie auf offener Straße in die Arme. Es ging ihm komplett am Arsch vorbei, ob es jemand sah. Er hielt sie umfangen, als wäre sie der einzige Fixpunkt, der in seinem Leben noch existierte, und vielleicht war sie das ja auch.

»Geh nicht weg«, murmelte er in ihr Haar. »Verlass mich nicht.«

Sie erwiderte seine Umarmung und lachte und weinte gleichzeitig. »Ach Carl, ich möchte dich doch gar nicht verlassen! Weißt du denn nicht, wie sehr ich dich liebe? Ich will bloß meine Familie beschützen!«

»Sag das noch mal«, bat er sie mit rauer Stimme.

»Meine Familie …«

»Ich meinte das davor.« Aber dann entschied er, dass mit seinen Ohren alles in Ordnung war und er sie genau verstanden hatte. Und dass es darauf nur eine passende Antwort gab – er zog sie noch enger an sich und küsste sie, bis es bloß noch sie beide gab und die Welt um sie herum jegliche Bedeutung verlor.

# Kapitel 23

Den nächsten Samstag nahm er sich frei, zum ersten Mal seit Langem. Mittags war er zum Essen bei Magda und Engelbert eingeladen, abends wollte er mit Anne ausgehen. Sie hatte ihm ins Gewissen geredet; er müsse endlich auf andere Gedanken kommen, den Kopf wieder freikriegen. Er hatte es sich zu Herzen genommen. Und es schien zu wirken. Der Tag hatte schon besser angefangen als alle anderen in der letzten Zeit – Carl hatte lange ausgeschlafen und bei Frau Schulte gefrühstückt, zwei Brötchen, zwei Eier, eine Scheibe Schinken, das reinste Festessen, und sie hatte angekündigt, demnächst auch wieder echten Bohnenkaffee kaufen zu wollen, es gab ja wieder welchen. Nur die horrenden Preise mussten noch sinken, momentan konnten sich bloß die Bonzen welchen leisten.

Während sie sich darüber echauffierte, bereitete sie das wöchentliche Bad für Carl vor, und als er anschließend in der Wanne saß, erklärte sie ihm lang und breit durch den Wandschirm, was sie in der kommenden Woche alles kochen wollte: Bratkartoffeln mit Essiggurken und Spiegeleiern, Wirsing durcheinander, Möhrengemüse und Pannas, Pfannkuchen mit Mettwurst, Heringsstipp mit Roter Bete und Pellkartoffeln. Carl lief schon im Voraus das Wasser im Mund zusammen.

Frisch gebadet, frisch rasiert und frisch angezogen ging er am späten Vormittag runter in den Keller, um nach Bärbel zu sehen. Sie saß allein in einer Ecke des Flurs und spielte mit einer Puppe, die Frau Schulte ihr aus ein paar Stofffetzen genäht hatte. Normalerweise wäre sie um die Tageszeit längst draußen an der frischen Luft gewesen, aber an diesem Samstag herrschte Regenwetter. Kurt Böhm war arbeiten, er konnte sich nicht um das Kind kümmern, ganz abgesehen davon, dass er es sowieso nie tat. Frau Schulte war nicht da, sie wollte in die Stadt.

»Hast du schon was zu Mittag gegessen?«

Bärbel schüttelte stumm den Kopf. Carl streckte ihr kurz entschlossen die Hand hin. »Dann komm mal mit.«

Draußen sicherte er sich routinemäßig mit einem Blick nach allen Seiten ab. Da war niemand. Manchmal war er überzeugt, dass Hoffmann nie wieder auftauchen würde, aber das verleitete ihn nicht dazu, in seiner Wachsamkeit auch nur einen Moment nachzulassen.

Inzwischen hatte er eine andere Waffe – anstelle des unhandlichen Revolvers war ihm eine wesentlich kompaktere Pistole bewilligt worden, die im Holster unauffällig unterm Jackett getragen werden konnte. Er hatte Thomson persönlich darum gebeten, und der hatte es irgendwie möglich gemacht.

Auf dem Weg zur Haltestelle zog er Bärbel an seine Seite, damit sie mit unter seinem Schirm gehen konnte. Im Bus nach Werden zauberte er ihr was vor. Er zog Münzen aus ihren Ohren und ihren Haaren hervor und beeindruckte sie durch seine magische Fähigkeit, ihre Gedanken zu lesen: Sie dachte sich eine Zahl zwischen eins und zehn aus, verdoppelte sie, zählte zehn dazu, teilte das Ergebnis durch zwei, zog die zuerst ausgedachte Zahl ab. Anschließend las Carl das Ergebnis in ihren Gedanken – es war die Zahl fünf.

Und das Beste war: Durch seine Zauberkraft kam diese Zahl immer wieder heraus, ganz egal, welche Ausgangszahl Bärbel sich ausdachte.

»Wie machst du das?«, wollte sie jedes Mal wissen.

Der Schaffner kam näher. »Dat wüsste ich auch gerne.«

Mehrere Fahrgäste hatten sich zu ihnen umgedreht. »Ich auch«, sagte eine ältere Frau aus der Sitzreihe vor ihnen.

»Hat der doch gesacht«, meldete sich ein Kind zwei Reihen hinter ihnen. »Dat is Magie!«

»Ja, der Carl, dat is en echten Zauberer!«, stimmte Bärbel sichtlich stolz zu. »Der kann sogar Geld aus meine Ohren rauszaubern!« Zum Beweis hielt sie den Groschen hoch, den er ihr überlassen hatte.

»Dat kannsse meine Omma erzählen«, sagte der Schaffner nachsichtig.

»Ja, dat kann ich machen, wo is die denn?«, wollte Bärbel wissen.

»Getz ma Butter bei die Fische«, wandte sich der Schaffner an Carl.

»Jau«, sagte die Frau aus der Reihe vor ihnen. »Dat würde ich gerne ma erklärt kriegen!«

Carl schmunzelte. »Dat ist Berufsgeheimnis, dat kann ich leider nich verraten.« Der Bus hielt, sie mussten aussteigen. Den Schirm brauchten sie nicht mehr, es hatte aufgehört zu regnen.

»Du kanns ja auch Platt«, sagte Bärbel. »Dat wusste ich gar nich.«

»Hab ich als Kind gelernt.«

»Und wieso redesse denn dann getz gar nich mehr so?«

»Weil die Leute einen eher für voll nehmen, wenn man Hochdeutsch spricht.«

»Wie meinst du dat?« Sie hielt inne. »Wie meinst du *das*«, verbesserte sie sich dann unaufgefordert.

Er hätte ihr sagen können, dass es eine Frage von Bildung und Privilegien war. Von Klassenunterschieden, von Aufstieg und Anerkennung. Aber das hätte zu vieles außer Betracht gelassen. Platt, das war auch Heimat. Es war Zuhause, Familie, Geborgenheit. Es war ein Stück von seinem Leben, das er zurückgelassen hatte, weil man es von denen, die weiterkommen wollten, so erwartete.

Auf dem Pütt, da war er wieder eingetaucht in die Sprache seiner Kindheit, hatte sich vom vertrauten Redefluss der Kumpels tragen und mitnehmen lassen, es war wie Schwimmen, das verlernte man nie. Allerdings hatte sich die knochenharte Plackerei im Stollen dadurch kein Stück besser angefühlt.

»Mit Hochdeutsch hat man im Leben mehr Chancen«, beantwortete er Bärbels Frage.

Sie waren vor Engelberts Villa angekommen.

»Ist das ein Schloss?«, fragte Bärbel ehrfürchtig.

Carl drückte die Türklingel. »So was in der Art.«

»In so einem würde ich auch mal gern wohnen!«

Dann lern Hochdeutsch, dachte Carl, aber er sagte es nicht. In feinen Häusern zu wohnen, machte die Menschen nicht zwangsläufig glücklicher.

Magda öffnete ihnen die Haustür. Erstaunen spiegelte sich in ihren Zügen. Doch sie fing sich sofort. »Ist das etwa Bärbel?«, fragte sie lächelnd, während sie der Kleinen die Hand reichte.

Bärbel nickte stumm, sichtlich eingeschüchtert von der herrschaftlichen Umgebung. Und bestimmt auch von Magda, die in ihrem geblümten Seidenkleid eine glänzende Erscheinung bot und in den Augen des Kindes fraglos wie die leibhaftige Königin dieses Schlosses wirken musste.

»Ich hoffe, es geht klar, dass ich sie mitgebracht habe«, sagte Carl leise zu ihr, als sie ihn in eine kurze, kameradschaftliche Umarmung zog.

»Aber sicher. Ich hab mich schon häufiger gefragt, wie sie wohl aussieht, du hast ja schon oft von ihr erzählt.« Strahlend wies sie ins Esszimmer. »Setzt euch direkt an den Tisch, das Essen ist so gut wie fertig! Engelbert kommt auch gleich, er holt mir noch ein paar Rosen aus dem Garten!«

Und da kam er auch schon durch die offene Terrassentür herein, groß und massig und polternd, und Carl entging nicht, wie Bärbel zusammenzuckte beim Anblick dieses Riesen, der in der einen Hand einen mit Zeitungspapier umwickelten Rosenstrauß hielt und in der anderen eine große Gartenschere.

»Carl, mein Junge!«, tönte Engelbert in seinem dröhnenden

Bass, während er Rosen und Schere achtlos auf die Anrichte legte. Da bemerkte er Bärbel. »Und du hast Verstärkung mitgebracht, das passt prima! Bei den vielen Reibekuchen, die Magda heute wieder gebacken hat!«

Carl drückte ihm die Hand. »Das ist Bärbel, ich hab euch ja schon von ihr erzählt.«

»Klar, das hatte ich mir sofort gedacht. Was für ein hübsches kleines Mädchen! Ich hab gehört, dass du schon sehr gut rechnen kannst!« Engelbert strahlte Bärbel an und zeigte auf den Tisch. »Wenn wir uns jetzt alle hinsetzen – wie viele Stühle wären dann noch frei?«

»Vier«, sagte sie, ohne nachzudenken. Es klang fast, als wäre sie verwundert über so eine dämliche Frage.

Engelbert nickte vergnügt. »Wollen wir mal sehen, ob das stimmt?«

Während des Essens taute Bärbel zusehends auf, und Carl registrierte erleichtert, wie wohl sie sich in Magdas und Engelberts Gegenwart fühlte. Sie lachte häufig, stellte allerlei Fragen und gab sich Mühe, beim Essen nicht zu schmatzen und zu schlingen – Frau Schulte hatte angefangen, ihr Tischmanieren beizubringen.

Magda und Engelbert waren sichtlich entzückt von der Kleinen, und als Carl nach dem Hauptgang half, den Tisch abzuräumen, nahm Magda ihn zur Seite.

»Das Mädchen ist bezaubernd, Carl! So fröhlich und aufgeweckt! Wie ist das möglich, wenn ihr Vater sie ständig vernachlässigt?«

»Keine Ahnung, ehrlich. Sie war von Anfang an so. Ich schätze, es ist ihre Natur.«

Das war nicht nur so dahingesagt. Er glaubte tatsächlich, dass manche Menschen von Geburt an Eigenschaften aufwiesen, die sie befähigten, mehr zu ertragen als andere, ohne dabei ihre Lebensfreude zu verlieren.

Zum Nachtisch gab es Schokoladenpudding, und Bärbel verzehrte ihre Portion mit so andächtiger Begeisterung, dass es eine Freude war, ihr dabei zuzusehen.

Carl wollte sich mit einem Lob an Magda wenden und sah erschrocken, dass ihre Augen in Tränen schwammen.

Sie stand ruckartig auf. »Ich gehe mal Kaffee kochen.«

Er folgte ihr auf dem Fuße. »Ist alles in Ordnung mit dir?«, fragte er sie in der Küche. »Ich meine … mit der Schwangerschaft.«

»Was? Oh ja, sicher, mir geht's prima. Der Arzt meint, es sieht alles großartig aus. Carl, diesmal glaube ich wirklich, es könnte gut gehen! Ich fühle mich viel besser als damals. Irgendwie … stabiler.«

Carl entwich ein erleichterter Atemzug.

Sie zog ein Taschentuch aus ihrem Ärmel und tupfte sich die Augen ab. »Denk dir nichts dabei, wenn ich heule. Das sind die Hormone.«

»Hauptsache, es sind Glückstränen«, erwiderte er lahm.

»Na ja, gerade eher nicht. Mir tut die Kleine so leid. Wenn ich mir vorstelle, dass sie in einem kalten, dreckigen Keller …« Sie brach ab und wischte sich erneut die Tränen aus dem Gesicht.

»Magda, Tausende von Kindern leben so. Zehntausende.«

Sie schluckte. »Ich weiß. Das ist ja das Schlimme. Es zu wissen und nichts dagegen machen zu können. Und sich dann vorzustellen, selbst ein Kind zu haben und es in so einer Umgebung aufziehen zu müssen … Ach, Carl, es schneidet mir so sehr ins Herz!«

»Ja«, sagte Carl leise und dachte dabei an Emil. In seinen Sandalen aus Autoreifen, vor diesem eisigen, feuchten, dunklen Kölner Keller. Und er dachte an Anne und Frieda, die alles für das Kind taten, wie zwei Löwinnen, die sich jeder Bedrohung entgegenstellten, koste es, was es wolle.

»Bring sie doch das nächste Mal wieder mit«, bat Magda ihn. »Und komm ruhig öfter her, dann kann sie sich ordentlich satt essen!«

Nach dem Kaffee – es gab natürlich richtigen Bohnenkaffee, für Bärbel Kakao mit Schlagsahne – nahm Magda das Mädchen mit auf einen Rundgang durch Haus und Garten, während Engelbert für sich und Carl Kognak ausschenkte und in geselliger Stimmung von seinen jüngsten Geschäftserfolgen berichtete. Er hatte eine Baufirma aufgekauft und stand in Verhandlungen mit der Stadtverwaltung, wo man begonnen hatte, Aufträge für Großprojekte zu vergeben. Schulen, Verwaltungsgebäude, Krankenhäuser – das müsse ja alles endlich wieder hochgezogen werden, und wenn man mit irgendwas einen Haufen Geld verdienen könne, dann beim Bauen für die öffentliche Hand.

Carl hörte sich alles mehr oder weniger angeödet an. Ohne sonderliches Interesse erkundigte er sich, woher Engelbert denn eigentlich das Kapital für den Erwerb der Baufirma habe, worauf Engelbert mit mildem Sarkasmus meinte: »Natürlich von der Bank.«

»Wie schön, dass du so kreditwürdig bist«, sagte Carl höflich.

Engelbert grinste. »Ich hab auch ordentlich was auf der hohen Kante. So viel Kredit würde mir sonst keine Bank der Welt geben.« Mit vertraulich gesenkter Stimme fuhr er fort: »Willst du wissen, wie ich an den Zaster gekommen bin?«

»Klar«, sagte Carl, der es tatsächlich gern wissen wollte.

»Hast du schon mal was von der Aktion Bernhard gehört?«

»Nicht, dass ich wüsste.«

»Eine Operation des SD. Himmler hat während des Krieges im großen Stil englisches Falschgeld drucken lassen, von KZ-Häftlingen, die aus dem Druckerhandwerk kamen. Mit den Blüten wollte er ursprünglich die englische Wirtschaft ruinieren. Es war geplant, riesige Mengen falscher Pfundnoten aus dem Flugzeug abzuwerfen, um damit in England die Währung kaputt zu machen. Aber daraus wurde nichts mehr, weil die Tommys da schon die Oberhand im Luftkrieg hatten. Also haben SS-Funktionäre die Blüten benutzt, um ihren eigenen Arsch zu retten. Beispielsweise, indem sie sich damit Gold oder Devisen beschafften, um es sich am anderen Ende der Welt gemütlich machen zu können. Was wohl erstaunlich gut klappte, denn das Falschgeld war von allerhöchster Qualität, praktisch nicht von echten englischen Pfundnoten zu unterscheiden. Bevor die letzten Ratten das sinkende Schiff verließen, haben sie noch versucht, die Druckplatten und das restliche Geld verschwinden zu lassen. Wie ich hörte, haben sie alles in einem See in Österreich versenkt.«

»Willst du damit sagen, du hast dir was von diesem Falschgeld besorgt, um davon die Baufirma kaufen zu können?«, fragte Carl stirnrunzelnd. »Ich bin mir ziemlich sicher, dass das strafbar wäre.«

Engelbert lachte glucksend. »Mein lieber Junge, was unterstellst du mir?« Er schüttelte den Kopf. »Nein, es war ein bisschen anders. Einer von diesen SS-Heinis, ich habe seinen Namen vergessen, reiste mit einer Fuhre Falschgeld nach Italien, zu unseren treuen faschistischen Verbündeten, und kaufte sich dort von den Blüten eine Menge Goldbarren. Mit denen ging's direkt weiter in die Schweiz. Bei einer Züricher Bank hat er das Gold in Schweizer Franken umgetauscht. Damit hätte er als Nächstes problemlos nach Südamerika abhauen können, wie so viele andere von seiner Sorte. Aber er kam wieder nach Deutschland zurück und blieb auch nach Kriegsende da, weil er ein wirklich heimatverbundener Mistkerl war. Er fand es einfach hier am schönsten und wollte auch keine fremden Sprachen lernen. Mittlerweile hatte er einen anderen Namen, den ich ebenfalls vergessen habe. Den falschen Pass hatte er sich auch in diesem KZ drucken lassen. Er hat mir mal erzählt, wie die Häftlinge da zur Arbeit angehalten wurden: Sie bekamen regelmäßig Fristen gesetzt. Mit der Drohung, ein paar von ihnen zu erschießen, wenn sie es nicht schafften, bis zum Ende der Frist zu liefern, was die SS bestellte.«

»Also kam dieser namenlose SS-Funktionär mit seinen Schweizer Franken zu dir«, fasste Carl ungeduldig die bisherige Erklärung zusammen. »Ich schätze, er wollte, dass du ihm irgendwas dafür beschaffst. Was?«

»Betongold«, sagte Engelbert. »Immobilien und Grundstücke«, fügte er erklärend hinzu. »Ich besitze einige, musst du wissen.«

»Und die hast du ihm dann verkauft.«

»Wo denkst du hin?«, gab Engelbert zurück. »Kennst du nicht den Spruch ›Der Hehler ist schlimmer als der Stehler?‹« Er hob mit schwacher Belustigung die Brauen. »Nein, ich habe seine Franken genommen und sie zurück in die Schweiz befördert, wo ich sie auf ein Nummernkonto eingezahlt habe. Inzwischen habe ich einiges davon wieder hier, in D-Mark auf diversen Firmenkonten. Und jetzt baue ich damit als Erstes ein Kinderheim. Das war Magdas Idee, und ich finde sie großartig.« Er hielt inne und bedachte Carl mit amüsierten Blicken. »Gerade zerbrichst du dir den Kopf, weswegen ich mich strafbar gemacht haben könnte, oder? Was wäre deiner Meinung nach denn einschlägig? Unterschlagung? Betrug? Diebstahl? Veruntreuung? Devisenschieberei?«

»Nein, ich frage mich, was aus dem SS-Mann wurde, dessen Namen du vergessen hast«, antwortete Carl wahrheitsgemäß.

»Der ist gestorben. Sonst hätte ich das Geld ja nicht einfach behalten können.« Jeder Anflug von Heiterkeit war mit einem Mal aus Engelberts sonst immer so fröhlichem Gesicht verschwunden. In seinem Blick lag eine kompromisslose Härte, die bei Carl ein leises Unbehagen weckte, und in diesem Moment gewann er einen Eindruck davon, wie Engelbert früher seine Boxkämpfe gewonnen hatte – garantiert nicht mit Samthandschuhen.

»Ich will gar nicht wissen, woran der Kerl gestorben ist«, sagte Carl, obwohl es inzwischen kaum noch eine Rolle spielte. Ob er nun einen oder zwei Morde deckte – er steckte schon so tief im Schlamassel seiner Amtspflichtverletzungen, dass es völlig egal war.

Engelbert schenkte ihm noch einen Kognak ein. »Er hatte einen Herzinfarkt, Carl. Wofür hältst du mich denn?«

Carl kippte den Kognak runter. Ganz gleichgültig, was er von Engelbert und seinen Geschäftsmethoden hielt – für Magda war er der reinste Segen, mehr war in diesem Moment nicht wichtig.

»Ach, ehe ich es vergesse …« Engelbert stand auf und ging zur Anrichte. Er zog eine Schublade auf und holte ein Bündel Geldscheine heraus, das er Carl umstandslos in die Hand drückte. »Da, für dich.«

Carl nahm das Geld entgegen und sah es verständnislos an. »Was ist damit?«

»Na, ich sag doch, es ist für dich! Von mir und Magda!«

»Du meinst, geschenkt?«, vergewisserte sich Carl stirnrunzelnd.

»Sicher. Besorg dir mal was Vernünftiges zum Anziehen. Einen Anzug, ein Hemd. Kauf dem Kind was Nettes. Geh mit deiner Freundin schick aus, gönn dir was!«

Carl fragte sich nur am Rande, woher zum Teufel Engelbert wusste, dass er eine Freundin hatte. Er konnte nicht aufhören, das Geld anzustarren. Es waren mindestens zweitausend Mark. Für diese Summe musste er normalerweise ein halbes Jahr arbeiten, ohne Abzüge und mit Zulagen. Zwischen tiefem Widerwillen und einer unvermittelt aufbrechenden Sehnsucht nach einem besseren Leben hin- und hergerissen, wusste er nicht, was er tun sollte. Er war nicht in amtlicher Eigenschaft hier, sondern privat, doch er hatte seinen Beruf nicht an der Garderobe abgegeben. Als Polizist von einem undurchsichtigen Geschäftsmann wie Engelbert Geld anzunehmen, einfach so – das war wie Seiltanzen über einem Minenfeld.

Er hätte es ablehnen sollen. Doch er brachte es nicht fertig.

Magda kam zurück ins Esszimmer, sie hatte Bärbel an der Hand und wirkte glücklich. Als sie Carl mit dem Geld dasitzen sah, lächelte sie erfreut. »Oh, wie schön, Engelbert hat dran gedacht!«

Ihr schien daran zu liegen, dass Carl das Geschenk annahm, das gab für ihn den Ausschlag. Das und Engelberts Vorschlag, was für Bärbel zu kaufen. Sie brauchte dringend Schuhe, ständig lief sie in den alten Tretern vom Vorjahr herum, bei denen Kurt Böhm einfach vorn die Kappe abgeschnitten hatte, damit sie noch passten. Und ja, verdammt, er wollte mit Anne schick ausgehen, davon träumte er schon lange!

Er steckte das Geld ein und bedankte sich höflich bei Magda und Engelbert, die dank dessen geschäftlicher Vorausschau offenbar nur so in Reichtum schwammen.

Ich muss ja nichts dafür tun, sagte er sich später auf der Heimfahrt im Bus. Es wurde keine Gegenleistung von ihm erwartet.

Trotzdem fühlte es sich an, als hätte er seine Prinzipien ein weiteres Mal verraten.

*

Carls Plan, Anne zu einem erstklassigen Dinner einzuladen, ließ sich weniger gut umsetzen als gedacht. Richtig vornehme Lokale gab es nicht mehr, und falls doch, wusste er nicht, wo sie zu finden waren. Er landete mit ihr in einer biederen Gastwirtschaft, eine der wenigen, die den Krieg überdauert hatten.

Das Essen war gutbürgerlich, aber es war nichts Edles daran, abgesehen von den Preisen.

Trotzdem war die Gaststätte gut besucht, anscheinend gab es genügend Leute, die es sich leisten konnten, für ein Abendessen außer Haus einen Wochenverdienst hinzublättern.

Anne wollte nach einem kurzen Blick auf die Speisekarte gleich wieder gehen, doch Carl bestand darauf, dass sie sich das beste Essen aussuchte.

»Aber Carl! Hast du gesehen, was das kostet?!«, raunte sie.

»Das spielt keine Rolle.«

»Wirklich?«

Er versuchte es mit Humor. »Ich hab genug Geld. Soll ich's dir zeigen?«

Sie wurde rot und gab nach.

Sie bestellten Jägerschnitzel mit Bratkartoffeln und Leipziger Allerlei. Die Portionen waren gewaltig, was Carl ein wenig mit den Nepp-Preisen versöhnte. Beide langten sie tüchtig zu, aber Anne schaffte zu ihrem Bedauern nur die Hälfte. Carl aß den Rest ihres Schnitzels auf und ließ dafür einen Teil der Bratkartoffeln liegen. Übermorgen gab es ja wieder welche bei Frau Schulte.

Während des Essens unterhielten sie sich in aufgeräumter Stimmung, unter strikter Vermeidung jener Themen, die ihnen nur die Laune verdorben hätten. Sie sprachen über Filme und Bücher, über Hobbys und über das aktuelle Tagesgeschehen.

Die amerikanischen und britischen Alliierten hatten eine Luftbrücke eingerichtet, um auf diesem Wege die Versorgung der Westberliner Bevölkerung sicherzustellen. Mehrmals täglich landeten Frachtmaschinen mit Hilfsgütern auf dem Tempelhofer Flughafen. Die Abneigung gegen die Besatzer, die sich in den Hungerjahren breitgemacht hatte, war in kollektive Dankbarkeit umgeschlagen.

Dieses Gefühl hatte Anfang der Woche zusätzlichen Auftrieb erfahren – die britische Regierung hatte die letzten deutschen Soldaten aus der Kriegsgefangenschaft entlassen. An allen größeren Bahnhöfen zeigte sich in diesen Tagen das gleiche Bild – von Heimkehrern überquellende Züge, und an den Bahnsteigen die Menschen, die sie voller Sehnsucht erwarteten, mit Namensschildern, Fotografien, wehenden Taschentüchern, Blumen. Darunter auch immer wieder welche, die vergeblich dort standen und nach vermissten Vätern, Söhnen, Ehemännern oder Brüdern Ausschau hielten, verzweifelt darauf hoffend, dass vielleicht einer der Rückkehrer wenigstens Informationen mitbrachte.

Carl überlegte flüchtig, ob Anne womöglich auch schon einmal daran gedacht hatte, am Essener Hauptbahnhof auf einen dieser Züge zu warten. Ihr Mann war zwar im Osten verschollen, aber es gab ja auch Soldaten, die von dort an eine andere Front abkommandiert worden waren, insofern existierte vielleicht eine winzige Chance, auf einen Heimkehrer zu treffen, der ihren Heinz gekannt oder etwas über ihn gehört hatte.

Doch diesen Gedanken verdrängte Carl rasch wieder, und erst recht kam ihm nicht in den Sinn, Anne danach zu fragen.

Nach dem Essen bummelten sie durch die Stadt. Der Himmel war immer noch verhangen, aber wenigstens regnete es nicht. Gegen die Abendkühle trug Carl sein besseres Sakko, und Anne hatte eine Strickjacke an. Mittlerweile war es dunkel geworden, und sie waren nicht das einzige verliebte Paar, das durch die von Trümmergrundstücken gesäumten Straßen flanierte.

Sie fanden ein Tanzlokal, das bei Deutschen und Briten gleichermaßen beliebt war. Die alkoholischen Getränke, die dort serviert wurden, waren ähnlich überteuert wie die Mahlzeit im Restaurant, aber an diesem Abend war Carl alles egal. Er bestellte für Anne einen Sektcocktail und für sich einen Whisky.

Es war rappelvoll in dem Laden, sie fanden gerade noch einen Stehplatz an der Bar. Wolken von Zigarettenrauch standen in der Luft, es schien keinen zu stören. Eine Combo spielte Swing-Musik, und Carl sah, wie Anne mit dem Fuß wippte. In einer Aufwallung von Tollkühnheit fragte er: »Wollen wir tanzen?«

Sie nickte mit leuchtenden Augen, und er konnte nur darauf vertrauen, dass er sich nicht allzu sehr blamierte. Zum Glück herrschte auf der Tanzfläche ziemliches Gedränge, der Platz reichte gerade für einen unkomplizierten Schieber.

Sie tanzten Wange an Wange. Carl sog Annes Duft ein und verging fast vor Sehnsucht.

Die Combo machte eine Pause, und sie tranken noch was an der Bar. Zum Reden war es zu laut, das Lokal vibrierte nur so von englischem und deutschem Stimmengewirr, gemischt mit Gelächter und fröhlichen Ausrufen. Die Zeiten, in denen es den britischen Soldaten verboten war, mit Deutschen zu reden, geschweige denn mit ihnen zu trinken oder zu tanzen, lagen noch nicht so lange zurück, um in Vergessenheit geraten zu sein. Aber sie waren überwunden.

Erneut setzte Musik ein, sie gingen wieder zurück auf die Tanzfläche. Carl hielt Anne in seinen Armen, und selbstvergessen tanzten sie zu einem Blues. Irgendwann nahm er seinen ganzen Mut zusammen.

»Gehen wir noch zu mir?«, murmelte er an ihrem Ohr.

Er spürte ihr Nicken.

Der Tanz war zu Ende. Carl nahm ihre Hand, und gemeinsam gingen sie hinaus. Auf dem Weg zur Rosastraße steigerte sich Carls Nervosität mit jedem Schritt. Er hatte seine Bude geputzt und aufgeräumt. Das Bett frisch bezogen. Die als Zudecke fungierende Übergardine von Frau Schulte waschen und bügeln lassen. Er hatte sogar Präservative besorgt, um auf der sicheren Seite zu sein. Aber all das änderte nichts daran, dass er in einer schäbigen kleinen Mansardenkammer in einem nach Kohl und Klosett miefenden Mietshaus wohnte.

Und dass er seit ewigen Jahren mit keiner Frau im Bett gewesen war.

Als hätte Anne seine Gedanken gelesen, drückte sie seine Hand. »Bei mir ist es sehr lange her, Carl.«

Perplex sah er sie an. »Dasselbe hab ich eben auch gedacht!«

Sie kicherte. »Ob wir es noch können?«

Er grinste, mit einem Mal war alle Verlegenheit verflogen. »Lass es uns einfach versuchen.«

*

Anne rekelte sich schläfrig in Carls Armen. Sie hatte jedes Gefühl für Raum und Zeit verloren. Ob es wohl schon bald hell wurde?

»Wie spät ist es?«, murmelte sie.

»Keine Ahnung.« Seine Fingerspitzen strichen über ihren nackten Arm, erforschten die Textur ihrer Haut und erzeugten ein wohliges Kribbeln.

»Ich kann nicht hierbleiben, Carl.«

»Ich weiß.« Sein Seufzen war nur ein Hauch an ihrer Schläfe, aber sie spürte sein Bedauern so wie ihr eigenes. »Noch fünf Minuten!«, bat er.

Sie blieben noch eine Weile zusammen liegen. Anne kostete die Wärme seines Körpers aus und schmiegte sich an ihn. Ihm so nah zu sein erschien ihr in diesem Augenblick so beseligend wie kaum etwas anderes, das sie in den vergangenen Jahren erlebt hatte. Es war, als hätte sie in der Asche ihres Lebens einen Diamanten entdeckt, der all das Dunkle und Traurige überstrahlte.

»Woran denkst du?«, fragte er leise.

»Ich bin glücklich, Carl. Einfach nur glücklich.« Es war diese simple Wahrheit, die sie dazu brachte, die Sprache noch einmal auf Werner zu bringen. Auf seine Einsamkeit, seine Verlorenheit. Er hatte keine Ahnung, warum Carl ihn nicht mehr besuchte.

»Außer dir hat er niemanden, Carl. Er ist so ein Häuflein Elend! Vielleicht kannst du mit ihm über alles reden. Ihn fragen, warum er dir seine Rolle bei diesem Massaker verschwiegen hat. Womöglich hatte er Angst, dass du ihn fallen lässt, wenn du es erfährst. Was du ja dann auch getan hast.« Sie atmete durch. »Weißt du, manchmal frage ich mich, wie Heinz sich wohl gefühlt hat, da an der Front. Mit dem Gewehr in der Hand, gezwungen, auf andere Menschen zu schießen und sie zu töten. Wie viel von diesem Grauen er mitansehen musste, von all den schrecklichen Verbrechen, die von der Wehrmacht und der Waffen-SS an der wehrlosen Bevölkerung begangen wurden. Welche Möglichkeiten er hatte, es zu verhindern. Oder einfach wegzugehen.«

Erst nach einigen Augenblicken des Schweigens kam eine Antwort von Carl. »Er hatte viel weniger Möglichkeiten als ich damals auf Zollverein. Ich hätte einfach die Schippe hinschmeißen und in den Sack hauen können. Dein Mann hingegen wäre standrechtlich erschossen worden, wenn er sein Gewehr weggeworfen hätte.« Er unterbrach sich, ehe er mit schleppender Stimme weitersprach. »Manchmal, wenn ich Nachtschicht hatte, hab ich sie da auf dem Zechengelände gesehen, wie sie früh um halb sechs aus ihren Baracken zur Arbeit getrieben wurden. Man hörte die Schritte schon von Weitem, sie trugen Holzschuhe, auch bei klirrender Kälte.« Erneut hielt er inne. »Das war es, was du meintest, oder? Dass wir alle unseren Teil an der Schuld haben. Dass wir mitverantwortlich sind.«

»Ja.« Anne suchte unter der Decke nach seiner Hand.

»Ich besuche Werner«, versprach er. Widerstreben klang aus

seiner Stimme, und sie wusste, dass er es in erster Linie für sie tat. Mit einem Seufzen schlug er die Decke zurück. »Komm, ich bring dich nach Hause.«

# Kapitel 24

Carl schob es nicht auf die lange Bank, er besuchte Werner noch am selben Tag. Es war Sonntag, er hatte frei, und er wollte es hinter sich bringen. Allzu viel erhoffte er sich nicht von dem Gespräch, seine Stimmung war so düster wie seine Gedanken beim Lesen der Prozessakten.

Werner lag allein im Zimmer; der Patient mit dem Schlaganfall war in eine Pflegeeinrichtung verlegt worden. Die Sonne schien durchs Fenster und erhellte den nüchternen Raum. Sie malte Kringel auf die weiß getünchte Wand und zauberte goldene Reflexe auf das glatt gebohnerte Linoleum des Fußbodens.

Passend dazu breitete sich auch auf Werners Gesicht ein Strahlen aus, als Carl ins Zimmer trat. Seine Schultern hoben sich, eine Last schien von ihm abzufallen.

Aber gleich darauf sanken sie wieder herab, und sein Lächeln verblasste – ein Blick in Carls Gesicht hatte gereicht.

Carl kam ohne Umschweife zur Sache. »Ich habe die Gerichtsakten gelesen, Werner. Die Aussagen von Schneider, Kittler, Schnabel. Und deine. Wieso hast du mir nie davon erzählt? Erklär's mir!«

Werner starrte ihn an. In seinen Zügen offenbarten sich widerstreitende Gefühle. Carl sah Verzweiflung, gepaart mit Trotz und Zorn, aber auch tiefe Resignation.

»Was hätte es denn gebracht? Du hättest mich nur verabscheut! So wie jetzt! Sieh dich doch an!« Werner begann sich zu ereifern. »Ich hab mich nur an die Vorschriften gehalten! Es gab ein Todesurteil, ich hab's selbst gelesen! Wir dachten, alles wäre rechtens! Was hätten wir denn machen sollen? Uns weigern und lieber selber erschießen lassen?«

Carl musterte ihn unverwandt. »Du lügst mir was vor«, sagte er sachlich. »Du hast Dreck am Stecken, ich seh's dir an.«

Werner wich seinen Blicken aus. In seinem Gesicht arbeitete es. »Ja, ich hab verdammt noch mal Mist gebaut!«, platzte er schließlich heraus. »Aber nicht so, wie du denkst!« Erschöpft erklärte er: »Ich hab Arnold Hoffmann Geld und Lebensmittel aus den Asservaten gegeben.«

»Du hast *was?*«, fragte Carl fassungslos.

»Ich habe ihn eine Zeit lang versorgt. Er hat mich erpresst.«

»Womit?«

»Ich war bei den Erschießungen dabei.«

Carl holte Luft. »Du meinst, du hast vor Gericht gelogen, als du ausgesagt hast, du hättest dich verspätet?«

Werner nickte.

»Du standest unter Eid. Also war's ein Meineid.«

»Denkst du, das wüsste ich nicht?«, stieß Werner hervor. »Ich hatte eine Scheiß-Angst, dass die Tommys mich einsperren, wenn sie erfahren, dass ich dabei war! So wie Kittler und Schnabel, die haben ein halbes Jahr im Bau gesessen, nur weil sie bei den Hinrichtungen vor Ort gewesen waren! Das hätte ich nicht verkraftet, Carl! Die Arbeit, das war damals nach dem Tod meiner Familie das Einzige, was mich noch am Leben gehalten hat!«

Carl verspürte eine Aufwallung von Mitleid, doch das verdrängte er sofort. Das hier war ein Fall, und er war der Ermittler. »Wie hätte Hoffmann dich denn reinreißen können? Er war doch auf der Flucht und durfte sich nicht mehr blicken lassen!«

»Es gab einen von mir verfassten und unterzeichneten Vollzugsbericht über die Hinrichtungen, den hat er mitgenommen, als er untergetaucht ist. Daraus geht hervor, dass ich dort war.«

»Du meinst, du hast den ganzen Ablauf ordnungsgemäß

überwacht und protokolliert, so wie es sich für einen guten Polizisten gehört?«, fragte Carl mit beißendem Sarkasmus.

»Carl, ich …«

»Was ist mit Schneider?«, fiel Carl ihm ins Wort. »War der auch dabei?«

»Nein, der hat die Wahrheit gesagt. Alles andere war so, wie es in den Aussagen steht. Hoffmann hat die Erschießungen durchgeführt, wir anderen standen daneben.« Hastig fuhr Werner fort: »Ich hab ihm nur selten was gegeben, die meiste Zeit war er ja gar nicht da. Hat sich nach Kriegsende sonst wo rumgetrieben. Im Frühjahr war er auf einmal zurück und wollte wieder was. Ich hab ihm gesagt, es ginge nicht, weil ich nicht mehr an die Asservate rankomme. Ich schätze, er hat daraufhin seine Mutter angebettelt, und als die ihm nichts geben wollte, hat er sie umgebracht. Bei mir hätte er es ja auch fast geschafft.«

»So wird's wohl gewesen sein«, sagte Carl mit flacher Stimme.

Werner räusperte sich. »Das mit dem Meineid … es bleibt unter uns, oder? So wie deine Vertuschungen im Lohfeld-Fall.«

Die Botschaft hätte nicht eindeutiger sein können.

Carl hatte nichts mehr zu sagen. Wortlos wandte er sich ab und verließ das Krankenzimmer.

*

Vier Wochen später nahm Werner seinen Dienst wieder auf. Eigentlich hätte er den restlichen Monat noch zu Hause verbringen und sich erholen sollen, doch eines schönen Montagmorgens kam er ins Büro spaziert, mit der Begründung, ihm falle daheim nur die Decke auf den Kopf.

Carl ging ihm geflissentlich aus dem Weg. Er hatte schon vorher mit Behrends den Schreibtisch getauscht, unter dem Vorwand, wegen des ständigen Zigarettenqualms im Büro näher beim Fenster sitzen zu wollen. Behrends hatte sofort zugestimmt, er war froh, aus der Zugluft rauszukommen, und Carl wiederum war erleichtert, Werner nicht mehr direkt gegenübersitzen zu müssen. Er hatte keine Ahnung, ob er es sonst geschafft hätte, seine Abscheu unter Kontrolle zu halten. Wobei sich höchstens die Hälfte dieser Abscheu gegen Werner richtete. Der andere, größere Teil bezog sich auf ihn selbst.

*Wir machen alle mal Mist. Solange wir es nicht rumposaunen und schön die Klappe halten, interessiert's keinen.*

Was war er doch für ein verfluchter Pharisäer!

Von außen betrachtet, war bald wieder der übliche Arbeitsalltag eingekehrt, doch unter der Oberfläche gärte es. Carl hatte den Eindruck, dass er von den anderen Kollegen im Büro beobachtet wurde, zuweilen kam er sich vor wie ein seltenes Insekt unter der Lupe eines Naturkundlers. Einmal sah er vom Flur aus, wie Behrends und Werner die Köpfe zusammensteckten und mitten im Gespräch verstummten, als er hereinkam.

Mittlerweile hatte er die Ermittlungen im Fall Adelheid Hoffmann sowie im Lohfeld-Fall offiziell abgeschlossen, ebenso wie seine Nachforschungen zu den Morden an Schnabel und Kittler. Dank Wielspütz' Skelettuntersuchung hatte sich Kittlers Identität zweifelsfrei bestätigt – bei einem früheren

Dienstunfall hatte er sich laut Aussage seiner Witwe einen Trümmerbruch am linken Arm zugezogen, davon hatten sich sogar noch Röntgenaufnahmen in den Archiven des Polizeikrankenhauses gefunden.

Die Fallakten lagen jetzt bei der Staatsanwaltschaft. Sollte die doch entscheiden, wie es weiterging.

Das war der Stand der Dinge. Mehr konnte Carl nicht tun, er hatte alles so gut es ging aufgeklärt.

Auf die eine oder andere Weise.

Werners Dienstantritt war nicht die einzige Prüfung, die das Schicksal für Carl in dieser Woche bereithielt. Drei Tage später sah er Schneiders Schwester Helga im Gang der Abteilung herumstehen. Er ging sogleich zu ihr.

»Guten Tag. Was tun Sie denn hier?«

»Oh, Inspektor Bruns, richtig? Guten Tag!« Sie lächelte ihn leicht verunsichert an. »Ich warte bloß.«

»Auf wen?«

»Auf meinen Bruder. Er hat gesagt, es dauert nicht lange. Ach, da kommt er ja schon!«

Carl drehte sich um. Die Tür von Dörings Büro hatte sich geöffnet, und Döring trat gemeinsam mit Schneider auf den Gang, wo sich beide mit Handschlag voneinander verabschiedeten.

»Dann bis bald«, sagte Döring, ehe er nach einem raschen Blick auf Carl wieder in seinem Büro verschwand.

Schneider kam auf Carl zu. »Guten Tag, Inspektor Bruns«, sagte er mit ausgesuchter Freundlichkeit. »Hat Helga es schon erzählt?«

»Was denn?«

Schneider hakte sich bei seiner Schwester unter und wandte sich mit ihr zum Ausgang. Über die Schulter sagte er zu Carl: »Dass ich am nächsten Ersten wieder an meinem alten Schreibtisch sitze.« Einen Moment lang genoss er sichtlich den Ausdruck in Carls Miene, dann ging er zusammen mit seiner Schwester weiter.

Carl schaffte es gerade noch auf die Herrentoilette. Gleich in der ersten Kabine beugte er sich über die Kloschüssel und erbrach sich wieder und wieder, bis nichts mehr kam außer grünlicher, bitterer Galle.

*

Am Samstag darauf musste Frieda sich nicht sonderlich anstrengen, um der angeordneten Bewachung zu entwischen. In den letzten Wochen hatte der Diensteifer der Beamten deutlich nachgelassen. Oft trafen sie verspätet ein. Oder kamen gar nicht erst. Der Einzige, bei dem es keinerlei Nachlässigkeit gab, war Schubert. Der hielt die Augen offen wie ein Habicht. Wenn er zu ihrem Schutz eingeteilt war, konnte Frieda sich das Ausgehen abschminken, dann mussten sie abends alle miteinander brav zu Hause hocken; außer natürlich Anne, die hatte ja Carl als privaten Aufpasser.

An diesem Wochenende war zum Glück ein anderer Personenschützer da, mit dem hatte Frieda leichtes Spiel. Er stand gelangweilt mit dem Rücken zum Haus und rauchte, während sie hinter ihm ungesehen Richtung Innenstadt verschwand.

Carl hatte erzählt, dass sich bei der Kripo inzwischen die Auffassung durchgesetzt hatte, dass Arnold weitergezogen sei. Nach all den Wochen, in denen man von ihm nichts gehört und gesehen hatte, lag diese Vermutung wohl nahe, auch wenn Carl selbst immer wieder betonte, dass Vorsicht die Mutter der Porzellankiste sei. Was das betraf, war Frieda ganz seiner Meinung. Sie vertraute ihren Instinkten, und die sagten ihr, dass sie immer noch mit Arnold rechnen musste.

Vielleicht hätten diese Instinkte sie auch vor Magnus gewarnt, wenn sie nicht so blind in ihn verschossen gewesen wäre. Als sie an diesem Abend zu ihm ging, wäre sie nicht im Traum auf den Gedanken gekommen, dass es das letzte Mal war.

Sie liebten sich mit derselben wilden Leidenschaft wie immer, und als sie anschließend eng aneinandergeschmiegt in seinem Bett lagen, war sie davon überzeugt, für immer mit ihm zusammenbleiben zu können.

Aber dann klingelte es an der Wohnungstür. Mehrmals und ungeduldig. Magnus löste sich aus ihrer verschwitzten, intimen Umarmung, warf sich seinen Morgenmantel über und ging öffnen.

Frieda hörte eine Frauenstimme, sie klang auf unbestimmte Weise lasziv und schmollend. Spontan stand sie auf und lauschte durch die angelehnte Tür des Schlafzimmers in den Flur hinaus.

»Du sollst doch nicht herkommen, Prinzessin. Wieso gibst du es nicht Rüdiger oder Wolfram?«

»Die waren nicht da, und da dachte ich, ich bring's dir doch gleich lieber selber.« Das Stöckeln von Pfennigabsätzen war zu hören, die Frau kam in den Flur der Wohnung. »Hast du was zu trinken da? Ich habe einen Riesendurst!«

»Du musst wieder gehen.«

Frieda öffnete die Tür einen Spaltbreit und erhaschte einen Blick auf eine junge Frau, deren aufdringliches Make-up nicht darüber hinwegtäuschen konnte, dass sie höchstens neunzehn oder zwanzig war, fast noch ein Mädchen. Ihr helles Haar war zu mondänen Wellen onduliert, Mantel und Schuhe sahen nagelneu aus.

Magnus fasste die Besucherin bei den Schultern und schob sie zur Wohnungstür. »Verschwinde.«

»Aber Darling ...«

Er machte die Tür hinter ihr zu und wandte sich zu Frieda um, ein Geldbündel in der rechten Hand. »Was?«, fragte er herausfordernd. Ihm war ihr fassungsloser Blick nicht entgangen.

»Wer war das?«, wollte sie wissen. Ihre Stimme klang, als müsste sie durch Stahlwolle reden.

»Niemand Wichtiges.«

Frieda betrachtete das Geld in seiner Hand. »Sie geht für dich anschaffen, oder?«

Magnus seufzte. »Fragst du das ernsthaft? Was dachtest du denn, womit sich im Essener Nachtleben das beste Geld verdienen lässt, Prinzessin?«

»Wie lange hat ihre Schonfrist in deinem Bett gedauert, bevor du sie zur Nutte gemacht hast?«, fragte Frieda mit täuschender Gelassenheit. »Drei Wochen? Drei Monate? Wann hättest du angefangen, mich auf den Strich zu schicken?«

»Na hör mal! Ich liebe dich doch! Hab ich dir das nicht immer wieder gezeigt?« Wie zum Beweis drückte er ihr das soeben vereinnahmte Hurengeld in die Hand. »Hier, kauf dir was Schönes davon!«

»Von wem muss ich mich dafür ficken lassen?«

Magnus sah sie mit frechem Grinsen an. »Nur von mir. Ich schwöre.« Sein Lächeln wurde breiter. »So gesehen hast du es eigentlich schon doppelt und dreifach abgearbeitet.«

Sie hatte bereits angefangen, sich anzuziehen. Als er sich ihr in den Weg stellte, zog sie die Pistole aus ihrer Handtasche und hielt sie ihm mit tödlicher Entschlossenheit vor die Nase. »Fass mich nie wieder an, du Scheißkerl!«

Er wich geschockt zur Seite und ließ sie durch.

Das Geld nahm sie mit. Sie fand, sie hätte es sich mehr als verdient.

*

Auf dem Heimweg fühlte sie sich bis in die letzten Nervenfasern von Eiseskälte durchdrungen, fast so wie im vergangenen Jahr in Köln, wo sie allesamt im schlimmsten Winter seit Menschengedenken verhungert und erfroren wären, wenn sie da nicht angefangen hätte, ihren Körper zu verkaufen. Immer wieder und wieder.

Einmal Hure, immer Hure. Bei dem Gedanken lachte sie verzweifelt auf, und dann dachte sie an Anne, die aufrechte, untadelige große Schwester, die immer nur für alle das Beste wollte und sich wie eine Heilige für die Familie aufopferte. Die all das Leid auf sich nahm, damit andere es nicht tragen mussten.

Eine Gefühlswelle aus Liebe und Zorn schwappte über Frieda hinweg, und während sie mit Riesenschritten nach Hause eilte, tastete sie immer wieder nach der Pistole in ihrer Handtasche. Sie konnte nur daran denken, wie kurz davor sie gewesen war, Magnus zu erschießen.

*Wer überleben will, muss töten können.*

Sie wollte überleben. Sie konnte töten.

Mit wütender Eindringlichkeit wünschte sie sich, Arnold möge auftauchen, hier und jetzt, damit sie ihm das Hirn rauspusten konnte. Damit es endlich aufhörte.

In dieser Nacht betrank sie sich ein weiteres Mal mit Borjan und Aleksandr. Die tröstliche Anwesenheit ihrer Freunde half ihr, mit ihren Emotionen wieder in ein etwas ruhigeres Fahrwasser zu gelangen, wozu zweifellos auch die Flasche Weinbrand beitrug, die sie mit den Zwillingen leerte. Wie die Flaschen davor stammte sie aus Magnus' Beständen. Der letzte Hurenlohn.

Mit der Zeit geriet sie in eine redselige Stimmung. Es tat gut, sich mit den beiden einzigen Menschen zu betrinken, die sie wirklich verstanden.

»Du findest bald einen neuen Mann«, sagte Aleksandr. »Einen, der es wert ist.«

»Ich hab ein Händchen für die Falschen«, gab Frieda zu bedenken. Ihre Stimme klang verwaschen, sie war definitiv blau. »Anscheinend fliege ich auf Verbrecher. Auf Männer, für die eine Frau nur zum Benutzen da ist.« Sie trank einen Schluck, dann fuhr sie mit schwerer Zunge fort: »Hab ich euch eigentlich schon erzählt, warum Arnold mich krankenhausreif geschlagen hat?«

»Nein«, sagten Borjan und Aleksandr gleichzeitig.

»Ich hab ihm eine Szene gemacht. Weil er Anne vergewaltigt hat.« Es war, als hätte sie mit diesen Worten den Deckel einer geheimen Kiste geöffnet, in der sie ihre grauenhaften Erinnerungen versteckte. Alles brach in einem Schwall aus ihr heraus. »Lotti hat's gesehen, das arme Kind. Sie kam zu mir und hat's mir erzählt, und wisst ihr, was ich zu ihr gesagt habe? Dass der liebe Gott Arnold dafür bestrafen werde. Statt direkt zur Polizei zu gehen und das Schwein wegen Notzucht anzuzeigen.« Sie lachte, es war ein blechernes Geräusch. »Adelheid hat mir klargemacht, dass mir keiner glauben wird. Sie wollte bezeugen, dass Anne sich Arnold an den Hals geworfen hat. Sie sagte, ich würde mich bloß als eifersüchtige Ehefrau lächerlich machen. Und Anne würde als mannstolle Nutte dastehen. Da hab ich das mit der Anzeige lieber gelassen.«

»Du hast ihn aber wegen Körperverletzung angezeigt«, konstatierte Borjan.

»Das konnte Adelheid schlecht verhindern, auch wenn sie's sicher gern gewollt hätte. Anne hatte die Polizei gerufen. Einer von denen kam zu mir ins Krankenhaus und hat alles aufgenommen. Hinterher hab ich die Anzeige widerrufen, weil Arnold mit diesem Foto von den ermordeten Leuten ankam und mir damit Angst gemacht hat. Die Geschichte kennt ihr ja schon. Wir sind dann weg, nach Köln, und Adelheid hat sich bestimmt vor Freude nicht eingekriegt, weil sie Arnold endlich wieder für sich allein hatte.«

An der Stelle brach Frieda ab, den Rest dachte sie sich nur.

Adelheid, von der sie auf wiederholten Abstechern von Köln nach Essen immer wieder einen Eimer Kohle oder eine Tüte Kartoffeln erbettelt hatte, damit ihr Kind und ihre Schwestern nicht erfroren und verhungerten. Nicht jede Hamsterfahrt hatte was gebracht, doch nie war sie mit leeren Händen nach Köln zurückgekehrt, auch wenn's einen oder zwei Tage länger gedauert hatte. Das letzte Mal, im April, hatte sie vor der Alten auf Knien gelegen, um sie zu erweichen.

»Bring den Jungen doch endlich her und lass ihn bei mir«, hatte Adelheid mit ihrer schnarrenden Stimme gesagt, vor dem offenen Fenster stehend und den Kartoffelsack in der Hand. »Aber du mit deiner übrigen Mischpoke bleibst gefälligst in Köln, da könnt ihr von mir aus verrecken.«

Und wie sehr es Frieda innerlich danach gedrängt hatte, das Angebot anzunehmen. Weil sie nicht mehr weiterwusste und jeden Tag ihr Kind ein Stückchen mehr sterben sah.

Aber dann war dieser eine Moment gekommen. Der Moment, in dem sie aufgesprungen war. Ein Schritt, ein Schubser, und es war passiert.

»Die Frau hatte es verdient, zu sterben«, sagte Aleksandr mitten in ihre Gedanken hinein.

Borjan pflichtete ihm bei. »Ich hätte sie an deiner Stelle auch aus dem Fenster geworfen. Niemand, der ein Herz hat, kann dich dafür verurteilen!«

Trotz ihrer Trunkenheit begriff Frieda augenblicklich, dass Borjan kein Gedankenleser war, sondern dass sie alles laut erzählt hatte. Entsetzt sah sie die Brüder an, aber die beiden erwiderten ihre Blicke voller Gleichmut.

»Wir haben es schon die ganze Zeit gewusst«, erklärte Aleksandr. Trocken fügte er hinzu: »Was glaubst du, wieso Borjan weggerannt ist, als Carl ihn verhören wollte? Er hat komplett die Nerven verloren!«

»Aber ich hab dichtgehalten!«, protestierte Borjan. »Und ich hätte *nie* was gesagt, egal wie lange die mich eingesperrt hätten!«

»Wer weiß es sonst noch?«, fragte Frieda.

»Nur Keitel. Wir drei waren in der Nacht hier unten und haben dich weggehen sehen. Aber er wird schweigen wie ein Grab.«

»Von uns erfährt niemand was«, ergänzte Aleksandr. »Dein Geheimnis ist bei uns sicher.«

Ja, das war es bestimmt, aber es fragte sich, ob es überhaupt bei ihr selbst sicher war. Der Schreck war ihr in die Glieder gefahren, sie fühlte sich schlagartig wieder nüchtern. Als sie wenig später nach oben ging, schaffte sie es die Treppe hoch, ohne sich am Geländer festhalten zu müssen, was angesichts des vielen Alkohols, den sie sich hinter die Binde gegossen hatte, schon ein kleines Wunder war. Dafür musste sie sich unter zahlreichen Flüchen mit dem vermaledeiten Türschloss abmühen, bis sie endlich reinkonnte. In der Wohnung lief sie als Erstes dem immer wachsamen Lindemann in die Arme. Er hatte ihr Rumoren gehört und sich im Schlafanzug im Flur postiert.

»Das ist nächtliche Ruhestörung!«, empfing er sie. Das sonst so sorgfältig über den Schädel drapierte Haar hing ihm in absurd langen Fransen auf die Schultern, und obendrüber die im Flurlicht glänzende Glatze. Frieda brach in haltloses Kichern aus, das jedoch im nächsten Moment in Schluchzen umschlug.

Das rief Anne auf den Plan, die Frieda bei der Hand fasste und mit sich ins Schlafzimmer zog. Anschließend wartete sie in der offenen Tür, bis Lindemann sich murrend wieder ins Wohnzimmer verkrümelt hatte. Dann machte sie die Tür zu und nahm ihre weinende Schwester in den Arm.

»Was ist denn los?«, fragte sie sanft.

Frieda heulte Rotz und Wasser, sie konnte nicht aufhören, sosehr sie es auch wollte. »Mit Magnus ist Schluss«, stieß sie hervor. Hoffentlich reichte das als Erklärung, auch wenn sie nicht deswegen flennte.

Aber bei Anne schien diese Begründung nicht zu verfangen. »Worum geht's wirklich?«, wollte sie wissen.

Vielleicht lag es an der Art von Friedas Weinen. Dieses tiefsitzende Schluchzen, das Zittern aller Gliedmaßen – wann war sie je so aufgelöst gewesen? So völlig am Ende? Schon häufiger, wenn sie es recht bedachte. Aber noch nie im Beisein von Anne.

Anscheinend war dies der Tag der Wahrheiten.

»Ich war's«, flüsterte Frieda, das Gesicht im Haar ihrer Schwester verborgen. »Ich hab Adelheid umgebracht.«

Statt sie wegzustoßen, hielt Anne sie nur noch fester. Strich ihr über den Rücken, immer wieder, fast hypnotisch.

»Hast du's nicht verstanden?«, fragte Frieda.

»Doch«, murmelte Anne. Sie hörte nicht auf, ihr über den Rücken zu streichen, und da erst merkte Frieda, dass ihre Schwester ebenfalls weinte. Annes Tränen tropften in Friedas Haar und bahnten sich ihren Weg zu ihrer Haut, traurige kleine Rinnsale, aus tiefem Leid geboren. Dieses Leid, das Frieda verursacht hatte. Immer war sie es, die für Anne alles ruinierte. Schon damals mit fünf. Es war an der Zeit, mal was richtig zu machen.

Entschlossen löste sie sich aus Annes Umarmung. »Ich gehe zur Polizei und stelle mich.«

»Den Teufel wirst du tun!« Annes Stimme klang beschwörend und gebieterisch zugleich. »Du wirst schön weiter den Mund halten. So wie wir alle.«

»Was?« Verwirrt sah Frieda ihre Schwester an.

»Ich denke, Carl weiß es bereits«, erklärte Anne. Sie wischte sich nachdrücklich die Tränen ab. »Und ich hab's schon lange geahnt. Eigentlich sogar von Anfang an. Als Carl bei uns in Köln war und uns von Adelheids Tod erzählte, war ich fast sicher, dass du dieses Veilchen und die blutige Nase von dort hattest. Als dann am Tag der Währungsreform rauskam, dass du dich tatsächlich mit einem Hamsterfahrer geprügelt hattest, war ich zuerst unfassbar erleichtert. Aber nur bis zum Abend desselben Tages. Da ging ich das erste Mal mit Carl aus. So geschminkt und frisiert wie du. Im Treppenhaus lief mir die alte Frau König über den Weg, die mich für das Christkind hielt. Mir wurde klar, dass sie mich mit dir verwechselt hat. Du warst an Weihnachten länger weg als sonst. Da warst du auch hier im Haus, oder? Bist der alten Frau König begegnet und hast ihr irgendeine Kleinigkeit geschenkt, habe ich recht?«

»Wie kannst du das alles wissen!?«, brach es aus Frieda heraus.

»Weil ich deine Schwester bin. Ich kenne dich schon dein ganzes Leben, weißt du.«

»Und ich kenne dich schon *mein* ganzes Leben«, konterte Frieda aufgewühlt. »Warum hast du kein Wort gesagt? Warum sagst du *nie* was? Warum können wir über die wirklich schlimmen Dinge nicht miteinander sprechen?«

»Wir sprechen jetzt darüber.«

»Ich rede nicht von Adelheid. Sondern über das, was Arnold dir damals angetan hat!«

Schockiert starrte Anne sie an. »Du weißt davon? Seit wann?«

»Schon immer. Lotti hat's gesehen. Sie hat's mir erzählt, und wir haben ausgemacht, so zu tun, als wüssten wir von nichts.«

»Oh mein Gott!« Anne schlug sich die Hände vor den Mund. »Ihr hättet zu mir kommen müssen!«

»Nein, das mussten wir *nicht*. Du wolltest selbst ja ebenfalls nicht drüber sprechen, also taten wir es auch nicht. Weil es so schon furchtbar genug für dich war. Du solltest dir nicht noch Sorgen darum machen, wie Lotti und mir deswegen zumute war. Du hattest unseretwegen bereits genug am Hals.«

»Ach, Frieda. Ihr wart doch mein Leben! Ihr *seid* mein Leben!«

Jetzt weinten sie wieder beide. Wortlos setzten sie sich nebeneinander aufs Bett und hielten sich fest bei den Händen. Es war ein anderes Weinen als gerade eben noch. Ein ungewohntes Gefühl von Befreiung ging damit einher, und vage überlegte Frieda, ob es vielleicht damit zusammenhing, dass sie endlich die Schranken des Schweigens überwunden hatten. Dieses Schweigen, aus dem sie Mauern zwischen sich gebaut hatten, über Jahre hinweg, auf einem Fundament aus gut gemeinter Rücksichtnahme, die doch nur zu wachsender Distanz und Entfremdung geführt hatte.

Ihre gemeinsamen Tränen schienen diese Mauern zum Bröckeln und das Fundament zum Wanken zu bringen. Fast so, als flössen sie aus einer Quelle ungeahnter Kraft, die ihnen bisher verborgen geblieben war. Es war die Kraft, die aus dem unbedingten Zusammenhalt zweier Menschen erwächst, von denen jeder ohne zu zögern sein Leben für das des anderen geben würde.

Die Schuld, die seit jenem verhängnisvollen Tag im April auf Frieda lastete, wog deswegen nicht weniger. Aber sie wusste, dass sie jetzt leichter zu tragen war.

*

Am nächsten Tag musste Anne nicht nach einem Vorwand suchen, um Carl wegen Friedas Geständnis auf den Zahn zu fühlen – sie hatten sich zum Bötchenfahren verabredet, diesmal ohne Kinder, nur sie beide. Er holte sie wie vereinbart nach dem Frühstück ab, damit sie so viel wie möglich von diesem Sonntag hatten. Sie nahmen den Bus nach Werden, und der Schaffner fragte Carl, ob seine Zaubereien Fortschritte machten. Auf diesem Umweg erfuhr Anne, dass er ein Hobby hatte, von dem er ihr noch nichts erzählt hatte; bisher hatte sie nur gewusst, dass er im Ruderverein gewesen war und gerne las oder ins Kino ging.

»Das ist doch kein richtiges Hobby«, sagte er verlegen, aber Anne bestand darauf, dass er ihr ein paar Münztricks vorführte. Was auch diesmal wieder diverse Fahrgäste anlockte, die ihm genau auf die Finger sahen und Spaß an seiner Vorstellung hatten.

»Ein dicken Applaus für den Zauberer von Rüttenscheid«, rief der Schaffner, als Carl und Anne an der nächsten Haltestelle ausstiegen, gefolgt vom vereinzelten Klatschen einiger Zuschauer. »Hier bei uns auffe Linie kriegen Sie wat geboten!«

»Wann hast du das denn gelernt?«, erkundigte sich Anne auf dem Weg zum Bootsverleih.

»Auf dem Pütt. Einer von den Kumpels war ein Hobbyzauberer, der hat uns manchmal nach Schichtende was vorgeführt. Das fand ich witzig und hab mir ein paar Sachen von ihm zeigen lassen. Im Krieg hatte ich in meiner Freizeit wenig zu tun, da hab ich viel geübt.«

»Davon hast du mir gar nichts erzählt.«

»Ich fand's nicht besonders wichtig.« Er sah sie von der Seite an. »Du erzählst mir auch nicht alles.«

Sie nahm seine Bemerkung nur stumm zur Kenntnis und überlegte hin und her, wie sie es angehen sollte. Es musste auf eine Art geschehen, die ihr jederzeit einen Rückzieher ermöglichte. Für den Fall, dass er nichts ahnte, durfte nicht der Hauch eines Verdachts auf Frieda fallen. Falls er es jedoch bereits wusste, wollte sie klare Verhältnisse. Wenn zwei Menschen über dieselbe Sache Bescheid wussten und es voreinander verbargen, konnte das zu nichts Gutem führen. Das hatte sie aus ihrem gestrigen Gespräch mit Frieda gelernt. Diesen Fehler wollte sie nie wieder begehen.

Sie holte Luft. »Carl, ich muss mit dir über eine Sache reden …« Sie brach ab. Es war schwieriger als gedacht. »Es geht um Adelheids Tod.«

Er war stehen geblieben und sah sie an. »Du musst nichts sagen. Ich weiß es.«

»Was denn genau?«, fragte sie vorsichtig.

»Dass deine Schwester im April in Essen war und ihre Schwiegermutter umgebracht hat.«

Ihre Ahnung hatte sie nicht getrogen. Dennoch verschlug es Anne die Sprache, die Wahrheit in dieser ungeschönten Brutalität aus seinem Mund zu hören. Sie brauchte einige Augenblicke, um sich wieder zu fangen. »Wie bist du darauf gekommen?«, fragte sie mit leicht zittriger Stimme.

»Im Zimmer lag eine Fahrkarte, da waren Friedas Fingerabdrücke drauf. Sie war ja mal bei einer Schwarzmarktrazzia verhaftet und erkennungsdienstlich behandelt worden, die Abdrücke waren in der Kartei. Den Vergleich habe ich heimlich und auf eigene Faust durchgeführt. Ich wollte es einfach wissen.«

»Hast du … Wirst du …?« Während Anne noch nach einer passenden Formulierung suchte, unterbrach Carl sie.

»Außer mir weiß es niemand«, informierte er sie. »Jedenfalls nicht bei der Polizei. Ich habe alle Beweise verschwinden lassen. Deine Schwester ist aus dem Schneider, Anne.«

Anne holte Luft, sie musste ein paarmal durchatmen. »Borjan und Aleksandr wissen es ebenfalls«, sagte sie leise. »Keitel auch. Aber Frieda meinte, die würden nie was sagen.«

»Schau an!« Carl nickte, als hätte er auch das schon vermutet. »Das erklärt im Nachhinein so manches. Eine verschworene Gemeinschaft, verschwiegen bis ins Grab.« Er runzelte die Stirn, als käme ihm soeben etwas in den Sinn, über das er genauer nachdenken sollte.

Anne griff nach seiner Hand. »Dass du das für uns getan hast, Carl …« Sie brach ab, von Gefühlen überwältigt.

»Ich hab's vor allem für mich getan«, sagte er. »Seit du da bist, habe ich wieder ein Leben. Und das lasse ich mir von niemandem mehr wegnehmen. Lieber höre ich bei der Polizei auf und arbeite wieder unter Tage, als dass ich zusehe, wie deine Familie kaputtgeht und du mit ihr. Ich möchte mit dir zusammenbleiben, Anne. In guten und in schlechten und in allen nur erdenklichen Zeiten. Und wenn ich es hingekriegt hätte, einen halbwegs ordentlichen Verlobungsring zu besorgen, würde ich jetzt hier auf ein Knie runtergehen und dir einen Antrag machen.«

Ihr Herz schien ein paar Takte auszusetzen, um dann mit unvermittelter Wucht wieder in Gang zu kommen.

»Ja«, brachte sie mit schwankender Stimme hervor. »Ich meine: *Ja!* Und ich brauche keinen Ring.«

Strahlend schloss er sie in die Arme. »Du kriegst noch einen, verlass dich drauf!«

# Kapitel 25

Heute musste Sonntag sein, das hatte er am Läuten der Glocken gemerkt. Viele Kirchen gab es nicht mehr in der Gegend, fast alle waren im Krieg verbrannt oder zusammengebombt worden, und bei manchen hatte man die Glocken für die Waffenproduktion eingeschmolzen. Aber ein paar Kirchtürme standen noch und läuteten sonntags zur Messe. Das war aber schon wieder viele Stunden her, inzwischen war es stockfinster. Eine Zeit lang hatte er geschlafen, oder genauer gesagt: Er war besinnungslos gewesen. Wahrscheinlich wegen des Blutverlusts. Sein ganzes Zeug war nass von Blut. Bei dem Versuch, sich von den Fesseln zu befreien, hatte er sich weitere Verletzungen zugezogen. All das Blut, das aus seinen Wunden rann, schien symbolhaft für sein versiegendes Leben zu stehen. Es war wie bei einer Sanduhr, die fast durchgelaufen war, bis auf einzelne Körnchen, die sich noch hartnäckig oben hielten, aber bei der leisesten Erschütterung ebenfalls wegsacken würden.

Er hatte alles verloren. Seine Träume, sein letztes bisschen Hoffnung. Nach und nach hatte sich der Rest von dem, was einmal sein Leben gewesen war, verflüchtigt. Verschwunden wie das Fahrrad, das auf einmal weg gewesen war. Verschwunden wie schon vor Wochen die Pistole und das Messer, obwohl er beides so gut versteckt hatte. Verschwunden auch die Zugfahrkarten nach Paris, die er für sich und Anne und Emil gekauft hatte. Nichts war mehr da, und bald wäre auch er weg.

Er wusste nicht mal genau, wo er überhaupt war. Irgendwo im Wald, fernab jeder menschlichen Behausung, weit und breit gab es nichts außer Bäumen. Aber selbst wenn jemand in der Nähe gewesen wäre – er konnte nicht um Hilfe rufen, weil er geknebelt war. Und er musste vorsichtig atmen, weil er sonst erstickte. Seine Nase war sowieso schon zugeschwollen, weil er wegen der Schmerzen so viel geweint hatte.

Seine Hände und Füße waren zusammengebunden, er war verschnürt wie eine Weihnachtsgans, bevor sie in den Ofen geschoben wurde. In einer letzten Aufwallung von Verzweiflung zerrte und ruckte er ein weiteres Mal daran. Und dann noch einmal. Und wieder.

Plötzlich gaben sie nach. Einer der Stricke war gerissen. Er konnte sich befreien. Es dauerte eine Weile, bis das Blut in seinen Händen wieder richtig zirkulierte und er den Knebel entfernen konnte. Und danach dauerte es noch einmal endlos lange, bis er in der Lage war, sich hochzustemmen und in Bewegung zu setzen. Sehen konnte er so gut wie nichts. Er tastete sich mit ausgestreckten Händen vorwärts, von einem Baum zum nächsten, nur um jedes Mal aufzuschreien, wenn seine verletzten Finger gegen einen Stamm stießen.

Er konnte an nichts mehr denken. Nur noch daran, nach Hause zu gehen. Wenn er erst wieder zu Hause war, würde alles gut werden.

*

Carl zog sich in rasendem Tempo an und fluchte, weil er sich beim Zuknöpfen des Hemdes vertat. Er ließ es kurzerhand zur Hälfte offen, bevor er das Pistolenholster anlegte und das Jackett drüberzog. Behrends, der ihn aus dem Bett geworfen hatte, wartete im Treppenhaus auf ihn.

»Und es gibt wirklich keinen Zweifel, dass es Arnold Hoffmann ist?«, fragte Carl, obwohl Behrends noch gar nicht am Unfallort gewesen war und es nur aus zweiter Hand wusste.

Ohne eine Antwort abzuwarten, lief Carl im Eiltempo die Treppe runter. Unten stand Frau Schulte im Nachthemd vor ihrer offenen Wohnungstür und verlangte eine Erklärung für den nächtlichen Radau.

»Keine Zeit, bin im Dienst!«, rief er ihr zu, während er aus dem Haus hastete, gefolgt von Behrends, der zu Carls Verdruss nichts Genaueres wusste. Er hatte an diesem Wochenende Bereitschaftsdienst und war im Präsidium gewesen, als die Meldung reingekommen war. Danach hatte er sich sofort auf den Weg zu Carl gemacht, um ihn dazuzuholen.

Nach bisherigen Erkenntnissen war Arnold Hoffmann von einer Straßenbahn überfahren worden und gleich darauf an seinen schweren Verletzungen gestorben.

Der Vorfall hatte sich offenbar schon in Windeseile herumgesprochen. Als Carl und Behrends gemeinsam den Ort des Geschehens erreichten, wimmelte es bereits von Schaulustigen. Carl und Behrends hatten Mühe, sich einen Weg durch die Menge zu bahnen. Zwei Streifenpolizisten hatten die Unfallstelle gesichert und hielten die Leute auf Abstand. Nur einer hatte sich nicht fernhalten lassen – Gustav Keitel hockte neben der reglos daliegenden Gestalt zwischen den Straßenbahnschienen und hatte den Kopf des Toten auf seinen Schoß gebettet. Jemand hatte ein Laken über den Leichnam gelegt, er war bis zum Hals zugedeckt. Aber es gab keinen Zweifel – es war Arnold Hoffmann.

»Das ist der Cellist von den Essener Philharmonikern«, hörte Carl einen der Umstehenden mit entsetzter Stimme zu jemand anderem sagen. »Er kommt gerade von einer Aufführung. Wir waren da auch drin, sind mit derselben Straßenbahn gefahren. Der Tote muss jemand sein, den er kennt. Mein Gott, der Ärmste, er hat's mit ansehen müssen! Beide Beine ab!«

Carl trat zu Keitel und legte ihm die Hand auf die Schulter. Keitel blickte aus trüben Augen zu ihm hoch. Er weinte lautlos.

»Er war Ihr Sohn, oder?«, fragte Carl aus einem Bauchgefühl heraus.

Keitel nickte stumm.

»Kommen Sie mit mir«, sagte Carl. »Sie können hier nichts mehr tun.«

Keitel ließ sich widerspruchslos hochziehen und zur Seite führen. »Ich will eine Aussage machen«, sagte er dann mit bemerkenswert fester Stimme.

»Natürlich. Wollen wir bei Ihnen zu Hause reden oder auf dem Präsidium?«

»Lieber auf dem Präsidium. Ich will kein Aufsehen.«

Er holte seinen Instrumentenkoffer, der neben den Gleisen stand, dann begleitete er Carl in die Büscherstraße. Behrends notierte derweil die Personalien der Zeugen und sorgte dafür, dass die Leiche vom Bestatter abgeholt wurde.

Carl bemühte sich, gegenüber Keitel so einfühlsam wie möglich aufzutreten und sich seine euphorische Erleichterung nicht anmerken zu lassen. Wochen und Monate der Angst waren in einem einzigen Augenblick von ihm abgefallen, es war wie die Befreiung aus einem permanenten Würgegriff.

Er spannte ein Vernehmungsformular in die Schreibmaschine und begann routinemäßig mit dem Eintrag der Personalien.

»Name: Gustav Keitel«, murmelte er während des Tippens vor sich hin.

»Nein«, unterbrach Keitel ihn. »Ich heiße nicht Keitel, sondern Rosenblatt.«

*

Seine Aussage brachte einige beklemmende, tragische Einzelheiten ans Licht. Adelheid war seine Frau gewesen, sie hatte sich 1933 von ihm scheiden lassen. Sie und ihr Sohn hatten nicht dem jüdischen Glauben angehört; beide waren Protestanten. Die Familie stammte aus München. Mutter und Sohn hatten sich 1934 unter dem falschen Nachnamen Hoffmann in Essen niedergelassen. Den Erwerb des Hauses mitsamt der darin befindlichen Gaststätte hatte Adelheid mit Geldmitteln finanziert, die ihr geschiedener Mann ihr aus seinem väterlichen Erbe überlassen hatte. Rosenblatt selbst war nach der Scheidung zunächst in München geblieben und erst nach den November-Pogromen im Jahr 1938 ebenfalls nach Essen übergesiedelt.

»Ich wusste nicht mehr, wohin«, sagte er leise. »Ins Ausland wollte ich nicht. Mein Geld hatte ich Adelheid gegeben, vom Rest habe ich mir falsche Papiere besorgt. Ich konnte bei den Essener Philharmonikern spielen, das war eine gewaltige Chance für mich!«

In der Folge hatten seine Chancen gegen die seines Sohnes gestanden. Es war zu Reibereien mit Adelheid gekommen. Ein Jude im Haus, wenn das herausgekommen wäre! Wo es doch gerade so fabelhaft für Arnold lief!

»Der Junge wollte schon immer zur Polizei«, berichtete Rosenblatt mit monotoner, aber gefasster Stimme. »Vor allem aber wollte er ein treuer Gefolgsmann des Führers werden, ein Offizier der SS. Das war sein größter Traum, und Adelheid tat alles, um ihm das zu ermöglichen.«

Carl musste nicht fragen, was das bedeutete. Ein Aufstieg bei der SS war seinerzeit nur mit großem Ariernachweis möglich gewesen, mit reinblütiger Ahnentafel bis ins Jahr 1750. Ein Nachname wie Rosenblatt durfte da nirgends auftauchen. Adelheid musste Unsummen für die Fälschungen berappt haben; Carl hatte die Papiere gesehen, man hatte sie nicht von echten Dokumenten unterscheiden können.

Rosenblatts Papiere stammten vom selben Fälscher – einem begnadeten Typografen, wie er zu berichten wusste.

»Er war Jude und verhalf manchen von uns auf diese Weise zu einem neuen Leben«, sagte Rosenblatt. »Selber hatte er weniger Glück. Während des Krieges landete er im KZ Sachsenhausen. Um drei Ecken habe ich später gehört, dass die SS da in einer eigens eingerichteten Druckerwerkstatt im großen Stil englisches Geld fälschen ließ. Jeder, der es sah, hielt es für echt.«

Carl dachte daran, was Engelbert ihm darüber erzählt hatte. Kein Wunder, dass die gefälschten Papiere alle Welt hatten täuschen können. Wäre Adelheid Hoffmann nicht auf den Gedanken gekommen, ihre Herkunft ungeachtet ihres Dialekts nach Norddeutschland zu verlegen, wäre auch ihm nichts aufgefallen.

Er fragte Rosenblatt nach dem Grund für diese Entscheidung. »Wieso hat sie für sich und ihren Sohn ausgerechnet einen Geburtsort bei Bremerhaven ausgesucht?«

»Sie hat es mir nie gesagt. Aber ich vermute, sie wollte einfach eine größtmögliche Distanz zu München. Bestimmt glaubte sie, je weiter weg, desto besser.«

Rosenblatt schilderte, wie sehr es Adelheid gegen den Strich gegangen war, ihn im Haus wohnen zu lassen. Zwischen ihnen beiden hatte nur noch Abneigung geherrscht, doch sie hatte sich zusammenreißen müssen, um Arnolds willen.

»Sie hatte keine andere Wahl«, sagte Rosenblatt. »Wenn sie irgendwem gesteckt hätte, dass ich Jude bin, wäre womöglich herausgekommen, dass Arnold mein Sohn ist. Ein SS-Mann in seiner Position mit jüdischem Vater – man hätte ihn an die Wand gestellt und erschossen. Dieses Risiko konnte sie nicht eingehen.«

»Also haben Sie Ihre geschiedene Frau damit erpresst, Arnold mit ins Verderben zu reißen, falls sie Sie denunziert?«, fragte Carl.

»Nein. Das war gar nicht nötig. Sie hat mir einfach stillschweigend unterstellt, ich könne tatsächlich so tief sinken, den Jungen ans Messer zu liefern. Und deshalb hat sie den Mund gehalten.«

Sie hatten einander belauert und gehasst, Rosenblatt und seine geschiedene Frau, und dennoch war er in dem Haus geblieben, auch noch nach dem Ende der Nazidiktatur. Verstrickt in quälende Gefühle von Schuld und Verantwortung, hatte er dort ausgeharrt, weil er wusste, dass sein Sohn noch in der Gegend war. Ab und zu hatte er Arnold was zu essen oder ein bisschen Geld zugesteckt, länger hatten ihre flüchtigen Begegnungen seit Kriegsende nie gedauert.

»Ich habe mich oft gefragt, was mein Anteil daran war, dass er so geworden ist«, sagte Rosenblatt leise. »Ob ich es hätte verhindern können.«

»Manche Menschen werden einfach so«, versetzte Carl lapidar.

»Vielleicht hätte ich ihn mehr lieben müssen.« Rosenblatt hielt inne und fügte dann abrupt hinzu: »Er war nicht mein leibliches Kind, Herr Inspektor.«

Carl nahm es perplex zur Kenntnis. »Stammte er aus einer früheren Verbindung Ihrer Frau?«

»Nein, nur aus einer anderen.« Der nachfolgende, nun wieder in nüchternem Ton vorgebrachte Teil von Rosenblatts Aussage klang noch erschütternder als der davor. Er war im ersten Weltkrieg Frontsoldat gewesen, Arnold wurde sieben Monate nach seinem letzten Heimaturlaub geboren. Er hatte sich nichts dabei gedacht, es gab ja häufig Fälle verfrühter Geburten. Vor Kriegsende war er in Gefangenschaft geraten, und als er endlich heimkehren konnte, war Arnold schon drei Jahre alt gewesen. Ein schwieriges Kind, das zu ihm, dem fremden Mann, kein Zutrauen fassen wollte. Und Adelheid hatte wenig getan, das zu ändern.

Rosenblatt hielt inne und wartete, bis Carl mit dem Tippen nachgekommen war. »Ich gab mir Mühe, aber er war so … Er tat schon als kleiner Junge Dinge, die mir Angst einflößten.« Erneut musste er sich sammeln. »Ich hatte ihm einen Hamster und einen Wellensittich geschenkt, als Kind hatte ich auch solche Gefährten und liebte sie sehr. Bei ihm hat es wohl andere Gefühle ausgelöst. Er hat sie mit Stricknadeln umgebracht und unter seinem Bett versteckt. Ich schrie ihn furchtbar an, aber er reagierte trotzig und erklärte, es sei doch nicht böse gemeint gewesen.«

Carl erschauderte, doch er hatte vergleichbare Kindheitsepisoden im Zusammenhang mit gemeingefährlichen Gewaltverbrechen schon zu oft gehört, als dass es ihn groß hätte wundern können.

»Ich wollte deswegen mit ihm zum Arzt, aber Adelheid hat es mir ausgeredet, sie meinte, das sei nur eine kindliche Verblendung, ihr Bruder hätte das auch gehabt, das hätte sich bald verwachsen. Und es hörte auch wirklich auf. Wobei ich heute glaube, dass er einfach nur schnell gelernt hat, im Verborgenen weiterzumachen.«

»Wann hat sie Ihnen verraten, dass Sie nicht sein leiblicher Vater waren?«

»Erst hier in Essen. Ich schäme mich heute noch dafür, was ich dabei empfunden habe, Herr Inspektor. Es war Erleichterung. Grenzenlose, pure Erleichterung. Nicht meine Schuld, dass er so ist!, dachte ich nur. Nicht meine!« Rosenblatt brach ab und schüttelte verzweifelt den Kopf. »Aber wessen dann? Er hatte ja nie einen anderen Vater als mich.«

»Hat sie ihm auch die Wahrheit gesagt?«

»Nein, nie. Er hätte es ihr nicht verziehen, das wusste sie genau. Der Vater im Schützengraben an der Front, und die Mutter schiebt ihm ein fremdes Kind unter! Solche Dinge waren für ihn der Gipfel der Verworfenheit, einer deutschen Frau und Mutter nicht würdig. Auf seine Weise hat er an mir gehangen, auch nach der Scheidung. Als fanatischer Nazi hätte er auf mich herabsehen müssen, weil ich Jude bin. Aber dem war nicht so. Manchmal kam er zu mir hoch in die Mansardenkammer und hat mir beim Spielen zugehört. Da saß er mit geschlossenen Augen auf dem Bett und war ganz still. Das waren die einzigen Augenblicke, in denen ich das Gefühl hatte, meinen Sohn bei mir zu haben.« Rosenblatt brach ab und blickte ins Leere.

Carl schluckte. Was für eine erbarmungswürdige Geschichte!

»Soll ich das alles noch so aufnehmen?«

»Ich bitte darum«, antwortete Rosenblatt. »Vielleicht hilft es irgendwem zu verstehen, wie sehr es das Dunkle zueinander hinzieht. Wie das Schlechte in den Menschen sie aus ihren Ecken und Winkeln und Nischen lockt und dazu bringt, sich zusammenzuschließen, zur Gesamtheit eines so unvorstellbar gewaltigen Bösen, wie es die Welt nie zuvor gesehen hat. Dass es immer im Kleinen anfängt. Bei einem erwachenden Dämon, der einen anderen findet, und die gemeinsam dann wieder andere, bis sie alle Macht in Händen halten und nach Belieben jeden vom Angesicht der Erde tilgen, der sich ihnen entgegenstellt.«

Er machte Pausen zwischen seinen Sätzen. Carl hatte ausreichend Zeit, auch den Rest zu Papier zu bringen. Am Schluss gab es nur noch einen Punkt, zu dem er noch Fragen hatte.

»Sagen Sie, Herr Keitel … Herr Rosenblatt, hat Ihr Sohn irgendwann mal die Namen Kittler oder Schnabel erwähnt? Oder sprach er davon, dass er mit seinen Kollegen von der SS im Streit lag?«

»Nicht, dass ich wüsste.«

»Hat er je über das Massaker gesprochen?«

»Kein einziges Wort. Und ich habe ihn nie danach gefragt.«

Behrends kam ins Büro. Er wirkte übernächtigt und erschöpft. Carl überlegte, ob er mit Rosenblatt für die restliche Unterredung noch ins Vernehmungszimmer umziehen sollte, aber im Grunde waren sie fertig.

»Alles geklärt?«, fragte Behrends. Er stellte sich hinter Carl und blickte ihm über die Schulter, um die Aussage zu lesen.

Carl musste dem Impuls widerstehen, ihn wegzuschubsen.

»Rosenblatt, soso«, sagte Behrends.

Carl wartete auf eine zynische Bemerkung, aber es kam keine.

»Schade, ich hätte gedacht, dass Sie was zum Mord an Adelheid Hoffmann wüssten«, sagte Behrends stattdessen, nachdem er alles überflogen hatte. Süffisant fügte er hinzu: »Beziehungsweise an Frau Rosenblatt, denn sie war ja einst wohl Ihre werte, wenn auch untreue Gattin.«

»Stimmt, den Hergang ihres Todes hatte ich noch nicht erwähnt«, erwiderte Rosenblatt gelassen. »Weil ich dachte, dass es sowieso klar wäre. Arnold hat's getan. Er hat Adelheid aus dem Fenster gestoßen. Es geschah im Affekt.«

»Waren Sie etwa dabei?«, wollte Behrends wissen.

»Nein, aber er hat es mir mit seinen letzten Worten gestanden.«

»Hat er sonst noch was gestanden?«

»Nein, nur das.«

Behrends runzelte die Stirn, dann ließ er sich an seinem Schreibtisch nieder und sortierte den Zettelkram, den er vom Einsatz mitgebracht hatte.

»Sie müssen das Protokoll noch um den letzten Teil meiner Aussage ergänzen, Inspektor Bruns«, sagte Rosenblatt. »Aufschreiben, dass Arnold es getan hat.«

Carl sah ihn lange an. Sie wussten beide, welchem Zweck diese Lüge diente. Eine Familie, die ihnen am Herzen lag, sollte damit vor dem Auseinanderbrechen bewahrt werden. Aber zugleich spürte Carl auch, dass Rosenblatt dafür noch etwas von ihm wollte. Etwas, das nicht für die Ohren Dritter bestimmt war.

Rasch tippte er das Protokoll fertig und ließ es von Rosenblatt unterschreiben. Mit dessen richtigem Namen.

»Ich begleite Sie in die Klarastraße«, sagte er anschließend. »Da will ich sowieso noch hin.«

Er brannte darauf, Anne und Frieda die Nachricht von Arnolds Tod zu überbringen. Auch wenn er sie dafür aus dem Schlaf reißen musste – sie sollten es unbedingt erfahren.

»Haben Sie den Leichnam meines Sohnes gesehen, Herr Inspektor?«, fragte Rosenblatt draußen.

»Sicher«, antwortete Carl irritiert. »Ich war ja dort.«

»Nein, ich meinte, ob Sie ihn ohne diese Decke gesehen haben.«

Carl schüttelte den Kopf. Ein Gefühl von Mitleid erfasste ihn. »Er war es, glauben Sie mir. Daran besteht kein Zweifel.«

»Gewiss. Aber dann haben Sie nicht gesehen, was ich gesehen habe, Herr Inspektor. Arnold wurde vor seinem Tod gefoltert. Ihm wurden Fingerglieder abgeschnitten und tiefe Schnittwunden zugefügt. Um seine Handgelenke hatte er Fesselmale. Er hat sich nicht etwa absichtlich vor die Straßenbahn geworfen. Ich habe im vorderen Waggon gesessen und gesehen, dass er völlig entkräftet war und kaum noch gehen konnte. Er torkelte mit letzter Kraft vorwärts, die Bahn hat er gar nicht kommen sehen. Zunächst dachte ich, es sei ein Betrunkener. Erst in allerletzter Sekunde erkannte ich ihn, im selben Moment, als die Bahn bremste. Aber da war es schon zu spät. Ich bin gleich zu ihm raus, aber er war schon fast verblutet und konnte nichts mehr sagen. Derjenige, der meinem Sohn das angetan hat, läuft frei herum, Herr Inspektor. Egal, wie viel Schuld mein Junge auf sich geladen hat – ich möchte, dass Sie das aufklären.«

Carl hatte mit wachsendem Entsetzen zugehört. Seine Gedanken rasten. Was um alles in der Welt hatte er übersehen? Es hatte mit dem Motiv bei den Morden an Kittler und Schnabel zu tun, das war der schwache Punkt! Das brüchige Glied in der Beweiskette. Womöglich war er vorschnell auf Wielspütz'

Rache-These eingeschwenkt, weil sie so verlockend logisch und plausibel geklungen hatte. So bestechend einfach.

Oft war die einfachste Erklärung die richtige, es gab sogar wissenschaftliche Belege dafür. Aber wer sich als Kriminalist darauf versteifte, hatte schlechte Karten. Man musste auch die abseitigen Lösungen ins Auge fassen. Sofern man es schaffte, erst mal drauf zu kommen.

In der Klarastraße schob niemand mehr Wache, für die Nacht war kein Beamter mehr hingeschickt worden – nach Hoffmanns Tod bestand kein Bedarf mehr daran. Im Inneren des Hauses war es dunkel, aber in Annes Wohnung brannte noch Licht, dort war trotz der späten Stunde noch jemand auf.

Rosenblatt schloss die Haustür auf, zusammen gingen sie nach oben. Im ersten Stock verabschiedete Carl sich von ihm.

»Ich gehe der Sache nach«, versprach er. »Sobald ich mehr weiß, melde ich mich wieder bei Ihnen.«

Rosenblatt nickte nur müde und stieg die Treppe zu seinem Mansardenzimmer hoch, ein einsamer alter Mann mit seinem Cello.

Immer noch grübelnd, drückte Carl den Klingelknopf. Wenn nicht Rache das Motiv war, was dann?

Die Erleuchtung kam ihm, als Werner ihm mit vorgehaltener Pistole die Tür öffnete.

»Lass es sein, Carl«, sagte er nur, als Carls Hand reflexhaft in Richtung Holster zuckte. Er dirigierte Carl durch den Flur ins Wohnzimmer, wo Schneider stand, ebenfalls bewaffnet. Mit seiner Pistole hielt er die übrigen Anwesenden in Schach, während er mit der freien Hand eine Schublade des Eichenbüfetts durchwühlte.

Die Lindemanns saßen auf ihrem Bett, das sie unter dem Fenster aufgestellt hatten, an der einzigen freien Wand im Raum. Bei näherem Hinsehen erkannte Carl, dass Herr Lindemann tot war. In der Mitte seiner Stirn befand sich ein dunkles

Loch. Er wurde nur noch vom Kopfende des Bettes aufrecht gehalten.

An der anderen Wand, auf der Chaiselongue, saßen Lotti und der Kleine. In stummem Schrecken hielten sie einander bei den Händen. Rechts und links neben der Chaiselongue standen Anne und Frieda, die Gesichter schneeweiß vor Angst und Entsetzen. Alle waren sie schon im Nachthemd beziehungsweise Schlafanzug, sie mussten bereits im Bett gewesen sein, als Werner sie unter irgendeinem Vorwand aufgescheucht hatte.

*Hier ist die Polizei, dein Freund und Helfer.*

Das war Carls letzter Gedanke, bevor ein harter Schlag gegen seinen Hinterkopf alle Wahrnehmungen auslöschte.

*

Lotti schrie auf, als Carl zu Boden stürzte und reglos liegen blieb. Schneider richtete sofort seine Pistole auf sie. »Klappe, oder du bist die Nächste!« Er blickte drohend in die Runde. »Wer hier auch nur den geringsten Laut von sich gibt, ist tot!«

Lotti presste sich die Hand vor den Mund, um ihr Schluchzen zu dämpfen. Emil drückte sich Schutz suchend an ihre Seite, sie schlang beide Arme um ihn.

Anne sah verzweifelt zu Werner, wie konnte er dabei mitmachen?

Als er ihren Blicken auswich, wusste sie, dass er ihnen nicht helfen würde. Keiner von ihnen sollte hier lebend rauskommen.

Werner und Schneider waren nur wenige Minuten vor Carl eingetroffen. Die Zeit hatte gerade gereicht, sie alle aus dem Bett zu holen und unter Waffengewalt ins Wohnzimmer zu zwingen. Wo sie sich einen Schwall kruder, von krankhaftem Mitteilungsdrang getriebener Erklärungen von Schneider hatten anhören müssen. Dass sie nun keine Angst mehr vor Arnold Hoffmann haben müssten; den habe er sich persönlich vorgeknöpft. Jetzt müsse man bloß noch den beschissenen Bericht finden. Dass ihnen allen nichts passieren würde, wenn sie schön still blieben.

Herr Lindemann hatte aufbegehrt. Wie sich herausstellte, kannte er Schneider von früher, sie hatten zusammen in irgendeinem Parteiausschuss der NSDAP gesessen, und da sei es doch nicht zu viel verlangt, ihn aus dieser Sache herauszulassen.

»Na gut«, hatte Schneider nur gesagt, und dann hatte er einen Schalldämpfer auf seine Pistole geschraubt und Herrn Lindemann vor ihren Augen erschossen. Danach hatte er betont, dass das mit jedem passieren würde, der das Maul zu weit aufriss.

»Verflucht, wo soll denn dieses Geheimfach sein?«, ereiferte er sich, während er Adelheids Servietten und Tischdecken aus dem Büfett zerrte.

»Lass mich mal«, sagte Werner. Er legte die Pistole zur Seite und machte sich an dem Möbelstück zu schaffen.

Anne wechselte einen Blick mit Frieda, die unmerklich den Kopf schüttelte. Noch nicht, sagten ihre Augen. Schneider zielte schon wieder mit der Waffe auf sie. Er hatte seine Aufmerksamkeit auf sie gerichtet, nicht auf Werner.

Der drückte und klopfte konzentriert an allen möglichen Stellen des Büfetts herum und nickte schließlich. »Die Schublade hier hat einen doppelten Boden. Sitzt nur reichlich fest.«

»Da, nimm das.« Schneider zog ein Fahrtenmesser hervor und reichte es Werner. Dabei lachte er. »Ist das Messer von Arnold. So was nennt man ausgleichende Gerechtigkeit.« Werner riss unter Einsatz des Messers die Abdeckung gewaltsam heraus und brachte ein Blatt Papier zum Vorschein. »Ja«, sagte er. Es klang erleichtert. »Das ist mein Bericht.«

»Zeig mal her.« Schneider streckte die Hand aus, und Werner übergab ihm das Blatt.

Anne sah beschwörend zu Frieda hinüber, aber Werner hatte seine Pistole schon wieder in der Hand und hielt sie damit in Schach, während Schneider den Bericht überflog und dabei grinste.

Als wäre ihm wichtig, auch andere an seinem Amüsement teilhaben zu lassen, las er den Inhalt des Schriftstücks laut vor.

*Vollzugsbericht Sonderbehandlung, Polizeipräsidium Essen, März 1945*

*Auf Geheiß von Kriminalkommissar Schneider beförderten die Beamten Kittler und Schnabel die Häftlinge nacheinander mit dem Laster zur Hinrichtungsstätte. Ich sperrte in der Zwischenzeit das Gelände ab. Kriminalkommissar Schneider war bereits vor Ort und führte die Aufsicht. Obersturmführer Hoffmann, der sich vorher freiwillig zur Sonderbehandlung der Häftlinge gemeldet hatte, war bis dahin nicht eingetroffen. Da die Sonderbehandlung zügig durchgeführt werden sollte und nicht verschoben werden konnte, teilten wir uns die Aufgabe. Die Häftlinge wurden einzeln an den Rand des Bombenkraters geführt. Zuerst erschoss Kriminalkommissar Schneider fünf von ihnen, dann erschoss ich die nächsten fünf. Sodann waren Kriminalassistent Kittler und danach Kriminalmeister Schnabel an der Reihe. Jeder der beiden erschoss jeweils fünf. Dann kam Obersturmführer Hoffmann hinzu und erschoss alle übrigen, zuletzt die Frau. Danach schaufelten wir Erde über die Toten und räumten die Absperrung weg. Besondere Vorkommnisse waren nicht zu beobachten.*

*Die angeordnete Sonderbehandlung wurde, so weit möglich, weisungsgemäß ausgeführt. Ein Teil der Häftlinge konnte nicht mehr sonderbehandelt werden, da ihnen zwischenzeitlich die Flucht aus dem Polizeigefängnis gelungen war.*

Starr vor Grauen hatte Anne zugehört. Erneut sah sie Werner an. Diesmal hielt er ihrem Blick stand, in seinem Gesicht spiegelten sich blanke Verzweiflung und unsägliches Leid.

Schneider war noch in den Bericht vertieft. War das endlich der richtige Moment? Nur Frieda konnte das entscheiden. Anne widerstand eisern dem Drang, zu ihr hinüberzusehen. Die Handtasche stand auf der Chaiselongue, dicht neben der Lehne und in Friedas unmittelbarer Reichweite. Weder Schneider noch Werner schienen sich darüber gewundert zu haben, dass Frieda die Tasche mit allergrößter Selbstverständlichkeit ins Wohnzimmer mitgenommen hatte; vielleicht hielten sie es aus männlicher Sicht für normal, weil sie häufig Frauen mit Handtaschen sahen.

Werners Blick irrte wieder ab, und Anne entschloss sich zu einem Ablenkungsmanöver.

»Das hätte ich niemals von Ihnen gedacht!«, sagte sie anklagend zu ihm. »Dass Sie wehrlose Menschen erschießen können!«

»Da kennen Sie aber unseren Werner schlecht«, mischte Schneider sich erheitert ein. »Der ist viel abgebrühter, als viele denken! Sie hätten mal sehen sollen, wie er Kittler und Schnabel die Hände abgehackt und die Gesichtshaut runtergerissen hat, nachdem ich die beiden umgelegt hatte! Und er hätte auch Arnold längst kaltgemacht, wenn der nicht diesen Bericht in der Hinterhand gehabt hätte!«

Frieda hatte ihre Handtasche von der Chaiselongue genommen und hielt sie vor sich, eine Hand im Inneren. Im nächsten Augenblick ertönte ein Schuss, der Knall war ohrenbetäubend. Sie hatte durch den Boden der Tasche auf Werner geschossen, der ihr am nächsten stand und seine Waffe auf sie gerichtet hatte. Vorn auf seinem Hemd blühte ein roter Fleck auf. Er ließ die Pistole fallen und taumelte gegen das Büfett, bevor er mit einem erstickten Laut in die Knie brach und vornüberfiel.

Beinahe gleichzeitig hatte Schneider auf Frieda geschossen, nur dass es wegen des Schalldämpfers kaum zu hören gewesen war. Sie war am Oberarm getroffen worden, die Tasche mit der darin befindlichen Pistole zu Boden gefallen. Mit schmerzverzerrtem Gesicht hielt sie ihren Arm umklammert. Zwischen ihren Fingern lief Blut hervor.

»Da muss ich mich doch direkt bei Ihnen bedanken«, sagte Schneider sichtlich verblüfft. »Wie praktisch, dass Sie mir die Arbeit abnehmen!« Mit heuchlerischem Bedauern hielt er inne. »Neulich hab ich's ja schon selbst versucht, ich konnte nicht widerstehen, nachdem ich Arnolds Versteck mit seiner Pistole gefunden hatte. Aber hinterher war ich fast froh, dass ich's versiebt hatte. Bei einem so treuen und langjährigen Kollegen wie Werner ist es wirklich kein Vergnügen. Na ja, jetzt ist es auch egal. Sicher ist sicher.« Er trat zu Werner und schoss ihm kaltblütig in den Rücken. Dann legte er auf Anne an. »Zeit, es zu Ende zu bringen.«

Ein krachender Schuss ertönte.

Carl lag hinter Schneider auf dem Boden, bäuchlings und mit aufgestützten Ellbogen, seine Pistole in beiden Händen.

Das Projektil aus seiner Waffe war auf Höhe des Genicks eingedrungen und in einer Fontäne aus Blut und Hirnmasse aus dem rechten Auge ausgetreten.

Als Schneider auf dem Boden aufschlug, war er bereits tot.

*

Frieda nahm Emil auf den Arm und rannte mit ihm aus dem Zimmer, eine tröpfelnde Blutspur hinter sich herziehend. Lotti und Frau Lindemann folgten ihr auf dem Fuße. Aus dem Treppenhaus ertönte Tumult, der letzte Schuss hatte die übrigen Bewohner aufgeschreckt. Man hörte Lottis gestammelte Dankgebete, unterbrochen von Frau Lindemanns hysterischen Schluchzern und lautem Stimmengewirr.

Anne und Carl blieben bei Werner. Sie hatten ihn vorsichtig auf den Rücken gedreht. Er lebte noch, aber es ging mit ihm zu Ende. Anne kniete neben ihm und hielt seine Hand.

»Soll ich ein Gebet sprechen?«, fragte sie ihn leise.

Er schüttelte schwach den Kopf. Sein Blick heftete sich auf Carl, während seine Lippen sich in dem vergeblichen Bemühen bewegten, etwas zu sagen. Carl beugte sich über ihn, um es besser verstehen zu können. Er hatte mörderisches Schädelbrummen, ihm war speiübel.

Werners Worte waren kaum mehr als ein Hauch.

»Es tut mir leid.«

Es kostete Carl übermenschliche Beherrschung, den Sterbenden nicht anzubrüllen. Hoffte Werner ernsthaft auf eine Absolution aus seinem Mund? Nach allem, was er verbrochen hatte? Bei dem vielen Blut, das an seinen Händen klebte? Er war drauf und dran gewesen, auch Anne und ihre Familie umzubringen!

Sollte er doch verrecken! Ohne Gnade und ohne letzte Worte! So wie er es verdient hatte!

Da griff Anne nach Carls Hand, die sich, ohne dass er es gemerkt hatte, zu einer wütenden Faust geballt hatte, so fest, als hielte er einen Stein umklammert. Sie strich darüber, bis seine Finger sich lockerten und schließlich öffneten.

Ihre Berührung drückte mehr aus, als Worte es vermocht hätten.

»Ist schon gut«, sagte Carl, und da merkte er, dass er weinte. Er wusste nicht, ob Werner es noch gehört hatte, sein Atem hatte bereits ausgesetzt, das Licht in seinen Augen war erloschen.

Aber Carl hatte es gesagt, das war die Hauptsache.

*

In derselben Nacht, eigentlich schon im Morgengrauen, saß er mit Anne in der Trümmerwüste hinterm Haus, die früher mal ein Garten gewesen war. Sie wollten für eine Viertelstunde allein sein. Behrends und die anderen Kollegen hatten alle Formalitäten erledigt und waren wieder gegangen. Die Toten waren weggebracht und die Blutspuren beseitigt worden. Anne hatte Friedas Arm verbunden und ihr eine Tablette gegen die Schmerzen gegeben. Die Verletzung war nicht gravierend, bis auf eine Narbe würde nichts zurückbleiben. Sie hatte Glück gehabt. So wie sie alle, die es überlebt hatten.

Inzwischen sah es hinterm Haus schon besser aus als an dem Tag, als Carl das erste Mal hier gewesen war. Jemand hatte einen Teil der größeren Bruchstücke zur Seite geräumt und ein Stück Erde freigelegt, auf dem ein neu angepflanztes Bäumchen stand. Das sei Friedas Idee gewesen, meinte Anne. Weil es gut zum geplanten Namen der Kneipe passte.

Carl wollte nicht über Frieda oder die Kneipe reden, ihm ging zu viel durch den Kopf. Das Entsetzen hallte noch in ihm nach. Alles war so verdammt knapp gewesen!

Er stellte sich bildlich vor, wie es abgelaufen war, es spulte sich wie ein Film vor seinem inneren Auge ab. Vermutlich hatten Schneider und Werner ihr Glück kaum fassen können, dass keine Streife mehr vor Ort war. Trotzdem hatten sie irgendwo in sicherer Deckung gewartet, bis im Haus endlich alles dunkel war, bevor sie die arglose Anne aus dem Bett geklingelt und sich Zutritt zur Wohnung verschafft hatten – unbemerkt von den übrigen Bewohnern, was zweifellos deren Glück war, denn sonst hätten die wohl auch dran glauben müssen.

Es hatte in dieser Nacht sein müssen, sie konnten nicht riskieren, es aufzuschieben. Bestimmt hatte Hoffmann Vorkehrungen getroffen. Jemandem anvertraut, wo der Bericht versteckt war. Nur für den Fall, dass er auf einmal tot war.

Rosenblatt hätte es fraglos erwähnt, wenn er davon gewusst hätte. Also musste es jemand anderes sein. Eine weitere, bisher nicht entdeckte Seilschaft?

Fast hätte Carl zynisch aufgelacht. Von denen gab es einfach zu viele. Man hätte gar nicht gewusst, wo man mit der Suche beginnen sollte.

Aber vielleicht verstieg er sich da auch in nutzlose Theorien. Ebenso gut war denkbar, dass sie es einfach bloß so schnell wie nur irgend möglich hinter sich bringen wollten. Er musste endlich aufhören, sich deswegen den Kopf zu zermartern, es führte zu nichts mehr.

»Wie konnten sie davon ausgehen, dass sie mit einem Mord an uns allen davonkommen?«, unterbrach Anne seine Grübeleien.

»Das wollten sie natürlich ebenfalls Hoffmann in die Schuhe schieben. Dass er sich befreien konnte und vor den Augen der Öffentlichkeit starb, hat den Plan ruiniert. Doch das hatten sie noch nicht mitgekriegt, sonst hätten sie umdisponiert.«

»Warum haben sie ihn denn nicht gleich umgebracht? Er hatte ihnen doch verraten, wo der Bericht versteckt war!«

»Manche Polizisten glauben nicht mal den Geständnissen, die sie jemandem unter der Folter abpressen«, sagte Carl lakonisch. »Also ließen sie ihn fürs Erste am Leben.«

»Denkst du, Werner war dabei?«, fragte Anne leise.

»Bei der Folterung?« Carl zuckte mit den Schultern. »Keine Ahnung. Gestern hätte ich noch geschworen, dass er zu so was nie fähig wäre. Doch man kann sich wohl in jedem Menschen täuschen.« In bitterer Resignation schüttelte er den Kopf. »Ich hätte schneller erkennen müssen, welches Motiv hinter den Morden an Kittler und Schnabel steckte. Schneider hatte seine Wiedereinstellung in Reichweite, er musste auf Nummer sicher gehen, damit ihm niemand mehr was am Zeug flicken konnte. Deswegen auch die Verstümmelungen, keine Spur sollte zu dem Massaker führen. Und Werner hat mitgemacht, denn es gab ja ein starkes gemeinsames Interesse: Hoffmann loszuwerden und den Bericht zu finden.«

»Aber wie hättest du das denn durchschauen sollen?«, fragte Anne in einem Tonfall, der zugleich ratlos und tröstend klang.

»Die haben ihre Aussagen im Prozess abgestimmt, es ist mir ins Gesicht gesprungen«, sagte Carl müde. »Ich hab's wohl einfach nicht wahrhaben wollen. Wahrscheinlich, weil ich es nicht glauben konnte. Nicht im Zusammenhang mit Werner.«

An dieser Stelle hielt er inne und fragte sich, warum Werner ihm jene Akte gegeben hatte. Die mit dem verbrannten Einsatzbefehl und der Liste der zu tötenden Häftlinge. Die Akte, in der nur noch sein Vollzugsbericht fehlte.

Hatte Werner ihn damit bloß auf Trab halten und von anderen Ermittlungen ablenken wollen, indem er ihm die Zwillingsbrüder als mögliche Verdächtige für den Mord an Adelheid Hoffmann präsentierte? Oder hatte er es auf eine unbewusste, selbstzerstörerische Weise darauf angelegt, dass Carl ihm über diese Liste am Ende doch noch auf die Schliche kam?

Er würde es wohl nie erfahren.

»Vieles im Leben wird einem erst hinterher richtig klar«, knüpfte Anne an seine letzte Bemerkung an. Sie griff nach seiner Hand und hielt sie fest. »Das ist doch nicht deine Schuld.«

Er lauschte ihren Worten nach. Schuld, das war ein weiter Begriff, aber egal, aus welchem Blickwinkel man ihn betrachtete: Er beinhaltete nichts Gutes. Schuld, das stand für dunkle Abgründe und Schlechtigkeit. Niemand wollte freiwillig schuldig sein. Auch er nicht, und doch war er es.

Schlimmer noch: Er war derjenige, der im Glashaus saß.

Es wurde allmählich hell. Carl blickte zum Himmel auf. Im Osten waren schon die Vorboten des Sonnenaufgangs zu erkennen. Hinter den Schwaden aus Rauch und Kohlenstaub färbten sich die Säume der Wolken tiefrot.

Ein neuer Tag.

*

*Mitte September 1948*

»Etwas mehr nach links«, kommandierte Frieda.

Carl, der Borjan und Aleksandr beim Anbringen des neuen Schilds half, blickte über die Schulter nach unten.

»Hier oben ist die Luft so trocken«, beschwerte er sich.

Sie verdrehte grinsend die Augen und ging hinein, um noch eine Runde Bier zu zapfen, während die Männer auf dem wackligen Leitergerüst standen und mit Wasserwaage und Hammer hantierten.

Aleksandr schlug den letzten Nagel ein. »Fertig«, sagte er, und nacheinander stiegen sie vom Gerüst, um ihr Werk aus ein paar Schritten Entfernung zu begutachten.

*Hinterm krausen Bäumchen* stand auf dem frisch emaillierten Schild. Frieda hatte es so besser gefunden als mit dem Zusatz *Zum oder Am;* sie war der Ansicht, damit komme genauer zum Ausdruck, welcher Sinn dahinterstehe. Nämlich dass man das Ärgste hinter sich gelassen hatte. Genau das sollte sich in dem neuen Namen der Kneipe wiederfinden: Wer hier einkehrte, konnte alle Sorgen zurücklassen.

Die anderen Bewohner versammelten sich nach und nach vorm Haus, um das Schild zu betrachten. Und um anschließend an der Theke ein Freibier abzustauben.

Frieda glühte vor Stolz und kam mit dem Ausschenken

kaum nach. Sie reichte auch Carl ein frisch gefülltes Glas. Ihre Blicke trafen sich kurz, und in ihren Augen las er ihre tiefe Dankbarkeit. Ganz ohne Vorbehalte konnte Carl ihr immer noch nicht gegenübertreten. Sie hatte einen Totschlag begangen und war damit durchgekommen. Wobei das längst nicht so sehr in ihm rumorte wie die Tatsache, dass es auf seine Strafvereitelung zurückging.

Die eigentliche Neueröffnung der Kneipe sollte erst am kommenden Samstag stattfinden; die heutige Feier war nur für die Bewohner des Hauses gedacht. Brunhilde König hatte einen Riesentopf Erbsensuppe gekocht. Jeder hatte sich einen eigenen Teller nebst Löffel mitgebracht und bekam eine Kelle voll. Hedwig Schwelm half beim Austeilen; um ihr Baby kümmerte sich so lange Frau Lindemann, die seit dem Tod ihres Mannes Schwarz trug. Dafür, dass sie in Trauer war, lachte sie jedoch erstaunlich oft.

Carl stieß mit Justus Schwelm und Gustav Rosenblatt an, der für die Hausbewohner immer noch Keitel hieß. Allerdings nicht mehr lange – seine Ausreise nach Israel war für den kommenden Monat geplant, wie er Carl anvertraut hatte. Inzwischen hatte er schon begonnen, seinen Hausstand aufzulösen. Er wollte nur sein Hündchen und sein Cello mitnehmen.

Die Kinder, darunter auch Emil und Bärbel, tobten in den benachbarten Ruinen herum, ihr Lachen und Rufen schallte als beständige Geräuschkulisse herüber.

Die Hausbewohner kamen mit ihren Gläsern ins Freie und prosteten einander zu. Der Sommer neigte sich dem Ende entgegen, da musste das schöne Wetter noch ausgenutzt werden.

Carls Blick fiel auf Lotti, die mit dem Zahnarztsohn aus der Nachbarschaft beisammenstand. Die beiden waren eindeutig verknallt, da gab es kein Vertun. Ein bisschen wehmütig dachte er an seine eigene erste Liebe. Die, wenn es nach ihm ging, auch seine letzte war.

Als hätte er sie durch seine Gedanken herbeigezaubert, kam Anne genau in diesem Augenblick angeradelt; sie hatte heute früher Feierabend gemacht. Das Fahrrad hatte sie sich von ihrem ersten Gehalt in D-Mark zugelegt. Es war ein uraltes Ding und fiel fast auseinander, aber es fuhr noch.

Carl hätte ihr gern ein neues Rad gekauft, Geld genug hatte er ja, doch das hatte sie ihm rigoros verboten. Sie war der Meinung, es könnten auch wieder schlechtere Zeiten anbrechen, für die man Rücklagen brauchte.

Sie stieg vom Rad und kam auf ihn zu. Carl wurde bei ihrem Anblick von einer Woge reinsten Glücks erfasst. Egal, was er ihretwegen auf dem Kerbholz hatte – sie war es wert. Sie war *alles* wert! Die scheelen Blicke der Kollegen im Präsidium. Das plötzliche Schweigen, wenn er ins Büro kam. Dörings Herumdrucksen, als er Carl vorgeschlagen hatte, sich versetzen zu lassen. Damit, so hatte er es ausgedrückt, wieder Frieden im Präsidium einkehrte. Carl hatte erklärt, es sich überlegen zu wollen. Im Moment konnte er noch einigermaßen damit leben, der Nestbeschmutzer vom Dienst zu sein. Derjenige, der es zu verantworten hatte, dass die Essener Kripo als eine von Nazi-Mördern durchseuchte Truppe in Verruf geraten war.

Seit jener Nacht hatten Anne und er oft über das Geschehene geredet, nur sie beide, in dem Bemühen, irgendwie damit fertigzuwerden. Gemeinsam. Denn wenn sie eine Lehre aus alldem gezogen hatten, so war es die banale, sprichwörtliche Erkenntnis, dass geteiltes Leid halbes Leid war.

Das Gute dabei war aus Carls Sicht, dass in diesem Fall auch der Rest des Sprichworts zutraf.

Er zog sie an sich und küsste sie. Das durften sie jetzt, schließlich waren sie ganz offiziell verlobt. Heiraten wollten sie irgendwann im nächsten Frühling. Spätestens. Diesmal würde er nicht denselben Fehler begehen wie vor zwanzig Jahren.

Darum ging es doch letztlich, dachte er. Aus der Vergangenheit zu lernen und es dann besser zu machen.

* * *

# Nachwort

Handlung und Charaktere des Romans sind fiktiv; etwaige namentliche oder sonstige Übereinstimmungen mit realen Personen wären reiner Zufall. Dasselbe gilt für die im Roman beschriebene Kneipe.

Fiktiv sind auch die als Zeugenaussagen und Berichte dargestellten Texte, wenngleich der Duktus, in welchem sie verfasst sind, demjenigen realer amtlicher Dokumente gleicht.

Eines dieser Textstücke lautete jedoch tatsächlich so, es offenbart die eiskalte Skrupellosigkeit der damaligen Vernichtungsideologie unter Preisgabe jeglicher Rechtsstaatlichkeit:

> *Betreff: Sonderbehandlung ausländischer Arbeiter*
> *Vom Amtschef IV ist meine Anordnung, dass Sonderbehandlung auch ohne vorherige Genehmigung des Reichssicherheitshauptamtes durchgeführt werden kann, bestätigt worden. In diesen Fällen ist nachträglich an das Reichssicherheitshauptamt zu berichten. Dort, wo es sich um eine größere Anzahl handelt, wird nur zum Teil eine öffentliche Sonderbehandlung angebracht sein. Im Übrigen kann diese stillschweigend durch Erschießen erfolgen.*
>
> *(Anm.: Das Referat IV war eine Abteilung des Reichssicherheitshauptamtes, das auch die sog. »Endlösung der Judenfrage« organisierte.)*

Obwohl die im Roman erzählte Geschichte mitsamt aller handelnden Figuren frei erfunden ist, beruht sie zum Teil auf wahren Begebenheiten. Kurz vor dem Einmarsch der Alliierten kam es im März 1945 in Essen tatsächlich zu einem Massaker.

Ein Kommando aus Essener Gestapo- und sonstigen Polizeibeamten erschoss in einem Waldstück bei der Gruga mindestens 35 Zwangsarbeiter. Wochen später wurden die Opfer in einem zugeschütteten Bombenkrater entdeckt. Ihre Identität war nicht mehr festzustellen. Ein britisches Militärgericht verurteilte mehrere leitende Gestapo-Beamte zu langjährigen Haftstrafen, die sie jedoch nur zum Teil verbüßen mussten. Gegen die ausführenden Polizisten wurden erst viele Jahre später Ermittlungen eingeleitet. In der Zwischenzeit hatte die neu gegründete Bundesrepublik Amnestiegesetze erlassen, von denen auch die Täter sogenannter Endphase-Verbrechen profitierten. Hierauf nahm die Staatsanwaltschaft Bezug und stellte die Verfahren im Jahr 1960 ein. Keiner dieser Polizisten wurde angeklagt. Diejenigen, die zu der Zeit noch im Dienst waren, konnten ihren Beruf als Polizeibeamte unbehelligt weiter ausüben.

Die Bluttat von Essen war indes kein Einzelfall. In etlichen anderen Städten kam es zu ähnlichen unter Beteiligung örtlicher Polizei »auf den letzten Drücker« verübten Massakern an Zwangsarbeitern und sonstigen Inhaftierten.

Die Verstrickung der deutschen Polizei in die Menschheitsverbrechen des Naziregimes ist ein Thema, das in der Öffentlichkeit lange verdrängt wurde. Aspekte davon in einem Unterhaltungsroman aufzugreifen, mit fiktivem Bezug auf reale Taten, und dabei dem erschütternden Schicksal der anonymen Opfer mit dem gebührenden Respekt zu begegnen, war für mich eine bisher nicht gekannte Herausforderung. Bei der Recherche der zeitgeschichtlichen Hintergründe waren Empfindungen von Entsetzen, Zorn und Trauer meine ständigen Begleiter – zu ungeheuerlich waren die verübten Verbrechen, zu himmelschreiend armselig Ahndung und Aufarbeitung, wobei die unrühmliche Rolle der Justiz besonders hervorzuheben ist.

Die bedrückende Erkenntnis, dass im Rahmen einer fiktionalen Erzählung von all dem Leid und dem unerträglichen Unrecht letztlich nur ein winziger Bruchteil begreifbar gemacht werden kann, hat mich beim Schreiben dieses Romans in die Schranken gewiesen.

Begleitet haben mich während meiner Arbeit an dem Buch einige Menschen, denen ich mich in Dankbarkeit verbunden fühle:

Meine Freundin Kerstin, mit der ich für dieses Buch einen Schreibpakt geschlossen hatte. Kurzum: einen Pakt mit dem Engel.

Meine Agentin Petra, die stets alles im Blick und im Griff hat.

Meine Lektorin Anna, die auch den vermeintlich guten Text immer noch sehr viel besser macht.

Meine Schwester Anne, die sich als Namenspatronin für die weibliche Hauptfigur und als Begleitung für eine Last-Minute-Schauplatzbesichtigung zur Verfügung gestellt hat.

Mein Freund Christoph, der jederzeit großzügig seine profunden ärztlichen Kenntnisse mit mir teilt.

Meine Kollegin Beate, die mich geduldig und versiert durch alle Cello-Fragen gelotst hat.

Meine Freundin Gabi, die immer mit ihrem Fachwissen als Krankenschwester zur Stelle ist.

Mein Freund Peter, der zu wichtigen Szenen seine langjährige polizeiliche Expertise beigesteuert hat.

Meine Kollegin Britt, die ebenfalls ihren polizeilichen Senf dazugegeben hat.

Ganz besonders danke ich Christine Steffen-Reimann von Droemer, die mir mit ihrer Begeisterung für dieses Projekt Flügel verliehen hat. Leider verstarb sie vor der Fertigstellung, worüber ich sehr traurig bin.

Den allergrößten Dank schulde ich wie immer meiner Familie. Ihr seid und bleibt das Beste an mir.

*Eva Völler,*
*im Dezember 2022*